Una imagen en el espejo

DANIELLE STEEL

UNA IMAGEN EN EL ESPEJO

Traducción de
Melissa Arcos

PLAZA & JANÉS EDITORES, S.A.

Título original: *Mirror Image*

Primera edición: abril, 2000

© 2000, Danielle Steel
© de la traducción: Melissa Arcos
© 2000, Plaza & Janés Editores, S. A.
 Travessera de Gràcia, 47-49. 08021 Barcelona

Printed in Spain – Impreso en España

ISBN: 84-01-01344-5
Depósito legal: B. 14.844 – 2000

Fotocomposición: Lozano Faisano, S. L.

Impreso en Cayfosa-Quebecor, S. A.
Ctra. de Caldas, Km 3. Sta. Perpètua de Mogoda (Barcelona)

L 0 1 3 4 4 5

Por aquellos que amamos,
por los sueños que soñamos,
por aquellos que devenimos en manos amorosas,
si osamos.
Por el valor, por la sabiduría,
por la consecución de nuestros sueños,
y por aquellos que nos ayudan a cruzar el puente,
superando nuestros miedos, de la esperanza al amor.
Por los seres queridos que perdimos y
por aquellos que lloramos,
por los tiempos felices
que tanto esfuerzo costaron.
Por mis hijas, Beatrix, Samantha, Victoria,
Vanessa y Zara, para que vuestros sueños
se hagan realidad y acertéis el camino.
Por mis hijos: Max, que Dios te bendiga,
que seas valiente, sabio, bondadoso y bien amado,
y Nick, que fue valiente y bondadoso
y tremendamente amado.
Espero que vuestros sueños se hagan realidad y,
con fortuna, también los míos.
Que os amen aquellos a quien vosotros amáis.
Os quiero con todo mi corazón.

MAMÁ

1

Olivia Henderson retiró de su rostro un largo mechón de cabello oscuro antes de proseguir con el detallado inventario de la vajilla. Las pesadas cortinas de brocado de Henderson Manor amortiguaban el canto de los pájaros. Era un caluroso día de verano y, como de costumbre, su hermana había salido. Entretanto su padre, Edward Henderson, esperaba la llegada de sus abogados, que le visitaban con regularidad desde que decidió instalarse en Croton-on-Hudson, a unas tres horas de Nueva York. Desde allí gestionaba tanto sus inversiones como las acerías que todavía llevaban su nombre aunque ya no las dirigiera él mismo. Se había retirado hacía dos años, en 1911, pero todavía llevaba las riendas del negocio, mientras que de la administración se encargaban sus abogados y los directores. Puesto que no tenía hijos varones, no sentía el mismo interés por sus empresas que antaño. Sus hijas jamás se ocuparían de ellas. Sólo contaba sesenta y cinco años de edad, pero últimamente tenía problemas de salud, por lo que prefería contemplar el mundo desde su pacífico refugio de Croton-on-Hudson, al tiempo que ofrecía una vida sana a sus hijas en el campo. Sabía que Croton no era un lugar especialmente emocionante, pero sus hijas nunca se aburrían allí. Además contaban entre sus amistades con todas las grandes familias a uno y otro lado del Hudson.

A poca distancia de Henderson Manor se encontraba la mansión de los Van Cortland y la antigua finca Lyndhurst de los Shepard. El padre de Helen Shepard, Jay Gould, había fallecido veinte años atrás y legado su maravillosa propiedad a su hija. Helen y su marido, Finley Shepard, ofrecían con frecuencia fiestas a las que invitaban a los jóvenes del lugar. Ese año los Rockefeller habían completado en Tarrytown la construcción de Kyhuit, una quinta de espléndidos jardines que rivalizaba en grandeza con la de Edward Henderson, situada al norte, en Croton-on-Hudson.

Henderson Manor era muy hermosa, y muchos visitantes recorrían largas distancias a fin de curiosear entre las verjas, aunque la casa apenas se divisaba desde el exterior, pues estaba protegida por altos árboles. Un camino sinuoso conducía a la entrada principal del edificio, que se erigía sobre un acantilado con vistas al río Hudson, y Edward Henderson a menudo permanecía horas sentado en su estudio contemplando el paisaje, recordando el pasado, a los viejos amigos, los días en que la vida transcurría con mayor celeridad o el momento en que tomó las riendas del negocio de su padre, en los años setenta, para transformarse en una pieza clave de los cambios acontecidos a final de siglo. En aquellos tiempos su vida era muy diferente: se había casado joven, pero su mujer e hijo fallecieron víctimas de una epidemia de difteria, y permaneció solo muchos años hasta que conoció a Elizabeth. Ella representaba todo cuanto un hombre podía desear, era como un rayo de luz, tan deslumbrante y bella, pero pronto desapareció de su vida; se casaron un año después de conocerse, ella con diecinueve años y él con cuarenta y pocos, pero a los veintiún años Elizabeth falleció al dar a luz. Después de su muerte Edward se dedicó en cuerpo y alma a sus negocios; trabajó más que nunca, hasta que recordó su responsabilidad hacia sus hijas, a las que había dejado al cuidado de una niñera. Fue entonces cuando decidió construir Henderson Manor, pues deseaba que disfrutaran de una vida sana alejadas de la ciudad; en 1903 Nueva York no era el lugar más apropiado para criar a dos niñas. Sus hijas, que tenían diez años cuando se trasladaron a la mansión, contaban ahora veinte. Henderson había conservado la casa de la ciudad para trabajar, pero las visitaba en Croton siempre que le era posible. Al principio sólo iba los fines de semana pero, paulatinamente, se enamoró del lugar y comenzó a pasar cada vez más tiempo en Hudson que en Nueva York, Pittsburgh o Europa; allí era donde se hallaba su hogar, en Croton, junto a sus hijas. A medida que crecían, su vida se volvió más tranquila; le complacía su compañía y jamás se alejaba de su lado. En los últimos dos años no se había movido de Croton, y desde hacía tres padecía problemas de corazón, pero la afección sólo resultaba peligrosa si trabajaba en exceso o sufría un disgusto, algo que no sucedía a menudo.

Habían transcurrido veinte años desde que falleció la madre de las niñas en un caluroso día de la primavera de 1893. Su muerte representó para Henderson la última traición de Dios. Había esperado impaciente durante el parto, lleno de orgullo y emoción, jamás había soñado con volver a tener descendencia. Su primera esposa y su hijo habían muerto hacía más de doce años, pero la pérdida de Elizabeth le hundió por completo. A los cuarenta y cinco años, era como una estacada mortal, no podía vivir sin ella. Elizabeth falleció en la residencia de Nueva York. En un principio, Henderson sentía su presencia allí, pero a medida que transcurría el tiempo comenzó a detestar la casa vacía, por lo que pasaba meses enteros viajando. No obstante, evitarla implicaba no ver a las dos pequeñas que Elizabeth le había dejado. A pesar de lo sucedido, Henderson se sentía incapaz de venderla, pues la había mandado construir su padre y en ella había discurrido su niñez. Tradicional hasta la médula, se consideraba obligado a mantenerla para sus hijas, por lo que simplemente la cerró. Ya hacía dos años que no la visitaba y, ahora que vivía en Croton, tampoco la extrañaba; no añoraba su antiguo hogar ni Nueva York, y tampoco la vida social que había dejado atrás.

Olivia proseguía con su inventario; había extendido sobre la mesa unas grandes hojas de papel en las que anotaba con minuciosidad tanto lo que debía reemplazarse como lo que habían de encargar. En ocasiones había enviado a algún miembro del servicio a la casa de Nueva York para que trajera alguna pieza, pero ahora estaba cerrada. Sabía que a su padre no le gustaba la ciudad y, al igual que él, era feliz en Croton-on-Hudson. Desde que era pequeña pasaba muy poco tiempo allí, a excepción de una corta estancia hacía dos años, cuando su padre la llevó junto con su hermana para presentarlas en sociedad. La experiencia fue interesante pero agotadora, le abrumaban tantas fiestas, visitas al teatro y convenciones sociales, era como estar continuamente en lo alto de un escenario y detestaba ser el centro de atención. En cambio su hermana, Victoria, había disfrutado mucho, y el regreso a Croton por Navidad le resultó muy triste. A Olivia la alivió retornar a sus libros, su casa, sus caballos y sus paseos tranquilos por el acantilado; le gustaba cabalgar, contemplar el despertar de la primavera mientras el invierno se desleía despacio y admirar el esplendor de las hojas caídas en octubre. Era feliz llevando la casa de su padre, lo que hacía casi desde niña con la ayuda de Alberta Peabody, el ama de llaves. Bertie era lo más parecido a una madre que jamás había conocido. De vista cansada pero mente despierta, era capaz de distinguir a las niñas en la oscuridad y con los ojos cerrados.

En ese momento Bertie se acercó para interesarse por los progresos de Olivia con el inventario. Carecía de la paciencia y la agudeza visual necesarias para efectuar un trabajo tan meticuloso y agradecía que se ocupara de ello Olivia, que siempre estaba dispuesta a realizar las labores domésticas, a diferencia de Victoria. De hecho las dos hermanas eran muy distintas en todos los aspectos.

—¿Están todos los platos rotos o podremos celebrar la comida de Navidad? —inquirió Bertie sonriente mientras le ofrecía un vaso de limonada helada y un plato de galletas recién cocidas.

Hacía veinte años que Alberta cuidaba de estas niñas, de «sus niñas», que pasaron a ser suyas el día en que nacieron y falleció su madre. Jamás se había separado de ellas desde entonces. De corta estatura y formas redondas, llevaba el cabello canoso recogido en un pequeño moño y tenía un busto generoso sobre el que Olivia a menudo había recostado la cabeza durante su niñez. El ama de llaves siempre las había confortado cuando eran pequeñas y su padre estaba ausente. Edward Henderson había llorado mucho la muerte de su esposa y se había mostrado distante con sus hijas, pero en los últimos años se había acercado más a ellas. También su carácter se había dulcificado desde que sufrió los primeros problemas de corazón y se retiró del negocio. Achacaba su afección cardíaca por un lado al hecho de haber perdido a dos mujeres jóvenes y, por otro, a las dificultades del mundo de los negocios. Sin embargo, ahora que gestionaba sus asuntos desde Croton y delegaba todo el trabajo en sus abogados vivía feliz.

—Necesitamos más platos hondos —explicó Olivia. Al retirarse el cabello de la cara reveló un bello rostro de cutis blanco y grandes ojos azul oscuro enmarcados por una melena de un negro azabache—. También hacen falta más platos de pescado. Los encargaré la semana que viene. Habrá que decir a los empleados de la cocina que tengan más cuidado.

Bertie asintió sonriente. Olivia podría estar ya casada y tener su propia vajilla, pero era feliz cuidando de su padre, no sentía necesidad de ir a otro lado, a diferencia de Victoria, que siempre hablaba de lugares remotos y consideraba un desperdicio no utilizar la casa de Nueva York, pues consideraba que se estaba perdiendo todo un mundo de diversión en la ciudad.

Olivia dedicó a Bertie una sonrisa infantil. Con su vestido de seda azul celeste que le llegaba casi hasta los tobillos, daba la impresión de estar envuelta por un pedazo de cielo estival. Había copiado el modelo de una revista y encargado la confección a la modista del pueblo; el patrón era de Poiret y resaltaba su figura. Siempre era ella quien seleccionaba y diseñaba los trajes tanto para ella como para Victoria, que no mostraba el menor interés por la moda.

—Las galletas están buenísimas, a mi padre le encantarán. —Olivia las había preparado especialmente para él y su abogado, John Watson—. Habrá que ponerlas en una bandeja, ¿o ya lo has hecho tú? —Las dos mujeres intercambiaron una sonrisa de complicidad fruto de compartir responsabilidades y obligaciones desde hacía años.

Olivia se había convertido en toda una mujer y era la encargada de llevar la casa. Bertie la respetaba y siempre tenía en cuenta su opinión, lo que no impedía que discutiera con ella o la amonestara si lo juzgaba conveniente, a pesar de que ya tenía veinte años.

—Ya he preparado la bandeja, pero he dicho a la cocinera que esperara hasta que dieras tu aprobación.

—Gracias. —Olivia descendió de lo alto de la escalera con movimientos gráciles para darle un beso en la mejilla y apoyó la cabeza sobre su hombro, como una niña; luego salió corriendo para atender a su padre y su abogado.

Pidió una jarra de limonada en la cocina, un gran plato de galletas y unos emparedados de pepino con finas rodajas de tomate. También había jerez y alguna bebida más fuerte. Al haberse criado con su padre, a Olivia no le escandalizaba que los hombres tomaran whisky o fumaran.

Tras dar el visto bueno a la bandeja, fue a la biblioteca para reunirse con su padre. Había corrido antes las cortinas rojas de brocado para evitar que se calentara la habitación y ahora las ajustó mientras preguntaba:

—¿Qué tal te encuentras hoy? Hace calor, ¿verdad?

—Sí, pero me gusta —respondió Henderson, y le dedicó una mirada llena de orgullo.

Henderson solía decir que sería incapaz de llevar la casa sin Olivia. Asimismo afirmaba en broma que uno de los Rockefeller acabaría tomándola por esposa para que se ocupara de la gran mansión de Kyhuit, dotada de todas las modernidades imaginables, desde teléfonos hasta calefacción central. Henderson incluso había llegado a declarar con sorna que Henderson Manor era una cabaña al lado de la residencia de sus vecinos.

—A mis pobres huesos les va bien el calor —dijo mientras encendía un cigarro—. ¿Dónde está tu hermana? —preguntó. Siempre era fácil encontrar a Olivia en algún lugar de la casa, ya fuera confeccionando listas, redactando notas para los empleados o colocando flores en el escritorio de su padre, pero era más difícil seguir la pista a Victoria.

—Creo que está en casa de los Astor jugando a tenis —respondió Olivia. No sabía dónde se encontraba su hermana, pero lo sospechaba.

—No me digas. Creía que los Astor pasaban el verano en Maine.

La mayoría de sus vecinos se trasladaba a la costa cuando llegaba el calor, pero a Henderson no le agradaba abandonar Croton, por muy bochornoso que fuera el estío.

—Disculpa. —Oliva se sonrojó por la mentira que había dicho para encubrir a su hermana—. Creía que habían regresado de Bal Harbor.

—Por supuesto —repuso su padre divertido—. Sólo Dios sabe dónde andará tu hermana y qué estará tramando.

Ambos sabían que las travesuras de Victoria eran inofensivas; era tan independiente como su difunta madre y, aunque Edward Henderson temía que fuera algo excéntrica, estaba dispuesto a tolerarlo siempre y cuando no se pasara de la raya. Lo peor que podía sucederle era que cayera de un árbol, pillara una insolación después de caminar kilómetros para visitar a sus amigos o se adentrara demasiado en el río cuando iba a nadar. Sus diabluras eran inocentes. Victoria no mantenía ningún romance en la vecindad ni tenía pretendientes, aunque varios jóvenes Rockefeller e incluso Van Cortland habían mostrado considerable interés por ella. No obstante, Henderson sabía que era mucho más intelectual que romántica.

—Iré a buscarla —dijo Olivia cuando subieron la bandeja de la cocina.

—Necesitamos otro vaso —observó su padre mientras encendía de nuevo el cigarro. A continuación dio las gracias al criado, de cuyo nombre no se acordaba.

Henderson no era como Olivia, que conocía a todos los empleados, sus nombres y sus vidas, a sus padres, hermanos e hijos. Conocía sus virtudes y defectos e incluso sus travesuras; sin duda era la señora de la casa, quizá más de lo que jamás lo hubiera sido su madre. A veces Olivia presentía que era su hermana quien más se parecía a Elizabeth.

—¿John trae compañía? —preguntó sorprendida.

El abogado solía acudir solo, excepto cuando había problemas, pero Olivia no había oído nada al respecto, y su padre solía compartir esa clase de información con sus hijas. Sus negocios acabarían pasando a sus manos algún día, aunque seguramente vendería la acería, a menos que una se casara con un hombre capaz de dirigirla, algo en lo que Edward no confiaba demasiado.

El hombre suspiró antes de responder:

—Por desgracia sí, hija mía. Me temo que ya he vivido demasiado tiempo. He sobrevivido a dos esposas y un hijo. Mi médico falleció el año pasado, he perdido a la mayoría de mis amigos en la última década y ahora John Watson ha decidido retirarse. Por eso viene con un nuevo abogado de su bufete que al parecer le agrada mucho.

—John no es tan viejo —repuso Olivia—, y tú tampoco; no quiero que hables así. —No obstante sabía que se sentía mayor desde que comenzó a padecer problemas de salud y todavía más desde que se jubiló.

—Sí lo soy, no tienes ni idea de lo que se siente cuando te abandonan las personas que te rodean —masculló al tiempo que pensaba en el nuevo abogado, al que no le apetecía conocer.

—Por ahora no te va a abandonar nadie; John tampoco, estoy segura —le tranquilizó mientras le ofrecía una copa de jerez y unas galletas.

Edward la miró complacido.

—Quizá decida seguir trabajando cuando pruebe estas galletas; haces verdaderas maravillas en la cocina.

—Gracias. —Olivia le agradeció el cumplido con un beso.

Edward la contempló con la misma satisfacción que sentía cada vez que la miraba. A pesar del calor, su aspecto era fresco y juvenil.

—¿Y quién es ese abogado nuevo? —preguntó curiosa transcurridos unos minutos. Watson era un par de años menor que su padre y a Olivia le parecía todavía joven para retirarse, pero quizá era mejor traer a una persona nueva antes de que fuera demasiado tarde—. ¿Le conoces?

—Todavía no. John dice que es muy bueno. Ha llevado varios asuntos para los Astor, antes de entrar en su bufete trabajaba en una empresa muy importante y sus referencias son excelentes.

—¿Por qué cambió de empleo? —preguntó Olivia. Le gustaba estar al día de los asuntos de su padre. A Victoria también le interesaban, pero sus ideas eran más radicales. A menudo los tres charlaban de política o negocios, pues al no tener hijos varones a Edward Henderson le complacía mantener esta clase de conversaciones con ellas.

—Por lo que me ha explicado John, este abogado, Dawson, sufrió un duro revés el año pasado. Lo cierto es que me dio tanta pena que supongo que por eso he permitido que John lo traiga. Por desgracia comprendo su situación demasiado bien. El año pasado perdió a su mujer en el *Titanic*. Era hija de lord Arnsborough, creo que iban a visitar a su hermana. Casi perdió a su hijo también pero, al parecer, logró subir a uno de los últimos botes salvavidas. Como estaba muy lleno, la esposa de Dawson cedió su lugar a otro niño y dijo que saldría en el próximo, pero ya no hubo más. Después de esta desgracia Dawson viajó con su hijo a Europa y permanecieron allí un año entero; sólo hace dieciséis meses de la tragedia, y trabaja con Watson desde mayo o junio. Según John es muy bueno, pero de carácter algo sombrío. Lo superará, todos lo logramos, y él tiene que hacerlo por su hijo. —Henderson pensó en Elizabeth. Aunque no perdió a su mujer en una tragedia como la del *Titanic*, fue un duro golpe y sabía cómo debía de sentirse Dawson.

Edward estaba absorto en sus pensamientos, al igual que Olivia, cuando de pronto John Watson apareció en el umbral de la puerta.

—¿Cómo has conseguido entrar sin que te anunciaran? ¿Es que ahora te dedicas a escalar ventanas? —Edward se echó a reír mientras se levantaba para saludar a su amigo.

—Nadie se fija en mí —respondió el abogado con tono jocoso.

John Watson era alto, de cabello blanco y abundante, y porte aristocrático, al igual que Henderson. De joven, el pelo de éste era de color azabache, como el de sus hijas, quienes habían heredado también sus ojos azules.

Los dos hombres se habían conocido en el colegio, donde Henderson había sido el mejor amigo del hermano mayor de John, que había fallecido unos años antes. Desde entonces les unía una buena amistad y cooperaban en todos los asuntos legales.

Mientras conversaban, Olivia echó un último vistazo a la bandeja antes de abandonar la estancia para comprobar que todo estaba en orden. Al dar media vuelta casi tropezó con Charles Dawson. Era extraño verle allí después de haber hablado sobre él, y también le resultaba embarazoso estar al corriente de su tragedia sin ni siquiera conocerse. Pensó que era un hombre atractivo pero de carácter serio y jamás había visto unos ojos tan tristes; eran verdes, como el mar. El joven abogado esbozó una leve sonrisa al estrechar la mano de su padre. Cuando habló, Olivia detectó algo más que tristeza en su mirada, descubrió una gran bondad y ternura, y sintió un impulso incontrolable de consolarle.

—Encantado —dijo Dawson mientras le tendía la mano y la estudiaba con curiosidad.

—¿Le apetece una limonada? —preguntó Olivia, que de pronto se sintió tímida y buscó refugio en sus obligaciones domésticas—. ¿O prefiere una copita de jerez? He de admitir que mi a padre le gusta más el jerez, incluso en días tan calurosos como éste.

—Limonada, por favor —contestó sonriente.

Olivia ofreció otro vaso de refresco a John Watson y los tres hombres pasaron a degustar las galletas. Una vez cumplidas todas las formalidades, la joven se retiró y cerró la puerta tras de sí, pero la mirada de Charles Dawson seguía fija en su mente. Se preguntó cuántos años tendría su hijo y cómo se las apañaría sin su esposa; probablemente ya había encontrado a otra mujer. Intentó apartarlo de sus pensamientos, era ridículo preocuparse así por uno de los abogados de su padre, además de inadecuado. Se reprendió mientras se dirigía hacia la cocina. De camino hacia allí, se topó con Petrie, el ayudante del chófer, un muchacho de dieciséis años. Había trabajado en los establos hasta que Henderson, que era un apasionado de las máquinas modernas, compró un coche, y como el chiquillo entendía más de automóviles que de caballos ascendió a un puesto que le satisfacía más.

—¿Qué sucede, Petrie? —preguntó Olivia al notar que el chico estaba muy alterado.

—Tengo que hablar con su padre de inmediato, señorita —comunicó. Parecía a punto de romper a llorar.

Olivia le alejó de la puerta de la biblioteca para impedir que interrumpiera la reunión de los tres hombres.

—Ahora no es posible, está ocupado. ¿Puedo ayudarte yo?

El muchacho vaciló y miró con inquietud alrededor, como si temiera que alguien le oyera.

—Se trata del Ford… lo han robado. —Tenía los ojos bañados en lágrimas. Cuando todos se enteraran, perdería el mejor trabajo que jamás había tenido. No entendía cómo podía haber sucedido algo así.

—¿Robado? —exclamó Olivia, tan sorprendida como él—. ¿Cómo es posible? ¿Cómo puede haber entrado alguien y habérselo llevado sin más?

—No lo sé, señorita. Esta mañana lo lavé hasta que quedó tan reluciente como el primer día. Después dejé la puerta del garaje entreabierta para que se aireara un poco, hace tanto calor ahí dentro… Y media hora más tarde había desaparecido.

El chico se mostraba compungido y Olivia posó una mano sobre su hombro. Algo le había llamado la atención del relato.

—¿A qué hora fue eso, Petrie? ¿Lo recuerdas? —preguntó con calma. Estaba acostumbrada a resolver pequeños problemas casi a diario, y éste en particular no parecía demasiado grave.

—Eran las once y media, estoy seguro.

Olivia recordó que había visto a su hermana por última vez a las once. Habían comprado el Ford un año atrás para hacer recados en la ciudad; en ocasiones más formales utilizaban el Cadillac Tourer.

—¿Sabes qué? Creo que es mejor no decir nada por ahora. Tal vez lo ha cogido alguien del servicio para hacer un encargo. Quizá haya sido el jardinero; le pedí que fuera a casa de los Shepard a buscar unos rosales y se habrá olvidado de avisarte. —Olivia, que estaba convencida de que el coche no había sido robado, necesitaba ganar tiempo. Si su padre se enteraba, llamaría a la policía y sería muy embarazoso. Tenía que impedirlo.

—Kittering no sabe conducir, señorita. Nunca cogería el Ford, sino uno de los caballos, o la bicicleta.

—Bueno, quizá haya sido otra persona. De todos modos no debemos decir nada a mi padre por el momento. Esperemos a ver si lo devuelven; estoy segura de que así será. ¿Por qué no tomas una limonada y unas galletas?

Condujo hacia la cocina a Petrie, que seguía muy nervioso, pues le aterraba la idea de que Edward Henderson le despidiera. Olivia le tranquilizó mientras le ofrecía un refresco y un irresistible plato de galletas. Le aseguró que pasaría a verle más tarde, no sin antes hacerle prometer que no diría ni media palabra a su padre, y guiñó un ojo a la cocinera antes de apresurarse a salir con la esperanza de evitar a Bertie, que avanzaba en su dirección. Logró esquivarla y se dirigió al jardín, donde percibió el calor bochornoso propio del norte del estado de Nueva York. Por eso todos sus vecinos emigraban a Newport y Maine durante los meses estivales. En otoño el lugar volvería a ser delicioso, y en primavera era idílico, pero los inviernos resultaban muy duros y los veranos todavía más. La mayoría de residentes se trasladaba a la ciudad en invierno y a la costa en verano, pero su padre no se movía de Croton-on-Hudson en todo el año.

Olivia deseó tener tiempo para ir a nadar mientras recorría su sendero favorito, que conducía a un hermoso jardín oculto en la parte posterior de la finca, por donde le agradaba cabalgar. En esa parte, una valla estrecha separaba Henderson Manor de las tierras del vecino, pero a menudo la saltaba para disfrutar de un largo paseo a caballo. A nadie le importaba, todos compartían estas colinas como una gran familia.

A pesar del calor, anduvo durante largo rato. Ya no pensaba en el coche desaparecido, sino en Charles Dawson y en la manera tan trágica en que había perdido a su mujer. Imaginó su creciente desesperación cuando llegaron las primeras noticias del hundimiento. Estaba sentada en un tronco, pensativa, cuando de pronto distinguió a lo lejos el ruido del motor de un coche. Aguzó el oído y cuando levantó la vista divisó el Ford robado, que cruzaba la estrecha verja de madera que conducía a la parte posterior de la casa. A pesar de rozar uno de los lados del automóvil, el conductor no disminuyó la velocidad. Atónita, Olivia descubrió en el interior del vehículo a su hermana, que sonreía y la saludaba con una mano en la que sostenía un cigarrillo. Observó cómo detenía el coche sin dejar de sonreír y lanzaba una bocanada de humo en su dirección.

—¿Sabes que Petrie iba a decir a nuestro padre que alguien había robado el coche y que, si le hubiera dejado, habría llamado a la policía?

No estaba sorprendida de verla en el coche, pero tampoco contenta, si bien se había acostumbrado a las travesuras de su hermana menor. Las dos jóvenes se miraron fijamente: la primera, con semblante tranquilo, pero a todas luces disgustada; la segunda, satisfecha de su hazaña. Con excepción de la diferente expresión de sus rostros y el cabello más alborotado de Olivia, eran totalmente idénticas: los mismos ojos, la misma boca, los mismos pómulos y el mismo pelo, incluso los mismos gestos. Aunque existían innu-

merables diferencias entre ambas, resultaba muy difícil distinguirlas. Incluso su padre se confundía a menudo cuando se encontraba a solas con una de ellas, y los sirvientes rara vez acertaban. En
el colegio sus compañeros jamás habían logrado diferenciarlas, y su
padre decidió que recibieran instrucción en casa porque causaban
estragos en las aulas y llamaban demasiado la atención. Siempre
cambiaban de identidad y martirizaban a los profesores o, según
Olivia, al menos eso hacía Victoria. El hecho de recibir clases particulares las había aislado y ahora sólo contaban con su mutua
compañía. Aunque añoraron la escuela, su padre no estaba dispuesto a que se convirtieran en una atracción de circo. Si en el colegio
no podían controlarlas, la señora Peabody y sus tutores se encar-
garían de ello. De hecho, la señora Peabody era la única persona
capaz de distinguirlas en cualquier parte, de frente, de espaldas, e
incluso antes de que pronunciaran media palabra. Además conocía su secreto, el único rasgo que permitía diferenciarlas: Olivia
tenía una pequeña peca en la parte superior de la mano derecha,
mientras que Victoria la tenía en la izquierda. Su padre también lo
sabía, pero era más fácil preguntar y confiar en que no mintieran,
lo que hacían bastante a menudo.

Su increíble parecido siempre causaba asombro. Su presentación en sociedad dos años antes en Nueva York había provocado
una gran conmoción y por eso Henderson insistió en regresar a
Croton antes de Navidad. No le agradaba ser el centro de atención
allá donde fueran, tenía la sensación de que todos trataban a sus hijas como extraterrestres, era agotador. Victoria lamentó tener que
abandonar la gran ciudad, pero a Olivia no le importó. Desde su
regreso, Victoria se quejaba sin cesar de lo aburrido que era Hudson.

Aparte de la vida en Nueva York, lo único que interesaba a
Victoria era el sufragio de las mujeres. Olivia estaba harta de que
siempre hablara del mismo tema: bien de Alice Paul, la organiza-
dora de la manifestación de abril en Washington, donde fueron
arrestadas decenas de mujeres y cuarenta resultaron heridas, y sólo
la intervención de la policía logró restablecer el orden, o bien de
Emily Davison, que había fallecido hacía dos meses al correr hacia el caballo del rey en un *derby*; por otro lado estaban las Pankhurst, madre e hijas, que causaban estragos en Inglaterra con su
reivindicación de los derechos de las mujeres. Con la mera mención
de sus nombres, a Victoria se le iluminaban los ojos, mientras que
Olivia los entornaba de aburrimiento.

Olivia esperaba que su hermana le diera alguna explicación.

—¿Habéis llamado a la policía? —preguntó Victoria divertida.

—No —respondió Olivia con tono severo—. He sobornado a Petrie con una limonada y galletas y le he pedido que no dijera nada hasta la hora de cenar, pero debería haber dejado que lo hiciera; sabía que todo esto era cosa tuya.

—¿Cómo lo sabías? —inquirió Victoria, que no se mostraba en absoluto compungida.

—Tenía un presentimiento. Un día de éstos dejaré que avisen a la policía.

—No lo harás —replicó Victoria con seguridad y un brillo desafiante en los ojos.

Eran como dos gotas de agua, pues además del parecido físico llevaban un vestido de seda azul idéntico. Olivia preparaba la ropa de las dos cada mañana, y Victoria se la ponía sin rechistar. Estaba encantada de tener una hermana gemela, a ambas les gustaba. Victoria había salido de muchos atolladeros gracias a Olivia, que siempre estaba dispuesta a hacerse pasar por ella para sacarle de algún apuro o por mera diversión, como cuando eran pequeñas. Aunque su padre las reprendía, a veces resultaba difícil evitar la tentación. No tenían una vida normal, estaba muy unidas, en ocasiones incluso tenían la impresión de ser una sola persona, pero en el fondo eran muy diferentes. Victoria era más atrevida y traviesa, siempre era ella la que se metía en líos, la que deseaba ver otros mundos, mientras que a Olivia le agradaba estar en casa y actuar dentro de los límites establecidos por la familia, el hogar y la tradición. Victoria quería luchar por los derechos de las mujeres y consideraba el matrimonio una costumbre bárbara e innecesaria, ideas que en opinión de Olivia eran una locura, un capricho pasajero.

—¿Cuándo has aprendido a conducir? —Olivia acompañó la pregunta con unos golpecitos impacientes del pie.

Victoria se echó a reír y lanzó el cigarrillo sobre un montón de tierra. Olivia siempre representaba el papel de hermana mayor, aunque sólo se llevaban once minutos, que sin embargo marcaban una gran diferencia, pues Victoria había confesado hacía tiempo que se sentía culpable de la muerte de su madre. «¡Tú no la mataste! —había protestado Olivia—. ¡Dios nos la arrebató!»

Un día la señora Peabody presenció la discusión y les explicó que un parto siempre era difícil, incluso en circunstancias normales, y que tener gemelos era una hazaña que sólo los ángeles podían acometer. Por tanto, estaba claro que su madre era un ángel que las había depositado en la tierra para regresar después al cielo. Aunque esta idea le sirvió de consuelo durante algún tiempo, Victoria seguía convencida de que ella era la culpable de su muerte y su hermana no había logrado hacerla cambiar de opinión.

—Aprendí yo sola este invierno —respondió Victoria encogiéndose de hombros.

—¿Tú sola? ¿Cómo?

—Cogí las llaves y lo intenté. Al principio abollé el coche un poco, pero Petrie no sospechó nada, pensó que le habían dado un golpe mientras estaba aparcado —explicó Victoria con orgullo.

Olivia la observó con severidad al tiempo que reprimía una carcajada.

—No me mires así; es algo muy útil; podré llevarte a la ciudad cuando quieras.

—O estrellarme contra un árbol, me temo. —Olivia se negaba a dejarse ablandar por su hermana. Podría haberse matado, estaba loca—. Además, no me gusta que fumes. —Al menos eso sí lo sabía desde hacía tiempo, pues un día encontró un paquete de cigarrillos en el tocador; Victoria se había limitado a reírse y encogerse de hombros cuando le pidió explicaciones.

—No seas tan anticuada —repuso Victoria con dulzura—. Si viviéramos en Londres o París, tú también fumarías para estar a la moda.

—Seguro que no. Es un hábito desagradable para una mujer. Por cierto, ¿dónde has estado?

Victoria vaciló un instante. Siempre era sincera con su hermana, no existían secretos entre ellas y, si alguna vez los había, la otra adivinaba instintivamente la verdad. Era como si pudieran leerse el pensamiento.

—Confiesa —insistió Olivia.

—De acuerdo. He estado en Tarrytown, en una reunión de la Asociación Nacional Americana por el Sufragio de la Mujer. Estaba Alice Paul, que ha venido expresamente para organizar la conferencia y crear un grupo de mujeres aquí, en Hudson, pero la presidenta de la asociación, Anna Howard Shaw, no ha podido acudir.

—Dios Santo, Victoria ¿qué estás haciendo? Nuestro padre llamará a la policía si participas en alguna manifestación. Lo más probable es que te arresten y tendrá que pagar la fianza.

Lejos de desanimarse, a Victoria parecía gustarle esa posibilidad.

—Valdría la pena, Ollie, es una mujer tan interesante. La próxima vez me acompañarás.

—La próxima vez te ataré a la pata de la cama. Si vuelves a coger el coche para una cosa así, dejaré que Petrie avise a la policía y les diré quién se lo ha llevado.

—Sé que no lo harás. Ven, sube; te llevaré al garaje.

—Fantástico, así acabaremos las dos en un lío. Muchas gracias, hermanita.

—No seas tan intransigente —repuso Victoria—, nadie tiene por qué saber que he sido yo. —Como siempre, su parecido les proporcionaba la coartada perfecta. Nadie sabía quién había hecho qué, algo de lo que se aprovechaba más Victoria que su hermana, que raras veces necesitaba un chivo expiatorio.

—Lo adivinarían si fueran un poco más listos —replicó Olivia mientras subía al coche.

Mientras avanzaban por el abrupto sendero, Olivia no dejó de protestar por su modo de conducir. Cuando Victoria le ofreció un cigarrillo, quiso reñirla de nuevo, pero comenzó a reír. Era imposible controlar a su hermana. Al entrar en el garaje casi atropellaron a Petrie, que las contempló boquiabierto. Las gemelas se apearon al mismo tiempo, le dieron las gracias al muchacho al unísono y Victoria se disculpó por los daños causados.

—Pero… yo pensaba que… Quiero decir… señorita… gracias… señorita Olivia… señorita Victoria… —No sabía quién era quién ni quién había hecho qué, pero tampoco pretendía averiguarlo. Sólo tenía que arreglar los desperfectos y darle una capa de pintura. Al menos nadie lo había robado.

Con aire muy digno, las dos jóvenes se dirigieron a la casa, subieron por los escalones de la entrada y prorrumpieron en carcajadas.

—Eres terrible —comentó Olivia—. El pobre muchacho pensaba que nuestro padre iba a matarle. Un día de éstos acabarás con tus huesos en la cárcel, estoy segura.

—Yo también —repuso Victoria con despreocupación—. Si eso ocurriera, podrías hacerte pasar por mí un par de meses para permitirme tomar el aire y asistir a alguna que otra reunión. ¿Qué te parece?

—Fatal. Me niego a seguir encubriéndote —avisó Olivia. A pesar de todo, quería a su hermana más que a nadie en el mundo, disfrutaba de su compañía, era su mejor amiga. Se conocían a la perfección y nunca eran tan felices como cuando estaban juntas, aunque últimamente Victoria pasaba mucho tiempo fuera metiéndose en toda clase de líos.

Charlaban y reían en el vestíbulo cuando se abrió la puerta de la biblioteca y salieron los tres hombres. Al verles las jóvenes guardaron silencio. Olivia advirtió que Charles las miraba con perplejidad, como si tratara de comprender cómo era posible que existieran dos mujeres tan idénticas y hermosas, aunque presentía que había ciertas diferencias entre ellas. Dawson tenía la vista clavada en Victoria, que llevaba el cabello un poco más alborotado que su hermana; notaba en ella un espíritu indomable.

—¡Vaya! —Henderson sonrió al advertir la reacción de Charles—. ¿No le había avisado?

—Sí, ya me lo había advertido, es cierto —respondió el abogado ruborizado. Apartó la mirada de Victoria, la posó de nuevo en Olivia y después se volvió hacia el padre de las jóvenes.

—No es más que una ilusión óptica, no se preocupe —bromeó Edward. Le gustaba Charles, era un buen hombre. La reunión había sido fructífera, había aportado nuevas ideas y maneras de mejorar el negocio y proteger sus inversiones—. Debe de ser el jerez —añadió.

Charles rió, lo que le hizo parecer más joven de repente. Sólo tenía treinta y seis años, pero en los últimos doce meses se había tornado muy serio, hasta sus amigos decían que había envejecido de golpe. Aun así, mientras observaba con expresión aturdida a las gemelas, que se acercaron a él para tenderle la mano, parecía un niño. Edward le presentó de nuevo a Olivia, y a Victoria por primera vez. Las jóvenes prorrumpieron en carcajadas al instante: su padre se había confundido.

—¿Le sucede a menudo? —preguntó Charles.

—Todo el tiempo, pero no siempre se lo decimos —contestó Victoria mirándole fijamente a los ojos. Charles estaba fascinado por ella, en cierta manera era más sensual que su hermana; la ropa, el rostro y el cabello eran idénticos, pero no el engranaje interior de cada una.

—Cuando eran niñas solíamos colocarles en el pelo lazos de diferentes colores para identificarlas. El sistema funcionó muy bien hasta que un día descubrimos que los diablillos habían aprendido a quitárselos y atarlos de nuevo para confundirnos. Durante meses se hicieron pasar la una por la otra, eran terribles —explicó

Edward con evidente orgullo y cariño. A pesar de que le desagradaba la expectación que despertaban dondequiera que fueran, las adoraba. Eran un regalo de la mujer a la que más había amado, nunca había querido tanto a nadie, excepto a sus hijas.

—¿Se portan mejor ahora? —inquirió Charles divertido.

—Sólo un poco. —El comentario provocó las risas de todos, y Henderson se dirigió a sus hijas con tono gruñón—. De todos modos, será mejor que os portéis bien a partir de ahora. Según estos caballeros es necesario que vaya a Nueva York a principios de septiembre y permanezca allí un mes para ocuparme de algunos negocios y, si esta vez conseguís no alborotar a toda la ciudad, os llevaré conmigo. Pero si alguna de vosotras hace alguna tontería —añadió mientras deseaba saber cuál de las dos era Victoria—, os enviaré de vuelta con Bertie.

—Sí, señor —respondió Olivia con una leve sonrisa, consciente de que la advertencia no iba dirigida a ella, sino a su hermana.

En cambio Victoria no estaba dispuesta a prometer nada; sus ojos se habían iluminado ante la idea de pasar un mes en la ciudad.

—¿En serio? —preguntó.

—¿Que si os mandaré de vuelta a casa? Por supuesto.

—No, me refería a lo de Nueva York —aclaró mirando primero a su padre y luego a los abogados. Todos sonreían.

—Incluso podrían ser dos meses si ellos no hacen bien su trabajo y pierden el tiempo.

—¡Qué bien! —exclamó Victoria dando palmaditas y haciendo una pequeña pirueta antes de coger a Olivia por los hombros—. ¡Ollie! ¡Imagínatelo! ¡Nueva York!

Victoria estaba fuera de sí de alegría, y su padre sintió una punzada de culpabilidad al pensar en lo aisladas que estaban sus hijas en Croton. A su edad deberían vivir en la ciudad, conocer gente y encontrar marido, pero temía que le abandonaran para siempre, sobre todo Olivia. ¿Qué haría sin ella? En cualquier caso se preocupaba antes de tiempo; ni siquiera habían preparado el equipaje y ya imaginaba a sus hijas casadas, y a él, solo.

—Espero verle más por la ciudad, Charles —dijo Edward al estrechar la mano del abogado en la puerta.

Mientras Victoria seguía hablando de Nueva York sin prestar atención a las visitas, Olivia observó a Charles, quien aseguró a Henderson que le vería con frecuencia si John Watson le permitía llevar sus negocios. Edward instó a los dos a visitarle más a menudo. Charles agradeció la invitación y miró a Victoria. No sabía de cuál de las dos gemelas se trataba, pero sentía una gran atracción por ella.

Henderson los acompañó al coche, y Olivia les contempló desde la ventana. A pesar de su agitación, Victoria se percató de ello.

—¿Qué te pasa? —Había interceptado la mirada de Olivia.

—¿Por qué lo preguntas? —inquirió a su vez su hermana mientras se dirigía a la biblioteca para comprobar si había retirado la bandeja.

—Estás muy seria, Ollie —observó Victoria. Se conocían demasiado bien, lo que en algunas ocasiones resultaba peligroso y, en otras, simplemente irritante.

—Su esposa murió en el *Titanic* el año pasado y según nuestro padre tiene un hijo pequeño.

—Siento lo de su mujer —dijo Victoria sin que su voz delatara compasión alguna—, pero ¿no te parece un hombre muy aburrido? —preguntó mientras pensaba en todos los placeres que le esperaban en Nueva York, como reuniones políticas y mítines de sufragistas, actividades que no interesaban en absoluto a su hermana—. Lo encuentro muy serio.

Olivia asintió en silencio y entró en la biblioteca para escabullirse del interrogatorio de su hermana. Cuando salió, satisfecha de que hubieran retirado la bandeja, Victoria ya había subido a cambiarse para la cena. Olivia había preparado el vestido esa misma tarde, ambas llevarían un traje de seda blanco con un broche de aguamarina.

Olivia fue a la cocina en busca de Bertie.

—¿Te encuentras bien? —preguntó la mujer con preocupación.

A pesar del calor, Olivia había paseado durante largo rato y ahora estaba muy pálida.

—Estoy bien. Mi padre acaba de comunicarnos que a principios de septiembre iremos a Nueva York. Estaremos un par de meses, pues tiene que ocuparse de varios asuntos. —Ambas sabían lo que significaba eso: toneladas de trabajo—. He pensado que podríamos empezar a organizarlo todo mañana a primera hora.

Había mucho en lo que pensar, muchas cosas que preparar, algo que su padre ignoraba por completo.

—Eres una buena chica —dijo Bertie mientras le acariciaba la mejilla y escrutaba sus ojos azules para adivinar qué le había disgustado. En esos momentos Olivia experimentaba una sensación extraña en su interior que la confundía y ponía nerviosa—. Haces tanto por tu padre —la alabó Bertie. Conocía bien y quería a las gemelas, con sus virtudes y defectos. Por muy diferentes que fueran, ambas eran buenas chicas.

—Hasta mañana, entonces. —Olivia subió para cambiarse, pero decidió ir por la escalera trasera con el fin de tener tiempo de pensar y evitar que Victoria leyera su mente como si se tratara de un libro abierto.

Intentó pensar en otras cosas, pero cuando entró en el dormitorio que compartía con su hermana descubrió que no podía apartar de su mente al abogado. Con la mano en el pomo de la puerta, cerró los ojos unos instantes y se obligó a distraerse con asuntos más mundanos, como las sábanas nuevas que tendría que encargar o las fundas de almohada para su padre.

2

La tarde del primer miércoles de septiembre, Olivia y Victoria partieron hacia Nueva York en el Cadillac Tourer, que conducía el chófer de su padre, Donovan. Les seguía Petrie al volante del Ford con la señora Peabody. Los coches iban cargados de provisiones. El día anterior habían salido dos vehículos más con los baúles de ropa y los enseres que Olivia y Bertie consideraban imprescindibles para la casa. Victoria, por su parte, sólo se había preocupado de empaquetar dos arcas de libros y un maletín lleno de periódicos que quería leer, mientras que de la ropa dejó que se ocupara Olivia. Jamás le había preocupado lo que llevaba, siempre se fiaba del gusto de su hermana, que devoraba todas las revistas de moda de París, mientras que ella prefería las publicaciones políticas y clandestinas del partido de las mujeres.

A Olivia le inquietaba el estado en que encontraría la casa de la Quinta Avenida que llevaba dos años deshabitada. Mucho tiempo atrás había sido un lugar acogedor. Allí era donde había fallecido su madre, y el lugar guardaba recuerdos muy dolorosos para su padre. Por otro lado, también había acogido el nacimiento de las gemelas, y en ella Edward Henderson y su joven esposa habían compartido momentos muy felices.

Cuando llegaron, Olivia dejó que Donovan, llave inglesa en ristre, se ocupara de los cuartos de baño y ajustara y aflojara todo cuanto fuera necesario. Mientras tanto, pidió a Petrie que la llevara al mercado de flores de la Sexta Avenida con la calle Veintiocho y regresó dos horas más tarde con el coche repleto de ásters y azucenas. Deseaba llenar la casa con las flores predilectas de su padre, que llegaría dos días más tarde.

A continuación necesitaron todo un ejército de sirvientes para retirar las fundas de los muebles, airear las habitaciones y sacudir los colchones y las alfombras. La tarde del día siguiente, cuando Olivia y Bertie se reunieron en la cocina para tomar el té, estaban satisfechas del trabajo realizado. Habían encendido los candelabros, cambiado la disposición de los muebles y retirado las pesadas cortinas para que entrara más luz.

—Tu padre estará muy contento —comentó Bertie mientras le servía una segunda taza.

En esos momentos Olivia pensaba en las entradas que debía comprar para el teatro. Habían estrenado varias obras nuevas y su hermana y ella estaban decididas a asistir a todas antes de regresar a Croton-on-Hudson. Fue entonces cuando se preguntó dónde estaría Victoria, a la que había visto por última vez a primera hora de la mañana, cuando se disponía a ir a la biblioteca Low de Columbia y al museo Metropolitan. Le había aconsejado que la acompañara Petrie, pero su hermana había insistido en coger un tranvía, pues prefería la aventura. Se había olvidado de ella por completo hasta este instante y sintió cierta inquietud.

—¿Crees que a mi padre le importará que hayamos cambiado la disposición de los muebles? —preguntó con aire distraído, con la esperanza de que Bertie no se percatara de su creciente nerviosismo.

La preocupación hizo que olvidara el dolor de espalda que le había provocado el intenso trabajo de los dos últimos días. Las hermanas tenían un sexto sentido y presentían cuándo la otra se encontraba en un apuro. Era una especie de dispositivo de alarma que advertía del peligro, pero Olivia no estaba segura del mensaje esta vez.

—Tu padre estará encantado —aseguró Bertie sin advertir su inquietud—. Debes de estar agotada.

—La verdad es que sí —admitió Olivia, que se dirigió de inmediato a su dormitorio para pensar con tranquilidad.

Ya eran las cuatro de la tarde, y Victoria había salido poco después de las nueve de la mañana. Se recriminó no haber insistido en que la acompañara alguien, esto no era Croton-on-Hudson, su hermana era una joven atractiva, que carecía de experiencia en la gran ciudad. ¿Y si la habían agredido o secuestrado? Mientras caminaba de un lado a otro de la habitación, oyó el timbre del teléfono y supo de inmediato que era ella. Corrió hacia el único aparato que había en la casa, en la planta superior, y descolgó el auricular.

—¿Diga? —Estaba segura de que sería Victoria, por lo que sufrió una gran decepción al oír una voz masculina al otro lado de la línea. Sin duda se había equivocado de número.

—¿Es ésta la residencia de los Henderson? —preguntó el hombre, que tenía acento irlandés.

Olivia frunció el entrecejo. No conocían a nadie en Nueva York.

—Sí. ¿Quién llama? —inquirió con voz temblorosa.

—¿Es usted la señorita Henderson?

Olivia asintió.

—Sí, soy yo. ¿Con quién hablo? —insistió.

—Soy el sargento O'Shaunessy, de la comisaría del distrito quinto.

Olivia contuvo el aliento y cerró los ojos, segura de lo que el sargento le diría a continuación.

—¿Está… bien…? —susurró. ¿Y si estaba herida? ¿Y si le había propinado una coz un caballo? ¿Y si la había apuñalado un delincuente o la había atropellado un coche de caballos… o un automóvil?

—Está en perfecto estado —respondió el sargento con cierta exasperación—. Se encuentra aquí, con… un grupo de jóvenes. El teniente dedujo que… por su aspecto no era de… esta zona. Las otras mujeres pasarán aquí la noche. Le seré franco, señorita Henderson; las han detenido por manifestarse sin autorización. Si pasa a recoger a su hermana de inmediato, podrá llevársela a casa sin más y nadie se enterará de lo sucedido. Le sugiero que no venga sola. ¿Puede acompañarla alguien?

Olivia no quería que Donovan o Petrie supieran que Victoria había sido detenida.

—¿Qué ha hecho? —preguntó, agradecida de que no la arrestaran.

—Manifestarse, como el resto. Pero su hermana es muy joven e ingenua, dice que llegó a Nueva York ayer. Le recomiendo que regresen de donde han venido de inmediato, antes de que vuelva a meterse en más líos con esta maldita asociación de mujeres sufragistas. Debo decirle que no nos ha facilitado el trabajo. De hecho no deseaba que la llamáramos; quería que la arrestáramos —comentó divertido, y Olivia cerró los ojos horrorizada.

—No le hagan caso, por favor. Iré enseguida.

—Venga con alguien —repitió el policía.

—No la arresten, por favor —suplicó Olivia de nuevo.

Sin embargo el sargento no tenía intención de arrestar a Victoria y provocar un escándalo. Por su ropa y sus zapatos era fácil adivinar que no era como las demás, y el hombre no estaba dispuesto a que le destituyeran por arrestar a la hija de un aristócrata; cuanto antes la perdiera de vista, mejor.

Olivia no tenía ni idea de por dónde empezar ni con quién hablar. A diferencia de su hermana, no sabía conducir, y no quería avisar a los sirvientes. Tendría que coger un taxi, pues el tranvía tardaría demasiado. No tenía con quién ir, ni siquiera Bertie. No podía creerlo: Victoria quería que la arrestaran. Estaba loca. Se prometió que, cuando la rescatara de la comisaría, la reprendería con severidad, pero primero tenía que llegar hasta allí, y lo cierto era que tampoco sabía cómo hacerlo. El sargento tenía razón cuando le aconsejó que fuera acompañada. Por mucho que detestara la idea, no tenía más remedio que hacer una llamada. Se sentó en el pequeño cubículo del teléfono, levantó el auricular y dio a la operadora el número que tan bien conocía. Era lo último que deseaba hacer, pero no había nadie más a quien llamar, ni siquiera a John Watson, porque explicaría lo sucedido a su padre.

La recepcionista la atendió enseguida y le pidió que esperara. Se mostró muy amable cuando Olivia mencionó su nombre. Ya eran las cuatro y media, y la joven temía que se hubiera marchado temprano de la oficina. Por fortuna no era así, y un momento después oyó la voz profunda de Charles Dawson al otro lado de la línea.

—¿Señorita Henderson? —dijo con evidente sorpresa.

—Siento molestarle —se disculpó Olivia.

—No se preocupe. —Dawson adivinó por su voz que algo había ocurrido y esperó que no se tratara de su padre—. ¿Sucede algo? —preguntó con dulzura.

Olivia se esforzó por contener las lágrimas e intentó no pensar en la vergüenza de su padre si arrestaban a Victoria. También le asustaba saber que su hermana estaba detenida en una comisaría.

—Me temo… que necesito su ayuda, señor Dawson, y… su total discreción. —Charles era incapaz de imaginar qué había sucedido—. Mi hermana… ¿podría usted venir a casa?

—¿Ahora? —Dawson había salido de una reunión para atender su llamada y no comprendía qué podía requerir su inmediata atención—. ¿Es urgente?

—Muy urgente —respondió desesperada.

Dawson consultó el reloj.

—¿Quiere que vaya ahora?

Olivia asintió con los ojos bañados en lágrimas, incapaz de responder.

—Lo siento muchísimo… —balbuceó—. Necesito ayuda… Victoria ha cometido una tontería…

Dawson pensó que tal vez se había escapado de casa. No podía estar herida, porque de ser así habrían llamado a un médico, no a un abogado. Era imposible adivinar lo ocurrido. Tomó un taxi y en quince minutos se presentó en el hogar de los Henderson. Petrie le abrió la puerta y le condujo al salón, donde Olivia le esperaba impaciente. Por fortuna Bertie estaba ocupada y no le oyó. Al verle entrar la joven se fijó de nuevo en sus ojos, que tanto la habían cautivado la primera vez.

—Gracias por venir tan deprisa. Debemos marcharnos de inmediato.

—¿Qué sucede? ¿Dónde está su hermana, señorita Henderson? ¿Se ha escapado?

Olivia le miró avergonzada. Era una joven muy responsable y ésta era la peor travesura de Victoria, no deseaba que llegara a oídos de nadie. En esta ocasión no le serviría de nada hacerse pasar por su hermana, se sentía totalmente impotente.

—Está detenida en la comisaría del distrito quinto —respondió compungida—. Acaban de comunicármelo. Si la recogemos de inmediato, no la arrestarán. —A menos, claro, que Victoria les hubiera convencido de que lo hicieran.

—Vaya —comentó Charles sorprendido.

Salieron a la calle para coger un taxi. Olivia llevaba un sencillo traje gris que utilizaba para trabajar en casa y un bonito sombrero negro idéntico al que se había puesto Victoria esa mañana. Durante el trayecto hasta la comisaría, explicó a Dawson lo sucedido.

—Victoria es una entusiasta de esa estúpida asociación de sufragistas. —Le habló de la manifestación en Washington de hacía cinco meses y de los arrestos de las Pankhurst en Inglaterra—. Esas mujeres glorifican los arrestos como si fueran una suerte de premio, una medalla de honor. Supongo que Victoria habrá participado en alguna manifestación y la habrán detenido con las demás. El sargento ha dicho que, aunque no tiene intención de arrestarla, Victoria quiere que lo hagan.

Dawson reprimió una sonrisa, pero Olivia no pudo contener una carcajada. Después de escucharse a sí misma relatar la historia, el incidente parecía ridículo.

—Menuda hermana tiene. ¿Siempre hace cosas así mientras usted está ocupada con la casa?

—El día que usted nos visitó en Croton había robado uno de los coches de mi padre para asistir a una reunión.

—Por lo menos no es una mujer aburrida. Tiemblo sólo de pensar en los hijos que tendrá. —Charles se echó a reír.

Sin embargo, cuando el taxi se detuvo los dos tenían un semblante serio. El barrio era muy humilde, había mendigos en las porterías de las casas y basura en la calle. Al apearse Olivia divisó una rata que cruzaba la calzada corriendo para meterse en una alcantarilla e instintivamente se acercó más a Charles. En la comisaría vieron a unos borrachos y dos ladronzuelos que acababan de llegar esposados, y oyeron a unas prostitutas gritar desde su celda. Charles temió que Olivia se desmayara, pero la joven aguantó con estoicismo los vituperios de los borrachos y las fulanas.

—¿Se encuentra bien? —le preguntó, y posó una mano sobre su brazo.

—Sí —susurró sin levantar la vista—, pero cuando salgamos de aquí, la mataré.

Charles contuvo una sonrisa. El sargento les acompañó a la estancia donde se hallaba Victoria. Estaba sentada en una silla, bebiendo té bajo la atenta mirada de una matrona. Parecía furiosa y, al ver a Charles y a Olivia, dejó la taza en el suelo y se encaró a su hermana.

—Es culpa tuya, ¿verdad? —espetó sin siquiera saludar a Charles, que las observaba ensimismado; eran idénticas: la misma cara, los mismos ojos, hasta el mismo sombrero, aunque el de Victoria estaba un tanto ladeado.

—¿Qué es culpa mía? —preguntó Olivia con irritación.

—Por tu culpa no me han arrestado.

—Estás loca, Victoria Henderson. Tienes razón. Deberían encerrarte, pero en un manicomio. ¿Tienes idea del escándalo que causaría tu arresto? ¿Sabes la vergüenza que supondría para nuestro padre? ¿Acaso piensas alguna vez en los demás? ¿O no está eso en tu orden del día?

El sargento y la matrona intercambiaron una sonrisa. Charles acordó con ellos la manera de llevarse a Victoria. En la comisaría estaban dispuestos a pasar el incidente por alto; la joven simplemente se encontraba en el lugar incorrecto en el momento más inoportuno. El sargento le recomendó que la vigilaran bien en el futuro e inquirió si eran sus hermanas. A Charles le sorprendió la pregunta, pero le halagaba que Olivia hubiera acudido a él.

El taxi aguardaba frente a la comisaría, de modo que el abogado sugirió que continuaran la discusión en el coche. Olivia estaba fuera de sí, y Charles pensó que Victoria se negaría a marcharse, pero no tenía nada más que hacer allí: la policía no pensaba arrestarla, la fiesta había acabado. Olivia seguía sermoneando a su hermana mientras subían al vehículo. Charles decidió sentarse entre las dos.

—Señoritas, creo que lo mejor será olvidar este desafortunado incidente. No ha pasado nada y nadie tiene por qué enterarse.

Primero se dirigió a Olivia y le instó a que perdonara a su hermana. Después suplicó a ésta que en adelante se mantuviera alejada de cualquier manifestación, porque de lo contrario, acabarían arrestándola de verdad.

—Eso sería más honrado que apelar a mi clase e ir corriendo a papá. —Continuaba enfadada porque su hermana y el abogado habían acudido a rescatarla. Además, no quería que éste se entrometiera en sus asuntos.

—¿No te has planteado cómo reaccionaría nuestro padre si se enterara? ¿Por qué no piensas un poco más en él y menos en tus estúpidas reuniones y en el voto para la mujer? ¿Por qué no te comportas como es debido en lugar de esperar que te saque de todos los líos? —Olivia se puso los guantes con manos temblorosas.

Charles las observaba fascinado: la una tan seria y la otra tan indomable. En ciertos aspectos Victoria le recordaba a Susan, su difunta esposa, firme defensora de grandes ideales y causas perdidas. Sin embargo Susan también tenía una lado más dócil, que él añoraba cada noche cuando se encontraba solo en la cama. No obstante, ahora tenía que pensar en Geoffrey, pero por mucho que lo intentara era incapaz de olvidarla y en el fondo de su corazón sabía que tampoco quería. En todo caso le intrigaba esa fierecilla de ardientes ojos azules.

—Quisiera dejar claro que no he pedido que vinierais a rescatarme —puntualizó Victoria con frialdad cuando el taxi se detuvo frente a la casa.

Actuaba como una niña enfurruñada, y Charles tuvo que reprimir una sonrisa. Merecía ser castigada como una chiquilla, pero ni siquiera estaba arrepentida de lo que había hecho ni agradecida de que hubieran acudido en su ayuda.

—Entonces tal vez sea mejor que la enviemos de vuelta a la comisaría —comentó.

Victoria le fulminó con la mirada antes de entrar en la casa y arrojar el sombrero sobre una mesa.

—Gracias —dijo Olivia, avergonzada y furiosa por la actitud de su hermana—. No sé qué hubiera hecho sin su ayuda.

—Quedo a su disposición.

—Espero que no sea necesario.

—No la pierda de vista hasta que llegue su padre —susurró Charles.

Estaba claro que se trataba de una rebelde impenitente, aunque no por ello dejaba de tener cierto encanto.

—Menos mal que llega mañana —dijo Olivia al tiempo que observaba a Charles con preocupación. Había confiado en él y esperaba que no la traicionara—. Por favor, no le diga nada; se disgustaría muchísimo —suplicó.

—Se lo prometo. Ni una palabra. —Ahora que había pasado todo, lo divertía el incidente—. Algún día se reirá de lo ocurrido. Cuando sea abuela explicará a sus nietos que una vez estuvieron a punto de arrestar a su hermana.

Victoria se acercó a ellos, masculló un «gracias» de mala gana y subió a su habitación para cambiarse. Esa noche cenaban con la señora Peabody, y Olivia invitó a Charles; era lo mínimo que podía hacer para agradecerle su ayuda.

—No puedo, pero gracias de todos modos. Siempre procuro cenar con mi hijo.

—¿Cuántos años tiene?

—Nueve.

Olivia sintió un escalofrío al pensar que había perdido a su madre siendo tan niño.

—Espero conocerle algún día.

—Es un buen chico. La vida no ha sido nada fácil para ninguno de los dos desde la muerte de su madre. —Charles se sorprendió de su propia sinceridad, pero le resultaba fácil hablar con Olivia, a diferencia de su hermana, que más bien le incitaba a propinarle una bofetada.

—Lo comprendo. Yo nunca conocí a mi madre, pero Victoria y yo nos tenemos la una a la otra.

—Debe de ser algo extraordinario tener una hermana gemela. Supongo que es imposible que alguien esté más unido a otro ser, con excepción de un marido o una esposa, claro está. Deben de ser como dos mitades de la misma persona.

—Ésa es la sensación que tengo a veces, aunque en ocasiones me parece que somos unas perfectas desconocidas. Para algunas cosas somos completamente diferentes, y para otras idénticas.

—¿Le molesta que la gente las confunda? Sospecho que debe de ser muy irritante.

—Te acostumbras. Antes resultaba divertido, ahora es algo normal.

Le agradaba conversar con Charles, y él también parecía sentirse a gusto a su lado. Charles, por su parte, pensaba que Olivia era la clase de mujer con la que podría establecer una amistad, pero quien le fascinaba era su hermana. A pesar de que no las distinguía, algo en su interior le indicaba cuándo estaba en presencia de Victoria, pues le hacía sentir incómodo. Sin embargo con Olivia tenía la impresión de estar con una vieja amiga o una hermana pequeña.

Minutos más tarde, Charles Dawson se marchó, y Olivia subió por la escalera para hablar con su hermana.

Victoria estaba mirando por la ventana con expresión triste. Reflexionaba sobre lo ocurrido esa tarde y lo estúpida que se había sentido cuando el sargento la separó del resto de las mujeres.

—¿Cómo voy a presentarme de nuevo ante ellas? —preguntó a Olivia.

—Para empezar, ni siquiera deberías haber estado con ellas. —Olivia suspiró y se sentó frente a su hermana—. No deberías comportarte así, Victoria. No puedes dedicarte a perseguir ideales sin pensar en las consecuencias. Al final no sólo te harás daño a ti misma, sino también a los demás, y no quiero que eso ocurra.

Victoria la miró con atención y de nuevo brilló en sus ojos la chispa que Charles había detectado.

—¿Y si puedo ayudar a más personas de las que hiero? Hay que luchar para defender aquello en lo que crees. Sé que te parecerá un disparate, pero a veces pienso que estaría dispuesta a morir por un ideal.

Lo más terrible era que Olivia sabía que su hermana hablaba en serio. En su interior ardía esa especie de fuego que le permitiría dar la vida por una causa.

—Me asustas cuando hablas así.

—No es ésa mi intención. Yo no soy como tú, Olivia. ¿Cómo es posible que seamos tan diferentes y tan iguales a la vez?

—Iguales pero diferentes —murmuró Olivia. Era el misterio que las envolvía desde que nacieron, tan idénticas en algunos aspectos pero tan distintas en otros.

—Lamento lo de esta tarde; no quería preocuparte. —Por fin se mostró arrepentida, aunque no por lo que había hecho, sino por haber disgustado a su hermana. La quería demasiado para hacerle daño.

—Intuía que te había ocurrido algo malo, lo sentí aquí —explicó Olivia señalando el estómago.

Victoria asintió. Ambas conocían esa sensación.

—¿A qué hora? —preguntó con interés, pues siempre le había intrigado su especial telepatía.

—A las dos.

Victoria asintió de nuevo. Las hermanas estaba habituadas a ese dispositivo interior que las alertaba cuando la otra tenía problemas.

—Sí. Creo que fue entonces cuando nos detuvieron y subieron a la furgoneta.

—Debió de ser una experiencia de lo más interesante —comentó Olivia con aire reprobatorio.

Victoria rió divertida.

—De hecho fue todo bastante gracioso. Los policías estaban empeñados en no dejar a nadie fuera, pero es que nadie quería quedarse fuera, todas querían que las arrestaran.

—Pues me alegro de que no te arrestasen —repuso Olivia con firmeza.

—¿Por qué le llamaste? —preguntó su hermana buscando la respuesta en sus ojos. Eran miles las cosas que no se decían pero que sabían.

—No se me ocurrió a quién llamar. No quería que me acompañaran Donovan o Petrie, pero tenía miedo de ir sola. El sargento me aconsejó que no lo hiciera.

—Podrías haber ido sola de todos modos, no le necesitabas.

Además, es un ser insignificante. —Victoria no entendía qué veía su hermana en él.

—No lo es —le defendió Olivia. No cabía duda de que Charles era un poco apocado, pero el destino le había deparado un cruel revés. Sentía lástima por él, pero también atracción. En su interior vislumbraba al hombre que había sido antes y quizá, con un poco de bondad y la mujer adecuada a su lado, podía volver a ser—. Ha sufrido mucho.

—Ahórrame los detalles. —Victoria se mostraba en ocasiones muy cruel con los más débiles.

—Eres injusta. Acudió enseguida para ayudarte.

—Nuestro padre es uno de sus mejores clientes.

—No lo hizo por eso. Podría haberse excusado diciendo que estaba ocupado.

—Quizá le gustas —observó Victoria en broma.

—Tal vez le gustas tú —replicó Olivia.

—Lo más probable es que no sepa diferenciarnos.

—Eso no significa que sea mala persona. Tampoco nos distingue muchas veces nuestro padre. Bertie es la única que nunca nos confunde.

—Quizá es la única que se ha preocupado lo suficiente.

—¿Por qué eres tan despiadada? —Detestaba que su hermana dijera cosas así, era como si no tuviera sentimientos.

—Quizá lo soy. También soy dura conmigo misma. Espero mucho de las personas, Olivia, y también espero hacer algo más en la vida que asistir a fiestas, a bailes y al teatro.

A su hermana le sorprendieron sus palabras.

—Pensaba que te gustaba estar en Nueva York. Siempre te has quejado de lo aburrido que es Croton-on-Hudson.

—Es cierto, me encanta estar aquí, pero no sólo por la vida social; quiero que alguna vez me ocurra algo importante, hacer algo por el mundo, llegar a ser alguien por méritos propios, no por ser la hija de Edward Henderson.

—Parece un propósito muy noble —comentó Olivia con una sonrisa.

Victoria acariciaba grandes ambiciones, pero aún era una chiquilla, una niña mimada. Lo quería todo: la gente y las fiestas de Nueva York, pero también luchar en todas las batallas, enmendar todas las injusticias y hacer algo por el mundo. En realidad no sabía lo que buscaba, pero a veces Olivia presentía que haría mucho más en esta vida que quedarse en Croton.

—¿Qué tal si fueras la esposa de alguien?

—No lo deseo en absoluto. No quiero pertenecer a nadie. Cuando dicen «ésta es mi mujer», es como si dijeran éste es mi sombrero, mi abrigo o mi perro; me niego a ser como un objeto. No quiero ser de nadie.

—Pasas demasiado tiempo con esas estúpidas sufragistas —gruñó Olivia.

Con excepción del voto para la mujer, no estaba de acuerdo con nada de lo que reivindicaban. Sus ideas sobre la libertad y la independencia iban en contra de los valores que siempre había considerado más importantes, como la familia y los hijos, o el respeto al padre y al marido, y dudaba de que Victoria creyera en ello a pie juntillas. A su hermana le gustaba fumar, robar el coche de la familia, ir sola a todas partes e incluso que la arrestaran por defender un ideal, pero quería a su padre con locura, y Olivia estaba segura de que si algún día encontraba a su príncipe azul, se enamoraría como cualquier otra mujer, incluso más. ¿Cómo podía decir que no quería «pertenecer» a nadie, ser la esposa de un hombre?

—Hablo en serio. Hace mucho tiempo que tomé la decisión de no casarme.

Olivia sonrió, convencida de que mentía.

—¿Qué quieres decir con «hace mucho tiempo»? ¿Significa eso que te quedarás en casa para cuidar de nuestro padre? —Era ridículo. Cabía la posibilidad de que Olivia se quedara en casa para ocuparse de él, pero Victoria no; ambas sabían que no era su estilo, o al menos ella lo sabía, y se preguntó si su hermana había pensado en ello alguna vez. ¿Creía de verdad que sería feliz con él en Croton? No parecía muy probable.

—Yo no he dicho eso. Dentro de unos años tal vez me vaya a vivir a Europa. Creo que me gustaría instalarme en Inglaterra, por ejemplo.

Inglaterra era el país en el que el movimiento de liberación de las mujeres estaba más desarrollado, aunque su acogida no había sido mejor que en Nueva York u otras ciudades de Estados Unidos. En los últimos meses habían arrestado y encarcelado a media docena de sufragistas por lo menos.

A Olivia le sorprendían sus palabras, sobre todo su idea de vivir en Europa y no casarse nunca. Una vez más pensó en cuán distintas eran. A pesar de lo mucho que tenían en común y de su parecido físico, existían enormes diferencias entre ambas.

—Quizá deberías casarte con Charles Dawson —comentó Victoria en broma mientras se vestían—. Ya que lo encuentras tan dulce, quizá te gustaría unirte a él —añadió mientras subía la cremallera del vestido de Olivia y luego se giraba para que ésta hiciera lo mismo con el suyo.

La cremallera era un nuevo invento que se había puesto de moda ese año; era muy fácil de cerrar y más práctica que las hileras de diminutos botones.

—No seas tonta. Sólo lo he visto dos veces —protestó Olivia.

—Pero te gusta, no mientas, lo noto.

—De acuerdo, me gusta. ¿Y qué? Es inteligente, buen conversador y muy útil cuando mi hermana acaba con sus huesos en la cárcel. Si te empeñas en estar entre rejas, al final tendré que casarme con él o bien estudiar la carrera de derecho.

—Eso estaría mejor —repuso Victoria.

Aunque ya habían hecho las paces y Olivia casi había olvidado el incidente de esa tarde, obligó a su hermana a jurar que no se acercaría a una manifestación durante el resto de su estancia en Nueva York. No quería pasar todo el tiempo sacándola de líos. Victoria se lo prometió a regañadientes mientras encendía un cigarrillo en el cuarto de baño, a pesar de las protestas de su gemela, que afirmaba que era un hábito impropio de una mujer.

—¡Si Bertie supiera que fumas, te mataría! —exclamó Olivia al tiempo que la apuntaba con el cepillo.

Una vez vestidas, salieron de la habitación para dirigirse al comedor.

—Por cierto, me gustan mucho los trajes que escoges. Quizá viva siempre contigo y me olvide de Europa —comentó Victoria mientras bajaban por la escalera.

—La verdad es que no me importaría. —Olivia experimentó una tristeza repentina ante la posibilidad de que se separaran algún día. Nunca pensaba en el matrimonio porque no concebía la idea de abandonar a su padre y a su hermana—. Me resulta imposible imaginar que nos separemos alguna vez.

—Eso no ocurrirá nunca, Ollie, todo es palabrería. No podría estar lejos de ti. —Notaba que la había disgustado con sus comentarios sobre Europa—. Me quedaré en casa contigo y dejaré que me arresten cuando necesite un respiro.

—¡Atrévete!

Entraron en el comedor, donde Bertie las esperaba vestida con un traje de seda negro que le favorecía mucho y que Olivia había copiado de una revista de París. Se lo ponía siempre que tenía el honor de cenar con la familia.

—¿Dónde has estado toda la tarde, Victoria? —preguntó mientras se sentaban. Las chicas desviaron la mirada.

—En el museo. Hay una exposición maravillosa de Turner cedida por la National Gallery de Londres.

—¿Ah, sí? —Bertie aparentó sorpresa y fingió creerla—. Pues tendré que ir.

—Te encantará —aseguró Victoria sonriente.

Olivia estaba distraída, preguntándose cómo sería la casa cuando sus padres vivían allí y quién se parecía más a su madre, ella o su hermana. Era una cuestión que se planteaba a menudo, pero no podía consultar a su padre, pues le resultaba muy doloroso hablar de ella a pesar de los muchos años transcurridos.

—Qué alegría que vuestro padre llegue mañana —comentó Bertie al final de la cena mientras les servían el café.

—Sí —dijo Olivia al tiempo que pensaba en las flores que pondría en su dormitorio.

Victoria se preguntaba si su hermana realmente la mataría si participaba en otra manifestación. Cuando se dirigían a la comisaría, había oído que se estaba organizando otra y prometió asistir. En ese momento Olivia la miró y negó con la cabeza; había adivinado sus intenciones. Era algo que les sucedía en ocasiones, no sabían cómo, pero era como si adivinaran los pensamientos de la otra antes de que fueran expresados.

—Ni te atrevas —le susurró mientras salían del comedor.

—No sé de qué me hablas —repuso Victoria.

—La próxima vez dejaré que te las apañes sola, y tendrás que rendir cuentas a nuestro padre.

—Lo dudo. —Victoria se echó a reír. Casi nada le daba miedo, ni siquiera le había impresionado la celda de esa tarde; de hecho, le había parecido una experiencia interesante.

—Eres incorregible —la reprendió Olivia antes de dar a Bertie un beso de buenas noches y subir al dormitorio.

Mientras Olivia leía revistas de moda, Victoria devoraba un panfleto sobre las huelgas de hambre en prisión escrito por Emmeline Pankhurst, que en su opinión era la sufragista más importante de Inglaterra. Como Bertie ya se había acostado, encendió un cigarrillo e instó a su hermana a dar una calada, pero ésta se negó.

Olivia dejó de leer y se sentó junto a la ventana. Había intentado distraer su mente, pero sus pensamientos volvieron a Charles Dawson.

—No lo hagas —dijo Victoria, que estaba tendida en la cama.

—¿Qué no debo hacer?

—Pensar en él —respondió Victoria, y exhaló una nube de humo en dirección a la ventana.

—¿Qué quieres decir? —Era increíble que pudiera leer sus pensamientos.

—Sabes muy bien de qué te estoy hablando: Charles Dawson. Después de estar con él tenías esa misma mirada en los ojos. Es demasiado aburrido para ti, hay miles de hombres ahí fuera, lo sé.

—¿Cómo has adivinado en qué estaba pensando?

—Al igual que tú, a veces oigo tu voz en mi cabeza como si fuera la mía, mientras que en otras ocasiones me basta con mirarte para saber qué te preocupa.

—Eso me asusta. Estamos tan unidas que nunca sé dónde empiezas tú o dónde acabo yo. ¿Crees que somos la misma persona?

—A veces. —Victoria sonrió—. Pero no siempre. Me gusta saber lo que piensas… y sorprender a la gente. Disfrutaba mucho cuando, de pequeñas, nos hacíamos pasar la una por la otra. Deberíamos volver a hacerlo, lo echo de menos. Podríamos intentarlo aquí; nadie notaría nada y sería muy divertido.

—Es diferente ahora que somos mayores; es como un engaño.

—No seas tan moralista, Olivia. No hay nada malo en ello, y seguro que todos los gemelos lo hacen —incitó Victoria, que siempre había sido mucho más atrevida que su hermana. No obstante, sabía que no lo harían, ya eran mayores y Olivia lo consideraba un juego infantil—. Si no tienes cuidado, te convertirás en una vieja aburrida.

Olivia lanzó una carcajada.

—Quizá para entonces hayas aprendido a comportarte como Dios manda.

—No cuentes con ello hermanita; creo que jamás aprenderé a comportarme.

—Estoy de acuerdo —susurró Olivia.

3

Edward Henderson llegó de Croton-on-Hudson a última hora de la tarde del viernes, como estaba previsto. La casa estaba en perfecto estado: la habían aireado y limpiado, y los muebles relucían. Olivia había arreglado su dormitorio como a él le gustaba y distribuido flores aromáticas en todas las estancias. Incluso habían arreglado el jardín, aunque comparado con el de Croton, no era más que una pequeña parcela de césped. Henderson estaba muy satisfecho con el trabajo realizado y alabó tanto a sus hijas como a Bertie. Siempre incluía a Victoria en sus elogios, aunque sabía que era Olivia quien se encargaba de las tareas domésticas.

Feliz de ver a las gemelas de nuevo, dio un beso a Victoria y agradeció a Olivia sus esfuerzos. De pronto ambas comenzaron a reír, y Henderson comprendió lo que había sucedido.

—Voy a pedir a Bertie que os coloque otra vez lazos de colores. De todos modos supongo que os los cambiaréis como hacíais de pequeñas.

—Ya nunca nos hacemos pasar la una por la otra.

—Sí, pero ¿quién intentó convencerme anoche de que volviéramos a las andadas?

—Olivia se negó. Ya no es divertida —protestó Victoria.

—No hace falta. Ya nos confundís a todos y hacéis la vida imposible. —Henderson pensó en la sensación que habían causado dos años atrás, cuando las presentó en sociedad. Esperaba que esta vez fuera diferente.

Por la noche Olivia se encargó de que sirvieran los platos favoritos de su padre: carne con espárragos y arroz, además de unas almejas recién llegadas esa misma mañana de Long Island. También había verduras del huerto de Croton y un pastel de chocolate que Edward afirmó que acabaría con él. Mientras tomaban café, el hombre les habló de las actividades que había planeado. Deseaba ir al teatro, presentarles a algunas personas y visitar dos restaurantes nuevos. También anunció que quería celebrar una fiesta. Hacía años que no organizaba una en Nueva York. Podía ser una experiencia interesante, en especial ahora que todos habían regresado a la ciudad después de las vacaciones en Nueva Inglaterra y Long Island.

—De hecho ya nos han invitado a un baile en casa de los Astor, y los Whitney ofrecerán una gran fiesta dentro de dos semanas, por lo que temo que tendréis que hacer algunas compras.

Las dos hermanas estaban entusiasmadas. A Olivia le hacía especial ilusión la celebración en casa. Invitarían a unas cincuenta personas, número suficiente para que fuera un evento animado pero lo bastante reducido para poder hablar con todas. Henderson prometió entregarle la lista de invitados al día siguiente.

A la mañana siguiente Olivia se sentó al escritorio para escribir las invitaciones. La fiesta se celebraría al cabo de quince días, la misma semana que el baile de los Astor. Advirtió con satisfacción que a muchos de los invitados les había conocido dos años antes, aunque no recordaba todas las caras, pero estaba segura de que sería divertido verles de nuevo. Le agradaba preparar cenas y fiestas para su padre. Tenía varios menús en mente y ya había revisado la mantelería.

Permaneció atareada la mayor parte de la mañana mientras Victoria y su padre visitaban la parte alta de la ciudad. Pasearon por la Quinta Avenida, y Edward saludó a varios conocidos que presentó a su hija. Cuando regresaron a casa, Olivia ya había organizado toda la fiesta.

Esa noche fueron al teatro Astor. Henderson parecía conocer a todos los presentes y, como era habitual, sus hijas causaron sensación. Lucían un vestido negro de terciopelo y una pluma de cuentas en el cabello, eran como dos modelos sacadas de una revista de París. A la mañana siguiente sus nombres aparecieron de nuevo en los ecos de sociedad, pero esta vez Edward lo aceptó con mayor tranquilidad, y las jóvenes no se mostraron tan emocionadas; tenían dos años más y estaban acostumbradas a llamar la atención.

—¡Qué maravilla! —exclamó Victoria al comentar la obra que habían visto la noche anterior. Le había gustado tanto que apenas había notado la admiración que habían despertado.

—Mejor que ser arrestada —le susurró Olivia al oído mientras iba a buscar otra taza de café para su padre.

A última hora de la mañana fueron a la iglesia de St. Thomas, donde todos les saludaron, y regresaron en coche a casa dispuestos a pasar un domingo tranquilo. Al día siguiente Olivia tenía mucho trabajo que hacer: además de las tareas habituales, debía encargar todo lo necesario para la fiesta mientras su padre se reunía con sus abogados, que al fin y al cabo era la razón de su estancia en Nueva York. Esa tarde John Watson y Charles Dawson le acompañaron a casa. Al verles Olivia experimentó cierto temor ante la posibilidad de que Charles hiciera algún comentario sobre el incidente de la comisaría, pero no dijo nada. La saludó cortésmente con un movimiento de cabeza y se despidió de ella al marcharse.

En cambio Victoria afirmó que no le habría importado que hubiera dicho algo.

—Si se enterara de lo ocurrido, nuestro padre se pondría furioso y te enviaría de vuelta a Croton en el próximo tren —le advirtió su hermana.

—Tienes razón. —Victoria sonrió. Disfrutaba demasiado de su estancia en Nueva York para correr ese riesgo. Deseaba asistir a las reuniones de las sufragistas americanas, pero había prometido mantenerse alejada de las manifestaciones.

Esa noche fueron de nuevo al teatro y durante la semana asistieron a una cena en casa de unos amigos de su padre, donde Victoria se entretuvo escuchando las historias sobre un hombre llamado Tobias Whitticomb, quien gracias a ciertas operaciones especulativas dentro de la banca había amasado una gran fortuna, que luego multiplicó al casarse con una Astor. Se comentaba que era un hombre muy atractivo con cierta reputación entre las damas. En Nueva York todos hablaban de él por la relación que había mantenido no se sabía muy bien con quién. Edward Henderson sorprendió a todos diciendo que había hecho negocios con ese individuo, que le consideraba muy educado y agradable y que en todo momento había actuado con honradez.

A continuación todos comenzaron a discutir con Henderson y

contaron anécdotas sobre Whitticomb, pero al final tuvieron que admitir que, a pesar de su reputación, las mejores familias le invitaban siempre a sus fiestas, aunque sólo por ser el marido de Evangeline Astor. La joven era un ángel por aguantar a Toby. Llevaban cinco años casados y tenían tres hijos.

Después de cenar, cuando regresaban a casa en el Cadillac, Olivia recordó que los Whitticomb estaban invitados a la fiesta de su padre.

—¿De verdad es tan terrible como dicen? —preguntó con curiosidad.

Victoria no le prestó atención, pues estaba pensando en la conversación sobre política que había mantenido con una mujer.

Edward Henderson sonrió y se encogió de hombros.

—Hay que tener cuidado con hombres como Tobias Whitticomb. Es joven, guapo, y las mujeres le encuentran muy atractivo, pero hay que decir que la mayoría de sus conquistas son damas casadas que ya deberían saber cómo comportarse. No creo que se dedique a seducir jovencitas; de lo contrario no le habría invitado.

—¿De quién habláis? —preguntó Victoria.

—Al parecer nuestro padre ha invitado a la fiesta al libertino al que nuestra anfitriona de esta noche criticaba.

—¿Acaso asesina a mujeres y niños? —inquirió Victoria con sorna.

—Más bien lo contrario. Dicen que es encantador y que las mujeres se arrojan a sus pies esperando que les dé un poco de su amor.

—¡Qué horror! —Victoria no disimuló su desaprobación. Olivia y su padre rieron—. ¿Por qué lo habéis invitado entonces?

—Tiene una esposa encantadora.

—¿También se arrojan los hombres a sus pies? Porque si es así, vamos a tener un problema con todo el mundo por el suelo.

Cuando unos minutos más tarde llegaron a casa, ya habían olvidado a Tobias Whitticomb.

A pesar de haber invitado a Whitticomb, de dudosa reputación, la familia esperaba la fiesta con ilusión. Casi todos los invitados habían confirmado su asistencia. Finalmente serían cuarenta y seis, que se distribuirían en cuatro mesas redondas en el comedor, y después bailarían en el salón. También habían montado una carpa en el jardín.

Durante dos días Olivia se dedicó a revisar las flores, la mantelería y la vajilla, catar la comida y vigilar la instalación de la carpa. Los preparativos parecían no tener fin. La señora Peabody la ayudó todo cuanto pudo pero, como de costumbre, era imposible encontrar a Victoria cuando se la necesitaba. En las últimas semanas había hecho nuevos amigos, la mayoría intelectuales, un par de escritores y varios artistas que vivían en lugares extraños y con los que compartía muchas ideas políticas. En cambio Olivia apenas había entablado amistades, pues estaba demasiado ocupada con la casa y su padre.

Victoria siempre insistía en que tenía que salir más, y Olivia le prometió que así lo haría tras la fiesta. Entonces dispondría de todo el día para hacer lo que quisiera. Para empezar, al día siguiente asistirían a una cena en casa de los Astor y le complacía pensar que otra persona actuaría de anfitriona. Pero ésta era la primera vez que celebraba una fiesta en Nueva York, era su gran momento. Cuando ella y su hermana bajaron por la escalera, temblaban de emoción. Lucían ambas un vestido de satén verde oscuro que había confeccionado su sastre de Croton, con un polisón y una corta cola detrás y unos corpiños escotados con cuentas de azabache. Las dos llevaban el cabello recogido y el largo collar de perlas que les había regalado su padre por su dieciocho cumpleaños, a juego con unos pendientes de diamantes. Ya en el salón, Olivia echó un último vistazo para comprobar que todo estaba en orden. La orquesta había empezado a tocar, los candelabros estaban encendidos y había flores en todos los rincones. Las hermanas estaban deslumbrantes mientras esperaban la llegada de los invitados junto a su apuesto padre, que dio un paso atrás para observarlas con detenimiento. Era imposible no maravillarse ante semejante belleza. De hecho, los invitados quedaron prendados de su hermosura y las miraron con incredulidad.

Edward las presentó a cada uno de los invitados, pero la mayoría no sabía distinguir quién era Victoria y quién Olivia, y Charles Dawson ni siquiera lo intentó. Al llegar dedicó a ambas una afectuosa sonrisa mientras las estudiaba con interés. Sólo al conversar con ellas empezó a intuir quién era la más alocada y, con voz tenue, se atrevió a bromear con ella.

—Estamos muy lejos de la comisaría —comentó.

Victoria le miró con expresión desafiante y sonrió.

—Usted y Olivia no tendrían que haber intervenido. Me sentí muy decepcionada porque no me arrestaron.

—No creo que su hermana lo estuviera —repuso Charles mientras admiraba su belleza. Era la mujer más hermosa que había visto en muchos años, igual que su hermana—. Creo que estaba muy aliviada cuando la sacamos de allí tan rápido; lo cierto es que pensé que sería más difícil.

—Siempre podemos intentarlo de nuevo, pero la próxima vez ya le llamaré yo —dijo ella con tono travieso.

Charles se preguntó cómo podía mantener el juicio Edward Henderson con dos hijas así, aunque sabía que Olivia se comportaba mucho mejor que su hermana «más joven». Hasta el propio Edward había reconocido que ésta era como una bendición para él.

—Hágamelo saber si necesita mi ayuda alguna vez —sugirió Charles antes de alejarse para hablar con el resto de invitados y, por supuesto, con su socio John Watson.

Todos se encontraban en la carpa del jardín admirando las esculturas de hielo, excepto Victoria, que seguía junto a la puerta, cuando llegaron los Whitticomb. No tenía ni idea de quiénes eran y tampoco recordaba la conversación que habían mantenido sobre ellos. Victoria observó a la pareja: una mujer muy guapa, con un vestido y abrigo grises, un turbante del que escapaban unos mechones de cabello rubio y un impresionante collar de diamantes, acompañada de un hombre muy atractivo. Victoria contuvo el aliento al verlo. Su esposa se alejó para saludar a unos amigos. Era una mujer muy hermosa, pero su marido no parecía darse cuenta de su presencia mientras miraba fijamente a Victoria.

—Hola, soy Tobias Whitticomb —se presentó mientras cogía una copa de champán de la bandeja de plata sin apartar la vista de la escultural figura de Victoria. Al pronunciar su nombre la miró a los ojos como si esperara que conociera su reputación—. ¿Y usted es…? —La observaba con suma atención, preguntándose por qué no la había visto antes. Era una mujer de rara belleza.

—Victoria Henderson —respondió con cierta turbación.

—Vaya, de modo que está usted casada con nuestro anfitrión, un hombre afortunado —comentó con una sonrisa que no ocultaba su decepción.

Victoria se rió sin recordar lo que su padre y su hermana habían explicado sobre él. No había prestado atención a sus cotilleos y lo único que veía ahora era su cabello negro, sus pícaros ojos oscuros y su porte atractivo. Parecía un actor, e intuía que debía de ser un personaje divertido.

—No estoy casada con el anfitrión. Soy su hija.

—Gracias a Dios. No habría soportado que estuviera usted casada con él, por muy encantador que sea Edward Henderson. De hecho, hemos realizado algunos negocios bastante provechosos —explicó mientras se dirigían al salón y, sin pedirle permiso, la cogió entre sus brazos y comenzaron a bailar. Victoria tenía la impresión de ser atraída por una fuerza magnética imposible de resistir.

Toby le contó que había estudiado en Europa varios años, en Oxford concretamente, donde había jugado al polo, y luego marchó a Argentina para participar en competiciones de ese deporte. Le explicó muchas cosas sobre su vida. Era un hombre fascinante, que bailaba como los ángeles y la hacía reír con sus comentarios críticos sobre casi todos los presentes. Después de bailar, relató anécdotas graciosas sobre todos, pero en ningún momento mencionó a Evangeline y los niños. Tras la segunda copa de champán, ya eran grandes amigos, y Whitticomb se sorprendió al ver que daba una calada a su cigarrillo cuando nadie miraba.

—Es usted muy osada. ¿Qué más cosas hace? ¿Bebe en exceso, fuma cigarros y trasnocha? ¿Se entrega a algún otro vicio que debiera conocer? —Toby bromeaba sin cesar.

Victoria era muy consciente del atractivo del hombre. Jamás había conocido a alguien igual. Al cabo de unos minutos se excusó diciendo que tenía que ocuparse de la cena y volvería enseguida. Planeaba hacer algo que enfurecería a Olivia.

Cuando regresó junto a Toby, observó que estaba hablando con Olivia y que se mostraba perplejo. La tenía cogida por la cintura y al parecer le había propuesto ir al jardín para fumar un cigarrillo. Olivia parecía desconcertada pero pronto se dio cuenta de lo que había ocurrido. Cuando Victoria se acercó a ellos, Toby Whitticomb tuvo la impresión de ver doble.

—¡Dios mío! —exclamó pasmado—. ¿Tanto champán he bebido? ¿Qué está pasando? —Ignoraba por completo la existencia de las gemelas Henderson.

—¿Acaso se ha propasado usted con mi hermana mayor? —preguntó Victoria divertida mientras Olivia miraba a los dos fijamente. Todavía no sabía quién era ese hombre ni de qué lo conocía su hermana.

—Me temo que sí —respondió mientras intentaba recuperarse del bochorno de haber cogido a Olivia. Aunque apenas conocía a Victoria, parecía más abierta a esa clase de libertades—. La he invitado a fumar un cigarrillo en el jardín, espero que fume, así podríamos ir todos, pero antes necesito otra copa —añadió mientras tomaba una—. Es extraordinario, jamás había visto algo igual.

—Al final uno se acostumbra —comentó Olivia con tono cordial a pesar de desagradarle la excesiva familiaridad con que trataba a su hermana.

—Lamento haberme mostrado tan grosero —se disculpó—. Usted debe de ser la otra señorita Henderson. Esta noche me he superado a mí mismo. Al principio confundí a su hermana con la mujer de Edward —confesó, y Olivia se echó a reír—. Soy Toby Whitticomb —se presentó y le tendió la mano.

La joven dejó de reír de inmediato y se mostró distante.

—Ya he oído hablar de usted —dijo con la esperanza de frenar su interés por su hermana.

—Me temo que eso no es un cumplido —repuso él sin inmutarse.

En ese momento anunciaron la cena.

Olivia estaba satisfecha con el sitio que había escogido para su hermana, entre dos apuestos jóvenes de buena familia, lejos de Tobias. Ella se sentaría junto a uno de los viejos amigos de su padre, que padecía un grave problema de oído, y un joven muy tímido y de escaso atractivo, pero pensó que así hacía una buena obra. Sería una cena muy larga para ella. A su padre lo había colocado al lado de dos de los invitados de honor. Deseaba que disfrutara de la velada y fuera una ocasión inolvidable para él.

Por el momento la fiesta transcurría a pedir de boca, la música era excelente, la comida exquisita, y el champán que había escogido su padre, soberbio. Olivia esperó a que los invitados se acomodaran. La cubertería de plata y la cristalería resplandecían como joyas a la luz de las velas. De pronto vio a Victoria sentada y comprendió que había cometido una nueva trastada. Contuvo el aliento al pensar que habría desorganizado toda la disposición de las mesas, pero lo único que había hecho era intercambiar su lugar con el de otro invitado para poder sentarse junto a Toby. Furiosa, Olivia le hizo señas, pero su hermana no se inmutó. Echó un vistazo al comedor y comprobó que el resto de los invitados estaba en su lugar, a excepción de una mujer nada atractiva que se hallaba entre los dos apuestos jóvenes que había reservado para su hermana.

Resignada, pero decidida a reprender a Victoria más tarde por dejarse engatusar por un hombre casado de mala reputación, se disponía a sentarse en su sitio cuando se dio cuenta de que lo ocupaba otra persona. En ese momento descubrió la segunda artimaña de Victoria, que también había mejorado su ubicación y la había colocado junto a Charles Dawson. Olivia se sonrojó y tomó asiento junto a él.

—Es un honor —dijo el abogado mirándola fijamente. Era obvio que no sabía cuál de las dos hermanas era y le susurró—: ¿Es usted la delincuente o la salvadora? Siento comunicarle que no siempre logro diferenciarlas.

Olivia se echó a reír.

—¿Cree usted que podrá diferenciarnos alguna vez, señor Dawson? —preguntó con picardía. No resistió la tentación de ocultarle su identidad y dejar que la adivinara, aunque sabía que era una crueldad.

—Sus gestos son muy similares, pero las miradas son a veces diferentes, aunque todavía no estoy seguro de quién es quién. Una de ustedes tiene una mirada inquieta y tal vez hace cosas de las que más tarde se arrepiente… pero la otra hermana dominará a esta fierecilla porque es de carácter pacífico y tranquilo —agregó mirándola con interés. Empezaba a intuir que se trataba de Olivia, no de Victoria, cuya presencia le hacía sentir incómodo.

Olivia estaba intrigada por sus palabras y tuvo que reconocer que sus observaciones eran muy precisas.

—Su descripción es correcta, caballero. Es usted muy observador —afirmó con una sonrisa.

Charles ya se sentía casi seguro de su identidad, pero no la reveló.

—Eso intento, es parte de mi trabajo —repuso.

—También de su personalidad.

—¿Me dirá ahora quién es usted? ¿O mantendrá el misterio toda la noche? —Parecía dispuesto a jugar si se lo pedía.

Sin duda Victoria le habría dejado sufrir más, pero ella era incapaz.

—Creo que no sería justo. Soy Olivia. —Aunque seguía furiosa con su hermana y con Tobias Whitticomb, agradecía estar en esos momentos junto a Charles Dawson.

—De modo que usted es la salvadora, la del corazón tranquilo. ¿De verdad son tan diferentes? Al principio resulta difícil darse cuenta, pero he observado en Victoria cierto aire insatisfecho, como si buscara algo, mientras que usted parece más a gusto consigo misma.

—Tal vez sea porque cree que nuestra madre murió por su culpa. —No solía revelar secretos como ése a un desconocido, pero tenía la impresión de que podía confiar en Charles, quien había demostrado su discreción al no divulgar el incidente de la comisaría—. Nuestra madre falleció al dar a luz. Victoria es la más pequeña y al parecer su nacimiento fue la causa de su muerte. Sin embargo yo me pregunto qué diferencia pueden suponer once minutos y creo que las dos somos culpables. —Olivia también sentía cierta culpa, pero no en el mismo grado que Victoria.

—No debe pensar así. No hay modo de saber por qué suceden las cosas. Las dos eran una bendición para su madre y es una pena que no viviera para disfrutarlo. Estoy convencido de que son una fuente de alegría para su padre y creo que debe de ser maravilloso tener una gemela. Tienen mucha suerte.

Olivia adivinó que con sus palabras también hacía referencia a la desaparición de su mujer; debía de haberse preguntado muchas veces en el último año y medio por qué tuvo que morir, pero no existía respuesta.

—Hábleme de su hijo —pidió con dulzura.

—¿Geoffrey? —Charles sonrió—. Tiene nueve años y es la luz de mi vida. Le quiero con locura. —Titubeó antes de proseguir porque ignoraba si Olivia estaba al corriente de su situación—. Su madre falleció hace poco más de un año en el *Titanic*. —El nombre del barco pareció atragantársele. La joven le rozó la mano y él la miró—. Fue una tragedia. Decidí viajar a Europa con Geoffrey para estar con la familia de mi esposa. Fue un golpe tremendo, sobre todo para mi hijo, que estaba con ella en el barco.

—Es terrible.

—Todavía le atormenta el recuerdo del hundimiento, pero está mejor. —Sonrió. Tenía la impresión de haber hecho una amiga. Resultaba muy fácil sincerarse con Olivia—. De hecho está mejor que yo. No suelo asistir a fiestas como ésta, pero John y su padre insistieron en que viniera.

—Mantenerse aislado no le hará ningún bien.

—Supongo que no. —Charles la contempló con admiración. En el último año y medio no había encontrado a nadie con quien le resultara tan fácil conversar.

—¿Por qué no lleva a su hijo a Croton? A los niños les encanta. A mí me entusiasmaba cuando era pequeña y tenía más o menos su edad cuando nos mudamos allí.

—¿Y ahora? —Charles sentía curiosidad por la joven, tenía una calidad humana poco habitual—. ¿Todavía le gusta Croton?

—Sí, pero a mi hermana no. Prefiere estar aquí, en una manifestación, o bien en Inglaterra con las sufragistas, haciendo huelga de hambre en prisión.

—No cabe duda de que tiene un espíritu inquieto.

—Es cierto, pero hoy le debo un favor. Gracias a ella estamos sentados juntos.

—Pensaba que era usted la que se ocupaba de estas cosas. —Edward Henderson se había deshecho en elogios hacia Olivia por lo mucho que le había ayudado a organizar la fiesta.

—Así es, pero Victoria cambió su asiento y el mío. No le gustaba el sitio que le había designado.

—Pues estoy en deuda con ella. De ahora en adelante tendrá que dejar que sea ella quien se ocupe de las mesas.

La orquesta comenzó a tocar, y Charles le solicitó un baile. Mientras bailaban, él apenas rozó la mano de Olivia y, cuando acabó la pieza, la acompañó de nuevo a la mesa. Aunque no era un hombre especialmente sensual, a la joven le agradaba su compañía. Era inteligente y de conversación amena, aunque siempre mantenía las distancias. Olivia había deducido de sus palabras que había estado muy enamorado de su mujer y que por el momento no tenía intención de buscar una sustituta. A pesar de todo, no podía evitar la atracción que sentía por él ni pensar que, en otras circunstancias, podía haber sido el hombre de su vida. Sin embargo no tenía sentido pensar en ello, pues no estaba dispuesta a abandonar a su padre y, por otro lado, Charles Dawson no parecía deseoso de abrir su corazón a nadie, ni siquiera por el bien de su hijo.

Cuando finalizó la cena, las mujeres salieron del comedor y Olivia aprovechó la ocasión para amonestar a su hermana por perseguir a Toby.

—No le persigo —protestó Victoria.

Toby era encantador, inteligente y un gran bailarín. Era el hombre más extraordinario que jamás había conocido. ¿Qué había de malo en coquetear un poco? Sin embargo no comprendía que para él no existía el flirteo inocente y que al final siempre conseguía su objetivo.

—Te prohíbo que estés toda la noche con él —masculló Olivia

en el momento en que pasaba junto a ellas su esposa, Evangeline.

—No tienes derecho a decirme eso, no eres mi madre —replicó Victoria, que no estaba dispuesta a ceder—. Además, Toby no es tan malo como crees. Es un hombre encantador y me gusta conversar con él, eso es todo. Sólo charlamos y bailamos, no hay nada malo en eso. Es muy triste que no puedas entenderlo.

—Entiendo más de lo que crees. Estás jugando con fuego —contraatacó Olivia furiosa.

Victoria se rió y bajó por la escalera con celeridad en busca de Toby. Nadie había presenciado la discusión de las dos hermanas. Cuando Victoria lo localizó, desapareció con él en el jardín. Detrás de la carpa, Toby la rodeó con el brazo mientras compartían un cigarrillo. Después le dijo algo que juraba no haber dicho nunca, excepto a su esposa: declaró que la quería, por más que pareciera un disparate porque tan sólo hacía unas horas que la conocía. Whitticomb explicó que el suyo era un matrimonio de conveniencia, que desde hacía años se sentía solo, que sus familias les habían obligado a casarse. Aseguró que Evangeline no significaba nada para él, que en su relación no existía el amor. Si Olivia hubiera oído su discurso, le habría estrangulado con sus propias manos.

A pesar de su aparente indiferencia, Victoria creyó sus palabras, y cuando levantó la mirada, llena de inocencia y adoración por él, Toby la besó e, impaciente, le preguntó cuándo volverían a verse. Afirmó que respetaba sus principios y el fervor con el que defendía la causa feminista; compartía sus ideales y jamás intentaría aprovecharse de ella, sólo quería estar a su lado, conocerla mejor.

Victoria estaba convencida de su sinceridad, quería creerle. Jamás había oído nada igual.

Al día siguiente coincidirían en el baile de los Astor y tenían que encontrar el modo de verse. Entonces Toby le preguntó con un extraño brillo en los ojos si prefería ir acompañada de su hermana, idea que horrorizó a Victoria pues conocía la opinión que tenía del hombre y sabía que haría todo lo posible por evitar el encuentro. Cuando Victoria prometió que se vería con él a solas, Whitticomb aceptó sin protestar. Tras concertar la cita entraron en la casa y se encontraron con Evangeline, que explicó que padecía un terrible dolor de cabeza y deseaba regresar a su hogar de inmediato. No obstante, el daño ya estaba hecho, habían llegado a un acuerdo y programado una cita. Victoria había caído en las redes de Toby.

Cuando los Whitticomb abandonaron la fiesta, Charles, que había presenciado lo ocurrido, comenzó a observar a Victoria con renovado interés. Había algo en sus gestos, en la manera de mover la cabeza y mirar a los hombres, en su carácter sofisticado, seductor y misterioso que la diferenciaba de su hermana. Olivia era un ser transparente, dispuesto a entregar su corazón y tender una mano en cualquier momento. Sin embargo era su hermana quien le fascinaba e intrigaba, la gemela que no sabía qué quería y, hasta el momento, siempre había escogido el camino incorrecto. A Charles le irritaban sus sentimientos. Por un lado, deseaba acercarse a Victoria y reprenderla por su ingenuidad; por el otro, quería olvidarse de ella y concentrarse por completo en su hermana Olivia, una persona responsable, pero tan dispuesta a dar y recibir que le asustaba. Se sentía demasiado vulnerable tras la muerte de Susan para aceptar todo aquello que le ofrecía Olivia; estaba tan habituado al dolor, al escepticismo, la frustración y la ira que era más fácil acercarse a una persona que no le quería, que no esperaba nada de él. Tratar de intimar con ella sería como traicionar a su difunta esposa. En cambio Victoria era diferente. Charles la contemplaba fascinado, intuía que algo rondaba por su hermosa cabecita, seguramente el infame Tobias Whitticomb. Se preguntó qué resultaría de todo aquello. ¿Recibiría otra llamada de rescate? ¿Podría Olivia detener a su hermana? ¿Se daría cuenta de lo que tramaba ésta o era Victoria lo bastante lista para ocultarlo?

Al final decidió acercarse a Henderson para agradecerle la invitación. Había sido una fiesta estupenda, la primera a la que asistía desde hacía un año. La velada había despertado en él emociones viejas y nuevas, tanto la ternura que le inspiraba Olivia como la sensación de soledad que Victoria le provocaba. Incapaz de borrar sus sentimientos, experimentó en su interior un vacío tan grande que no podía calmar el alcohol ni llenar su hijo, que dormía plácidamente en casa. Sólo había querido y seguía queriendo a una persona, pero se había ido para siempre, y ninguna de las gemelas Henderson conseguiría sustituirla.

Se despidió de las dos hermanas y les agradeció su hospitalidad. Victoria apenas le dedicó unas palabras, pues estaba algo inquieta y distraída, y Charles se dio cuenta de que había bebido. En cambio Olivia le dio las gracias por su asistencia, y Charles deseó advertirle de que la vida era cruel y era mejor ocultar un corazón como el suyo. No obstante no era ella, sino Victoria, quien se encontraba en peligro, y Olivia lo sabía, ya que la había visto con Toby.

Cuando se marcharon los últimos invitados ya eran más de las dos de la madrugada, y las gemelas subieron a su dormitorio. Olivia observó a su hermana con atención.

—Supongo que habrás quedado en verle otra vez —la acusó. Apenas había disfrutado de la fiesta por culpa de Victoria.

—Claro que no —mintió ésta. Olivia adivinó que faltaba a la verdad. Su hermana era tan transparente que ni siquiera necesitaba el vínculo especial que las unía para saberlo—. Además, no es asunto tuyo.

—¡Ese hombre es un sinvergüenza, todo Nueva York lo sabe!

—Es consciente de su reputación, me lo ha dicho él mismo.

—Una estrategia muy inteligente por su parte, pero eso no le absuelve. Victoria, no puedes verle.

—Haré lo que se me antoje, y no podrás detenerme —masculló Victoria.

En efecto, nada ni nadie la detendría. La atracción que sentía por Toby era demasiado poderosa, más que las advertencias de su hermana.

—Por favor... escúchame —rogó Olivia con lágrimas en los ojos—. Te hará daño, no puedes manejar a un hombre así, nadie puede, quizá sólo una mujer que sea como él. Escúchame, Victoria, se cuentan historias terribles sobre él.

—Él asegura que no son más que mentiras. Todos le envidian.

Había caído en sus redes, ese hombre tenía una habilidad especial para convencer a las personas de lo que quisiera, sobre todo a las mujeres.

—¿Por qué? ¿Por qué tendrían que envidiarle? —Resultaba imposible razonar con su hermana.

—Por su atractivo físico, por su posición social, por su dinero —respondió Victoria, que repetía las palabras de Toby.

—Su atractivo físico desaparecerá pronto, la posición social se la debe a su mujer y su fortuna es una cuestión de suerte. ¿Qué hay que envidiar?

—¿No lo querrás para ti? —sugirió Victoria sin gran convicción. Estaba furiosa con Olivia por intentar impedirle que viera a Toby—. Quizá sea él quien te gusta en lugar de ese soso y aburrido abogado de nuestro padre.

—No le insultes más, Victoria. Sabes que es un buen hombre.

—Me aburre.

—Charles Dawson nunca te haría daño, pero Toby Whitticomb sí. Se aprovechará de ti y luego te abandonará. Cuando se acabe todo, volverá con su mujer y tendrá otro hijo.

—Eres detestable —replicó Victoria.

Olivia sintió un dolor en la boca del estómago. Siempre que discutía con su hermana le ocurría lo mismo. Detestaba pelearse con ella, y no sucedía a menudo, pero esta vez no se trataba de una rencilla sin importancia, era una cuestión de vida o muerte.

—Nunca más mencionaré el tema, pero deseo que sepas que te quiero y siempre podrás contar conmigo. Te suplico que no le veas más, aunque sé que harás lo que te plazca. Recuerda que es un hombre peligroso, Victoria. Nuestro padre se llevaría un gran disgusto si supiera que has pasado toda la noche con él. Sólo le invitó por educación y fue una tontería por tu parte sentarte junto a él. Tienes suerte de que papá estuviera de espaldas a ti y no se diera cuenta. Victoria, estás jugando con fuego y al final te quemarás.

—Majaderías. Sólo somos amigos. Además, está casado.

Victoria intentaba despistar a Olivia para tener mayor libertad de movimientos. Ni siquiera se molestó en explicarle que Toby le había hablado incluso de divorciarse de su mujer, lo que provocaría un escándalo terrible, por supuesto, pero no podía aguantar más. La joven sentía lástima por él.

Cuando se acostaron ya eran más de las tres de la madrugada. Olivia dio vueltas en la cama pensando en el lío en que se había metido su hermana, mientras que Victoria sólo soñaba con el baile de los Astor, donde vería a Toby de nuevo.

4

Al día siguiente unos ruidos procedentes de la planta baja despertaron a Olivia. Mientras aguzaba el oído, recordó la terrible discusión con su hermana y se volvió para mirarla, pero descubrió que su lado de la cama estaba vacío. Se levantó, se cepilló el cabello y se puso una bata antes de bajar para averiguar a qué se debía tanto alboroto y de pronto lo recordó.

Al llegar a la planta inferior observó que había operarios por todas partes: en el jardín, desmontando la carpa, colocando muebles en su lugar y cargando con los ramos de flores que los invitados habían enviado en agradecimiento por la cena. Era un caos. La señora Peabody y el mayordomo estaban en medio supervisando su labor.

—¿Has dormido bien? —preguntó Bertie sonriente.

Olivia asintió y se disculpó por no haberse levantado antes para ayudar.

—Anoche hiciste un buen trabajo, merecías descansar un poco —afirmó la mujer—. Me alegro de que hayas podido dormir a pesar del ruido. Dicen que la fiesta fue un éxito. A juzgar por la cantidad de flores que hemos recibido, debe de estar en boca de todo Nueva York. Por ahora he colocado la mayoría de los ramos en el comedor.

Olivia entró para verlos mientras se preguntaba dónde estaría Victoria y observó el primer pomo; dos docenas de rosas rojas de tallo largo con una tarjeta que rezaba: «Gracias por la noche más importante de mi vida.» No estaba firmada, pero el sobre iba dirigido a su hermana. No era difícil adivinar quién las había enviado. El resto de las tarjetas sí llevaban firma y los mensajes eran más circunspectos, aunque quizá no tan bonitos. Descubrió un ramo precioso de Charles con una nota en la que agradecía a los tres la agradable velada. Sabía que era la primera fiesta a la que asistía desde la muerte de su esposa y se alegraba de que hubiera disfrutado. A ella le había gustado su compañía, aunque seguía enfadada con Victoria por haber variado la disposición de los asientos.

A continuación entró en la cocina y vio a Victoria, que tomaba una taza de café.

—¿Has dormido bien? —preguntó. Olivia aún se sentía incómoda por la discusión de la noche anterior. Era la pelea más grave que tenían desde hacía años, pero seguía convencida de que su hermana se encontraba en peligro.

—Muy bien, gracias —respondió Victoria cortésmente sin mirarla—. Me sorprende que hayas podido dormir con todo este ruido —añadió.

A Olivia le pareció que estaba muy hermosa esa mañana. Era curioso, pero siempre veía algo diferente, más excitante, en su hermana menor. Esa mañana sus ojos tenían un brillo inusitado.

—Estaba agotada. —Olivia no mencionó la disputa de la noche anterior, pero después de que le sirvieran una taza de café le preguntó si había visto las rosas.

—Sí —contestó tras titubear un momento.

—Sospecho quién las ha enviado, y supongo que tú también —comentó Olivia—. Espero que reflexiones sobre lo que te dije anoche, Victoria; estás en peligro.

—No son más que unas rosas, no hay que rasgarse las vestiduras por eso ni por lo que sucedió ayer. Toby es un hombre muy interesante, eso es todo. No hagas una montaña de un grano de arena —protestó Victoria.

Olivia había percibido el nuevo brillo en sus ojos y estaba asustada. Sabía que no olvidaría a Toby.

—Sólo espero que esta noche no pases todo el tiempo con él; si lo haces la gente empezará a hablar. Además, ten en cuenta que la fiesta se celebra en casa de la prima de su esposa, de modo que ten cuidado.

—Gracias por tus consejos —repuso Victoria, y se levantó de la mesa.

A pesar de ser gemelas, tenían un carácter muy diferente, y Olivia sintió un escalofrío al percibir el abismo que de repente las separaba.

—¿Qué vas a hacer hoy? —inquirió con aire inocente.

—Voy a asistir a una conferencia, ¿te parece bien? ¿O es necesario que pida tu autorización?

—Sólo preguntaba por curiosidad. No tienes por qué ser tan susceptible, ni maleducada. Además, ¿desde cuándo me pides permiso? Lo único que esperas de mí es que te encubra, nunca te molestas en cosultarme nada.

—Hoy no será necesario que me encubras, gracias.

Era en situaciones como ésta cuando ambas deseaban tener más amigos, pero las circunstancias les habían privado del contacto con otras personas. Nunca habían contado con la compañía de nadie más, lo que la mayoría de las veces les gustaba, pero había momentos en los que se sentían solas.

—Y tú ¿qué piensas hacer hoy? Supongo que cosas de la casa, como siempre.

El comentario hizo que Olivia se sintiera una persona aburrida. A ella nadie le había enviado dos docenas de rosas rojas con una tarjeta anónima. El hombre al que admiraba había mandado una nota impersonal y para colmo dirigida a los tres. Por un segundo se preguntó si Victoria tendría razón y lo que sucedía era que estaba celosa.

—Ayudaré a Bertie a ordenarlo todo. Nuestro padre se volverá loco si este caos dura mucho tiempo. Me gustaría acabar de arreglar la casa antes del baile de los Astor.

—Qué divertido.

Victoria subió para cambiarse y una hora después se marchó luciendo un traje de seda azul oscuro y un bonito sombrero. Petrie la llevó en el coche al lugar donde se celebraba la conferencia en un barrio muy humilde, y regresó a casa de inmediato.

El resto del día pasó en un suspiro, y cuando Victoria volvió a primera hora de la tarde Bertie le encargó que indicara a los operarios que traían los muebles de un almacén cercano dónde debían colocarlos. Mientras tanto, Olivia intentaba reparar parte de los daños causados en el jardín durante la fiesta.

A las cinco la casa volvía a estar en perfecto estado, como si nada hubiera pasado. Bertie felicitaba a las dos chicas cuando Edward Henderson llegó.

—Nadie diría que ayer se celebró aquí una fiesta con cincuenta invitados —comentó—. Todo Nueva York comenta lo buenas anfitrionas que sois.

A Victoria no le impresionaron los elogios y unos minutos más tarde se retiró con el fin de arreglarse para la celebración de los Astor. Olivia ya había preparado los vestidos, un recatado modelo de Poiret de gasa rosa pálido. Había dudado un instante antes de sacarlos, pero pensó que lo mejor sería no intentar seducir a Toby con otra clase de traje.

—En verdad fue una velada estupenda —comentó su padre antes de acomodarse en su sillón favorito del estudio. Todo se encontraba en el lugar que le correspondía. Olivia le sirvió una copa de oporto, que él agradeció con una cálida sonrisa. Cada día disfrutaba más de su compañía—. Me mimas demasiado, ni siquiera tu madre habría sido tan complaciente conmigo. Se parecía más a tu hermana; era un poco impetuosa y estaba resuelta a mantener su independencia. —Siempre se acordaba de ella cuando estaba en la casa de Nueva York, que le encantaba compartir con sus hijas, aun cuando el recuerdo de su difunta esposa era en ocasiones doloroso. Estaba satisfecho con la marcha de sus negocios y le gustaba trazar planes con sus abogados. Eran hombres inteligentes, que le recordaban a sí mismo de joven, cuando dirigía un imperio, no tan sólo una cartera de inversiones, como ahora. Henderson había decidido vender la acería de Pittsburgh, y Charles creía haber encontrado un potencial comprador. De todos modos, no se trataba de un asunto fácil, por lo que era probable que permaneciera en Nueva York como mínimo hasta finales de octubre—. ¿Te gusta vivir aquí? —preguntó, feliz de estar a solas con Olivia.

—Sí, pero no sé si querría vivir aquí para siempre. Echaría de menos el campo, aunque me encantan los museos, la gente, las fiestas. En Nueva York siempre hay algo que hacer, es muy divertido. —Olivia sonrió como una niña.

Sin embargo ya era toda una mujer, y Edward a veces se sentía culpable por mostrarse tan posesivo con sus hijas. Estaban en edad de divertirse y buscar marido, pero la posibilidad de que le abandonaran le martirizaba.

—Debería esforzarme más en presentarte a jóvenes que fueran un buen partido. Tú y Victoria os casaréis cualquier día de éstos, pero me aterra la idea; no sé qué haré sin vosotras, especialmente sin ti. Tienes que dejar de cuidarme tan bien para que tu partida no me resulte tan dura.

Olivia le dio un beso en la mano.

—Jamás te abandonaré, y tú lo sabes.

Le había dicho eso mismo cuando tenía cinco años, y también a los diez, pero ahora lo sentía de verdad. La salud de su padre había empeorado en los últimos tiempos, tenía el corazón débil y no podía abandonarle. ¿Quién le atendería? ¿Quién se ocuparía de sus casas? ¿Quién se percataría de que mentía al asegurar que estaba bien cuando en realidad necesitaba un médico? No podía confiar a nadie su cuidado, ni siquiera a Victoria, pues nunca se daba cuenta de que su padre estaba enfermo hasta que ella se lo decía.

—No puedes convertirte en una solterona. Tú y tu hermana sois muy guapas —afirmó. Sabía que era un error, pero una parte de él deseaba que nunca se casara, aunque ello significara que la joven sacrificara su vida por él. La necesitaba y estaría perdido sin ella. Aun así, era consciente de su egoísmo al no empujarla fuera del nido. Edward no quería pensar más en el futuro, por lo que cambió de tema—. ¿Ha conocido Victoria a alguien interesante? Ayer no presté demasiada atención a los posibles candidatos.

Henderson había percibido la fascinación que Charles Dawson sentía por Victoria, aunque lo más probable era que le intrigaran ambas hermanas. Era difícil no maravillarse ante la belleza de las gemelas.

—Creo que no —mintió Olivia para encubrir a su hermana una vez más, aun cuando estaba muy preocupada por la influencia del abominable Toby—. Lo cierto es que todavía no hemos conocido a nadie.

Habían coincidido con las personas más importantes de Nueva York en el teatro, en las fiestas y en los conciertos a que habían asistido con su padre, pero no habían hablado con ningún joven con pretensiones de matrimonio. Olivia sabía que ella y su hermana intimidaban a algunos hombres; otros las consideraban una atracción de circo, e incluso algunos pensaban que eran incapaces de vivir separadas.

—Victoria se está comportando muy bien, ¿no crees? —preguntó su padre con un brillo divertido en sus ojos.

Había llegado a sus oídos que su hija había aprendido a conducir y que había robado uno de sus coches en Croton, pero por fortuna no se había enterado de su conato de arresto, y la aventura del Ford le parecía un asunto trivial e incluso inocente. Sospechaba que su difunta esposa habría hecho lo mismo a su edad y que en el proceso habría arrollado las flores más bonitas del jardín. Recordó que una vez hizo una apuesta con una amiga y entró en un salón montada a caballo. Todos quedaron horrorizados, excepto Edward, que lo consideró una travesura divertida. Para su edad era un hombre muy tolerante y no le escandalizaba el espíritu indomable de su hija, que incluso aceptaba porque la joven se parecía mucho a su madre.

—¿Necesitas algo más? —preguntó Olivia antes de subir a su habitación para cambiarse.

El hombre le pidió otra copa de oporto, y tras servírsela la muchacha le dejó sentado junto a la chimenea leyendo el periódico.

Mientras subía por la escalera, Olivia reflexionó sobre lo que su padre le había comentado acerca de encontrar marido y casarse. Estaba convencida de que ella nunca lo abandonaría, porque ¿qué sucedería si enfermaba? ¿Quién cuidaría de él? Si su madre siguiera con vida, todo sería diferente. Entonces podría llevar una vida normal, pero dadas las circunstancias consideraba que al menos una de las dos debía quedarse para cuidar del anciano, y no cabía duda de a quién le tocaría. De pronto pensó en Charles. ¿Qué ocurriría si un hombre como él la pedía en matrimonio? ¿Qué haría? Sólo de pensarlo se le aceleró el corazón. De todos modos era difícil que un hombre como Charles se enamorara de ella… pero ¿y si lo hacía? No debía darle más vueltas, tenía que cumplir con sus obligaciones y, de todas formas, Charles no había mostrado el más mínimo interés por ella.

Entró en el dormitorio y se dirigió al cuarto de baño, donde estaban los armarios y los espejos. Allí encontró a Victoria, rodeada de media docena de vestidos esparcidos por el suelo, entre los cuales se encontraba el que había seleccionado para esa noche.

—¿Qué haces? —preguntó sorprendida, y enseguida adivinó qué sucedía.

—No pienso ponerme esa birria que has escogido para esta noche —espetó Victoria antes de arrojar un traje encima de la silla—. Pareceremos un par de cursis pueblerinas, aunque supongo que ésa era tu intención.

—Yo lo encuentro muy bonito. ¿Qué tenías tú en mente? —replicó Olivia sin admitir la acusación de su hermana. Saltaba a la vista que había registrado la mitad del armario, y en ese momento se enfundaba un vestido que a Olivia jamás le había gustado. Se trataba de un diseño de Beer en terciopelo carmesí con minúsculas cuentas de azabache, una larga cola y un generoso escote. Sólo lo habían lucido una vez, en una fiesta de Navidad en Croton-on-Hudson—. Sabes que no me gusta ese traje. Es demasiado escotado y llamativo, nos hace parecer vulgares.

—Es un baile, Olivia, no una merienda.

—Tú lo único que quieres es presumir ante él, pero con ese atuendo pareceremos unas prostitutas. No pienso ponérmelo.

—Muy bien. —Victoria dio media vuelta, y Olivia se negó a reconocer lo guapa que estaba. El vestido era más bonito de lo que recordaba, aunque demasiado atrevido—. Ponte tú el rosa, Ollie; yo me quedo con éste.

Olivia comprendió con sorpresa que hablaba en serio.

—No seas tonta. —Siempre llevaban las mismas prendas, de pies a cabeza, desde la ropa interior a las horquillas del pelo.

—¿Por qué no? Ya somos mayorcitas, no es necesario que nos pongamos siempre lo mismo. Cuando éramos pequeñas Bertie nos vestía igual porque pensaba que así estábamos muy monas. Ese traje rosa es tan ñoño que me entran ganas de vomitar. Llevaré éste.

—Eres muy cruel, Victoria. Las dos sabemos qué pretendes, pero deja que te diga que la de ayer no fue la noche más importante de la vida de Toby Whitticomb, pero tú nunca la olvidarás si decides arruinar tu futuro por culpa de ese hombre. —Olivia escupió sus palabras mientras arrancaba del armario un traje idéntico al que pensaba lucir su hermana—. No me gusta este vestido y me arrepiento de haberlo diseñado, sobre todo si con él vamos a parecer unas idiotas.

—Te repito que no tienes por qué ponértelo —replicó Victoria mientras se cepillaba el pelo.

No intercambiaron palabra mientras se bañaban, ni cuando se vistieron, empolvaron la cara y perfumaron. Victoria sorprendió a su hermana al aplicarse carmín. Ninguna se había pintado los labios antes, y el color la hacía más hermosa y le daba un aspecto más atrevido.

—Yo no pienso ponerme eso —refunfuñó Olivia mientras terminaba de arreglarse el pelo y contemplaba a Victoria.

—Nadie te ha dicho que lo hagas.

—Te estás adentrando en aguas peligrosas.

—Quizá sepa nadar mejor que tú.

—Te ahogarás —predijo Olivia con tristeza antes de que su hermana abandonara la habitación arrastrando tras de sí la capa de satén y terciopelo.

Cuando las dos jóvenes descendieron por la escalera su padre las observó en silencio. Estaba claro que ya no eran unas niñas, sino unas mujeres de belleza deslumbrante. Victoria fue la primera en bajar, y su manera de moverse indicaba que, instintivamente, formaba parte de muchos mundos que ni siquiera conocía. En cambio Olivia no parecía sentirse muy cómoda con un vestido tan llamativo. El traje destacaba la piel nacarada de las jóvenes, sus estrechas cinturas y sus pechos bien formados.

—¿De dónde habéis sacado estos vestidos? —preguntó sorprendido de que llevaran un atuendo tan moderno.

—Creo que los diseñó Olivia —respondió Victoria con tono meloso.

—Los copié de una revista, pero no salieron como quería —aclaró la otra mientras el mayordomo la ayudaba a ponerse la capa.

—Seré la envidia de todos los hombres —afirmó su padre antes de encaminarse con ellas hacia la limusina.

Su aspecto corroboraba lo que había pensado esa tarde, ya no eran unas niñas, y sería un milagro si no se les declaraban todos los caballeros del baile esa noche. En cierto modo le desagradaba que tuvieran una apariencia tan sensual y atractiva, pero no tanto como a Olivia, que estaba furiosa con su hermana por obligarla a llevar ese vestido que tanto odiaba.

La residencia de los Astor en la Quinta Avenida semejaba un palacio inundado de luz. En total había cuatrocientos invitados, sobre muchos de los cuales las hermanas habían leído u oído hablar: los Goelet y los Gibson, el príncipe Alberto de Mónaco, un conde francés, un duque inglés y otros aristócratas menores de diversos países. También se hallaba presente la flor y nata de Nueva York, incluso los Ellsworth, que habían permanecido dos años recluidos tras la muerte de su hija mayor. Asimismo habían acudido varios supervivientes del *Titanic*, algunos de los cuales afirmaban que era la primera vez que salían desde la tragedia, y Olivia pensó inmediatamente en Charles Dawson. Luego saludó con un gesto de cabeza a Madeleine Astor, que había perdido a su esposo el año anterior en el hundimiento y que ese día estaba muy hermosa. El hijo que tuvo tras el fallecimiento de su marido ya contaba casi un año, y a Olivia le entristecía pensar que el pequeño no había conocido a su padre.

—Está muy hermosa esta noche —oyó que decía una voz familiar a sus espaldas y, al dar media vuelta, vio a Charles Dawson—. Estoy seguro de que es usted la señorita Henderson y podría fingir que sé cuál de las dos, pero me temo que tendrá que ayudarme.

—Soy Olivia —dijo con una sonrisa tras resistir la tentación de hacerse pasar por su hermana para averiguar cómo reaccionaba el abogado—. ¿Qué hace aquí, señor Dawson? —preguntó al recordar que la noche anterior le había explicado que jamás asistía a fiestas.

—Espero que no me engañe y en verdad sea usted Olivia —repuso, como si hubiera adivinado sus pensamientos—, pero supongo que no tengo más remedio que creerla. En cuanto a su pregunta, estoy emparentado con los Astor por matrimonio. Mi difunta esposa era sobrina de la anfitriona, que con gran amabilidad ha insistido en que viniera. De todos modos creo que no hubiera acudido si no llega a ser por la velada de ayer; usted me ayudó a romper el hielo. Aun así esto es peor de lo que imaginaba; parece una jaula de grillos.

No obstante, la mansión de los Astor era lo bastante grande para albergar a tanta gente, y de hecho Victoria había desaparecido en el mismo momento en que entraron.

La pareja comenzó a conversar sobre el hijo de Charles y luego Olivia habló acerca de las pocas personas que conocía de la fiesta. Mencionó a Madeleine Astor, que estaba a bordo del *Titanic* cuando pereció su esposo, y el rostro del abogado reflejó tal tristeza que la joven quedó desolada. Temía que la pena de Charles fuera tan fuerte que no lograra superarla.

—Supongo que su hermana también está aquí, no la he visto.

—Yo tampoco, desapareció tan pronto como llegamos. Lleva un vestido espantoso, idéntico al mío —refunfuñó Olivia. Por fortuna, entre tanta gente no destacaba demasiado. De hecho había otros trajes como el suyo e incluso alguno más atrevido.

Charles se rió de su comentario.

—Deduzco que no le gusta mucho, pero es muy bonito. La hace parecer mayor, pero tal vez no deba utilizar esta palabra con una mujer tan joven como usted.

—Yo lo encuentro de todo punto inapropiado. Le dije a Victoria que me hacía sentir como una prostituta, fue ella quien lo escogió, pero el diseño es mío, de modo que me echa la culpa a mí, y hasta mi padre cree que fui yo quien lo eligió.

—¿Acaso no le ha gustado? —preguntó Charles divertido.

Olivia estaba pendiente de sus ojos, tan verdes y profundos.

—Al contrario, le ha encantado.

—A los hombres les agradan las mujeres con trajes de terciopelo rojo.

Olivia asintió, y se dirigieron juntos al salón, donde Charles la presentó a un grupo de jóvenes con las que ella entabló conversación. Luego se acercó a los primos de su mujer para comentarles que su hijo estaba enfermo y no deseaba quedarse hasta muy tarde. Al poco tiempo Olivia divisó a su hermana en la pista, en brazos de Toby, bailando un vals. Minutos después observó con horror cómo atacaban un moderno fox-trot.

—Es como ver doble —exclamó una muchacha del grupo mientras las miraba fascinada—. ¿Sois idénticas en todo? —preguntó con curiosidad.

Olivia sonrió. Siempre sucedía lo mismo, todos deseaban saber lo que significaba tener una hermana gemela.

—Casi. Somos como imágenes contrapuestas; lo que yo tengo en la derecha, ella lo tiene en la izquierda. Por ejemplo, yo tengo la ceja derecha más curvada, ella, la izquierda. Yo tengo el pie izquierdo más grande, ella, el derecho.

—¡Qué divertido debía de ser cuando erais pequeñas! —exclamó una prima de los Astor.

Un par de jóvenes Rockefeller se habían unido al corrillo. Olivia había conocido a una en la residencia Gould y coincidido con la otra en un té que los Rockefeller habían ofrecido en Kyhuit. Dado que esta familia no bailaba ni bebía, pocas veces celebraban fiestas como los Vanderbilt o los Astor, pero a menudo organizaban discretas veladas o comidas en Kyhuit.

—¿Os hacíais pasar la una por la otra? —preguntó una chica.

—No siempre, sólo cuando nos apetecía cometer una travesura o salir de algún lío. Mi hermana odiaba los exámenes, de modo que yo los hacía por ella. Cuando éramos muy pequeñas, me convenció de que bebiera su medicina, pero me puse muy enferma porque tomaba ración doble; menos mal que nuestra niñera se percató. Ella sí nos distingue, pero a veces encargaba a un miembro del servicio que nos diera el aceite de ricino u otra cosa que no nos gustaba y siempre les engañábamos.

—¿Por qué lo hacías? —inquirió una joven con una mueca de horror al pensar en una dosis doble de aceite de ricino.

—Porque la quiero —respondió Olivia. No siempre resultaba sencillo explicar lo que sería capaz de hacer por su hermana. El vínculo que las unía era tan inquebrantable como difícil de expresar—. Hacíamos muchas tonterías la una por la otra. Al final mi padre nos sacó del colegio porque causábamos demasiados problemas, pero nos divertimos mucho.

Todas estaban maravilladas con las historias de Olivia, que mientras hablaba había perdido la noción del tiempo. Llevaba una hora charlando cuando, al dirigir la mirada hacia la pista de baile, observó que Victoria y Toby seguían allí. No la habían dejado ni un segundo. Bailaban absortos el uno en el otro, ajenos a los que les rodeaban.

Olivia se excusó y fue en busca de Charles, al que encontró en la puerta, con el abrigo puesto.

—¿Me haría usted un favor? —rogó con una mirada suplicante difícil de resistir que al abogado le recordó el día en que le pidió que la acompañara a la comisaría.

—¿Ocurre algo? —preguntó. Le sorprendía lo a gusto que se sentía a su lado. Era como una hermana pequeña. Sin embargo no tenía la misma sensación cuando se hallaba con Victoria—. ¿Se ha metido nuestra amiga en otro lío? —inquirió con preocupación.

Estaba claro que siempre era Victoria quien se buscaba problemas y Olivia quien la rescataba.

—Me temo que sí. ¿Le importaría concederme este baile, señor Dawson?

—Charles… por favor. Creo que ya hemos superado la etapa de «señor Dawson». —Charles se quitó el abrigo y lo devolvió al mayordomo. Aunque estaba ansioso por llegar a casa para ver a Geoffrey, acompañó a Olivia hasta la pista de baile y allí descubrió el motivo de su inquietud: Toby y Victoria estaban bailando muy juntos.

Charles la condujo hasta que se situaron cerca de la pareja, pero Toby les esquivaba con destreza, mientras que Victoria parecía ajena a las miradas y muecas de desaprobación de su hermana. Al final la joven susurró algo en el oído de Toby, y poco después abandonaron la pista para dirigirse al salón contiguo.

—Gracias —dijo Olivia con expresión sombría.

Charles sonrió.

—No es tarea fácil la que te propones. —Todavía recordaba el enfado de Victoria cuando impidieron que la arrestaran—. Ése era Tobias Whitticomb, ¿verdad?

Charles estaba al corriente de los rumores que sobre él corrían en Nueva York, pero ahora adquirían un significado especial. Si Toby había escogido a Victoria como su próxima víctima, esperaba que se cansara de ella antes de que el daño fuera irreparable. Tal vez los Henderson intervinieran para evitar que las cosas fueran demasiado lejos. Al menos su hermana parecía dispuesta a intentarlo. Olivia le agradeció su ayuda una vez más.

—Lleva más de una hora dando el espectáculo —masculló con furia.

—No te preocupes. Es joven y guapa, tendrá muchos pretendientes hasta que encuentre marido. No puedes preocuparte por todos —dijo para tranquilizarla, aunque sabía que, dada la reputación de Whitticomb, era normal que se inquietara.

—Victoria dice que nunca se casará y que vivirá en Europa, donde luchará por los derechos de las mujeres.

—Seguro que no son más que ideas pasajeras que olvidará cuando encuentre al hombre de su vida. No te preocupes tanto por ella, tú también tienes derecho a divertirte.

Dicho esto, Charles se despidió y se marchó de la fiesta. Olivia fue al tocador de señoras y se miró al espejo. Tenía jaqueca. La noche había empezado con mal pie y ver a su hermana pegada a Toby durante la última hora no había ayudado a aliviar el dolor. Cuando se disponía a salir, vio a Evangeline Whitticomb reflejada en el espejo y dio media vuelta.

—Permita que le sugiera, señorita Henderson, que juegue con niños de su edad o, al menos, que limite su territorio a los caballeros solteros. No debería coquetear con hombres casados y con tres hijos.

Olivia notó que le ardían las mejillas. La esposa de Toby la había confundido con Victoria y estaba lívida de rabia, lo que era lógico.

—Lo siento mucho —se disculpó Olivia haciéndose pasar por Victoria con objeto de tranquilizar las aguas. Era una oportunidad única. Esperaba convencer a Evangeline de que sólo mantenía una buena amistad con su marido—. Su esposo ha hecho varios negocios con mi padre y estábamos charlando sobre nuestras familias; no ha dejado de hablar de usted y sus hijos mientras bailábamos.

—Lo dudo —espetó Evangeline indignada—. Me sorprende que se acuerde de nosotros, pero usted no nos olvide, o se arrepentirá. No significa nada para él, jugará con usted un tiempo y, cuando se canse, la arrojará como a una muñeca usada. Al final siempre vuelve conmigo… no tiene más remedio. —Tras estas palabras dio media vuelta y se marchó.

Olivia contuvo la respiración. Por fortuna nadie había oído su conversación. Estaba tan mareada que tuvo que sentarse. Evangeline Whitticomb tenía razón, conocía bien a su marido y le había visto actuar docenas de veces. Al final siempre volvía a su lado por ser ella quien era, por lo que representaba, y porque él era menos tonto que las mujeres a las que seducía.

La mayoría de sus conquistas eran jóvenes sin experiencia, muchas todavía vírgenes. Se sentían atraídas por su físico, sus modales y sus bonitas palabras, pero también se dejaban engañar por sus propios sueños juveniles e incluso por sus ambiciones. Sin embargo, pensaran lo que pensaran, al final Toby acababa dejándolas a todas, como Olivia había intentado advertir a su hermana. Al menos esperaba haber convencido a su esposa de su respetabilidad, o más bien de la de Victoria, pero lo dudaba. Cuando salió del tocador, su hermana bailaba de nuevo con Toby, esta vez en actitud mucho más íntima, con los cuerpos pegados y los labios casi rozándose. Al verles deseó gritar con todas sus fuerzas, pero en lugar de ello hizo lo único que se le ocurrió: acudió a su padre y le dijo que sufría un terrible dolor de cabeza. Solícito, Edward Henderson pidió que le trajeran el abrigo y él mismo fue en busca de Victoria, a la que encontró en brazos del joven Whitticomb. El anciano no parecía contento, pero tampoco lo consideró algo malo. Sabía que se habían conocido la noche anterior en su casa y era la primera vez que les veía juntos. No obstante, de camino a casa comentó que le extrañaba que Olivia hubiera sentado a Victoria junto a Toby en la cena después de lo que habían oído sobre él. No obstante, estaba seguro de que no había pasado nada malo y Victoria era lo bastante responsable para no dejarse cortejar por él. Edward Henderson no había visto cómo Toby observaba a su hija mientras se marchaban ni la mirada que la pareja había intercambiado y que ponía de manifiesto todo lo que había ocurrido entre ellos esa noche. Toby y Victoria habían encontrado al fondo del jardín una deliciosa estancia en uno de los pabellones, donde se habían besado y abrazado con pasión.

—Lo siento, hija —dijo Edward a Olivia—, este baile ha sido demasiado para ti después del trabajo que implicó la cena de anoche. No sé en qué estaría pensando cuando acepté la invitación. Creí que os divertiríais, pero debéis de estar agotadas.

Victoria no tenía aspecto de cansada y, cuando su padre se volvió hacia la ventanilla, lanzó una mirada airada a su hermana. La conocía demasiado bien y sospechaba que lo del dolor de cabeza era una artimaña para apartarla de Toby. Sin embargo calló hasta que por fin estuvieron solas en su dormitorio.

—Muy inteligente por tu parte —comentó con frialdad.

—No sé de qué me hablas. Lo siento, tengo jaqueca —repuso Olivia mientras se quitaba el odiado vestido. Quería quemarlo y, después del comportamiento de Victoria esa noche, se había sentido como una prostituta.

—Sabes muy bien a qué me refiero. Tu pequeño ardid no te servirá de nada. No sabes lo que haces.

Victoria estaba convencida de que Toby era sincero y se había enamorado de ella. No le escandalizaba que quisiera divorciarse ni le importaba si no lo hacía. Era una mujer moderna, no necesitaba casarse. Podrían ser amantes para siempre. Incluso le había propuesto que se marcharan para vivir en Europa. Toby lo tenía todo, era atrevido, valiente, audaz, honrado y estaba dispuesto a pagar cualquier precio por defender aquello en lo que creía. Era su príncipe azul, preparado para rescatarla de su insignificante vida mundana en la aburrida casa de Hudson. Había vivido en París, Londres y Argentina, y la mera mención de esos lugares era como música para sus oídos. Cada vez que pensaba en él, un escalofrío sacudía su cuerpo.

—Su esposa me abordó esta noche en el tocador. Me confundió contigo —explicó Olivia mientras se ponía el camisón.

—Muy oportuna. ¿Le dijiste que lo sentías mucho y que todo había sido un error?

—Algo así. —Victoria se echó a reír, pero Olivia continuó con tono sombrío—. Me contó que Toby tiene la costumbre de abandonar a todas las mujeres con las que flirtea. No quiero que sufras por su culpa. —La voz se le quebró. Era la primera vez que estaban tan distantes, y Olivia no veía la manera de cambiar la situación hasta que Victoria dejara de estar bajo el hechizo de Toby. En esos momentos deseaba más que nunca estar de vuelta en Croton-on-Hudson—. Victoria, por favor, entra en razón... no te acerques a él... es peligroso. Quiero que me prometas que no le verás más.

—Te lo prometo —afirmó Victoria, que no obstante no pensaba cumplir su palabra.

—Hablo en serio. —Olivia estaba a punto de llorar. Odiaba a Toby. Nada ni nadie tenía derecho a interponerse entre ellas, su vínculo era sagrado.

—Estás celosa —replicó Victoria con frialdad.

—No es cierto —protestó Olivia, desesperada por convencerla.

—Sí lo estás. Se ha enamorado de mí, y eso te asusta, tienes miedo de que me aleje de ti —dijo Victoria.

—Eso ya ha sucedido. ¿No ves el riesgo que corres si caes en las redes de ese hombre? No me cansaré de repetirte que es peligroso. Tienes que darte cuenta.

—Tendré cuidado, te lo prometo —aseguró ablandándose un poco.

No le gustaba discutir con su hermana, la quería demasiado, pero también amaba a Toby. Se había enamorado de él y era demasiado tarde para echarse atrás. Cuando esa noche la había besado, pensó que se derretía en sus brazos y, cuando introdujo la mano en el corpiño de su vestido y le acarició un seno, habría hecho cualquier cosa por él. Jamás había deseado tanto a nadie, ¿cómo podía explicárselo a su hermana?

—Prométeme que no le verás —suplicó Olivia ahora que su hermana la escuchaba—. Por favor.

—No me pidas eso. Te prometo que no haré ninguna tontería.

—Verle es una tontería, hasta su mujer lo sabe.

—Está furiosa porque quiere divorciarse de ella.

—Piensa en el escándalo, sobre todo para una Astor. ¿Por qué no esperas al menos hasta que se divorcie y se calmen las aguas? Entonces podrás verle sin temor al qué dirán y explicar la situación a nuestro padre.

En esos momentos Victoria sólo podía ver a Toby a escondidas.

—Podría tardar una eternidad, Ollie.

—¿Qué sucederá cuando regresemos a casa? ¿Te visitará allí? ¿Qué dirá la gente, Victoria? ¿Y nuestro padre?

—No lo sé. Toby dice que, si le quiero de verdad, podremos superar cualquier obstáculo, y yo le quiero, Olivia. —Cerró los ojos. El corazón le latía deprisa al pensar en él—. ¿Cómo puedo explicártelo? Moriría por él si me lo pidiera.

Al menos Victoria era sincera, pero eso no servía de consuelo a Olivia.

—Eso es lo que me asusta, no quiero que nadie te haga daño.

—No lo hará, te lo juro. Tienes que venir con nosotros algún día. Quiero que le conozcas, que le aprecies. Ollie, por favor, no puedo seguir sin ti.

Pedirle que se convirtiera en su cómplice era demasiado.

—Victoria, no puedo ayudarte esta vez —afirmó con tono sombrío—. Tu comportamiento es indecoroso, y tengo miedo de que te lastimen. Quizá no pueda detenerte, pero no pienso ayudarte; esta vez no.

—Entonces júrame que no dirás nada… júramelo —rogó Victoria, que se arrodilló ante ella. Olivia rompió a llorar y la abrazó.

—¿Cómo puedes pedirme eso? ¿Cómo puedo dejar que te haga daño?

—No lo hará, créeme. Debes confiar en mí.

—No es de ti de quien desconfío. —Olivia suspiró y se enjugó las lágrimas—. Por ahora no diré nada… pero si te hace daño… no sé cómo reaccionaré.

—No lo hará, lo conozco mejor que nadie en este mundo, excepto a ti. —Victoria se había tendido en la cama y sonreía. Parecía una niña.

—¿En sólo dos días, Victoria Henderson? Lo dudo mucho. Eres una soñadora. Para tener ideas tan radicales, no eres más que una tonta romántica. ¿Cómo puedes confiar en él, si apenas le has visto dos veces?

—Porque sé quién es y le comprendo. Ambos somos independientes y compartimos las mismas ideas. Nos sentimos afortunados de habernos encontrado. Es un milagro, Ollie, de verdad. Dice que llevaba toda la vida esperándome y que le resulta imposible creer en su suerte.

—¿Qué me dices de su mujer y sus hijos? —inquirió Olivia.

Victoria guardó silencio un instante, sin saber qué contestar. Al cabo repitió las palabras de Toby.

—Dice que fue ella quien le obligó a tener hijos, que él jamás hubiera dado ese paso porque en su matrimonio no existe el amor. Es culpa de su esposa, y ahora no sabe qué va a hacer con ellos.

—Qué actitud tan responsable.

Victoria no captó el tono sarcástico de su hermana y continuó fantaseando sobre Toby.

Un rato después apagaron la luz, y Olivia abrazó a su gemela.

—Ten cuidado, hermanita —le susurró al oído.

Victoria asintió, aunque ya estaba medio dormida. Al día siguiente tenía una cita con Toby a las diez de la mañana en la biblioteca.

5

La mañana siguiente, mientras Olivia preparaba con la cocinera los menús de la comida y la cena, Victoria salió de casa después de comunicar a Bertie que iba a la biblioteca, donde había quedado con una Rockefeller, y que volvería a última hora de la tarde. Lucía un traje blanco con sombrero a juego que Olivia había copiado de Doeuillet y todavía no había estrenado. Estaba muy atractiva cuando subió por la escalera de la biblioteca llevando los libros que deseaba devolver. Tras dejarla allí Donovan regresó para llevar al señor Henderson al despacho de John Watson.

Victoria entregó las obras al entrar, echó un vistazo por encima del hombro de la educada bibliotecaria y divisó a Toby. Cuando sus miradas se encontraron, la joven le dedicó una amplia sonrisa, y unos minutos más tarde salieron del edificio cogidos del brazo. Victoria no tenía ni idea de adónde se dirigían, pero le daba igual; lo único que le importaba era estar con él.

Toby tenía aparcado el coche en la entrada, un Stutz que había comprado ese mismo año, y se rió cuando ella afirmó que le gustaría conducirlo.

—No me digas que también sabes conducir —exclamó asombrado y divertido a la vez—. Eres una chica muy moderna. Muchas presumen de serlo, pero en el fondo no lo son.

Le ofreció un cigarrillo para reafirmar su teoría, y Victoria lo aceptó, aunque era un poco temprano para ella. Dieron unas vueltas sin destino fijo por el East Side hasta que Toby detuvo el automóvil a un lado de la carretera y la contempló maravillado, con sumo detenimiento, como si quisiera guardar para siempre su imagen en el corazón.

—Te amo, Victoria, jamás he conocido a nadie como tú —le susurró al oído. Su voz era una especie de afrodisíaco y, cuando la besó, la joven creyó que se derretía en sus brazos. Habría hecho cualquier cosa por él en esos momentos—. Me vuelves loco, ¿sabes? Me entran ganas de secuestrarte y llevarte a Canadá o México, Argentina o las Azores… Mereces ir a lugares exóticos. Me encantaría estar tumbado contigo en una playa escuchando música y acariciándote —añadió mientras se inclinaba para besarla de nuevo.

Victoria era incapaz de pensar mientras le miraba a los ojos. Deseó huir con él, estar siempre a su lado.

Toby sonrió de repente y anunció:

—Se me ocurre una idea. —Puso en marcha el coche y se dirigió hacia el norte—. Ya sé adónde podemos ir hoy. Hace siglos que no paso por allí.

—¿Adónde? —preguntó ella mientras aceptaba la petaca de coñac que Toby le ofrecía. Tomó un trago y, aunque al principio le quemó la garganta, después experimentó una agradable sensación de calor.

—Es un secreto —respondió el hombre con cierto aire misterioso.

Victoria volvió a preguntar, pero él se negó a satisfacer su curiosidad mientras fingía haberla secuestrado. Durante el camino detuvo el coche varias veces para besarla y compartir la bebida, pero Victoria lo rechazó cuando se lo ofreció una tercera vez.

—¿Siempre bebes antes de comer? —inquirió.

En realidad no le molestaba, muchos amigos de su padre bebían bastante, y hasta John Watson llevaba consigo una petaca en invierno, pero ese día no hacía frío.

—Estaba tan nervioso esta mañana que pensé que lo necesitaría. Cuando te vi me temblaban las rodillas —explicó con expresión infantil.

Al verle tan vulnerable y enamorado Victoria se sintió muy importante. Toby tenía treinta y dos años, y estaba loco por ella. Todo era muy emocionante, en especial el hecho de mantener una relación prohibida. Sabía que su reputación era abominable, pero los rumores que sobre él corrían no eran ciertos. Nunca pensaba en que estaba casado, no le importaba. Además, Toby había asegurado que se divorciaría de Evangeline, que su matrimonio había sido un error, y ella no consideraba, a diferencia de su hermana, que un divorcio en la familia Astor provocara un gran escándalo.

Habían dejado atrás el centro de la ciudad y ahora circulaban entre casas más humildes. El paisaje era casi rural. Veinte minutos después Toby aparcó el vehículo frente a una pequeña vivienda blanca rodeada de un seto algo crecido y una valla de madera rosa a medio pintar.

—¿Dónde estamos? —preguntó Victoria.

—Es la casa de mis sueños —respondió él sonriente mientras la ayudaba a bajar.

Victoria esperó indecisa junto al coche mientras Toby sacaba una cesta de picnic que no había visto antes. Contenía champán, caviar y un pastelillo, además de otras exquisiteces que el hombre había hurtado de su cocina. A continuación observó con sorpresa que extraía una llave del bolsillo.

—¿De quién es esta casa? —inquirió.

No estaba asustada, pero sentía curiosidad. Ignoraba dónde se encontraba y a quién iban a visitar. Cuando Toby abrió la puerta, divisó una pequeña sala de estar con muebles sencillos pero en buen estado. Parecía un lugar agradable. Antes de entrar, Toby la abrazó y la besó. Luego esbozó una sonrisa y la cogió en brazos para cruzar el umbral.

—Serás mi mujer por un día, Victoria Henderson —declaró—. Apenas me conoces, pero lo harás algún día. Serás la próxima señora Whitticomb… si aceptas, claro… —La miró con expresión infantil y vacilante.

Victoria quedó perpleja, no esperaba algo así. Ella, que siempre había dicho que nunca contraería matrimonio, que quería ser libre y vivir en Europa, se encontraba allí, a solas con ese hombre, convertida en su esclava, dispuesta a hacer lo que le pidiera. Sabía que su conducta no era decorosa, pero ¿por qué? ¿Qué había de malo en estar con él si se sentía tan bien? Lo amaba con toda su alma, la había conquistado con su encanto y honradez, confiaba en él tanto como en su padre.

—Te quiero muchísimo —le susurró al oído mientras sentía su cuerpo palpitar junto al suyo.

Toby le desabrochó la blusa y la acarició con ternura. La joven no tenía ni idea de qué debía hacer ni qué esperaba de ella. No cometería ninguna tontería, pero deseaba estar con él y ser suya para siempre.

Fue Toby quien refrenó sus impulsos después de jugar con su larga cabellera. Colocaron la cesta de picnic en la cocina, y abrió la botella de champán mientras Victoria se abotonaba la blusa para salir al jardín. No había vecinos cerca, nadie los veía. Pasearon por el césped, y Toby le explicó que había alquilado la casa para poder estar solo y alejarse de Evangeline. Iba allí para pensar, soñar y disfrutar de la soledad. Era en ese lugar donde había decidido divorciarse de su esposa.

—Supongo que echarás de menos a tus hijos —comentó Victoria cuando entraron de nuevo cogidos de la mano.

—Sí, pero espero que Evangeline se muestre razonable y me deje verles. Será una sorpresa para todos, pero ella se sentirá aliviada. Es una crueldad vivir con alguien a quien no amas. Será más duro para nuestras familias que para nosotros, no lo comprenderán.

Victoria asintió y por primera vez comprendió que su relación provocaría un gran escándalo. Además, su padre se llevaría un buen disgusto, pero con el tiempo quizá atendiera a razones. No era necesario que contrajeran matrimonio de inmediato. En realidad no le importaba no casarse con él siempre y cuando pudieran estar juntos. La situación se volvería más difícil cuando tuviera que regresar a Croton, pero podría visitarla con frecuencia. De hecho, sería incluso mejor verse allí, pues disfrutarían de mayor intimidad. Le maravillaba pensar cómo podía cambiar la vida de una persona en cuestión de unos días.

Toby le preguntó de pronto por su hermana gemela y se rió con algunas de las historias que la joven le contó. Victoria no sabía qué hora era, y tampoco le importaba, sólo quería estar con él. Mientras conversaban, Toby le sirvió más champán y empezaron a besarse. Le desabotonó la blusa, y Victoria protestó, pero él la acalló con sus labios. La muchacha quedó sorprendida por la fuerza de su propio deseo cuando Toby comenzó a besarle los pechos, y gimió de placer. Luego se miraron a los ojos y supieron que sus vidas habían cambiado para siempre. Victoria estaba dispuesta a compartirlo todo con ese hombre. Él le quitó la ropa despacio y después la cogió en brazos para llevarla al dormitorio, donde, con gran dulzura, la hizo suya.

Horas después, mientras yacía entre sus brazos, Victoria se sorprendió de lo que acababa de hacer, pero no tenía miedo. Confiaba plenamente en él, le había dado todo lo que tenía, era suya para siempre. Al cabo de unos minutos quedó dormida.

Eran las cinco de la tarde cuando la despertó. Debían marcharse, pues no quería causarle problemas en casa. Victoria sintió un dolor físico al tener que separarse de él. Se vistió en silencio mientras él la observaba maravillado por la belleza de su cuerpo y la gracilidad de sus movimientos. Era un hombre afortunado por haberla conocido.

—No dejaré que te arrepientas de quererme —afirmó cuando se encaminaban hacia el coche.

Sin embargo Victoria no se arrepentía del paso que había dado. Se sentía feliz de haber unido sus destinos para siempre.

Toby la dejó conducir un rato y se sobresaltó varias veces por las imprudencias que cometía. Reían y cantaban como dos chiquillos que van a la deriva en un pequeño bote, ignorantes del peligro que corrían.

—Te quiero, Toby Whitticomb —declaró Victoria cuando detuvieron el automóvil a tres manzanas de su casa.

—No tanto como yo a ti. Algún día serás mía, ya lo verás, aunque no te merezco.

—Ya soy tuya —susurró, y le besó en la mejilla antes de apearse.

Le dijo adiós con la mano, y Toby la siguió con la mirada hasta que desapareció de su vista. Al día siguiente se reunirían de nuevo y regresarían a la pequeña casa, que ahora era de los dos.

6

Octubre fue un mes de frenética actividad para la familia Henderson. Edward estaba a punto de cerrar un acuerdo comercial muy importante y acudía todos los días al despacho de John Watson para reunirse con banqueros y abogados.

Olivia había trabado amistad con varias jóvenes con quienes se citaba para comer y tomar el té. También Victoria estaba invitada pero, con la excusa de que debía acudir a conferencias y reuniones de las sufragistas, pocas veces las acompañaba. Su hermana presentía que seguía viendo a Toby Whitticomb en secreto, aunque no habían vuelto a hablar del tema, y estaba preocupada. Notaba los cambios que había sufrido su gemela y adivinaba que estaba muy enamorada, pero poco podía hacer al respecto.

Los Henderson continuaron asistiendo a conciertos y al teatro y, a petición de su padre, Olivia organizó dos cenas más, a una de las cuales asistió Charles Dawson, aunque en esta ocasión pasó la mayor parte de la velada hablando de negocios con Edward. En cualquier caso estaba demasiado preocupada por su hermana. En los últimos días apenas hablaban, se había alzado entre ellas un muro que no lograba traspasar. Cada vez que se lo comentaba a Victoria, ésta insistía en que eran imaginaciones suyas, que nada había cambiado.

Olivia deseaba volver a Croton lo antes posible y recuperar a su hermana, que cada vez se mostraba más distante. Sin embargo, a finales de octubre Edward Henderson les comunicó que no regresarían hasta el día de Acción de Gracias. Estaba ultimando la venta de la acería y por otro lado pensaba que era bueno para ellas estar en Nueva York, pues así tendrían la oportunidad de hacer amigos y, quién sabía, añadió con un guiño, encontrar marido. Era evidente que las jóvenes disfrutaban de su estancia en la ciudad. Olivia seguía siendo la misma, pero había perfeccionado sus habilidades y se había convertido en una anfitriona perfecta. Victoria, por su parte, parecía haber alcanzado su plenitud, y todos notaban que se había vuelto más sofisticada. Olivia también lo advertía, por supuesto, pero había llegado a la conclusión de que actuaba así para atraer a Toby. Victoria no había explicado nada a nadie, y mucho menos a su hermana, que ignoraba que cada día salía a escondidas con Toby para dirigirse a la casa de las afueras. Aun así intuía que su relación era cada vez más estrecha, y la actitud de Victoria, que la evitaba siempre que podía, sólo contribuía a alimentar sus sospechas.

—¿No te has cansado todavía de nuestra ciudad? —preguntó Charles a Olivia una tarde en que acudió para conferenciar con Edward. La joven había entrado en el despacho para servir el té y, dado que ya había concluido la reunión, su padre le pidió que se quedara con ellos.

—Quizá un poco —respondió con una sonrisa—. Me gusta la vida de aquí, pero echo de menos el cambio de estación en Croton.

—Volveremos pronto —afirmó su padre, que agradecía la ayuda que su hija le había prestado.

—Me encantaría que nos visitaras algún día y trajeras a Geoffrey —comentó la muchacha a Charles. Le apenaba no haber conocido todavía a su hijo.

—Por supuesto.

—¿Monta a caballo? —El abogado negó con la cabeza—. Si le apetece, le enseñaré.

—Estoy seguro de que le gustaría mucho.

—Por cierto, ¿dónde está tu hermana esta tarde? —preguntó Edward.

—Con unos amigos, o en la biblioteca. No lo sé a ciencia cierta. Llegará en cualquier momento.

—Sale mucho últimamente —comentó el hombre con una sonrisa, pues le complacía que sus hijas disfrutaran de su estancia en Nueva York.

Cuando unos minutos después Charles salió de la casa, se cruzó con Victoria en la escalera de la entrada, pero no vio el coche que se alejaba a toda velocidad. Conversó con ella un momento y percibió un brillo extraño en su mirada, así como una expresión soñadora. Una vez más le sorprendió cuán diferente era de su gemela, a pesar del gran parecido que guardaban. Cuando se despidió de la joven, siguió pensando en las hermanas mientras se dirigía a su hogar. Los Henderson se marcharían el día de Acción de Gracias y enseguida llegaría la Navidad, una época muy triste para él. El año anterior las fiestas sin Susan habían sido un tormento.

Esa noche los Henderson asistieron a un concierto en el Carnegie Hall, donde coincidieron con varios conocidos, entre ellos Toby Whitticomb, que compartía un palco con unos amigos y había acudido sin su mujer. Alguien dijo haber oído que estaba enferma, ante lo cual un tercero rió y afirmó que lo que ocurría era que Evangeline estaba otra vez encinta. Victoria sonrió para sus adentros. Sabía que era imposible. Toby pensaba dejar a su esposa en un futuro muy cercano. Quizá habían decidido que era mejor que esa noche saliera él solo, pero cualquiera que fuera la razón de su ausencia Victoria y su amante cruzaron miradas durante toda la velada. Esta vez su padre sí se percató, pero no hizo ningún comentario. Albergaba la esperanza de que Toby Whitticomb no hubiera seleccionado a su hija como su próxima víctima.

Ya en casa, las jóvenes subieron a su dormitorio, y mientras se desvestían, Olivia advirtió:

—Nuestro padre se ha dado cuenta de cómo os mirabais esta noche.

Victoria no pareció inmutarse. Olivia sufría sobremanera a causa de su distanciamiento, era una especie de dolor físico del que no podía librarse.

—Él no sabe nada —replicó Victoria con seguridad.

—¿Y qué hay que saber exactamente? —inquirió su hermana, horrorizada ante la posibilidad de que la cosa hubiera ido demasiado lejos. Sin embargo Victoria no se dignó a responder, se acostaron sin siquiera desearse las buenas noches y ambas tuvieron una pesadilla que al día siguiente se convirtió en realidad.

Esa mañana John Watson llamó para preguntar si podía ver a Henderson. La visita no parecía nada inusual, pues se reunían con frecuencia, y a Edward siempre le complacía ver a su amigo.

Se dirigieron a la biblioteca, y mientras Bertie les servía café John observó a Edward en silencio. No sabía por dónde empezar, pues conocía su precario estado de salud. Sin embargo no tenía más remedio que decírselo, era su obligación.

—Me temo que soy portador de malas noticias.

—¿Se ha cancelado la venta de la acería? —preguntó Edward decepcionado, pero no disgustado.

John negó con la cabeza.

—No, todo va bien. De hecho, creo que en Navidades ya estará todo arreglado.

—Eso espero —comentó Edward.

Habían trabajado mucho en el asunto y no parecía existir ningún obstáculo.

—Lo que debo decirte es algo personal, algo que me duele mucho tener que comunicarte. Martha y yo hablamos de ello anoche y llegamos a la conclusión de que debías saberlo. Se trata de Victoria… —Le costaba pronunciar las palabras, pues temía que acabaran con la vida de su amigo—. Me consta que tiene una aventura con el joven Whitticomb… Lo siento mucho… de verdad. Al parecer se reúnen en una casita situada al norte de la ciudad. El ama de llaves de una vivienda vecina les ha visto ir allí cada día… Dios mío, Edward, lo lamento mucho —añadió al notar cómo le había afectado la noticia.

—¿Estás seguro de lo que dices? ¿Quién es esa mujer? ¿Crees que debo hablar con ella? Quizá mienta, podría tratarse de un chantaje.

—Quizá, pero dada la reputación de ese hombre, me inclino a creer su historia. No habría venido de no estar seguro. ¿Quieres que hable con Whitticomb? Quizá deberíamos conferenciar los dos con él.

—Si lo que dices es cierto, le mataré —aseguró Edward con tono sombrío—. No puedo creer que Victoria haya hecho una cosa así. Sé que es impulsiva, que alguna vez me ha robado un coche o mi caballo favorito para cabalgar por las colinas, pero esto, John… esto… me parece mentira.

—Lo comprendo, pero tu hija es muy joven e inocente, y él, un experto en la materia. Según el ama de llaves, mantiene esa casa sólo para sus conquistas.

—Debería ir a prisión.

—¿Qué será de tu hija? No puede casarse con él. Ya tiene esposa, varios hijos y, según me ha dicho Martha, está esperando otro. Me temo que la situación es muy complicada.

—¿Lo sabe alguien más?

Para Watson, ésta era la peor parte.

—Hace unos días, en el club, Whitticomb hizo un comentario a Lionel Matherson, pero entonces no lo creí. Sin embargo, un empleado del despacho me dijo lo mismo poco tiempo después. Ese hombre es un canalla si no le importa acabar de esa manera con la reputación de una joven. Al parecer explicó a Matherson que tenía una aventura con una muchachita muy inocente y que, cuando acabara con ella, seduciría a su hermana gemela. No mencionó ningún nombre, pero no era necesario.

Edward Henderson palideció y, si John Watson no hubiera estado con él, habría subido de inmediato para interrogar a sus hijas.

—Tienes que hacer algo, y rápido. Si corre la voz, pronto se enterará toda la ciudad. ¿Por qué no envías a Victoria a Europa una temporada? Debes alejarla de él. Has de pensar en su futuro, no puedes dejar las cosas así, será su ruina. Después de lo sucedido, le costará encontrar marido, y si consigue casarse, no será con alguien de tu gusto.

—Lo sé. —Edward Henderson agradecía la sinceridad de su amigo, a pesar del dolor que le causaban sus palabras—. Tendré que reflexionar al respecto. Mañana la mandaré de vuelta a Croton, pero después… No estoy seguro, creo que Europa no es la solución… No sé qué hacer. Le obligaría a contraer matrimonio con ella si pudiera, pero ¿qué demonios voy a hacer con un hombre casado y con hijos?

—Matarlo —dijo John Watson en un intento por desdramatizar la situación.

Edward esbozó una sonrisa y asintió.

—Créeme, me encantaría. Considero que debo hablar con él, quisiera saber lo ocurrido.

—Dudo de que sea lo más conveniente. Es bastante evidente qué ha sucedido y sólo te causará un disgusto aún mayor. Me gustaría pensar que sus sentimientos son sinceros pero, aunque lo fueran, ¿de qué le serviría a Victoria? No puede casarse con ella, jamás se divorciará de Evangeline, y menos ahora, que espera otro hijo; sería un escándalo terrible. Lo único que puede hacer Victoria es olvidarle.

—Intenta convencerla tú de eso. Me temo que está muy enamorada de él. Les vi bailar e incluso coquetear un par de veces, pero jamás pensé que llegaría a este extremo. Debería haberme dado cuenta, no sé en qué estaba pensando. Ahora entiendo por qué se pasa el día fuera de casa.

Antes de que Watson se marchara acordaron que éste hablaría con Toby Whitticomb y Edward se mantendría al margen con el fin de llevar el asunto con la mayor discreción. Además, el abogado temía que el corazón de su amigo no soportara una confrontación con Toby.

John Watson se dirigió de inmediato al despacho de Whitticomb, aunque le constaba que pocas veces aparecía por allí. Sin embargo, dio la casualidad de que esa mañana sí había acudido porque Victoria tenía una cita con el dentista y habían quedado en verse más tarde de lo habitual.

La historia que Toby contó era mucho peor de lo que Watson esperaba. Se mostró bastante caballeroso, si podía calificársele de tal, y aseguró que no volvería a ver a la joven ahora que su relación había salido a la luz. Declaró que sólo había sido un juego y que era ella quien había afirmado tener la costumbre de perseguir a hombres casados. Jamás le había hecho ninguna promesa de futuro y, a pesar de lo que se rumoreaba, era muy feliz en su matrimonio con Evangeline, que además esperaba un hijo en abril. Nunca había dicho que abandonaría a su mujer, eso estaba fuera de toda duda. La chica se había vuelto loca, él era la víctima. Era ella quien le había seducido.

John Watson no creyó ni media palabra de lo que le dijo. Al contrario, estaba convencido de que Victoria se había dejado engañar por las promesas de Toby. Era joven e inocente, mientras que él era un hombre de mundo. Estaba claro lo que había sucedido, pero la cuestión ahora era qué sería de Victoria.

A las doce regresó a casa de los Henderson y relató a Edward tanto como se atrevió a explicar de su conversación con Whitticomb, pero la conclusión era que su hija tenía una aventura con el hombre y que éste estaba dispuesto a ponerle fin. No obstante el futuro social de Victoria seguía representando un grave problema. Si no hacían nada y Toby se iba de la lengua, la joven vería arruinada su vida y jamás se le acercaría nadie.

Edward agradeció la ayuda de su amigo antes de que se marchara. Cuando Victoria y Olivia regresaron del dentista, estaba de muy mal humor. Había sido una mañana muy dura para él y su tono era de desesperación cuando se dirigió a sus hijas desde la puerta de la biblioteca.

—Olivia, mañana volvemos a Croton —anunció con mirada severa. Se preguntaba si Olivia conocía el secreto de su hermana.

Si era así, la culpaba por haberla encubierto—. Te ruego que lo recojas todo y cierres la casa de inmediato. Haz lo que puedas hoy y lo que no termines lo acabarán Petrie y los otros cuando nos hayamos marchado.

—¿Nos vamos ahora? ¿Tan pronto? Pensaba que… Tú dijiste… —balbuceó Olivia, asombrada ante la noticia.

—¡He dicho que nos vamos! —exclamó Edward.

Acto seguido se volvió hacia Victoria y con un gesto de mano le indicó que le siguiera a la biblioteca. La joven sintió que le flaqueaban las piernas y lanzó una mirada furtiva a su hermana; era evidente que había sucedido algo terrible.

—¿Ocurre algo? —preguntó Olivia con dulzura.

Su padre no respondió, sino que esperó a que Victoria entrara en la biblioteca y cerró la puerta. Olivia permaneció de pie en el recibidor, extrañada por el comportamiento de su padre. Se preguntó qué habría ocurrido. De pronto temió que Edward hubiera descubierto que Victoria se encontraba con Toby, pero ¿quién podía habérselo contado? Aunque Victoria hubiera cometido una tontería, no era una delincuente, si bien su padre la había tratado como tal. Jamás había visto a su padre tan furioso.

Se encaminó hacia la cocina para explicar a Bertie lo sucedido y comunicarle que se marcharían por la mañana. La mujer se mostró sorprendida, pero en cuestión de minutos comenzaron a sacar las maletas y los baúles y a dar órdenes por toda la casa. Mientras Bertie y Olivia se afanaban, Victoria lloraba en la biblioteca.

—Has arruinado tu vida, Victoria, no existe futuro para ti. Ningún hombre respetable te querrá después de lo ocurrido. —Le partía el corazón pronunciar estas palabras y ver a su hija deshecha en lágrimas. Prefería no saber qué había habido entre ellos, no podía creer que hubiera actuado de forma tan inconsciente. Whitticomb debía de haberle prometido la luna para aprovecharse de ella.

—No importa, no quiero casarme —repuso ella entre sollozos. Pero una cosa era decir que no deseaba casarse, y otra convertirse en una paria y saber que nadie la querría como esposa.

—¿Por eso lo has hecho? ¿Porque no te importaba? ¿Pretendías arruinar tu futuro… incluso el de tu hermana? ¿Y la reputación de la familia? —Victoria negaba con la cabeza—. ¿Te prometió alguna cosa? ¿Dijo que se casaría contigo, Victoria? —Sin mirar a su padre, asintió—. Ese hombre es un canalla, jamás debería haberlo traído a esta casa, yo soy el responsable. —A continuación, explicó que Toby había dado a entender en el club que se acostaba con ella y que después se había comportado como un sinvergüenza al decir a John Watson que había sido ella quien le había seducido.

La joven no daba crédito a lo que oía y al final decidió sincerarse.

—Me dijo que yo era la única mujer de la que se había enamorado, que jamás había sentido lo mismo por nadie… —Victoria sollozó, pero su padre no se acercó para consolarla—. Dijo que pensaba divorciarse, que su esposa y él no se amaban y que se casaría conmigo.

Así pues, a pesar de sus ideas modernas y de haber afirmado que nunca contraería matrimonio, Victoria no era más que una tonta romántica.

—¿Y tú le creíste? —exclamó Edward, escandalizado. Ella asintió—. Para empezar, ¿qué hacías a solas con él? —Comprendió que tenía que vigilar más de cerca a sus hijas, aunque Olivia nunca hacía nada indecoroso.

—Nos citamos una tarde… Yo no pretendía… Nunca pensé… Yo no habría… ¡Ay, papá!

Victoria lloraba no sólo por el dolor que había causado a su padre, sino también porque se daba cuenta de que Toby la había traicionado. Había asegurado a John Watson que la suya era una relación sin importancia, que ella le había seducido. En ningún momento mencionó que había prometido casarse con ella y había afirmado quererla más que a nada en el mundo. Se había comportado como una estúpida. Toby era mucho más despreciable de lo que la gente decía, la había engañado.

Desesperado, su padre le hizo una última pregunta:

—Supongo que no me dirás la verdad, pero te lo preguntaré de todas maneras. ¿Sabía algo tu hermana? ¿Estaba al corriente de tu aventura?

Victoria negó con la cabeza y le miró a los ojos.

—No —susurró—. Nos vio bailar en casa de los Astor y discutimos. Me dijo lo que yo ya debiera haber sabido, pero no la creí. Jamás le expliqué lo que ocurría, aunque creo que sospechaba que nos habíamos citado un par de veces… pero no el resto. —Se sentía tan avergonzada que no se atrevía a mirar a su padre. Era consciente de que pronto toda la ciudad se enteraría de lo que había sucedido y se alegraba de que se marcharan a Croton. No regresaría nunca más a Nueva York. Dirían que ella y su hermana habían enfermado y debían partir hacia Croton de inmediato.

Al igual que su hija, Edward no sentía deseo alguno de permanecer en la gran urbe. Jamás le había sucedido nada bueno allí: su mujer había fallecido en esa ciudad, la presentación en sociedad de sus hijas había sido una suerte de atracción de circo y su segunda visita se había revelado un completo desastre.

—Te prohíbo que vuelvas a ver a ese hombre, ¿está claro? No le importas lo más mínimo, ha renegado de ti, te ha ridiculizado y traicionado. Si le hubiera dicho a John que eras el amor de su vida y que no sabía qué hacer, habría sido diferente. Por supuesto, tampoco habrías podido casarte con él, pero al menos te habría quedado el consuelo de saber que te quería. Ahora en cambio no tienes nada más que tu propia desgracia, los restos de una reputación que has destruido y jamás podrá repararse y la certeza de haber sido utilizada por un canalla que no sentía nada por ti. Piensa en ello. Me gustaría creer que en el futuro podrás redimirte pero, mientras tanto, no quiero ni que pienses en ese hombre. Te prohíbo que le veas, ¿me has comprendido?

—Sí —respondió ella con voz trémula, y se sonó la nariz en un intento por reprimir los sollozos, pero no pudo. Su padre había hablado con total claridad, no había manera de huir, era una pesadilla.

—Ahora sube a tu habitación y quédate allí hasta mañana.

Victoria salió de la biblioteca y cruzó el vestíbulo corriendo. Al cabo de unos minutos bajó con sigilo de su dormitorio, vestida con un traje negro y un sombrero con velo que le ocultaba el rostro y se marchó de la casa. Necesitaba averiguar si lo que su padre le había contado era cierto, pues cabía la posibilidad de que John Watson hubiera mentido.

Tomó un taxi hasta el despacho de Toby y casi chocó con él en la escalera cuando se disponía a salir. Estaba más atractivo que nunca, pero no parecía contento de verla.

—Tengo que hablar contigo —dijo, y se esforzó por reprimir las lágrimas al ver que Toby la miró con irritación.

—¿Por qué no has enviado a otro de tus abogados? ¿Qué pretendes conseguir? ¿Quieres presionarme para que deje a mi esposa esta misma semana? ¿A qué vienen tantas prisas?

—No tengo nada que ver con eso, alguien contó al abogado de la familia que hiciste un comentario sobre mí en el club, y él se lo explicó a mi padre. Además, alguien nos ha visto en la casa.

—¿Y qué más da? ¡Dios mío! Ya eres mayorcita, señorita Moderna que nunca quiere casarse. Sabías muy bien lo que había entre nosotros, lo que podías esperar de mí, no lo niegues.

Victoria quedó pasmada ante la dureza de sus palabras. Deseaba poder hablar con él en otro lugar, pero estaba claro que Toby no quería, pues no hacía ademán alguno de moverse de los escalones del edificio.

—¿De qué estás hablando? No entiendo nada —preguntó desconcertada.

—Escucha, me lo he pasado muy bien contigo, en serio, lo repetiría en cualquier momento, pero no ha sido más que un mero entretenimiento. Todas las mujeres sois iguales, os engañáis pensando que al final conseguiréis una alianza de oro. No me digas que eres una joven moderna, eres tan poco sincera como las demás, sólo te metes en la cama con un hombre si al final hay boda. ¿De verdad crees que pienso dejar a Evangeline y a mis tres hijos… pronto cuatro? ¿O acaso supones que eres el amor de mi vida? ¿Cómo quieres que lo sepa si sólo nos hemos visto un par de veces? Los dos sabíamos muy bien de qué iba lo nuestro; tienes algo entre las piernas y deseabas una cosa mía allí. Ahora no me vengas con historias de amor. Tampoco me digas que creías que iba a abandonar a mi mujer, los Astor me matarían. Los dos nos lo hemos pasado bien y, si abres la boca, yo también hablaré; diré a todos lo buena que eres… porque de verdad eres… muy buena. —Whitticomb se quitó el sombrero para hacer una pequeña reverencia y, cuando se incorporó sonriendo, Victoria le propinó una bofetada. Una mujer que caminaba por la calle les miró con sorpresa.

—Eres un canalla, Toby Whitticomb —espetó mientras las lágrimas rodaban por sus mejillas. Jamás pensó que pudieran tratarla así. Se había aprovechado de ella, pero ni siquiera tenía el valor de reconocerlo. Para colmo, intentaba culparla y hacerla sentir como una mujer fácil, que nunca le había amado, pero lo triste era que le había querido demasiado. Había sido una estúpida.

—No es la primera vez que me lo dicen —repuso él.

Victoria había actuado como una ingenua, había sido una presa fácil para Whitticomb, que la había utilizado. Ya no le importaba lo que pudiera ocurrirle.

—Nos vamos mañana —anunció con la vana esperanza de que intentara detenerla.

—Me parece una buena idea. ¿Debo esperar ahora la visita de tu padre, o sólo envía a sus lacayos?

—No te mereces nada más —respondió Victoria. Quería odiarle, le había partido el corazón, pero una parte de ella seguía amándole.

—Vamos, Victoria, nos lo hemos pasado bien juntos… Deja las cosas así… no pidas más de lo que hay… —Para él era sólo un juego, siempre lo había sido.

—Dijiste que me querías —recordó la joven—, que jamás habías amado tanto a nadie, que dejarías a tu mujer, que iríamos juntos a París…

—Sí, lo dije, pero mentí —admitió Toby mientras la ayudaba a subir al taxi—. Ahora no importa. —La miró y de pronto le inspiró cierta compasión; sólo era una chiquilla. No había sido justo con ella, pero ya era demasiado tarde—. Vuelve a casa y olvídame. Algún día te casarás con un hombre bueno, aunque estoy seguro de que pensarás que jamás has disfrutado tanto como conmigo —añadió con una sonrisa maliciosa.

Victoria deseó abofetearle de nuevo, pero no tenía sentido, todo había acabado. Toby ni siquiera comprendía lo que ella sentía, era un ser tan vacuo que jamás lo sabría. La joven se dio cuenta de que era un ser miserable y empezó a odiarle.

—Sé que soy muy malo —susurró mientras admiraba una vez más su belleza. Era una lástima que no fuera mayor, pero había tenido su rato de diversión y era el momento de pasar a otra cosa—. Así es la vida —agregó antes de dar su dirección al taxista y alejarse del vehículo. Pronto olvidaría a Victoria Henderson. Ahora era el momento de probar algo diferente.

Victoria lloró durante todo el trayecto. Cuando llegó a casa entró a hurtadillas por la puerta trasera y subió por la escalera del servicio mientras rogaba que nadie hubiera reparado en su ausencia. Sin embargo Olivia se había dado cuenta cuando entró en el dormitorio para llevarle una taza de té y preguntar cómo se encontraba. Al descubrir que no estaba, adivinó que había salido en busca de Toby, pero no se lo contó a nadie.

Las gemelas no volvieron a verse hasta más tarde, cuando Olivia subió de nuevo para interesarse por ella. Victoria estaba sentada en una silla mirando por la ventana, con un pañuelo en la mano, y ni siquiera se volvió al oír la puerta. A su hermana le partió el corazón verla tan desconsolada. Se acercó a ella y le puso la mano sobre el hombro.

—¿Estás bien? —susurró.

El rencor que había existido entre ellas se había esfumado esa mañana. Olivia sabía lo mucho que la necesitaba su hermana.

—He sido una estúpida —masculló Victoria tras un largo silencio—. ¿Cómo he podido ser tan necia?

—Querías creerlo, todo era muy emocionante. Logró engañarte porque es un embaucador. —Al oírla Victoria rompió a llorar, y Olivia la abrazó—. Todo saldrá bien, iremos a casa, no le verás más y le olvidarás. Dentro de poco nadie se acordará de lo sucedido.

—¿Cómo lo sabes?

Olivia sonrió. Quería tanto a su hermana que deseaba borrar todo su dolor, el disgusto, la decepción. Estaba furiosa con Toby Whitticomb, pero se alegraba de que por fin Victoria se hubiera librado de él.

—El dolor no dura para siempre —afirmó.

—Nunca pensé que pudiera existir alguien tan traidor y malvado. Odio a los hombres.

—Eso es una tontería; ódiale sólo a él.

Victoria levantó la cabeza e intercambiaron una mirada cariñosa. Se conocían tan bien… Era terrible pensar en lo mucho que se habían distanciado en las últimas semanas, pero Olivia sabía que nunca volvería a suceder, pues el vínculo que las unía era demasiado fuerte.

Al día siguiente, mientras abandonaban la ciudad en coche, entrelazaron sus manos. Olivia adivinaba qué sentía su hermana: pena, dolor, arrepentimiento.

7

Fue un alivio para todos regresar a Henderson Manor. Los dos meses en Nueva York habían sido frenéticos, y su relación con Toby había dejado a Victoria destrozada. Las gemelas volvían a estar tan unidas como antes y disfrutaban de su mutua compañía. Sin embargo Victoria no conseguía olvidar a Toby, que había eclipsado sus objetivos, sus sueños y los ideales que siempre había abrigado. Había renunciado a todo por él, incluso a su reputación. En las cinco semanas que dedicó a su amor, su vida había quedado destruida, o al menos así le parecía a ella, y también a su padre. A pesar de que apenas hablaba del tema, era evidente que estaba muy disgustado. Sólo Olivia se mostraba alegre e intentaba animarles. Mimaba mucho a Edward, tomaba el té con él, encargaba sus comidas predilectas y cortaba sus flores preferidas, pero él mantenía una actitud severa y distante. La venta de la acería estaba a punto de cerrarse, pero esa primera semana de noviembre tenía otras cosas en la cabeza.

Las hojas de los árboles habían cambiado de color. Olivia, que adoraba esa época del año, instó a Victoria a dar paseos con ella y montar a caballo, aunque su hermana prefería conducir.

—No seas aguafiestas —bromeó Olivia una tarde. Las cosas habían vuelto a la normalidad, la casa de Nueva York estaba cerrada y Bertie había regresado con el resto del servicio—. ¿Por qué no cabalgamos hasta Kyhuit? —propuso.

A Victoria no le entusiasmó la idea.

—Porque los Rockefeller ya se habrán enterado de que soy una perdida y me arrojarán piedras si me acerco a la casa —respondió Victoria.

Olivia se rió.

—Deja de compadecerte de ti misma. Soy yo quien te apedreará si no me acompañas esta tarde. Estoy cansada de ver cómo tú y nuestro padre competís por ganar el primer premio al semblante más triste. Me apetece montar a caballo y vendrás conmigo.

Victoria cedió y, aunque no fueron hasta Kyhuit, pasaron una tarde agradable cabalgando junto al río. Cuando estaban a punto de llegar a casa, de repente una ardilla se cruzó en su camino y el caballo de Victoria se espantó. Hacía tiempo que no montaba y nunca había sido tan buena amazona como su hermana, de modo que antes de que Olivia pudiera sujetar las riendas cayó al suelo y su montura se alejó al galope.

—¿Me comprendes ahora? —dijo mientras se levantaba y sacudía la ropa—. Esto nunca me pasa cuando conduzco el coche de nuestro padre.

—Eres un desastre. Monta detrás —indicó Olivia al tiempo que le tendía la mano.

Reanudaron la marcha a lomos del caballo de Olivia. Era un día frío de noviembre, y cuando llegaron a casa, estaban congeladas. Mientras entraban en calor delante de la chimenea, explicaron la aventura a su padre, que esbozó una sonrisa y por primera vez desde que regresaron a Croton habló con normalidad a Victoria. Ésta se lo comentó a su gemela mientras se cambiaban para la cena.

—Es lógico. Ya se le ha pasado el disgusto —observó Olivia.

—No estoy tan segura. Tengo la impresión de que jamás me perdonará.

—Eso es una tontería.

Sin embargo era cierto que su padre estaba más callado que de costumbre, mientras que Victoria se mostraba mucho más dócil, hablaba poco, apenas salía de casa y ya no asistía a las reuniones de las sufragistas. Era como si el desengaño con Toby Whitticomb la hubiera ablandado, había perdido su seguridad y no era tan osada. Olivia sólo deseaba que su padre y su hermana se reconciliaran. Sabía que era cuestión de tiempo pero, hasta que hicieran las paces, resultaba difícil convivir con ellos. El único resultado positivo de toda la historia era que ahora las hermanas estaban más unidas que nunca y jamás se separaban. Victoria necesitaba a Olivia, que se sentía feliz de estar a su lado, y por fortuna aún no habían llegado a Croton las noticias del desengaño amoroso de aquélla.

Esa noche cenaron con su padre y, como era habitual, se retiraron temprano. Victoria no tardó en conciliar el sueño, y Olivia estuvo leyendo hasta que, a medianoche, se quedó dormida con el libro en las manos. Al cabo de un rato despertó y apagó la luz. La chimenea seguía encendida, de modo que el dormitorio estaba caliente, y volvió a acostarse. Minutos después sintió una punzada tan aguda que se incorporó asustada. De manera instintiva buscó la mano de su hermana y entonces comprendió que el dolor no era suyo, sino de Victoria, que tenía el rostro desencajado y las rodillas dobladas.

—¿Qué te pasa? —No era la primera vez que una experimentaba el dolor de la otra, si bien Olivia nunca lo había sentido con tanta intensidad. Preocupada, apartó las sábanas y descubrió que toda la cama estaba manchada de sangre—. ¡Dios mío! ¡Victoria, háblame…!

Le cogió la mano y se la apretó. Su hermana estaba muy pálida y apenas podía hablar.

—No llames al médico —musitó.

—¿Por qué no?

—Por favor… Ayúdame a llegar al cuarto de baño.

La llevó en brazos y dejaron un reguero de sangre tras de sí. Una vez dentro, Victoria puso los pies en el suelo y, de pronto, se desplomó.

—Dime qué te pasa. Si no, llamaré a Bertie y al médico.

—Estoy embarazada —confesó Victoria.

—¡Dios mío! ¿Por qué no me lo habías dicho?

—No me atrevía —balbuceó Victoria.

—¿Qué hago? —preguntó Olivia mientras rezaba para que su hermana no se desangrara. Quizá la hemorragia estaba provocada por la caída del caballo, pero prefería no pensar en ello. Temía que su hermana falleciera en el cuarto de baño—. Tengo que avisar a alguien, Victoria.

—No… quédate conmigo… no me dejes… —Su sufrimiento era insoportable y sangraba más que nunca. Presa del pánico, Olivia observó cómo la causa de su agonía se desprendía lentamente de su cuerpo. Al principio ninguna de las dos supo qué ocurría, pero pronto lo entendieron. El dolor comenzó a remitir. El cuerpo del niño yacía entre las piernas de Victoria, que empezó a sollozar histérica. Poco a poco se detuvo la hemorragia. Oliva tomó a la criatura, lavó a su hermana, la arropó con unas mantas y utilizó unas toallas para retirar la sangre. Eran las seis de la mañana cuando por fin acabó de limpiarlo todo. Después, con una fuerza inusitada, cogió en brazos a Victoria, que temblaba convulsivamente, y la llevó a la cama.

—Ya ha pasado, estoy aquí contigo. No te preocupes, estás sana y salva. Te quiero.

No hablaron sobre lo ocurrido, ni sobre el horror que habían presenciado, ni sobre lo que habría sucedido si no hubiera perdido el niño. Dar a luz al hijo ilegítimo de Toby Whitticomb habría destruido su vida para siempre y acabado con su padre.

Olivia añadió un tronco al fuego, cubrió con otra manta a su hermana, que estaba muy pálida, y la contempló mientras dormía. Pensó que tal vez había caído sobre ellas alguna maldición y, después de lo ocurrido con su madre, no pudo evitar preguntarse si podrían tener descendencia, aunque ella no se imaginaba casada, y mucho menos con hijos.

Victoria dormía profundamente cuando Olivia se puso una bata y bajó por la escalera con el fardo de ropa sucia. Pretendía quemarlo todo pero, para su disgusto, ya había actividad en la cocina, pues eran casi las ocho de la mañana. Cuando cruzaba el vestíbulo se encontró con Bertie.

—¿Qué llevas? —preguntó la mujer.

—Nada… ya me ocupo yo —respondió con firmeza, pero Bertie notó algo extraño en su voz.

—¿Qué es?

—Nada, voy a quemarlo.

Se produjo un silencio interminable y, después de mirarla fijamente a los ojos, Bertie asintió.

—Pediré a Petrie que encienda un fuego. Quizá sería mejor que enterraras parte de ello.

Ésa era la intención de Olivia. En el fardo más pequeño se encontraba la criatura.

Olivia y Bertie observaron a Petrie mientras cavaba un agujero y luego encendía el fuego. Quemaron las sábanas y las toallas, y el resto fue depositado en el hoyo. Bertie la rodeó con el brazo mientras velaban en la fría mañana de invierno.

—Eres una buena chica —dijo. Sabía lo que había pasado—. ¿Cómo está tu hermana?

—Se encuentra muy mal, pero no le digas que te lo he comentado; me mataría.

—No te preocupes. Debería verla un médico, pues de lo contrario podría contraer una infección.

—Llámalo entonces, yo hablaré con ella. ¿Qué le diremos a mi padre? —preguntó con preocupación.

—Que tiene gripe, supongo —respondió Bertie con un suspiro. Había temido que ocurriera algo así. Como todos los de la casa, había oído los chismorreos—. Sin embargo no es justo mantenerle en la ignorancia. Quizá sería mejor que le dijeras algo.

—¡Ay, Bertie! No puedo. —Olivia estaba horrorizada. ¿Cómo podía explicarle que Victoria había estado embarazada? No sabría qué decirle, pero tampoco quería que se inquietara por una gripe inexistente.

—Ya se te ocurrirá algo —aseguró Bertie.

Sin embargo más tarde Victoria volvió a sangrar y apenas se mantenía consciente. Llamaron al médico, que ordenó que una ambulancia la trasladara al hospital de Tarrytown para realizarle una transfusión, de modo que era imposible ocultar la verdad a su padre. Victoria sollozaba mientras le inyectaban la sangre en las venas. Olivia intentó tranquilizarla, pero era inútil, le consumían la culpa y la tristeza, sufría un gran dolor y había quedado muy débil a consecuencia de la hemorragia. Aunque jurara lo contrario, su hermana estaba convencida de que seguía enamorada de Toby y que desearía estar a su lado.

Edward Henderson, que aguardaba desde hacía horas en la sala de espera, miró a Olivia con expresión sombría cuando ésta le comunicó que Victoria por fin dormía. El médico les aseguró que se recuperaría, habían decidido no operarla y les garantizó que podría tener hijos en el futuro. El niño que había concebido era más grande de lo que le correspondía en ese mes de gestación, incluso era posible que fueran gemelos, y Victoria había perdido mucha sangre. Estaba claro que no había manera alguna de fingir que tenía gripe. El doctor prometió que tratarían el asunto con la mayor discreción posible, pero Edward sabía que, hicieran lo que hicieran, al final todo Nueva York sabría que había perdido el hijo de Toby Whitticomb, lo que confirmaría los rumores y pondría el último clavo en el féretro de su ya difunta reputación.

—Es como si la hubiera matado con sus propias manos —dijo Henderson a Olivia, que había decidido quedarse a dormir en la habitación de su hermana.

—No digas eso —repuso la joven, que conocía el dolor que le embargaba y lo mucho que sufría por la reputación de su hija.

—Es cierto, ese hombre la ha destruido, aunque ella también ha colaborado en su perdición. Fue tan tonta… Ojalá alguien la hubiera detenido —afirmó.

Olivia lo interpretó como un reproche y susurró:

—Lo intenté.

—No me cabe duda —repuso Edward con los labios apretados, lo que indicaba que estaba enfadado. Sin embargo aún era mayor su preocupación por su hija, que había arruinado su vida con ese breve pero estúpido romance—. Lo mejor sería que se casara. Es más fácil acallar los rumores si hay un final feliz —añadió con expresión reflexiva.

—No puede casarse con ella —observó Olivia. Su padre era tan inocente como su hermana si consideraba tal posibilidad; Toby estaba unido a una Astor.

—Él no puede, pero otro sí podría… Eso si alguien la acepta después de lo ocurrido. Sería lo mejor para ella.

—Victoria no quiere contraer matrimonio —explicó Olivia—, ni ver a ningún hombre, y creo que esta vez habla en serio.

—Es comprensible después de lo que ha sufrido. —Aunque desconocía los detalles, estaba seguro de que lo sucedido la noche anterior no había sido una experiencia agradable, pero quizá le sirviera de lección—. Estoy convencido de que cambiará de opinión más adelante. —Sin embargo le daba igual si no lo hacía. Con su conducta, Victoria había perjudicado a todos y tenía que recompensarles de alguna manera—. No te preocupes. —Edward besó a su hija y se marchó con el entrecejo fruncido.

Esa noche Victoria recibió otra transfusión y por un momento se temió que fuera necesario operarla, pero a la mañana siguiente su estado había mejorado, aunque seguía débil. Pasaron dos días antes de que pudiera sentarse en el lecho, y dos más antes de que fuera capaz de caminar, pero al final de la semana ya estaba en casa, al cuidado de Olivia y Bertie. Su padre había partido hacia Nueva York, porque debía reunirse con sus abogados para tratar el asunto de la acería. Un día comió con John Watson y Charles Dawson en el University Club, y tuvo que hacer un esfuerzo por controlarse al ver que Toby Whitticomb estaba allí. John escrutó a su amigo y le preguntó si se encontraba bien, y Henderson asintió. Por fortuna Toby se marchó pronto con un grupo de amigos, sin haber cruzado palabra alguna con Edward y evitando mirar a Watson a los ojos.

Dos días más tarde, Edward Henderson regresó a Croton, satisfecho con el trabajo realizado en Nueva York. Esta vez se había alojado en el Waldorf-Astoria; ni siquiera quería ver la casa, pues habían sucedido demasiadas cosas allí. Además, el único miembro del servicio que le había acompañado era Donovan, el chófer.

Cuando volvió a su hogar faltaban diez días para la festividad de Acción de Gracias. Victoria paseaba por el jardín del brazo de su hermana y ofrecía un aspecto mucho más saludable que cuando la había visto por última vez. Henderson estaba seguro de que en menos de cuarenta y ocho horas se habría repuesto por completo, de modo que esperaría hasta entonces para comunicarle la noticia.

Al final decidió decírselo a las dos al mismo tiempo, pues no tenía secretos para Olivia y necesitaba su apoyo. Le gustara o no, ya se había acordado todo. El domingo por la tarde las llamó a la biblioteca, y Olivia presintió que tenía algo que anunciarles; lo más probable era que las enviara a Europa una temporada para que Victoria olvidara a Toby. A pesar de que no había mencionado su nombre desde que abandonaron Nueva York, ni siquiera en el hospital, sabía que su hermana no lo había superado todavía y se sentía demasiado traicionada para hablar de él.

—Hijas mías, tengo algo que deciros —comenzó su padre sin ceremonia alguna. Observó a las dos con la misma severidad, pero Victoria sospechó que lo que quería comunicarles guardaba relación con ella. Sus sospechas se vieron confirmadas cuando Edward la miró a los ojos—. En Nueva York todo el mundo habla de ti y hay poco que podamos hacer al respecto, excepto no prestar atención o negar los rumores. Por ahora creo que el silencio es la única respuesta. Aquí también empezarán a chismorrear pronto después de tu reciente ingreso en el hospital y, por desgracia, la suma de estas dos historias dan como resultado una historia aún peor. Todo gracias a los comentarios del señor Whitticomb, que asegura que tú le sedujiste. Algunos no lo creen, espero que bastantes, pero no importa lo que digan o crean los demás; la realidad tampoco es mucho mejor.

—Fui una estúpida —balbuceó Victoria, dispuesta a admitir su culpa de nuevo—, me equivoqué. Quizá me comporté como una libertina, pero creía que me amaba.

—Lo que demuestra que eres más necia que malvada —repuso Edward sin un ápice de compasión, algo nada habitual en él. Estaba muy descontento con el comportamiento de su hija y frustrado por la imposibilidad de reparar el desaguisado. Sólo cabía una solución, y estaba decidido a ponerla en práctica—. Me temo que no podemos cambiar la realidad, y tampoco silenciar al señor Whitticomb, pero al menos podemos restituir tu respetabilidad y, de paso, la nuestra. Creo que nos lo debes.

—¿Qué puedo hacer? Haré lo que me pidas —afirmó Victoria. En esos momentos hubiera hecho cualquier cosa por complacerle.

—Me alegra oírte decir eso. Podrías casarte, Victoria, y así lo harás. Es el único modo de frenar los rumores, la gente tendrá otra cosa de que hablar y, aunque digan que has sido una estúpida, quizá incluso la víctima de un canalla, al menos serás una mujer casada y respetable, y al final se olvidará lo que hiciste. Sin la respetabilidad que proporciona el matrimonio, todos tendrán siempre presente tu desliz y acabarán tratándote como a una prostituta.

—Pero no quiere casarse conmigo, ya lo sabes. Me mintió, lo ha reconocido, jamás tuvo la intención de desposarse conmigo, todo fue un juego para él. —Victoria explicó lo que Toby le había dicho la última vez que hablaron—. Además, Evangeline va a tener un hijo en primavera, no la dejará ahora.

—Eso espero —repuso Edward con tono sombrío—. No, Tobias Whitticomb no se casará contigo, no hay duda, pero Charles Dawson sí. He hablado con él. Es un hombre razonable, inteligente y bondadoso, que comprende tu situación. No se engaña en cuanto a tus sentimientos hacia él y, aunque desconoce los detalles, sabe que durante nuestra estancia en Nueva York tuvo lugar un incidente poco afortunado. Perdió a su mujer, a la que amaba con locura, y no busca una sustituta, pero tiene un hijo y necesita una madre para él.

Victoria le miró boquiabierta.

—¿Quieres decir que debo solicitar yo ese puesto? Madre de su hijo pero no esposa amada. ¿Cómo puedes pedirme algo así?

—¿Cómo puedo? —espetó Edward Henderson con gran irritación—. ¿Cómo te atreves a preguntarme eso después de destrozar nuestras vidas, mantener relaciones con un hombre casado ante los ojos de todo Nueva York y concebir un hijo bastardo? Harás lo que te diga y sin rechistar, o te encerraré en un convento y te desheredaré.

—No me importa. Jamás me obligarás a contraer matrimonio con un hombre al que no amo y que no me ama, como si fuera una esclava, un mueble o un objeto cualquiera. No tienes ningún derecho a hacer conmigo lo que quieras, a acordar mi futuro con tu abogado, a forzarle a que se case conmigo. ¿Piensas pagarle por ese servicio? —Además, a ella no le gustaba Charles Dawson. ¿Cómo podía hacerle eso su padre?

—No voy a pagar a nadie, Victoria. Él comprende tus circunstancias, quizá incluso mejor que tú. No estás en situación de esperar que llegue un príncipe azul, ni siquiera de quedarte aquí, en Croton, conmigo y con tu hermana. Ninguno de nosotros podrá volver a poner un pie en Nueva York hasta que se haya resuelto el problema.

—Córtame el pelo, enciérrame, haz lo que quieras, pero no me vendas a un hombre para limpiar nuestro nombre. Estamos en 1913, no 1812.

—Debes obedecer, no hay nada más que hablar. Si no, te repudiaré y desheredaré, no permitiré que arruines tu vida ni la de tu hermana por tu testarudez. Dawson es un buen hombre, y tienes mucha suerte de que esté dispuesto a desposarte. Creo que, si no fuera por su hijo, jamás te aceptaría, de modo que considérate afortunada.

—¿Hablas en serio? —preguntó Victoria con incredulidad. Olivia, sentada junto a ella, estaba, por diferentes razones, tan perpleja como ella—. ¿Me repudiarías si me niego a casarme?

—Sí. Hablo en serio, Victoria. Es el precio que tienes que pagar por tu estupidez, y es bastante justo. Disfrutarás de una vida cómoda en Nueva York, Charles es un hombre honrado, con una buena profesión y excelente reputación, y algún día compartirás con Olivia vuestra herencia. De esta manera gozarás de mucha más libertad; si rechazas mi propuesta, te encontrarás fregando suelos, te lo aseguro. Debes hacerlo por mí, por todos, por tu hermana, que jamás podrá regresar a Nueva York si no aceptas a Charles. Debes casarte con él. No tiene por qué ser de inmediato, puedes esperar unos meses, incluso hasta la primavera, para que nadie piense que te obligamos a ello por… razones obvias. En todo caso anunciaremos el compromiso después del día de Acción de Gracias. ¿Lo has comprendido?

Victoria se acercó a la ventana y respondió sin volverse:

—Sí, perfectamente. —Odiaba a su padre y a Charles casi tanto como a Toby. Todos los hombres eran iguales, tratantes de esclavos que se aprovechaban de las mujeres, a las que consideraban meros objetos. Cuando dio media vuelta, se sorprendió al ver a Olivia llorar. Seguro que sus lágrimas se debían a que sabía que ahora estarían separadas para siempre. Nueva York no estaba lejos, pero sí lo bastante para que apenas se vieran. Victoria estaba convencida de que su padre no permitiría que su hermana la visitara.

—Siento inmiscuirte en esto —dijo Henderson a Olivia con dulzura mientras le acariciaba el hombro; lamentaba haberla disgustado—, pero creo que puedes ayudar a tu hermana a entrar en razón. Quiero que entienda que no tiene alternativa.

—Lo comprendo. Sólo piensas en el bien de todos.

Curiosamente, el golpe que Edward había propinado a Victoria había causado mayor dolor a Olivia, pues se sentía atraída por Charles Dawson. Era irónico pensar que su padre las había herido de muerte a las dos con la misma espada y sin saberlo.

—Quizá prefiráis subir a vuestro dormitorio para hablar —sugirió.

Ya había dicho bastante por ese día, había dejado claras sus intenciones y, aunque sabía que Victoria le odiaba en estos momentos, estaba convencido de que al final accedería a sus deseos. Las gemelas salieron de la biblioteca sin añadir palabra, pero cuando se encontraron a solas en su dormitorio, con la puerta cerrada, Victoria dio rienda suelta a su rabia y comenzó a llorar. No se lo podía creer.

—¿Cómo puede hacerme una cosa así? ¿Cómo se ha atrevido a venderme a ese gusano?

—No es un gusano. —Olivia sonrió con los ojos llenos de lágrimas—. Es un hombre honrado, amable e inteligente; te gustará.

—¡Hablas igual que nuestro padre!

—Quizá esté en lo cierto al decir que no tienes elección. Sólo recobrarás tu respetabilidad si te casas con Charles Dawson.

—Me importa un comino la respetabilidad. Prefiero subir a un barco y largarme a Inglaterra esta noche; podría trabajar allí y unirme a las Pankhurst.

—¿No iban a pasar los próximos tres años en la cárcel? O al menos una de ellas, si no recuerdo mal lo que me explicaste en verano. Además, ¿cómo vas a pagar el pasaje? Nuestro padre tiene razón, Victoria, no tienes alternativa.

—¿Qué clase de hombre accedería a tomar una esposa de esta manera?

—Ya has oído la explicación. Quiere una madre para su hijo. —A Olivia también le parecía extraño. Conocía mejor a Dawson, o al menos había hablado más con él que Victoria; quizá el problema era que ya no se sentía capaz de seguir adelante solo—. Haz lo posible por llevarte bien con él; te conviene.

Victoria no podía saber cómo había afectado la noticia a Olivia, pues ésta jamás le había comentado cuánto le gustaba Charles. Además, su autocompasión le impedía notar cuán disgustada estaba su hermana.

Esa noche Victoria se negó a cenar con su padre.

—¿Cómo se encuentra? —preguntó Edward al sentarse a la mesa.

—Enfadada, aturdida… Estas últimas semanas han sido muy duras para ella, pero se acostumbrará a la idea. Dale tiempo.

El padre asintió y, al cabo de un rato, acarició la mano de Olivia mientras la miraba con tristeza.

—Sólo quedaremos tú y yo aquí. ¿Te sentirás muy sola? —preguntó.

—La echaré de menos —respondió la joven al tiempo que reprimía las lágrimas. No soportaba pensar en separarse de su hermana, y perder a Charles era una estocada mortal para sus sueños—. Pero yo nunca te dejaré, te lo prometo.

—Quizá algún día, cuando las aguas vuelvan a su cauce y Victoria se haya casado con Charles, podríamos aventurarnos en Nueva York para ver si encontramos a tu príncipe azul. —Edward sonrió con dulzura a su hija ignorante del dolor que le habían causado sus palabras.

—No quiero un príncipe, ya te tengo a ti, y éste es mi sitio. No quiero casarme —afirmó con convicción.

Para Edward resultaba triste dejar que su hija se convirtiera en una solterona, pero una parte de él deseaba, egoístamente, que permaneciera a su lado. Llevaba muy bien la casa y su compañía era un consuelo para él.

—Siempre cuidaré de ti, Olivia, te lo prometo. Un día, todo esto será tuyo, podrás pasar el resto de tu vida aquí. A Victoria le dejaré la casa de Nueva York, tú no la necesitarás.

Ya lo tenía todo pensado; ella se quedaría para cuidar de él, y Victoria tendría a Charles. Olivia se preguntó qué había hecho para merecer semejante destino. Jamás había soñado con conseguir a Charles, pero tampoco sospechó que se lo servirían en bandeja a su hermana para expiar sus pecados.

—¿Me permitirás visitarla en Nueva York? —inquirió, y contuvo el aliento mientras esperaba la respuesta de su padre. Sería demasiado cruel perder al hombre que le atraía y a la persona que más quería.

—Claro que sí, no tengo intención de separaros. Sólo pretendo ayudar a Victoria a arreglar el terrible lío en que se ha metido. —Mientras escuchaba a su padre, Olivia deseó haber podido alejar a Victoria de Toby, el canalla que había arruinado sus vidas—. Podrás visitarla cuando gustes, con la condición de que no me abandones por completo —añadió con una sonrisa.

Las lágrimas surcaron las mejillas de Olivia. Había visto frustradas sus ilusiones y ya no deseaba nada, no tenía nada con que soñar, ahora siempre pertenecería a su padre. Sintió que su vida se había acabado para siempre.

8

Charles Dawson y su hijo Geoffrey llegaron a Croton-on-Hudson en un soleado día de otoño de finales de noviembre. Hacía frío, las chimeneas estaban encendidas y se notaba la proximidad del invierno. La cocinera acababa de sacrificar un pavo, pues era la víspera del día de Acción de Gracias.

Edward estaba en Tarrytown, y Victoria había salido a cabalgar sola, como solía hacer últimamente. La casa parecía vacía cuando llegaron, pero Olivia les divisó desde la ventana de la cocina. Se limpió las manos en el delantal y salió corriendo para recibirles sin ponerse un abrigo. Estaba tan contenta de ver a Charles que quería abrazarle y darle un beso. Se preguntó si podría hacerlo algún día, cuando fueran como hermanos. En lugar de besarle, le estrechó la mano y le dijo cuánto se alegraba de que por fin los visitara. Después miró a Geoffrey y sintió que el corazón le daba un vuelco. Era como si ya se conocieran, como si ya hubiera formado parte de su vida alguna vez. Se inclinó para tenderle la mano con solemnidad.

—Hola Geoffrey, soy Olivia, la hermana de Victoria. —Al mirar de reojo a Charles, comprendió que todavía no había comentado nada al chiquillo. Era evidente que primero quería hablar con Victoria y cerciorarse de que podían seguir adelante con el plan—. Victoria y yo somos gemelas —explicó, y se dio cuenta de inmediato del efecto que habían causado sus palabras al muchacho—. Somos dos gotas de agua, no podrás distinguirnos.

—Seguro que sí —afirmó el niño con una mirada pícara.

—Si nos hacemos amigos, te contaré un secreto para que puedas diferenciarnos —prometió Olivia con tono de complicidad mientras lo conducía de la mano a la cocina para que probara unas galletas recién salidas del horno.

—Me hubiera ido bien conocer ese secreto en Nueva York —intervino Charles—; ¿por qué no me lo explicaste?

—Jamás se lo hemos revelado a nadie, pero Geoffrey es especial. —Miró al chiquillo y puso una mano sobre su hombro. No sabía qué le había impulsado a hacerlo, pero se sentía muy unida a él, como si hubiera venido a ella por alguna razón. Quizá fuera su premio de consolación, el pequeño que alegraría su espíritu ahora que sabía que nunca tendría hijos. Cuando falleciera su padre, sería demasiado tarde para casarse. Sí, siempre había afirmado que se quedaría en Croton para cuidar de él, pero no eran más que palabras; ahora, en cambio, tenía la certeza de que ése era el futuro que le aguardaba.

—¿Nadie más lo sabe? —El niño estaba muy intrigado y se sentía halagado.

—Sólo lo conoce Bertie —respondió Olivia, que acto seguido le presentó al ama de llaves.

Unos minutos más tarde condujo a los recién llegados a sus habitaciones y deshizo su equipaje. Media hora después Charles y Olivia se reunieron en el salón mientras Geoffrey ayudaba a Bertie.

—Es una criatura encantadora —comentó ella con una sonrisa.

Charles la miró un instante en silencio y se dirigió a la ventana para contemplar el jardín con expresión triste. Era difícil adivinar en qué pensaba.

—Se parece mucho a su madre —afirmó Charles con voz queda mientras se volvía hacia Olivia—. ¿Cómo va todo? —preguntó con verdadero interés, lo que era todavía más doloroso para ella.

La joven deseó que los demás llegaran pronto.

—Bien, hemos estado bastante ocupados. —Se abstuvo de explicar que Victoria había estado enferma y se preguntó si ya lo sabía.

—¿Has tenido que rescatarla de prisión otra vez?

Charles y Olivia comenzaron a reír, y en ese momento Victoria entró en el salón con el traje de montar, las botas llenas de barro y el cabello alborotado.

—A mí no me parece tan gracioso —dijo.

—Ha llegado Charles —comentó Olivia algo nerviosa, y Victoria la miró con indignación.

—Ya lo veo. Por cierto, no me hace ninguna gracia recordar lo que ocurrió después de la manifestación en Nueva York —informó. Charles y Olivia se miraron como dos niños que acabaran de recibir una reprimenda.

—Lo siento Victoria —repuso Charles con amabilidad mientras le tendía la mano—. ¿Qué tal el paseo a caballo? —Dawson se esforzaba por congraciarse con ella, pero la joven le trató con suma frialdad. Cuando ella subió a cambiarse para la cena, dijo—: No parece muy contenta.

—Lo cierto es que lo ha pasado bastante mal desde que nos fuimos de Nueva York. —No estaba segura de cuánto sabía Charles y no quería ser ella quien se lo explicara—. Además ha estado enferma.

—Supongo que esto no es fácil para ella, yo también estoy un poco nervioso, pero creo que será bueno para Geoffrey.

—¿De verdad lo haces por él? —En realidad quería preguntarle si ésa era la única razón, pero no se atrevía. No le conocía lo suficiente.

—No puedo criar a un niño como Dios manda sin la ayuda de una madre —respondió sin mirarla a los ojos.

—Mi padre lo hizo —aseguró Olivia, y Charles rió.

—¿No te parece bien que me case con tu hermana?

—No he dicho eso, pero deberían existir otras razones.

—Seguro que las habrá cuando nos conozcamos mejor.

Ambos asintieron y en ese momento Victoria bajó por la escalera con Geoffrey.

—Sois idénticas —exclamó el chiquillo con expresión fascinada.

—Lo sé. ¿Cómo te llamas?

—Geoffrey —respondió sin un ápice de timidez.

—¿Cuántos años tienes? —inquirió Victoria.

El chiquillo presintió que en realidad no le interesaba saberlo. Era muy intuitivo y empezaba a sospechar que, a pesar del parecido físico, las gemelas eran muy diferentes.

—Nueve —contestó.

—¿No eres demasiado bajo para tu edad?

—Qué va. Soy más alto que mis compañeros —explicó Geoffrey con paciencia.

—No sé mucho sobre niños.

—Olivia sí. Por eso me gusta.

—A mí también —repuso Victoria, que se acercó a su hermana. El parecido entre ellas era sorprendente, como si fueran dos copias de la misma persona; el cabello, los ojos, la boca, el vestido, los zapatos, las manos, la sonrisa, todo era idéntico. Geoffrey entrecerró los párpados y las observó con detenimiento. Al cabo de unos minutos, ante la sorpresa de todos negó con la cabeza.

—Yo no creo que os parezcáis en nada —afirmó en tono serio, y todos rieron, incluido su padre.

—El lunes le llevaré al oculista —comentó.

—Es verdad, papá, míralas —insistió el chiquillo.

—Lo he hecho muchas veces y siempre quedo en ridículo cuando intento diferenciarlas. Si tú eres capaz de distinguirlas, te felicito; yo no puedo.

En realidad, a veces sí lo conseguía, pero no siempre. Cada una le producía una sensación distinta, pero si sólo las miraba, sin pensar, sin «sentirlas», no lograba diferenciarlas. A eso se refería Geoffrey, aunque para Charles se trataba de algo visceral y sensual.

—Ésa es Olivia —dijo el muchacho señalándola sin dudar—, y ésa, Victoria.

Las gemelas cambiaron varias veces de sitio, y Geoffrey siempre acertaba. Todos le miraban sorprendidos, incluso Victoria, que no soportaba a los niños, hecho que Olivia le había recomendado no mencionar esa noche. «¿Por qué no? —había preguntado Victoria con malicia—. Quizá así no se case conmigo.» Su hermana le había recordado que, si no contraía matrimonio, su padre la encerraría en un convento, de modo que Victoria decidió seguir su consejo.

Apenas abrió la boca durante toda la velada, ni siquiera cuando llegó su padre y se sentaron a cenar. Fueron Olivia y Charles quienes llevaron la mayor parte de la conversación.

—¿Por qué no te casas tú con él? —preguntó Victoria a su hermana esa noche cuando estaban en la cama—. Es evidente que te sientes muy a gusto a su lado.

—Pero yo no tengo una reputación que salvar. Además, nuestro padre quiere que me quede aquí para que me ocupe de la casa —respondió sin rodeos. Edward había dejado muy claro qué esperaba de ellas, y que Olivia se desposara no entraba dentro de sus planes. Decidió cambiar de tema—. Geoffrey es un encanto, ¿no te parece?

—No lo sé, no me he fijado. Ya sabes que no me gustan los niños.

—Está fascinado con nosotras —observó Olivia con una sonrisa al recordar la facilidad con que el chiquillo las diferenciaba. Tenía la impresión de que había establecido un vínculo con él, y Geoffrey parecía sentir lo mismo por ella, o quizá por las dos hermanas, pues se notaba que también le gustaba Victoria, aunque ésta no le hubiera prestado mucha atención.

Esa noche Geoffrey había cenado en el salón del desayuno con Bertie, que estaba encantada de tener un niño en casa, al igual que Edward, quien se lo llevó de paseo al día siguiente antes de comer. Olivia se unió a ellos al ver que Victoria salía al jardín con Charles. No quería interrumpirles, tenían muchas cosas de que hablar. Esperaba que su hermana no ofendiera al abogado, porque si lo hacía y él se negaba a casarse, su padre se disgustaría aún más.

—Sé que no es muy normal —comentó Charles a Victoria mientras paseaban—. Cuando tu padre me lo comentó, me pareció un disparate, pero lo cierto es que ahora me gusta la idea, tiene mucho sentido para mí, por Geoffrey.

—¿Es ésa la única razón por la que has aceptado? —inquirió Victoria sin rodeos. No entendía que un hombre tomara una esposa que no le amaba.

—Es la razón principal. No es justo para él que yo esté solo, hasta tu hermana lo dijo un día en Nueva York, cuando apenas nos conocíamos.

»Estaba muy enamorado de su madre —añadió. Era evidente que el recuerdo le resultaba doloroso—. Jamás habrá nadie como ella, nos conocíamos desde niños. Susan era muy impulsiva y fantasiosa, siempre estaba riendo, y también era muy obstinada, como tú, supongo. —Su mirada se nubló—. Fue su tozudez lo que acabó por matarla, junto con su pasión por los niños.

—Mi padre me explicó que falleció en el *Titanic* —comentó Victoria. Se mostraba interesada, pero no tan compasiva como su hermana. Sin embargo, a Charles le resultaba más fácil confiarle sus sentimientos, pues Olivia era tan sensible que, cuando se sinceraba con ella, a veces se le llenaban los ojos de lágrimas.

—Sí. Iba a subir a un bote salvavidas con Geoffrey, pero cedió su puesto a un niño. Me cuesta creer que no hubiera un lugar para ella, estoy convencido de que se quedó con el propósito de ayudar a las criaturas que aún estaban en el barco. La última persona que la vio aseguró que llevaba un chiquillo en brazos… Doy gracias a Dios porque no fuera Geoffrey. —Hizo una pausa antes de añadir—: Era una mujer extraordinaria.

—Lo siento mucho —dijo Victoria con sinceridad.

—Me imagino que tú hubieras hecho lo mismo —comentó Charles.

Victoria negó con la cabeza.

—Tal vez Olivia, pero yo no. Soy demasiado egoísta, y no sé tratar a los niños.

—Ya aprenderás. ¿Y qué hay de ti? Tengo entendido que rompiste tu compromiso, aunque todavía no era oficial.

—Podríamos decirlo así. —Se había acostado con un hombre casado, pero era más bonito expresarlo como lo hacía Charles—. ¿Te contó eso mi padre?

—No. —No quería herir sus sentimientos. Lo cierto era que Edward se había mostrado bastante sincero con él—. Creo que el asunto fue un poco desagradable al final, pero no te preocupes, no albergo ninguna ilusión romántica sobre nuestra relación, aunque supongo que podríamos ser buenos amigos. Yo necesito una madre para Geoffrey, y tú un refugio hasta que pase la tormenta. —Había oído algunos rumores sobre ella y Toby, pero no sabía qué había sucedido exactamente. Sólo tenía constancia de que Victoria había flirteado con un hombre casado y hubo promesas que no se cumplieron, pero desconocía los detalles e ignoraba lo del aborto—. De hecho tenemos más suerte que otras personas. Como no nos hacemos ilusiones, no veremos frustrados nuestros sueños ni nos sentiremos decepcionados. En realidad lo único que espero es que seamos amigos. —No se imaginaba enamorado otra vez, ni siquiera aceptaba los sentimientos contradictorios que Victoria despertaba en él.

—¿Por qué no contratas a un ama de llaves? —preguntó ella.

Charles rió ante la simplicidad de la propuesta.

—Supongo que te extraña que desee casarme con una mujer que no me ama. Lo cierto es que no deseo enamorarme otra vez; no soportaría volver a perder a la persona a la que quiero.

—¿Y si al final acabamos enamorándonos? —preguntó Victoria más por llevar la contraria que porque lo considerara posible.

—¿Acaso crees que podría ocurrir? —inquirió con franqueza, consciente de la indiferencia de la muchacha hacia él—. ¿Me encuentras irresistible? ¿Sospechas que podrías enamorarte de mí?

—La verdad es que no —respondió Victoria con una sonrisa. Charles no le resultaba atractivo, pero era agradable—. No corres ningún peligro.

—Perfecto. Si contratara a un ama de llaves, no tendrías un marido o, al menos, no sería yo, de modo que deberías buscar a otro, lo que podría resultar complicado. Esto es más sencillo, pero hay algo que quisiera dejar claro —advirtió.

—¿Qué? —preguntó Victoria con suspicacia.

—Me gustaría que evitaras que te arrestaran —respondió Charles con un brillo malicioso en los ojos—. Como abogado, me resultaría un tanto embarazoso.

—Lo intentaré —prometió con una leve sonrisa. Victoria se planteó cómo sería la vida en Nueva York y qué ocurriría cuando se encontrara con Toby de nuevo. En esos momentos le odiaba y hubiera deseado arrancarle los ojos o cortarle el cuello. Miró a Charles con semblante muy serio y añadió—: Sin embargo no dejaré de asistir a las conferencias del movimiento sufragista. Soy feminista y, si eso te molesta, lo lamento.

—No te preocupes. Creo que es muy interesante, y me parece lógico que defiendas tus ideas políticas.

—No sé por qué haces esto.

Charles la observó, admirado de su belleza. Sabía que era impetuosa, y una parte de él deseaba domarla. Casarse con ella representaba un reto, sobre todo porque Victoria no le quería.

—Yo tampoco lo sé —admitió—. Quizá me mueven muchas razones tontas, pero ninguna peligrosa. —Mientras se encaminaban hacia la casa, el abogado se animó a formular la última pregunta. Ninguno de los dos se mostraba entusiasmado por el paso que iban a dar, pero les convenía seguir adelante—. ¿Cuándo quieres que se celebre la boda?

Cuanto más tarde, mejor, deseó responder Victoria, pero no lo hizo.

—Esperemos un tiempo, no hay prisa. —De ese modo nadie pensaría que se casaba porque estuviera embarazada—. ¿Qué te parece en junio?

—Estupendo. Geoffrey ya habrá acabado el colegio y tendréis la oportunidad de conoceros mejor. ¿Has pensado en la luna de miel? —inquirió con naturalidad, aunque era la conversación más extraña que habían mantenido jamás—. ¿Te gustaría realizar un viaje?

—Pues sí —respondió Victoria con indiferencia.

—¿Qué tal California?

—La verdad es que prefiero Europa.

—No quiero subir a un barco —repuso Charles. Sus razones eran obvias.

—Pues yo no quiero ir a California —replicó Victoria, que no estaba dispuesta a dar su brazo a torcer.

—Bien, ya hablaremos de ello más adelante.

—De acuerdo.

Charles y Victoria se miraron. No había ningún sentimiento en su relación, nada de amor por parte de ella y sólo cierto deseo por parte de él. Las razones que les llevaban a casarse eran las más extrañas que podían concebirse; él necesitaba una madre para su hijo, y ella, un marido que le ayudara a limpiar su nombre. Eso era todo cuanto podían ofrecerse el uno al otro. Caminaron hasta la casa en silencio.

El fin de semana transcurrió mejor de lo que todos esperaban, lo que no dejó de sorprender a Edward. Victoria se mostraba agradable, aunque apenas conversaba con Charles y no dirigía ni media palabra a Geoffrey. Por fortuna el niño estaba encantado con Olivia, y Charles tuvo la oportunidad de conocer mejor a su futuro suegro.

A pesar de que a Olivia le resultaba doloroso pasar tanto tiempo con el abogado, disfrutaba en compañía de Geoffrey. El sábado le prestó su caballo favorito, *Sunny*, y fueron a cabalgar. El domingo, mientras estaban sentados en una roca en medio del campo, le enseñó la peca que tenía en la palma de la mano derecha. Era tan minúscula que había que aguzar la vista para distinguirla. Olivia le hizo prometer con solemnidad que no se lo contaría a nadie, ni siquiera a su padre, y le explicó:

—Cuando éramos pequeñas solíamos engañar a todos haciéndonos pasar la una por la otra. Era muy divertido, y nadie se daba cuenta, excepto Bertie, claro está.

—¿Engañaréis también a mi padre? —preguntó interesado, y Olivia se rió.

—Claro que no, sería muy cruel. Lo hacíamos cuando éramos pequeñas.

—¿Y no lo habéis vuelto a hacer? —preguntó con asombro.

Era un niño muy listo para su edad y estaba encantado con su nueva tía. El día anterior le habían comunicado que su padre y Victoria iban a casarse y, aunque le sorprendió la noticia, no se mostró demasiado preocupado.

—Sólo lo hemos hecho algunas veces desde que somos mayores, por lo general con gente que no nos gusta, o cuando una tiene que hacer algo que no le apetece.

—¿Como ir al dentista?

—No, para eso no, pero sí para una cena muy aburrida a la que una ha aceptado asistir, aunque solemos ir a esa clase de eventos juntas.

—¿Echarás mucho de menos a Victoria cuando venga a vivir con nosotros?

—Sí —respondió con tristeza, no quería pensar en ello—, mucho. Tendréis que visitarme con frecuencia, especialmente tú.

—Me encantaría —afirmó Geoffrey al tiempo que le cogía la mano. Le gustaba mucho Olivia—. No diré a nadie lo de la peca.

—Será mejor que no lo hagas —repuso Olivia. Por un momento pensó en lo bonito que sería ser su madre y concluyó que Victoria era muy afortunada.

Geoffrey y Olivia caminaron hasta la casa, y esa tarde Charles y su hijo regresaron a Nueva York, no sin antes prometer que volverían en Navidad, lo que hacía mucha ilusión a Geoffrey. Olivia aseguró que por esas fechas celebrarían una fiesta, la primera después del anuncio del compromiso de Charles y Victoria, que se produciría la semana siguiente, e invitaría a todos sus amigos de Hudson.

Su padre estaba satisfecho, y Victoria, exhausta, pues había sido un fin de semana duro, pero no tan terrible como había sospechado. Esa noche se acostó temprano, y Olivia permaneció sentada junto a la chimenea, reflexionando. Le resultaba extraño pensar en Victoria, Charles y Geoffrey como una unidad familiar, mientras que ella se había convertido en una solterona.

9

El compromiso de Victoria Elizabeth Henderson y Charles Westerbrook Dawson se anunció en el *New York Times* el miércoles siguiente al día de Acción de Gracias, la boda se celebraría en junio, pero no se había fijado todavía la fecha. Edward Henderson dobló el periódico; se sentía satisfecho, lo había conseguido.

La noticia causó el revuelo natural, y recibieron algunas llamadas de felicitación desde Nueva York y varias cartas dirigidas a Victoria. En la ciudad los chismorreos no eran tan terribles como habían temido. De no haber sido por Charles, la estupidez de Victoria habría tenido consecuencias desastrosas, mientras que ahora sólo se decía que la joven había flirteado con Whitticomb y se les había visto juntos en algún que otro lugar indiscreto, pero nada más se sabía con certeza; el único que conocía la verdad era Toby, y contarla le haría quedar peor. Victoria estaba a salvo, o casi; lo estaría por completo, al menos para su padre, cuando se convirtiera en la esposa de Charles Westerbrook Dawson.

Sin embargo cuando Victoria leyó el anuncio en el periódico, quedó consternada. ¿Cómo podían hacerle eso? Todo porque se había enamorado locamente de Toby, porque había creído en él. Ahora, a modo de castigo, la vendían como a una esclava a un hombre a quien no amaba y con el que tendría que hacer las mismas cosas que con Toby, perspectiva que, en lugar de excitarla, le repugnaba. Se preguntaba si sería capaz de acostarse con él. Charles decía que serían buenos amigos, que no esperaba que ella le quisiera; sólo buscaba una compañera para él y una madre para Geoffrey, pero ella no soportaba pensar en el chiquillo, no deseaba ser la madre de nadie y sabía que nunca más lo sería. Al pensar en

Geoffrey no podía evitar recordar al niño que había perdido. La experiencia había sido muy traumática. Cuando se casara con Charles, tomaría todas las precauciones posibles para no tener hijos. Ignoraba en qué consistían, pero lo descubriría. Con suerte, Charles ni siquiera le pediría que compartieran el lecho, eso no formaba parte de la «amistad» a que se reduciría su matrimonio. Sintió un escalofrío al imaginar a Charles tocándola de la misma manera que Toby.

—¿Por qué estás tan seria? —preguntó Olivia. Advirtió que su hermana tenía la vista clavada en el periódico y entonces lo adivinó. Sonrió con dulzura y añadió—: Serás feliz con él, Victoria… Es un buen hombre… y podrás hacer lo que quieras en Nueva York… Piénsalo…

Victoria la miró con expresión sombría y asintió. Estaba tan desesperada por su situación que ni siquiera intuía la tristeza de su hermana.

Una vez anunciado el compromiso, Victoria se dedicó a dar largos paseos por la tarde, y Olivia ya no decía nada cuando desaparecía para ir a Croton, Dobbs Ferry o incluso Ossining para asistir a las conferencias de las sufragistas. Notaba que su hermana se había vuelto más agresiva y albergaba contra los hombres una verdadera rabia que rayaba en el odio. Aunque apenas hablaba, si se presentaba la oportunidad Victoria no dudaba en expresar sus opiniones, que, a pesar de ser de cariz político, enmascaraban su parecer sobre los hombres. Su deseo de defender a las mujeres, víctimas de los gobiernos en general, y de los hombres en particular, nacía de los sentimientos que le inspiraban Toby Whitticomb e incluso Charles Dawson, a quien consideraba una suerte de secuestrador aliado de su padre que pretendía castigarla por haber amado a aquél.

La fiesta que planeaba Olivia no le interesaba en absoluto, y apenas la escuchó cuando le leyó la lista de invitados. No le importaba quién acudiera, y el hecho de que los Rockefeller y los Clark hubieran aceptado no suponía ninguna victoria. Para ella no había nada que celebrar, no se trataba más que de un simple acuerdo.

—¡No digas eso! Es por vuestro bien, los dos os ofrecéis algo importante. Charles te ha salvado. Piensa en el pequeño Geoffrey, que será muy feliz de tenerte por madre.

—No quiero ser su madre —replicó Victoria furiosa. Desde

el día de Acción de Gracias no hacía más que pensar en lo desgraciada que era—. No sé hacer de madre, y ni siquiera le caigo bien.

—¡Te equivocas!

—Ha simpatizado contigo, y es lógico. Creo que intuye que no me gustan los niños.

—Le gustamos las dos, y estoy convencida de que pronto tú también le querrás.

A Victoria le desagradaba la situación. Deseaba llegar a un acuerdo civilizado con Charles y tener la oportunidad de visitar a sus amigos en Nueva York, asistir a conferencias y mítines. Incluso soñaba con participar en la vida política, estaba segura de que ésa era su vocación, y se veía como una especie de Juana de Arco, dispuesta a sacrificarse por sus ideales.

Tales pensamientos indignaban a Olivia, que no entendía su postura.

—Debes pensar en cosas más prácticas —le aconsejó—, como en tu marido, tu casa y la boda.

Le partía el corazón pronunciar la palabra «marido», sabía que no era correcto codiciar al prometido de su hermana sólo porque era amable y le gustaba hablar con él. No tenía derecho a pensar en Charles de esa manera, pero en Nueva York había sido muy fácil albergar ilusiones respecto a él. Sin embargo las fantasías infantiles habían acabado para ambas. Pronto cumplirían veintiún años, eran unas mujeres hechas y derechas. Victoria ya conocía el amor carnal, aunque fuera de forma ilegítima, y pronto estaría casada, mientras que Olivia pertenecía por completo a su padre y pasaría una década, tal vez más, a su servicio. La vida de Victoria se basaría en la conveniencia; la suya, en el sacrificio y la renuncia. Ambas tenían que aceptar su destino.

Olivia le habló de nuevo de la fiesta y esta vez la obligó a escuchar. Lucirían para la ocasión unos vestidos de terciopelo negro, de estilo moderno, que había copiado de unos diseños de las hermanas Callot de París.

—Cuando vaya a París —repuso con una sonrisa Victoria, que agradecía lo que su hermana hacía por ella, aunque no siempre lo expresara—, te compraré un modelo auténtico de uno de tus diseñadores favoritos. ¿Qué prefieres, un Beer o un Poiret?

Era terrible saber que pronto se separarían. En ocasiones Olivia se negaba incluso a creer que eso fuera a suceder. Se había hecho a la idea de que Victoria iba a casarse, pero le costaba aceptar que ya no la tendría a su lado. Habían estado siempre tan unidas que tenía la impresión de que estar lejos de ella sería como perder un brazo. Su hermana percibió su preocupación y se acercó para abrazarla al tiempo que le decía que la echaría mucho de menos.

—Podrías vivir con nosotros —sugirió.

Olivia se echó a reír.

—Estoy segura de que Charles estaría encantado. —Sería una tortura vivir bajo el mismo techo que él y no tenerle.

—Tendría a dos por el precio de una. Además, así podrías cuidar de Geoffrey. —Victoria sonrió y encendió un cigarrillo. Olivia hizo una mueca de disgusto y abrió la ventana—. Es perfecto.

—Bertie te matará si te pilla fumando —advirtió su hermana mientras cerraba la puerta de la habitación—. ¿Y qué me dices de nuestro padre? ¿También viviría con nosotros? —Bromeaban; sabían que después de la luna de miel sus vidas se separarían para siempre—. Por cierto, me ha comentado que me dejará ir a Nueva York cuando quiera.

—No es lo mismo, Olivia, y tú lo sabes.

—No, pero es lo mejor que tenemos por el momento. —Esa conversación la entristecía, de modo que decidió cambiar de tema—. ¿Qué hay de Geoff? ¿Le llevaréis con vosotros a la luna de miel?

—Dios mío, espero que no. —Victoria hizo una mueca de disgusto mientras daba una calada a su cigarrillo.

—No fumes, es un vicio asqueroso.

—En Europa está de moda entre las mujeres.

—También está de moda allí ordeñar vacas, y no me gustaría hacerlo, aunque seguro que el olor no es tan terrible como el del tabaco. Bueno, ¿qué pasa con Geoffrey? ¿Lo llevaréis con vosotros?

—No hemos hablado de ello, pero no creo que quiera venir. A mí me gustaría ir a Europa.

A Olivia se le encogió el corazón al pensar que pronto dejaría de formar parte de la vida de Victoria.

—Quizá Geoff aceptara quedarse aquí conmigo. Sería bueno para él y a mí me encantaría.

—¡Qué buena idea! —Estaba entusiasmada con la posibilidad de dejar al niño en Croton, pues lo último que deseaba era tener que perseguirle por todo el barco, y mucho menos por toda Europa, aunque Charles todavía no había accedido a ir allí. Insistía en viajar a California, pero Victoria estaba convencida de que lograría disuadirle; se negaba a visitar tal lugar, que por lo que había oído era incivilizado, incómodo y desagradable.

—Se lo propondré a Charles cuando venga, ¿o prefieres hacerlo tú? —inquirió Olivia mientras cerraba la ventana. Hacía mucho frío fuera. Había nevado dos veces desde el día de Acción de Gracias.

—Pregúntaselo tú, y yo intentaré persuadirle de que vayamos a Europa.

Poco después salieron de la habitación para reunirse con su padre. Victoria pensaba en su luna de miel y en las mujeres que visitaría en Londres, a las que ya había escrito. Incluso había enviado una carta a Emmeline Pankhurst a la prisión sin que su hermana lo supiera. Mientras tanto Olivia se sentía complacida con la posibilidad de tener a Geoffrey a su lado durante el verano; su compañía le serviría para aliviar el dolor por la separación de Victoria.

Al día siguiente los Dawson llegaron de Nueva York en el nuevo Packard de Charles. Geoffrey estaba tan emocionado que se apeó tan pronto como el coche se detuvo y corrió hacia Victoria, que les esperaba en la puerta.

—¿Dónde está Ollie?

—En la cocina.

Charles miró a la joven con timidez y deseó tener el ojo clínico de su hijo para distinguirlas.

—¿Lo ha adivinado? ¿Eres Victoria?

Era ridículo no saber quién era su prometida. En un principio había pensado que podía fiarse de su intuición, pero después de su última visita ya no estaba seguro. A veces Victoria se mostraba tan recatada como solía serlo su hermana, mientras que ésta se sentía más relajada en su presencia y se comportaba con mayor desenfado. Ahora que las conocía mejor, le resultaba más difícil distinguirlas. Había descubierto que tenían el mismo sentido del humor, que sonreían igual, que hacían los mismos gestos e incluso estornudaban del mismo modo. Las confundía más que nunca.

Victoria se rió con ganas y asintió. Charles le dio un casto beso en la mejilla y le dijo que se alegraba mucho de verla.

—Me parece que os compraré un par de broches de diamantes con vuestras iniciales; de ese modo evitaré hacer el ridículo.

Victoria le cogió del brazo con expresión divertida y le condujo al vestíbulo.

—Es una buena idea —repuso. De pronto sintió la tentación de jugar un poquito con él para ver cómo reaccionaba—. De todos modos, ¿estás seguro de que en realidad no soy Ollie? —preguntó con tono inocente.

—¿Lo eres? —Charles se detuvo al instante, horrorizado ante la idea de haber actuado con excesiva familiaridad.

Victoria asintió y fingió ser su hermana, pero en ese momento Geoffrey apareció de la mano de Olivia.

—Hola, Victoria —saludó el niño con naturalidad.

Su padre se exasperó por la jugarreta de Victoria. ¿O acaso se había equivocado su hijo? Charles miró a las gemelas, pero era incapaz de distinguirlas. Olivia apuntó a su hermana con un dedo y preguntó con tono reprobador:

—¿Has estado torturando a Charles? —Conocía bien a Victoria.

—Sí —respondió Charles, que agradecía que su futura cuñada hubiera puesto fin al juego con tanta celeridad—. Intentaba hacerme creer que eras tú. Me tenía totalmente desconcertado.

Geoffrey pensaba que su padre era muy tonto por no saber distinguirlas. Su padre se volvió hacia él e inquirió:

—¿Cómo puedes estar siempre tan seguro de quién es quién? —Le asombraba que un niño de su edad pudiera diferenciarlas.

—No lo sé. —El chiquillo se encogió de hombros—. A mí me parecen diferentes.

—Eres la única persona, aparte de Bertie, que sabe diferenciarnos —afirmó Olivia con una sonrisa.

Charles se volvió hacia su prometida, que todavía se relamía por su hazaña; le gustaba hacerle sentir inseguro.

—Jamás volveré a confiar en ti, Victoria Henderson.

—Me parece muy sabio por tu parte.

En ese momento entró Edward Henderson.

—¿Qué pasa aquí? —preguntó, contento de ver a Charles y a su hijo.

Esa noche la cena fue muy animada. Hablaron de negocios y de la venta de la acería, que ya se había cerrado. Henderson estaba muy satisfecho de la manera en que Charles había llevado el asunto; era un abogado excelente.

Después de tomar el café, Edward y Olivia se retiraron para dejar solos a los novios. Ella adujo que quería desear las buenas noches a Geoff, en tanto que su padre explicó que necesitaba acostarse temprano porque estaba cansado. Mientras subían por la escalera, comentaron lo bien que iban las cosas. Edward se sentía muy aliviado, y su hija asintió, aunque tenía sentimientos contradictorios.

Sin embargo se olvidó de todo cuando vio a Geoff. Ya estaba en la cama, pero aún no dormía. Tenía los ojos muy abiertos y abrazaba un mono de peluche zarrapastroso.

—¿Quién es éste? —preguntó Olivia.

—Es *Henry*. Es muy viejo, tiene los mismos años que yo. Lo llevo a todas partes, excepto al colegio.

El niño parecía tan pequeño en ese lecho tan grande que Olivia sintió deseos de darle un beso, pero no le conocía lo suficiente para hacer eso.

—Es muy guapo. ¿Muerde? Algunos monos muerden.

—Claro que no —respondió sonriente. Geoff pensaba que Olivia era muy guapa y divertida—. A mí también me gustaría tener un hermano gemelo y tomar el pelo a la gente como ha hecho Victoria hoy con papá. Estaba convencido de que eras tú.

—¿Cómo sabes tú quién es quién? —inquirió ella con curiosidad. Se preguntaba qué veía Geoffrey que no percibían los demás. Su inocencia infantil tal vez le procuraba mayor clarividencia.

—Pensáis de manera diferente, y lo noto.

—¿Lees nuestros pensamientos? —exclamó con asombro. En verdad era un chico muy listo para su edad. Se planteó si siempre había sido así o si la muerte de su madre le había hecho madurar.

—A veces —contestó, y para sorpresa de la joven añadió—: A Victoria no le gusto.

—Te equivocas. Lo que pasa es que no está acostumbrada a tratar con niños.

—Está acostumbrada a las mismas cosas que tú; el problema es que no le gustan los niños. No me habla como tú lo haces. ¿Crees que de verdad le gusta mi padre?

Era una pregunta muy directa, y por un instante Olivia no supo qué responder.

—Creo que le gusta mucho, Geoff, pero todavía no se conocen bien.

—Entonces ¿por qué se casan? Es un poco estúpido.

No andaba del todo equivocado, pero la vida era más complicada de lo que él pensaba.

—A veces las personas se casan porque saben que es lo mejor

y que acabarán queriéndose con el tiempo. En ocasiones éstos son los mejores matrimonios, los que empiezan con una buena amistad. —A Olivia le parecía un argumento razonable, pero Geoffrey no estaba convencido.

—Mi madre decía que nos quería más que a nada en el mundo, que cuando se casó con papá le amaba más que a nadie, más que a sus padres incluso. Después me tuvo a mí y me quiso tanto como a él. —Geoffrey bajó la voz para agregar con tono de complicidad—: De hecho, decía que me quería más a mí, pero no se lo cuentes a papá; herirías sus sentimientos.

—Estoy segura de que tu madre te quería muchísimo.

—Sí —corroboró con una expresión de tristeza, y guardó silencio al recordarla. Pensaba en ella a menudo, y también la veía en sus sueños, en los que aparecía con un vestido blanco y caminaba hacia él sonriente; sin embargo siempre despertaba antes de que llegaran a acercarse—. Yo también la quería —afirmó al tiempo que apretaba la mano de Olivia—. Era muy guapa y se reía mucho… como tú.

Olivia se inclinó, le besó en la mejilla y le abrazó. Geoff era el niño que jamás tendría, un don inesperado que sustituiría a su hermana.

—Te quiero, Geoffy —dijo con ternura.

El chiquillo sonrió.

—Mi mamá solía llamarme así… pero no pasa nada… tú también puedes hacerlo. Creo que a ella le gustaría.

—Gracias.

Olivia le explicó entonces que una vez, cuando Victoria y ella eran pequeñas, organizaron una merienda para sus amigos del colegio, a los que confundieron haciéndose pasar la una por la otra. A Geoffrey le encantaba escuchar las anécdotas que le contaba. Charlaron durante más de una hora, hasta que el niño se quedó dormido con la mano de Olivia cogida y el mono sobre la almohada. La joven le dio otro beso antes de salir de la habitación. Pensó en él y en su madre, con quien sentía una extraña afinidad, como si la hubiera conocido.

Victoria estaba fumando en el dormitorio cuando entró Olivia. Esta vez ni siquiera se había molestado en abrir la ventana.

—Estoy deseando que te vayas —dijo Olivia con los ojos entornados mientras fingía estrangular el humo.

Su hermana rió.

—¿Dónde estabas?

—Con Geoff. Pobre niño, echa mucho de menos a su madre.

Victoria asintió pero no hizo ningún comentario al respecto.

—Charles ha accedido a ir a Europa de luna de miel —anunció con satisfacción.

Olivia meneó la cabeza.

—Pobre hombre, eres un monstruo. ¿Sabe que fumas? —Victoria negó con un gesto y se rieron—. Quizá deberías decírselo o, mejor aún, dejarlo.

—Quizá debería empezar él a fumar.

—Maravilloso —comentó Olivia mientras se desvestía.

—También le he dicho que te gustaría que Geoffrey se quedara aquí, y le ha encantado la idea. No quiere llevarlo a Europa, tiene miedo de que el viaje en barco le traiga malos recuerdos.

—Sí, me temo que así sería —repuso Olivia al recordar lo que Geoffrey le había contado de su madre. Era obvio que el recuerdo permanecía vivo en su mente—. ¿Habéis fijado ya la fecha de la boda?

Victoria asintió con expresión triste. La habían acordado esa misma noche.

—El 20 de junio. El *Aquitania* zarpa de Nueva York el 21.

—¿No crees que será traumático para Charles? —preguntó Olivia.

Su hermana titubeó un momento y se encogió de hombros.

—Él no iba en el barco. Susan regresaba de Inglaterra con Geoff.

—Sin embargo debió de sufrir mucho. Tendrás que ser amable con él durante la travesía.

A Victoria pareció molestarle el comentario.

—Quizá deberías ir tú con él; nunca notaría la diferencia.

—Tal vez él no —afirmó Olivia—, pero Geoff sí.

Al día siguiente Charles y Victoria salieron a pasear antes de comer. Se sentaron en un banco en la orilla del Hudson.

—Es tan bonito. No sé cómo puedes marcharte —preguntó Charles.

La joven se abstuvo de decir que era su padre quien la obligaba.

—La verdad es que prefiero Nueva York, esto es muy aburrido. Es a Olivia a quien le encanta vivir aquí. Yo necesito más emociones.

—¿Ah, sí? Jamás lo hubiera pensado —bromeó él.

Victoria se rió. Charles era un hombre inteligente y tenía sentido del humor. Además, no se hacía ilusiones sobre su relación, o al menos eso afirmaba.

—Se me ha ocurrido una buena idea para distinguirte de Olivia —añadió el abogado—. Espero que te guste.

Victoria pensó que le hablaría de usar lazos de distintos colores y estaba a punto de protestar cuando Charles le cogió la mano y, sin pronunciar palabra, le deslizó en el dedo un anillo. Era muy fino, con un diamante no demasiado grande; había pertenecido a su madre, que había fallecido hacía algunos años. Todavía guardaba todas sus joyas, algunas de las cuales había regalado a Susan, pero jamás le había dado esa sortija, pues su madre aún vivía por aquel entonces. Victoria la contempló con asombro. La medida era perfecta. Charles miró a la joven esperanzado, pero no se atrevió a abrazarla y decirle lo mucho que la quería.

—Era de mi madre —se limitó a decir.

—Es precioso… gracias. —Se volvió hacia él y por un momento deseó que las cosas hubieran sido diferentes.

—Espero que seas feliz algún día. Un matrimonio entre buenos amigos puede ser maravilloso.

—¿No es necesario algo más que eso? —preguntó ella mientras recordaba el amor y la pasión que había sentido por Toby.

Charles era consciente de que su unión con ella sería muy diferente de la relación que había vivido con Susan, pero tenía la esperanza de que si la conquistaba, si lograba domarla, se convirtiera en una buena esposa. Estaba dispuesto a intentarlo, por Geoff.

—El amor es algo extraño, en ocasiones lo encuentras cuando menos lo esperas. Jamás te haré daño, Victoria —susurró con ternura—. Siempre me tendrás a tu lado. —Le dolía que su prometida se mostrara tan distante, pero confiaba en que algún día cambiara de actitud. Por el momento era como un potro salvaje, y no podía acercarse más—. No te asustaré.

—Lo siento, Charles.

La pena que reflejaban sus ojos era sincera. Victoria se preguntaba cuánto tiempo tardaría en superar el sufrimiento que Toby le había causado.

—No te preocupes. —Ambos conocían las condiciones de su compromiso y no se hacían ilusiones al respecto—. No me debes nada todavía.

Pero ¿qué pasaría más adelante?, se preguntó Victoria. ¿Sería diferente? ¿Le desearía algún día como había deseado a Toby?

—Así pues, ahora es oficial, estamos prometidos.

—Sí, y en junio te convertirás en la señora de Dawson. Tienes seis meses para acostumbrarte a la idea. —Se acercó a ella y puso las manos sobre sus hombros—. ¿Puedo besar a la novia antes de la boda?

Sin saber qué decir, Victoria asintió. Charles la rodeó con los brazos y, mientras la besaba con delicadeza, no pudo evitar recordar a Susan. Desde su muerte no había abrazado a ninguna mujer, y se sintió sobrecogido por sus sentimientos, pero Victoria no comprendía nada. Ella sólo sentía los labios de un hombre al que no amaba y con el que estaba obligada a casarse. Charles la mantuvo un instante entre sus brazos; sabía que no sentía nada por él, pero estaba convencido de que con el tiempo llegaría a cobrarle cariño. Era una buena idea que pasaran el verano en Europa.

—¿Regresamos? —preguntó al cabo de unos minutos, y cogió a Victoria de la mano.

La joven no hizo comentario alguno sobre el anillo, pero Olivia reparó en él durante la comida y comprendió de pronto que el compromiso y la boda eran reales. Al pensar que Victoria se marcharía y ella se quedaría sola con su padre, se le llenaron los ojos de lágrimas y bajó la vista avergonzada. Su hermana intuyó que algo le sucedía y se miró la mano con un sentimiento de culpabilidad. Cuando se levantaron de la mesa, abrazó a Olivia, y Charles las observó sin comprender qué ocurría.

—Te echaré mucho de menos —susurró Olivia.

—Tienes que venir conmigo —repuso Victoria con firmeza.

—Sabes que no puedo.

Charles, que las contemplaba a cierta distancia, se preguntaba de qué estarían hablando.

—Jamás querré a nadie más que a ti —afirmó Victoria con convicción.

Su hermana negó con la cabeza.

—Debes quererle, estás en deuda con él. Tienes que aprender a querer a Charles y su hijo.

Olivia se acercó al abogado para felicitarle, y poco después los tres salieron al jardín cogidos del brazo para disfrutar del sol invernal.

10

A pesar de las dudas de Victoria, la Navidad fue mucho más divertida en compañía de los Dawson. Olivia disfrutó observando la expresión del rostro de Geoff cuando abrió los regalos.

La mañana de Navidad todos pasearon en trineo. Había nevado con intensidad en Nochebuena, y las colinas que flanqueaban el Hudson estaban cubiertas por un espeso manto de blanco. Luego Olivia y el chiquillo hicieron bolas de nieve que lanzaron a Victoria y Charles hasta obligarles a refugiarse en casa, y por último construyeron un muñeco. Fue un día perfecto, salvo porque Edward se resfrió y tuvo que guardar cama hasta la víspera de Fin de Año. Aun así asistió a la fiesta que Olivia había organizado en honor de los novios.

Geoff bajó a saludar a los elegantes invitados antes de la cena, y todos se mostraron complacidos de conocerle. Felicitaron a Victoria por su compromiso y no se oyó comentario alguno referente al escándalo. La joven Henderson había logrado salvar su reputación y tenía el futuro asegurado. Victoria y Charles parecían disfrutar cada vez más de su mutua compañía y, aunque no estaban enamorados, les unía una buena amistad. Lo único que incomodaba a Victoria era Geoffrey. Consciente de ello, Olivia se llevaba al niño siempre que podía para que Charles no se diera cuenta e instaba a su hermana a tratarle mejor.

—No es más que un chiquillo. ¿Qué crees que puede hacerte?

—Me odia.

—No es cierto, le caes muy bien —mintió Olivia, que estaba desesperada porque su hermana se mostrara más amable con el pequeño.

El día de Año Nuevo Olivia decidió salir con Geoffrey para mantenerle alejado de su hermana y, a pesar del hielo y la nieve, optó por dar un paseo a caballo.

—Tenga cuidado, señorita —le advirtió el caballerizo—. El tiempo es muy traidor.

Olivia ya había notado que se avecinaba una tormenta.

—No te preocupes, Robert. No iremos muy lejos. Gracias.

Eligió para Geoffrey un viejo rocín muy manso y ella montó en su propio caballo, aunque estaba un poco inquieto porque apenas había hecho ejercicio durante las vacaciones. Condujo al muchacho hasta las colinas y le enseñó los lugares que adoraba de niña, incluso la pequeña casa del árbol y el prado secreto en que solía esconderse de Bertie y su hermana. Mientras cabalgaban, le explicó que una vez ella y Victoria habían pasado toda la noche fuera porque habían hecho una trastada en el colegio y tenían miedo de que su padre las riñera. Al final éste salió en su busca con el comisario y los perros y las encontró pero, a pesar del disgusto que le habían causado, no las castigó. De hecho Edward siempre había sido un hombre bondadoso y flexible, excepto con la última aventura de Victoria en Nueva York. No pudo mostrarse tolerante entonces, tenía que actuar con dureza para acallar los rumores y la única solución posible era la boda con Charles Dawson. Por supuesto, Olivia no comentó nada de esto al pequeño.

—¿Os pegaron alguna vez? —preguntó Geoffrey. Olivia negó con la cabeza, su padre jamás las había tocado—. A mí tampoco —añadió el niño.

Después de charlar un rato, jugaron a indios y vaqueros. Olivia parecía una criatura mientras perseguía a Geoffrey por las colinas. Al atardecer, cuando regresaban a casa retumbó de pronto un trueno y el caballo de Geoffrey se desbocó. El animal comenzó a galopar en dirección al establo saltando todos los obstáculos que encontraba en su camino.

—¡Agárrate fuerte, Geoff! ¡No te sueltes! ¡Voy a por ti!

El viejo rocín, que apenas se había movido en los últimos años, avanzó por el prado a toda velocidad hasta que Olivia consiguió darle alcance, y tomó las riendas. Había logrado tranquilizarlo cuando de repente se oyó otro trueno, y esta vez fue su montura la que se asustó. La joven soltó las bridas del jaco para no arrastrar a Geoffrey consigo y se esforzó por dominar a su caballo, que se espantó aún más cuando sonó un tercer trueno y la lanzó por los aires. El animal saltó por encima de unos arbustos y desapareció mientras Olivia yacía inconsciente en el suelo.

—¡Olivia! ¡Ollie! —exclamó Geoffrey al verla.

No se atrevía a apearse por temor a no ser capaz de montar de nuevo, de modo que se dirigió hacia el establo.

Su padre y el caballerizo le vieron llegar llorando y, mientras escuchaban las incoherentes explicaciones del chiquillo, apareció la yegua de Olivia, que entró directamente en su cuadra. Estaba claro que le había sucedido algo a su amazona. Robert se apresuró a subir a lomos de su caballo y preguntó a Charles:

—¿Sabes montar?

El abogado asintió, ayudó a bajar a su hijo y se acomodó sobre el rocín, pues no había tiempo de ensillar otro caballo. Mientras se dirigían hacia el lugar que Geoffrey les había indicado, Charles sentía cómo el corazón le latía con fuerza. Por fin hallaron el cuerpo de Olivia, y Robert fue el primero en desmontar. La joven estaba muy pálida, y Charles se asustó al pensar que tal vez estaba muerta. ¿Cómo se lo diría a su padre, a su hermana y a Geoff?

—¿Está…? —susurró.

El caballerizo se volvió hacia él.

—Quédese con ella, iré a buscar el carruaje y llamaré al médico.

Charles se arrodilló junto a Olivia y advirtió que aún respiraba, aunque estaba inconsciente. Había sido una locura salir con ese tiempo, podría haber sido Geoffrey quien sufriera el accidente. No obstante sabía que la joven jamás lo hubiera permitido; además, el caballo del niño era tan viejo y manso que no representaba ningún peligro. Mientras observaba a la muchacha, le embargó una sensación de calidez y dulzura, el mismo sentimiento que solía experimentar en compañía de Susan, y recordó todo cuanto había perdido. Geoff tenía razón, Olivia no se parecía en nada a su hermana. Victoria era impetuosa, independiente, y sensual, pero también egoísta. Deseaba domeñarla, poseerla, pero sabía que jamás la amaría. La mujer que ahora yacía a su lado era muy diferente, y lo que sentía por ella le asustaba. No deseaba volver a perder al ser amado. Para él Victoria era más segura… pero Olivia le inspiraba una gran ternura. Si muriera ahora… si muriera… no lo soportaría, otra vez no… ahora no. No era justo… no debía albergar tales sentimientos por ella. A pesar de lo que sentía, se casaría con su hermana.

—Olivia… —Se inclinó y le acarició el cabello—. Olivia, háblame… Ollie… por favor… —balbuceó entre sollozos—. Olivia… —Por fin se movió y abrió los ojos. Le miró con expresión aturdida, como si no le reconociera—. No te muevas, estás herida.

Olivia tenía el cuerpo empapado, pero Charles le protegía el rostro con una chaqueta que sujetaba por encima de su cabeza. Él tenía la cara mojada, y las lágrimas se mezclaban con la lluvia. De pronto, la joven recordó lo sucedido.

—¿Y Geoffrey? ¿Está a salvo? —Por fin reconoció a Charles e intentó sonreír.

—Está bien; ha sido él quien nos ha avisado.

Olivia asintió y cerró los ojos con una mueca de dolor.

Charles estaba asustado por los sentimientos que le inspiraba, pero sabía que hacía lo correcto casándose con su hermana. Era demasiado arriesgado querer a Olivia, jamás había experimentado nada igual por nadie, excepto por Susan. Aunque Victoria era mucho más peligrosa a su manera, él se sentía seguro a su lado.

—¿Cómo te encuentras? —preguntó, ansioso por tocarla, mientras seguía protegiéndola del viento y la lluvia.

—De maravilla. —Sonrió, y él le acarició la mejilla, aunque sabía que no debía hacerlo—. ¿Me ayudas a levantarme?

—No creo que debas. Robert no tardará en llegar con el coche de caballos.

—No quiero que mi padre se preocupe.

—Todos estamos preocupados por ti, de modo que te agradecería que tengas más cuidado en el futuro. —Geoffrey no necesitaba otra tragedia en su vida, y él tampoco. Mientras la miraba, no sabía si reñirla o besarla.

—Estoy bien.

—Ya lo veo. —Charles sonrió, e intercambiaron una mirada cargada de significado.

De pronto Olivia se olvidó de todo cuanto le rodeaba, menos de él. Sólo existía el presente, ese momento en que yacía en el suelo con la mano de Charles en la mejilla. Sin embargo no se permitió entregarse a sus fantasías.

—¿Cómo está mi caballo? —inquirió.

—Tus prioridades me espantan. El animal está bien, mucho mejor que tú.

Olivia intentó incorporarse, pero no lo consiguió, pues le dolía mucho la cabeza. Al cabo de unos minutos Robert llegó con el coche de caballos, y por un instante Charles tuvo la tentación de ocultarla de su vista; quería quedarse con ella para siempre. Ambos sabían que ese momento jamás se repetiría, nunca lo mencionarían, tenían que olvidarlo.

—¿Cómo se encuentra? —preguntó el caballerizo.

—Mejor, creo.

Charles la cogió en brazos como si fuera una muñeca y la depositó sobre el asiento. Olivia emitió un gemido de dolor. No parecía tener ningún hueso roto, pero había sufrido una fuerte contusión. Charles se sentó frente a ella mientras Robert ataba su caballo al carruaje. Miró a Olivia en silencio, deseaba decirle muchas cosas, pero no podía, no tenía sentido, era demasiado peligroso. Ya había escogido un camino que no representaba ninguna amenaza para él, pues el suyo sería un matrimonio de conveniencia. Olivia era como un fuego que podía quemarle el corazón, mientras que Victoria no era más que chispas y sensualidad. Anhelaba a Olivia, pero ya había perdido a una persona como ella una vez y no quería que volviera a ocurrirle.

La joven pareció leer sus pensamientos y asintió al tiempo que le tendía la mano. Charles tomó sus helados dedos en la suya.

—Lo siento —musitó.

Olivia sonrió y se reclinó en el asiento con los ojos cerrados. Era como un sueño. Charles junto a ella, la tormenta, el niño… Todo resultaba demasiado complicado.

Pronto llegaron a casa, donde Victoria, Bertie y su padre les aguardaban con el médico. La trasladaron a la cama y Victoria se sentó a su lado. Olivia insistió en ver a Geoffrey y, con la intención de tranquilizarle, le dijo que había sido una irresponsabilidad por su parte salir con semejante tiempo. El chiquillo prometió visitarla pronto y le dio un beso antes de salir de la habitación. Cuando se hubo marchado, Olivia dijo a su hermana:

—Tienes que quererle, Victoria. Inténtalo… te necesita.

Al cabo de unos minutos Olivia se quedó dormida. Le habían administrado un somnífero para que descansara, y pronto comenzó a navegar por el mundo de los sueños. Estaban todos en un barco, Victoria vestida de novia, al lado de Charles, que le susurraba algo. Geoff se encontraba junto a ellos, cogido de la mano de Susan, que observaba a la pareja… De pronto se hizo el silencio.

Olivia despertó a las doce del día siguiente con un terrible dolor de cabeza, era como si no hubiera dormido en toda la noche. Victoria le comunicó que los Dawson ya se habían marchado. Geoffrey había cortado unas flores para ella, y Charles había dejado una nota para desearle una pronta recuperación. Olivia pensó en él y se preguntó si lo que había leído en su rostro mientras iban en el carruaje había sido un sueño; a veces era difícil diferenciar los sueños de la realidad.

—Menudo golpe te diste en la cabeza —comentó Victoria mientras le servía una taza de té.

—Debió de ser muy fuerte, porque he tenido unos sueños muy raros.

—No me extraña. El médico dice que estarás mejor dentro de unos días. Sólo necesitas descansar.

Victoria, que quería a su hermana más que a nadie en el mundo, permaneció todo el día sentada a su lado, observándola, acariciándole el cabello, hablándole cuando despertaba. Al final de la semana Olivia por fin se puso en pie y comprendió que los fantasmas que la habían visitado esos días no eran más que fruto de su imaginación. Había llegado a ver a Charles junto a ella, acariciándole la cara…

—¿Te encuentras mejor? —preguntó Victoria mientras la ayudaba a bajar por la escalera para cenar con su madre.

—Mucho mejor —mintió Olivia, que estaba empeñada en recuperarse lo antes posible—. Ahora tenemos que pensar en tu boda. —Estaba decidida a cumplir con sus tareas a pesar de los sentimientos que le inspiraba el prometido de su hermana.

—Tienes buen aspecto —exclamó su padre cuando entraron en el comedor.

Olivia se alegró de verle y librarse por fin de los sueños que habitaban su dormitorio.

—Gracias —respondió con voz queda al tiempo que tomaba asiento.

11

Charles estaba demasiado ocupado para poder regresar a Croton. En cualquier caso Olivia tenía pensado ir a Nueva York hacia finales de febrero con el fin de escoger detenidamente el vestido de su hermana, y Victoria había aceptado de buen grado acompañarla, aunque estaba más interesada por las noticias que llegaban procedentes de Londres, donde, tras su liberación, Emmeline Pankhurst había podido organizar un ataque contra el despacho del ministro del Interior en el que rompieron todas las ventanas; luego, con la ayuda de sus compañeras incendió el Lawn Tennis Club en nombre de la libertad de la mujer.

—¡Bien por ellas! —exclamó Victoria al oír la noticia. Desde el anuncio de su compromiso se había vuelto más feminista.

—¡Victoria! —protestó Olivia, que desaprobaba el uso de la violencia—. Es repugnante, ¿cómo puedes defender actos como ésos? —Sabía que habían encarcelado a una de las Pankhurst por utilizar explosivos.

—Es por una buena causa, Olivia. La guerra no es agradable, pero a veces es necesaria. Las mujeres tienen derecho a reclamar su libertad.

—No seas ridícula, hablas como si fuéramos animales de circo enjaulados.

—¿Nunca has pensado que es eso lo que somos? Animales de compañía para los hombres; eso sí es repugnante.

—Te suplico que nunca digas algo así en público.

Era inútil discutir con Victoria, pues tenía ideas muy radicales sobre los derechos de las mujeres y el sufragio universal. Por otro lado, no mostraba gran interés por los preparativos de la boda. De hecho había pedido a Olivia que escogiera ella el traje de novia e incluso que fuera a comprarlo sola.

—Eso trae mala suerte. Además, es aburrido —replicó su hermana, que a veces sentía deseos de estrangularla.

Como siempre, era ella quien se encargaba de organizarlo todo. Apenas había conseguido sonsacar a Victoria algunos nombres para la relación de invitados, mientras que Charles había mandado su lista con gran celeridad. La componían unas cien personas —si ellos estaban de acuerdo—, básicamente amigos y compañeros de trabajo, pues no tenía familia. Los de Edward sumaban más de doscientos, y los de las chicas, unos cincuenta. En total eran cuatrocientos, de los cuales Olivia estaba segura de que asistirían unos trescientos, pues algunos de los invitados eran de edad avanzada o vivían lejos.

La ceremonia se celebraría en Croton-on-Hudson, y el banquete tendría lugar en Henderson Manor. Geoffrey llevaría los anillos, y Olivia sería la dama de honor, pues Victoria se negaba en redondo a tener más.

—Sólo me acompañarás tú —dijo tras lanzar una bocanada de humo mientras discutían el asunto por enésima vez.

—Ojalá fumaras en otra parte —gruñó Olivia. Últimamente se había aficionado aún más al tabaco porque estaba muy nerviosa—. Hay muchas compañeras del colegio a las que les encantaría ser tus damas de honor.

—Pues no las quiero. Además, hace más de ocho años que dejamos la escuela, y no imagino a nuestras profesoras particulares haciendo de damas de honor.

—De acuerdo, me rindo, pero entonces tu vestido tendrá que ser mucho más bonito.

—Tanto como el tuyo —repuso Victoria, aunque sin demasiado entusiasmo. Lo único que le ayudaba a soportar la situación era pensar en la luna de miel, Europa, las cosas que deseaba hacer y las personas que vería, así como en su vida cuando se instalara en Nueva York, donde disfrutaría de cierto grado de independencia. En cambio la boda no le interesaba en absoluto—. ¿Por qué no nos vestimos las dos de novia y confundimos a todos? ¿Qué te parece? —preguntó con una sonrisa maliciosa.

—Me parece que, además de fumar, has bebido.

—No es mala idea. ¿Crees que papá se daría cuenta?

—No, pero Bertie sí —contestó Olivia, que en ese instante sintió una punzada al pensar que pronto se separaría de su hermana. Faltaban apenas cuatro meses para la boda.

Tal como habían planeado, a finales de febrero viajaron a Nueva York. Se alojaron en el Plaza para ahorrarse abrir la casa y llevar a una docena de sirvientes consigo. Su padre sugirió que las acompañara la señora Peabody, pero Victoria insistió en que no la necesitaban. Cuando por fin entraron en la habitación del hotel lanzó el sombrero por los aires. Estaban solas en Nueva York y podían hacer lo que quisieran, de modo que pidió una copa y encendió un cigarrillo.

—No me importa lo que hagas en esta habitación, pero si no te portas bien en el hotel o en cualquier otro lugar, te mandaré de inmediato a casa. No quiero que nadie piense que soy una borracha o que fumo sólo porque tú lo hagas, de manera que compórtate.

—Sí, Ollie —repuso Victoria con una sonrisa maliciosa.

Se sentía feliz de estar a solas con su gemela en Nueva York. Esa noche cenaría con Charles, pero antes iría con su hermana a Bonwit Teller para comprarse ropa. Aparte del traje de novia, necesitaba un vestuario nuevo para la luna de miel. Olivia ya había encargado los vestidos de diario, pero los más elegantes los adquirirían en Nueva York. No obstante, resultaba extraño pensar que ya no comprarían dos trajes de cada modelo, sino sólo uno. Olivia no necesitaba atuendos de esa clase, y tampoco estarían juntas para llevarlos. El primer encargo que hizo de una sola prenda casi le partió el corazón.

Tomaron un ligero almuerzo en el hotel y después se dirigieron en taxi a Saks. Dondequiera que fueran, atraían las miradas de todos. Cuando entraron en B. Altman, causaron un revuelo entre las dependientas, que se acercaron prestas a ayudarlas junto con el encargado de la tienda. Olivia llevaba consigo varios dibujos, fotografías de revistas y un par de diseños propios. Sabía exactamente cómo quería el vestido de novia: varias capas de raso blanco cortadas al bies y cubiertas de encaje con una cola larguísima. En la cabeza Victoria luciría la tiara de diamantes de su madre. El encargado del establecimiento le garantizó que no tendría ningún problema en conseguir lo que deseaba, y pasaron una hora hablando de telas mientras Victoria se probaba sombreros y zapatos.

—Necesitan tomarte las medidas —le indicó Olivia.

—Que tomen las tuyas. Tenemos la misma talla.

—No es así, y tú lo sabes —observó Olivia. Su hermana tenía más busto y la cintura un poco más estrecha—. Vamos, quítate la ropa.

—De acuerdo —cedió por fin Victoria.

Mientras tanto, Olivia se dedicó a su propio vestido. Había pensado en un traje de raso azul claro de estilo similar al de su hermana, pero no tan largo. No tendría ni cola ni encajes, sólo varias capas de raso azul cortadas al bies. Sin embargo, mientras dibujaba el diseño, el encargado insistió en que era demasiado sencillo en comparación con el de la novia, por lo que al final añadieron una cola corta y un abrigo de encaje azul con un sombrero a juego. De esta manera guardaría perfecta armonía con su hermana. Olivia sonrió al contemplar los bocetos y se los mostró a Victoria, que sonrió complacida antes de susurrarle:

—¿Por qué no te haces pasar por mí el día de la boda? Nadie se daría cuenta.

—Haz el favor de comportarte —le amonestó Olivia antes de alejarse para elegir los innumerables vestidos que su hermana necesitaba.

Al final decidieron regresar al día siguiente para escoger los trajes que faltaban. Mientras Olivia concertaba la cita con el encargado, observó que Victoria tenía la vista clavada en una pareja que acababa de entrar. El hombre era alto, de cabello negro, y la mujer, una rubia espigada, llevaba un abrigo de pieles. Eran Toby Whitticomb y su esposa. Olivia no entendía cómo Evangeline se exhibía en público, debía de estar al menos en su séptimo mes de embarazo. Miró a su hermana por el rabillo del ojo y advirtió que estaba muy pálida. A continuación se despidió del encargado y la condujo hacia la puerta.

—Vámonos, ya hemos acabado.

Sin embargo Victoria no se movió, incapaz de apartar la vista de Toby.

Whitticomb pareció percibir su mirada y se volvió hacia las jóvenes. Era evidente que no sabía cuál de las dos era Victoria, pero saltaba a la vista que se sentía incómodo. Toby cogió del brazo a Evangeline y la llevó a un rincón apartado, pero ella también las había visto y comenzó a discutir con él.

—Victoria, por favor… —insistió Olivia.

La situación resultaba muy embarazosa. Todas las dependientas los observaban con expectación. Toby había hablado con tono desabrido a su esposa, que comenzó a sollozar y lanzar miradas furtivas a las gemelas.

Olivia cogió a su hermana de la mano y casi la arrastró hasta la calle, donde subieron a un taxi. Tan pronto como se sentaron, Victoria rompió a llorar. Era la primera vez que veía a Toby desde la terrible escena frente a su despacho.

—Ahora yo hubiera estado embarazada de cinco meses —balbuceó. Por primera vez mencionaba al niño que había perdido en noviembre.

—Y tu vida estaría hecha añicos. Por Dios Santo, Victoria, ese hombre arruinó tu vida y después renegó de ti; no me digas que sigues enamorada de él.

Su hermana negó con la cabeza y afirmó:

—Le odio; aborrezco todo lo que representa y el modo en que me trató.

No obstante, cuando recordaba las tardes que pasaron solos en aquella casita, todavía se le encogía el corazón. Había creído su promesa de abandonar a su esposa y sus palabras de amor, y ahora Evangeline exhibía su embarazo con orgullo y la señalaba a ella como a una fulana. De pronto comprendió de qué intentaba protegerla su padre cuando le hizo jurar que se casaría con Charles Dawson y agradeció que éste se hubiera prestado a ayudarla, aunque sabía que nunca lograría amarle.

Cuando llegaron al hotel, se tumbó en la cama y continuó llorando. Olivia, que la observaba en silencio, se dio cuenta de que había aprendido una dura lección sobre la crueldad de los hombres.

A las seis de la tarde se calmó por fin.

—Algún día le olvidarás, ya lo verás —aseguró Olivia.

—Jamás volveré a confiar en nadie. Me hizo tantas promesas… de lo contrario jamás me hubiera dejado seducir por él. —Se estremeció al recordar las cosas que le había obligado a hacer. ¿Cómo podría explicárselo a Charles? Después de ver a Toby sentía una enorme gratitud hacia su prometido—. Fui tan estúpida —reconoció Victoria.

Olivia la abrazó y juntas esperaron a Charles, quien al llegar encontró a las hermanas muy calladas, sobre todo a Victoria.

—¿Te ocurre algo? —le preguntó—. ¿Estás enferma?

Ella negó con la cabeza.

—Ha sido un día muy largo y repleto de emociones fuertes.

Comprar el vestido de novia es uno de los momentos más importantes en la vida de una mujer —explicó Olivia.

Sin embargo sus palabras no convencieron a Charles, que se compadeció de las jóvenes al pensar que tal vez estaban tristes por su próxima separación. Con la intención de animarlas pidió a Olivia que les acompañara, pero ella declinó la invitación argumentando que hacía dos meses que no se veían y necesitaban estar solos. Cenaría en la habitación y revisaría algunos de los diseños para su hermana.

—¿Estás segura? —preguntó Charles mientras Victoria se arreglaba.

—Desde luego —respondió—. Todo esto es un poco duro para ella —añadió con el propósito de justificar la actitud de su hermana. Deseaba que Charles amara a Victoria. La quería tanto que le dolía que se casara con un hombre que no la comprendía. No obstante estaba convencida de que Charles jamás le haría daño—. La echaré mucho de menos, pero sin duda la compañía de Geoff me animará.

—Le hace mucha ilusión pasar el verano en Croton. —Charles la miró a los ojos en busca de respuestas. A veces no la entendía. ¿Por qué estaba tan dispuesta a renunciar a todo y quedarse con su padre? Era tan hermosa como su hermana; ¿por qué se sacrificaba por Edward? ¿Cuál era su secreto? Cuando la conoció en septiembre no tuvo la impresión de que fuera una persona retraída—. Tenemos pensado visitaros en Semana Santa, si estáis de acuerdo, por supuesto.

—Será un placer —afirmó Olivia.

Victoria apareció en ese momento con un vestido de raso azul oscuro que su hermana había elegido para ella. Lucía unos pendientes de zafiros y diamantes, regalo de su padre, y un largo collar de perlas que había pertenecido a su madre.

—Estás preciosa —exclamó Charles con orgullo.

Victoria poseía una belleza deslumbrante, pero lo más extraordinario era que existía otra mujer idéntica a ella. Charles insistió en que Olivia les acompañara, pero fue imposible convencerla.

Se dirigieron a un restaurante muy elegante y, mientras cenaban, Victoria se sentía muy nerviosa al pensar que Toby podría entrar en cualquier momento con su mujer. Era incapaz de enfrentarse a él dos veces en un mismo día.

—Estás muy callada esta noche —observó Charles tras cogerle la mano—. ¿Te ocurre algo?

Victoria negó con la cabeza. Charles vio las lágrimas en sus ojos y decidió no presionarla más.

Hablaron de política, el viaje, la boda y los problemas que había en Europa. Le complacía que estuviera informada de los acontecimientos del mundo, aunque sus ideas eran a veces demasiado liberales.

Charles le presentó a varios conocidos y compartieron el palco del teatro con unos amigos. Victoria estaba mucho más relajada cuando regresaron al hotel e incluso encendió un cigarrillo mientras tomaban una copa en el bar.

—¡Madre mía! —exclamó Charles.

—¿Te escandalizo?

—¿Es eso lo que quieres?

Él la contempló con admiración. Además de belleza, Victoria poseía inteligencia. Había tenido suerte de encontrarla, aunque sabía que jamás la querría tanto como a Susan.

—Quizá me gusta escandalizarte —repuso ella con una sonrisa, y exhaló una bocanada de humo en su dirección.

—Me temo que así es, de modo que vamos a tener una vida muy interesante, ¿no crees? —Fue entonces cuando se atrevió a formularle la pregunta que le rondaba por la cabeza—. ¿Estabas muy enamorada de él?

Victoria vaciló. Recordó al Toby que había conocido, al que había amado con toda su alma, al que había visto esa misma mañana… al que la había repudiado en la escalera de su despacho, al que había afirmado que había sido ella quien le sedujo…

—Sí, lo estaba, pero ya no le amo. Ahora sólo siento odio por él.

—Dicen que el odio es la otra cara del amor.

—Supongo que es así. Por cierto, debo decirte que no estábamos prometidos —agregó mirándole directamente a los ojos. No quería engañarle.

—Lo sé. Tu padre me explicó lo sucedido sin entrar en detalles. —Charles sonrió con dulzura y deseó que hubiera algo más entre ellos, aunque al mismo tiempo le aliviaba que no fuera así, que todo se redujera a una mera atracción física—. Whitticomb se aprovechó de ti. Es fácil seducir a una chica tan joven, y un caballero no debería hacerlo. Tu padre dice que te mintió y prometió casarse contigo.

Victoria asintió. No le apetecía hurgar en el pasado. Charles estaba al corriente de lo ocurrido y, aun así, pensaba casarse con ella. No comprendía por qué.

—A veces resulta difícil entender lo que puede llegar a hacer una persona. En todo caso te aseguro que no volverá a suceder.

—Espero que no. —Charles sonrió. Sabía que la joven jamás confiaría en él, pero no le importaba. De todos modos él nunca le haría daño—. Nunca te engañaré ni te mentiré, si es eso lo que temes. Jamás he engañado a nadie, al menos conscientemente. Soy un hombre honrado y aburrido, pero sincero.

Después de haber visto a Toby esa tarde, Victoria comprendía por fin lo mucho que le debía.

—Te estoy muy agradecida. No tienes por qué ayudarme —dijo con lágrimas en los ojos.

—Quizá exista otra solución, pero ésta es la única que se me ocurre ahora. No tengas miedo de mí, Victoria, te juro que no te haré daño. —Charles dejó la copa y la besó con ternura.

A ella no le molestó que se tomara tal libertad, pero le dolió comprobar que no sentía nada, y se preguntó si él lo notaba.

Poco después Charles la acompañó a su habitación. Olivia, que les esperaba despierta, se alegró al ver que, a pesar de que seguía triste, su hermana estaba más tranquila. Tal vez el encuentro con Toby y su mujer había hecho que se acercara más a Charles.

Al día siguiente los tres fueron a comer a Della Robbia, y Olivia explicó lo que habían comprado el día anterior, mientras que Victoria guardó silencio la mayor parte del tiempo, aunque se mostró amable con Charles. Después él las llevó a Bonwit, donde debían encargar más ropa. Esa noche Donovan las recogió en el hotel y las condujo de vuelta a casa. Olivia lamentaba no haber visto a Geoff, pero no habían tenido tiempo. No obstante, había prometido visitarle en marzo cuando regresara a la ciudad para finalizar sus compras.

Sin embargo Olivia se vio obligada a cambiar sus planes cuando su padre cayó enfermo a finales de febrero. Henderson tuvo que guardar cama durante un mes a causa de la gripe, y ella apenas se movió de su lado. El primer día de abril Edward se levantó por fin, y dos semanas más tarde llegaron los Dawson. Olivia tenía una sorpresa para Geoffrey: dos polluelos recién salidos del huevo y un pequeño conejo.

—¡Oh! ¿Has visto esto, papá? —exclamó el chiquillo.

Olivia había tratado de convencer a Victoria de que se los entregara ella, pero ésta insistió en que los animales le desagradaban aún más que los niños. Olivia tenía la sensación de que era como una criatura a la que había que obligar a hacer los deberes. A pesar de todo, las cosas habían mejorado y al menos se mostraba más amable con Charles.

Estaban invitados a varias fiestas y a un concierto que ofrecían los Rockefeller. Era una oportunidad magnífica para presentar en sociedad a Charles, que se mostró encantador con todos. Olivia tenía que recordar a su hermana en todo momento que no estaban organizando un funeral, sino una boda.

—Haz el favor de animarte —exclamó mientras repasaban la lista de invitados.

Después de tres meses de insistir por fin había conseguido que le ayudara a elegir el menú, y comenzaban a llegar los obsequios, que Olivia abrió y catalogó. Victoria ni siquiera los miró. Fue Olivia quien, desesperada por su actitud, envió las tarjetas de agradecimiento.

—Todo esto es un montaje estúpido —protestó Victoria un día—. Es una frivolidad y un derroche innecesario. Sería mejor que mandaran el dinero de los regalos a las mujeres que están en prisión.

—Qué bonito. —Olivia entornó los ojos—. Seguro que nuestros invitados estarían encantados. Podría enviarles una carta con instrucciones al respecto.

—De acuerdo —repuso Victoria tras una carcajada. Pensó en lo mucho que extrañaría a su hermana. Ya no le indignaba su futuro matrimonio con Charles, había acabado por aceptar que era necesario después de lo sucedido con Toby. Además, le agradaba la libertad que representaba estar casada y vivir en Nueva York. Sin embargo no le apetecía estar tan lejos de Olivia y buscaba sin cesar una solución al problema—. Tú te llevas mejor con Geoff que yo —añadió. Se le había ocurrido que ésa sería una buena excusa para llevarla consigo a Nueva York.

—Se supone que Charles se casa contigo por Geoff, o al menos ése es el motivo principal. —Olivia estaba segura de que existían otras razones—. No creo que le guste que viva con vosotros. Además, sabes que no puedo dejar solo a nuestro padre. Recuerda lo que ocurrió el mes pasado; ¿quién hubiera cuidado de él si no llego a estar yo?

—Bertie —respondió Victoria con toda naturalidad.

—No es lo mismo.

—¿Qué pasaría si te casaras? Entonces tendrías que dejarle solo.

—Jamás haría eso, y él lo sabe, de modo que no hay nada más de que hablar. ¿Qué quieres de postre para el convite?

Victoria fingió gritar de desesperación, pero por fortuna Charles la rescató unos minutos más tarde y la invitó a pasear.

—Mi hermana me está volviendo loca con la boda —comentó Victoria entre risas antes de salir.

En los últimos meses Charles y ella habían llegado a convencerse de que ésa era la solución perfecta para los dos y, por tanto, se sentían más felices juntos.

—No me ayuda en absoluto —protestó Olivia—. Voy a tener que darle con un palo.

—Buscaré uno muy grande, no te preocupes, pero ¿no sería mejor un látigo? —sugirió Charles con una sonrisa.

Después se marchó con Victoria y dejó a Geoff con Olivia, a quien el niño había empezado a llamar «tía Ollie».

Cuando se acabaron las vacaciones, Geoffrey se llevó los polluelos y el conejo a Nueva York. Unas semanas más tarde Olivia viajó a la ciudad con otra sorpresa para él. Debía ultimar algunos detalles de la boda, aunque los vestidos ya estaban encargados y el traje de novia esperaba en Croton-on-Hudson.

Charles quedó asombrado cuando Olivia le llamó desde Nueva York y la recibió contento en su casa, donde apareció con un obsequio de cumpleaños para Geoffrey. El de las gemelas ya había pasado, y Charles había regalado a su futura esposa una bonita pulsera de oro y a Olivia un perfume. Sin embargo el presente de Olivia para el chiquillo era mucho más emocionante. Hacía tiempo que había pedido permiso a Charles, y éste había aceptado a regañadientes, pero ya se había olvidado por completo. Cuando Geoffrey vio el cachorro de cocker spaniel, no daba crédito a sus ojos.

—Eres muy buena con él. Necesitaba a alguien como tú a su lado. La muerte de su madre supuso un duro golpe para él. —En abril se habían cumplido dos años del hundimiento del *Titanic*.

—Es un niño encantador. Nos divertiremos mucho este verano —afirmó. No quería pensar que para entonces habría perdido a su hermana.

—Te escribiremos desde Europa —repuso Charles como si le hubiera leído el pensamiento.

Aun así nada volvería a ser igual. En algunas ocasiones se decía que debía aceptar la propuesta de Victoria y vivir con ella en Nueva York, pero sabía que era un disparate.

—Sobreviviré —aseguró antes de volverse hacia Geoffrey, que tenía el cachorro en brazos—. ¿Cómo le llamarás?

—No lo sé, quizá Jack… George… o Harry… No lo sé.

—¿Qué te parece *Chip*? —sugirió Olivia.

—¡*Chip*! —exclamó entusiasmado—. ¡Me gusta!

Al animal también le agradó la idea, pues meneó la cola y dio una voltereta en el suelo. Todos rieron, y Geoffrey se retiró para mostrar su regalo a la cocinera. La casa de Charles era sencilla y bonita, con vistas al río. No era muy elegante, pero Victoria no había sugerido ninguna reforma. A diferencia de su hermana, que hubiera comprado telas nuevas, cojines y un piano, no le interesaba la vida doméstica; lo único que deseaba era introducirse en los círculos políticos.

Olivia dijo que debía marcharse, pues tenía muchas cosas que hacer, pero Charles la convenció de que cenara con ellos. Esa noche los tres lo pasaron en grande riendo, hablando y jugando con el perro.

—Victoria tiene razón —comentó Charles cuando la cocinera llevó a Geoff a la cama—. Sería una buena idea que vivieras con nosotros.

—No me digas que te ha importunado con sus teorías. No te preocupes, ya os cansaréis de mí cuando venga de visita. Además, no puedo dejar a nuestro padre solo, y ella lo sabe.

—Pero ésa no es vida para ti, Olivia.

Charles se sentía culpable por arrebatarle a su hermana; ¿qué le quedaría cuando Victoria no estuviera? ¿Por qué se resignaba a convertirse en una solterona?

—La vida es así. Tampoco ha sido fácil para ti estos últimos dos años.

—No. —Charles la miró a los ojos y se sobrecogió al ver en ellos tanta compasión. Acercarse a Olivia era como tocar unas brasas ardientes y quemarse los dedos—. Me duele separaros de esta manera.

Olivia guardó silencio. No había nada que decir. Sólo confiar en que Charles cuidara bien de Victoria durante la luna de miel.

Al cabo de unos minutos subió a la habitación de Geoffrey para darle un beso de buenas noches. El niño tenía a *Henry* en un brazo, el cachorro acurrucado en el otro costado y una sonrisa de oreja a oreja.

—No te olvides de llevarlo a Croton —dijo ella.

Geoff juró que no dejaría a *Chip* solo ni un instante, excepto para ir al colegio, aunque quizá la profesora le permitiera llevarlo a clase algún día. Olivia le prometió que pronto volverían a verse y bajó para reunirse con Charles, que insistió en acompañarla hasta el hotel, a lo que ella se negó.

—Supongo que no nos veremos hasta la boda —dijo el abogado mientras se dirigían al vestíbulo. Le resultaba extraño pensar que iba a casarse de nuevo. Por un lado, tenía la sensación de traicionar a Susan; por otro, sabía que Geoff necesitaba los cuidados de una mujer. Las breves visitas de Olivia eran buena prueba de ello. Al niño se le iluminaba la cara al verla y, aunque Victoria no tuviera ese mismo efecto sobre él, estaba seguro de que con el tiempo congeniarían.

—Yo seré la del vestido azul —le recordó Olivia sonriente—, por si acaso te confundes.

—Por primera vez sabré quién es quién sin tener que mirar el anillo.

—Nos veremos en la boda —dijo Olivia, consciente de que entonces todo sería diferente. Ahora eran amigos, pero Charles pronto se convertiría en el marido de su hermana.

Él asintió con expresión sombría y le dio un beso en la mejilla antes de que se marchara.

12

La última noche que Victoria pasó en su dormitorio fue muy extraña para las gemelas. Nunca volvería a dormir allí. Cuando regresara a casa de su padre, se instalaría en otra habitación con su marido. Jamás volverían a estar juntas de la misma manera. Para ellas, separarse era como arrancarles una parte del cuerpo. Al final Victoria consiguió dormir acurrucada junto a Olivia, que, mientras la contemplaba y acariciaba su sedoso cabello negro, rogaba para que jamás se acabara la noche.

El nuevo día amaneció glorioso y soleado. Olivia había pasado la noche en vela, observando a su hermana. Ésta abrió los ojos y sonrió, pero de pronto recordó que era una fecha aciaga, en que tenía que pagar el precio de su indiscreción e iniciar una nueva vida.

—Hoy es el día de tu boda —dijo Olivia con tono solemne. No pudo evitar pensar que si Victoria no hubiera sido tan tonta, nada de eso estaría ocurriendo.

Se bañaron y vistieron en silencio. No necesitaban hablar, oían las palabras de la otra en su mente, pues desde la infancia compartían un lenguaje propio.

Casi estaban listas. Llevaban el mismo peinado, las mismas medias y ropa interior de seda, el mismo maquillaje, estaban idénticas, nadie hubiera podido diferenciarlas ahora que el anillo de Charles descansaba sobre el tocador.

—Todavía podemos hacerlo —sugirió Victoria con una sonrisa—. Ésta podría ser tu boda, Charles no se enteraría.

—Tal vez, pero tú sí —repuso Olivia—. Éste es tu día, el de Charles y el de Geoffrey. ¡Ay, Victoria! ¡Cuánto te quiero! —exclamó con lágrimas en los ojos—. Espero que seas muy feliz —añadió mientras la abrazaba.

—¿Y si no lo soy?

—Lo serás… Dale una oportunidad; él te quiere. —Al menos eso esperaba.

—Si no soy feliz, me divorciaré —declaró Victoria—. Toby no tuvo agallas para dar un paso como ése, pero yo sí… No me quedaré con él si no soy feliz.

—Ésta no es manera de empezar un matrimonio. Debes poner lo mejor de ti, porque él nunca te decepcionará.

—¿Y si le decepciono yo? Formamos una pareja muy extraña; Charles vive con el fantasma de su mujer en la cabeza, y yo con mi terrible pecado… Toby.

—Debes olvidarle. Has de pensar en ti y en Charles. Estáis haciendo lo correcto, lo presiento.

—¿Ah, sí? ¿Y por qué yo no? El problema es que no siento nada cuando estoy con él. —Lo peor de la situación era que Olivia sentía demasiado cuando estaba con Charles y siempre temía que adivinara sus sentimientos hacia él.

—Concédele una oportunidad. Espera a que estéis solos, sin nadie que os moleste. Será muy romántico.

—No lo creo… A veces pienso que no podré soportarlo…

—Debes ser más optimista. Por él… por ti… por Geoff.

—Deseas librarte de mí, ¿no? Quieres mi armario —bromeó Victoria al tiempo que esbozaba una sonrisa de tristeza.

—Lo que quiero es tu sombrero amarillo con pluma verde. —Se refería a uno muy feo que habían comprado hacía varios años en el campo.

—Te lo daré ahora mismo. Combinará muy bien con el vestido que llevas.

En ese instante Bertie entró en la habitación y las riñó por no estar listas.

—Sólo nos falta ponernos los vestidos. El resto ya está; hasta nos hemos calzado.

—Pues daos prisa.

Primero se vistió Olivia, que se puso además el collar de aguamarinas, la pulsera y los pendientes que habían pertenecido a su madre. Parecía mayor.

—Ojalá te casaras tú, Ollie.

—Sí… pero es tu día, hermanita.

Luego ayudó a su hermana. Cuando Bertie apareció de nuevo, rompió a llorar; las hermanas eran el vivo retrato de su madre.

—¡Mis niñas! —fue lo único que acertó a decir mientras ajustaba el vestido y el velo de Victoria.

A continuación la mujer fue a buscar las flores: dos ramos de orquídeas blancas con azucenas. Cuando su padre las vio salir de la habitación, las miró con lágrimas de emoción en los ojos. Bertie adivinó qué pensaba: eran igual que su madre.

—Al menos hoy sabré quién es quién —comentó en broma—. ¿O acaso habéis tramado uno de vuestros trucos y Charles se casará con la mujer equivocada?

—Tal vez —respondió Victoria, y los demás se echaron a reír.

Acto seguido salieron de la casa y Donovan esperó pacientemente mientras Bertie ayudaba a las hermanas a subir al coche. Por fin partieron hacia la iglesia, seguidos por el ama de llaves y Petrie, que iban en el Ford. Olivia se había ofrecido a llevar a Geoff, pero Charles quería pasar la última noche con él en el hotel e ir juntos a la iglesia.

Durante el trayecto los vehículos tocaban la bocina y los transeúntes se paraban para mirarles, pues traía buena suerte ver a una novia tan guapa, pero Victoria sólo pensaba en Charles y en la estupidez que había cometido en Nueva York, que les había conducido a esta situación. Su matrimonio era un error, debía hablar con su padre y decirle que no podía casarse, que no le importaba que la enviara a un convento. Sin embargo, antes de que tuviera tiempo de expresar sus pensamientos Olivia la ayudó a salir del automóvil. Había perdido su oportunidad.

Los Henderson se dirigieron a la parte posterior de la iglesia, y Victoria intentó por todos los medios quedarse a solas con su hermana.

—¡No puedo...! —susurró al tiempo que la cogía con fuerza del brazo—. ¡No puedo, Ollie! ¡Sácame de aquí!

—¡Tienes que hacerlo! —replicó Olivia—. No puedes echarte atrás... Debes seguir adelante. Te aseguro que nunca te arrepentirás.

—¿Y si me arrepiento? No tendré ninguna salida. ¿Qué haré si no me concede el divorcio?

—No pienses en eso ahora... Tienes que lograr que vuestra relación funcione, por él... por Geoff... por ti.

Con los ojos empañados por las lágrimas, Victoria oyó cómo comenzaba a sonar la marcha nupcial. Las puertas de la iglesia se abrieron y Olivia encabezó la procesión hacia el altar. Con expresión resignada Victoria cogió el brazo de su padre y empezó a caminar despacio detrás de su hermana. Deseaba detenerse en medio del pasillo, dar media vuelta y salir corriendo, pero ya era tarde. Era como si se dirigiera al patíbulo. Cuando llegaron al altar, su padre, que estaba muy emocionado, le dio un apretón cariñoso en el brazo y se alejó. Victoria alzó la mirada y vio a Charles: alto, orgulloso, convencido de que hacía lo correcto. Estaba muy atractivo. La miró con tal dulzura que Victoria creyó por un momento que todo saldría bien. Luego tomó su mano y notó que temblaba. Quería tranquilizarla, decirle que siempre la protegería; era menos de lo que le hubiera gustado ofrecer, menos de lo que había compartido en el pasado, pero no podía brindarle nada más. Victoria observó su rostro y comprendió su mensaje. Su matrimonio no era la clase de enlace con el que ambos habían soñado, pero era lo más conveniente en esos momentos; se trataba de un acuerdo, de un compromiso solemne, la palabra de honor de dos personas que se comprendían y estaban dispuestas a aceptar menos de lo que habían anhelado tener alguna vez.

Intercambiaron los anillos y pronunciaron los votos. Victoria dejó de temblar. Finalizada la ceremonia, los novios salieron de la iglesia sonrientes. Olivia, que los seguía del brazo de su padre y con Geoff de la mano, sentía pena y alegría a la vez. Con excepción de Edward, el niño, al que tanto quería, era lo único que le quedaba en la vida.

13

La boda fue un éxito. Como era habitual, Olivia no había descuidado ningún detalle. Tantos meses de preparación habían dado su fruto: la comida estaba exquisita, la decoración era magnífica, las flores, las más hermosas, y las esculturas de hielo permanecieron intactas durante casi toda la fiesta. Habían contratado una orquesta de Nueva York y todos bailaron. Los invitados jamás habían visto a una novia tan guapa. Aunque habían oído algunos rumores, les costaba creer que fuesen ciertos al verla tan enamorada de su atractivo marido. Cuatrocientas personas aplaudieron cuando los novios bailaron el *Danubio azul*.

Olivia también estaba preciosa. Primero bailó con su padre, luego con Charles y Geoffrey. Ya era tarde cuando concedió un segundo baile a Charles. Victoria pronto se quitaría el vestido de novia y se pondría el traje que había preparado para el viaje a la ciudad. Los novios pasarían la noche en el Waldorf-Astoria y embarcarían al día siguiente en el *Aquitania*. Olivia y Edward habían planeado despedirles en el puerto con Geoff pero, como al niño le asustaba que su padre viajara en barco, decidieron que lo mejor era decirles adiós en Croton.

—Has hecho un trabajo estupendo, Olivia. Se te da muy bien organizar fiestas —alabó Charles.

—Gracias a la experiencia que he adquirido llevando la casa de mi padre durante tantos años. Me alegro de que todo haya salido tan bien. Dime, ¿te sientes diferente ahora que eres un hombre casado?

—¿No lo notas en mi forma de bailar? Los grilletes pesan una barbaridad.

—Eres incorregible. —Olivia rió. Le complacía verle tan contento.

Victoria se mostraba por fin más tranquila. Saludaba a los invitados con toda naturalidad y bailaba tanto con los viejos amigos de su padre como con los compañeros de su marido. Mientras Olivia bailaba con Charles, Victoria le indicó con una seña que ya era hora de cambiarse, y su hermana se apresuró a seguirla.

Victoria la esperaba sonriente al pie de la escalera.

—¿Se puede saber qué te ha pasado? Parece que de repente estás disfrutando —susurró Olivia mientras subían.

—No lo sé, no estoy segura. Al final decidí dar el paso y dejar de preocuparme.

Olivia adivinó que había bebido; no mucho, pero sí lo suficiente para estar más relajada.

—Bien hecho. Todo saldrá bien, ya lo verás.

Victoria se desprendió del maravilloso traje de novia, y Olivia le tendió el vestido de seda blanco que había encargado para el viaje a Nueva York.

—¿Qué haré sin ti? —preguntó Victoria.

Olivia sintió pánico.

—No lo pienses. Yo te esperaré aquí, con Geoffrey —respondió al tiempo que contenía las lágrimas.

Victoria la abrazó.

—Ollie, no puedo dejarte.

—Lo sé, lo sé. —Le costaba mostrarse valiente—. Pero no hay más remedio. Dudo de que a Charles le gustara que Geoffrey ocupara tu lugar y tú te quedaras aquí conmigo.

—Probémoslo. Tal vez no le importe.

Se echaron a reír a pesar de la tristeza que sentían; era el peor momento de sus vidas.

Al cabo de media hora salieron de la habitación con los ojos enrojecidos por el llanto y la cara bien empolvada.

—¿Dónde os habíais metido? —preguntó su padre, que las esperaba junto a Charles.

Había llegado el momento de lanzar el ramo. Se dirigieron al porche y Victoria se apostó en lo alto de la escalera frente a un grupo de jóvenes solteras, entre las cuales, más por compromiso que por interés, se encontraba Olivia. Apuntó hacia su hermana y le arrojó el ramo. Ésta no tuvo más remedio que cogerlo o le hubiera golpeado en la cara. Algunas invitadas exclamaron entre risas «trampa», «trampa», pero a nadie le importaba. Minutos después los novios estaban junto al coche. Las gemelas se estrecharon, y Charles observó que Edward estaba tan triste como sus hijas.

—Te quiero… cuídate mucho… —susurró Olivia.

Victoria, incapaz de hablar, asintió y besó a su padre antes de entrar en el vehículo sin dirigir ni una palabra a Geoffrey. Charles le abrazó, estrechó la mano de su suegro y dio un beso en la mejilla a su cuñada.

—Cuídala bien —balbuceó Olivia.

Charles la miró con cariño.

—Lo haré. Dios te bendiga, Olivia. Si nos ocurriera algo… te ruego que te ocupes de mi hijo.

—No os pasará nada —afirmó ella con una sonrisa.

Charles subió al coche y los recién casados dijeron adiós con la mano. Edward, Olivia y Geoffrey permanecieron inmóviles. Se sentían abandonados, como náufragos en una isla desierta. Sin decir nada, Olivia apretó a Geoffrey contra sí. Aquél sería un verano muy largo.

Cuando se hubieron alejado, Charles ofreció su pañuelo a su esposa sin decir nada. A pesar de que era consciente de su dolor, no sabía cómo consolarla. En los últimos meses había empezado a comprender el vínculo tan especial que unía a las gemelas.

—¿Te encuentras bien? —preguntó cuando Victoria se sonó la nariz por tercera vez.

—Creo que sí —respondió, e intentó sonreír, pero enseguida rompió a llorar con más fuerza.

Nunca había estado tan triste, ni siquiera cuando Toby la abandonó.

—Al principio será difícil, pero te acostumbrarás. Debe de haber otras gemelas que se hayan casado y vivido separadas. ¿No habéis preguntado nunca sobre el tema? —Victoria negó con la cabeza y se arrimó a él en busca de consuelo. Charles se conmovió ante su gesto. Sin Olivia, parecía tan vulnerable—. Te divertirás en el barco. ¿Has subido a bordo de alguno?

Victoria volvió a negar con la cabeza y suspiró. Charles intentaba confortarla, pero ella se sentía muy sola sin Ollie.

—Lo lamento —dijo, y pensó de nuevo en lo atractivo que estaba, pero no era como Toby ni le quería tanto como a él—. No esperaba que fuera tan duro.

—Tranquila —dijo Charles mientras la rodeaba con el brazo.

Apenas hablaron durante el resto del viaje y, esa noche, cuando se acostó, Victoria estaba tan exhausta y abrumada por las emociones del día que se durmió antes de que su marido saliera del cuarto de baño.

Charles, que había encargado una botella de champán, no pudo evitar sonreír al verla.

—Buenas noches, pequeña —susurró mientras la tapaba—. La vida es larga y habrá muchas ocasiones de beber champán.

Se dirigió a la otra habitación, se sirvió una copa y pensó en su hijo y su cuñada.

En esos momentos, Olivia dormía en la misma cama que Geoff, que tenía a *Henry*, el mono de peluche, debajo del brazo. También *Chip* se había unido a ellos. A Charles se le hubiera enternecido el corazón de haberlos visto. Poco después entró sigilosamente en el dormitorio y contempló a su esposa. Se preguntó cómo sería la vida de casado con ella. Por un lado, le excitaba la idea; por el otro, le aterraba. Era algo muy difícil de imaginar.

14

Cuando Victoria despertó al día siguiente, Charles ya estaba vestido y había pedido el periódico y el café.

—Buenos días, Bella Durmiente —saludó con una sonrisa. La joven deambuló por la habitación con expresión somnolienta. El día anterior había bebido más de la cuenta y ahora notaba los efectos del alcohol—. ¿Has dormido bien?

—Muy bien —respondió mientras se servía una taza de café. Luego hurgó en su bolso, sacó un cigarrillo y lo encendió.

Charles la miró sorprendido por encima del periódico.

—¿Siempre haces lo mismo a primera hora de la mañana? —preguntó con tono divertido.

—Si me dejan, sí. ¿Puedo?

—Supongo que sí, siempre que no me eches el humo a la cara antes de que me tome el café. No me gusta el olor a tabaco, pero me acostumbraré si no hay más remedio.

—Bien. —Victoria sonrió.

Había superado el primer obstáculo, ahora tendría que afrontar el siguiente. Hojeó el periódico con él e hizo algún comentario sobre las manifestaciones en Italia y la huelga de hambre de Mary Richardson en una cárcel de Inglaterra. Según el artículo, la obligaban a ingerir alimentos para mantenerla con vida.

—Te fascinan estos temas, ¿verdad? —observó Charles. Le gustaba estar a solas con ella, hablar de lo que les apeteciera y hacer lo que se les antojara.

—Me fascina la libertad, así como lo que cuesta conseguirla y conservarla. Abogo por la libertad de los más débiles y la de las mujeres.

—¿Para qué casarse entonces?

—También es un camino hacia la libertad. Seré más libre casada contigo que cuando vivía con mi padre.

—¿Cómo lo sabes? —preguntó él con expresión divertida.

—Ahora soy una adulta. Ayer todavía era una niña que tenía que hacer todo lo que me ordenaran.

—Pués ahora tendrás que hacer lo que yo quiera —repuso Charles. Ella le miró a los ojos con expresión alarmada—. No te preocupes, Victoria —añadió para tranquilizarla—, no soy un tirano. Podrás hacer lo que se te antoje siempre y cuando no me ridiculices en público ni pongas tu vida en peligro. Ya te advertí que preferiría que no te arrestaran. El resto es cosa tuya. Si deseas apoyar las huelgas de hambre, asistir a mítines y conferencias de grupos políticos y reunirte con otras mujeres para criticar a los hombres, tienes mi permiso.

Victoria se sentía satisfecha. Su padre tenía razón: Charles era un hombre razonable y, por el momento, no parecía querer nada de ella.

—Gracias —dijo. De pronto parecía más joven y menos atrevida que de costumbre.

—Bien… Creo que deberías vestirte, o llegaremos tarde. —Eran las diez, y debían embarcar a las once y media—. ¿Quieres desayunar algo? —preguntó.

Victoria se sentía como si estuviera de visita en la casa de un amigo. De momento su marido no había hecho nada que le asustara o disgustara.

—No tengo hambre —respondió.

Mientras se vestía, pensó que había compartido la cama con Charles y ni siquiera lo había notado, porque cuando él se acostó ella ya dormía. No tenía la impresión de que fuera su marido, su relación no se asemejaba en absoluto a lo que había compartido con Toby y, a pesar de saber lo que le aguardaba en ese terreno, no se imaginaba disfrutando de esa clase de intimidad con Charles. La perspectiva le atemorizaba, pero de momento él se comportaba como un perfecto caballero y no había mostrado ningún interés sexual por ella.

Lucía el vestido rojo con la chaqueta a juego que Olivia había preparado para la ocasión. Estaba deslumbrante, pero se sentía extraña por no tener a una persona idéntica a su lado. No obstante, le gustaba ir acompañada de Charles, se sentía protegida. Subieron al coche que les aguardaba frente al hotel; el equipaje les esperaba a bordo del *Aquitania*.

El muelle 54 era un festival de música y confetis. Se había congregado una muchedumbre frente al barco, y Victoria deseó que Olivia estuviera allí para verlo. Charles observó la expresión de pena en sus ojos y adivinó sus pensamientos.

—Quizá pueda acompañarnos la próxima vez —dijo con dulzura.

Victoria le sonrió agradecida. Su camarote, que era amplio y luminoso, se encontraba cerca del Salón Jardín. Recorrieron el barco, y la joven quedó impresionada por la chimenea de mármol y la decoración del Salón Adam, así como por los trajes de las mujeres. Era como estar dentro de una de las revistas de moda que compraba Olivia. Se alegró de que ésta hubiera elegido su vestuario.

—¡Qué divertido! —exclamó al tiempo que daba palmaditas como una niña.

Charles le rodeó los hombros con el brazo. Siempre le habían gustado los barcos, pero después de la tragedia de su primera esposa pensó que jamás volvería a sentirse a gusto en uno. Sin embargo Victoria había ahuyentado sus temores.

Después de echar un vistazo a la piscina regresaron a la cubierta principal. La banda seguía tocando y las sirenas resonaron con fuerza mientras el barco comenzaba a moverse. Los visitantes saludaban desde el muelle, Victoria se quitó el sombrero y el cabello le quedó cubierto de confeti. Ésta era la primera travesía del *Aquitania* tras su viaje inaugural con destino a Nueva York la semana anterior. Charles confiaba en que el navío tuviera mejor fortuna que su primo hermano, el *Titanic*. En un principio era mejor y tenía el número requerido de botes salvavidas. No obstante, no pudo evitar pensar en Susan cuando entraron en el camarote.

—¿Cómo era tu primera esposa? —preguntó Victoria mientras encendía un cigarrillo.

Charles no protestó, pues quería que se sintiera totalmente cómoda.

—No sería justo decir que era perfecta, porque no lo era, pero yo la veía así. La quería con toda mi alma. Me costó acostumbrarme a vivir sin ella, pero ahora todo cambiará —afirmó, como si hubiera encontrado la cura para una larga enfermedad.

—Has sido muy valiente al casarte conmigo. Apenas me conoces.

—Creo que te conozco mejor de lo que piensas. Además, los dos necesitábamos ayuda.

—Es una razón muy rara para contraer matrimonio, ¿no te parece? —preguntó ella mientras Charles le ofrecía una copa de champán.

—El matrimonio es algo extraño de todos modos. Quiero decir que siempre entraña un riesgo. Nadie sabe cómo le irá con la persona que elige. Aun así creo que vale la pena.

—¿Y si el riesgo no recompensa?

—No compensa si tú no quieres. Hay que desear que todo salga bien. —Charles la miró a los ojos y preguntó—: ¿Deseas que salga bien?

Victoria tardó en responder:

—Creo que sí. Ayer estaba muerta de miedo y sentí la tentación de huir antes de la boda. —Victoria se rió del pánico que la había asaltado.

—Es comprensible. Yo también tuve ganas de escapar por un instante.

—Lo mío duró un poco más.

—¿Y ahora? —inquirió Charles mientras la observaba fascinado. Volvía a percibir en ella esa sensualidad de que carecía Olivia y que le volvía loco—. ¿Todavía quieres huir? —Victoria le miró y negó con la cabeza. Todavía no sabía lo que quería, pero no deseaba huir—. En cualquier caso no puedes ir muy lejos en un barco —añadió Charles con voz ronca al tiempo que depositaba la copa de champán sobre la mesa y se sentaba a su lado. Sin agregar nada más, la rodeó con sus brazos y la besó. Por un momento Victoria sintió que se le cortaba la respiración, pero enseguida respondió a su beso con mayor pasión de la que él esperaba. Tal como se figuraba, la joven era un caballo salvaje que jamás conseguiría domar, pero que nunca le pediría lo que no podía darle—. Eres muy hermosa, Victoria —susurró.

No estaba seguro del grado de experiencia de la joven. Sabía que no era del todo inocente, pero Henderson no había entrado en detalles, ni él se los había pedido. Le quitó la chaqueta con suma delicadeza y la atrajo hacia sí.

Victoria encendió un cigarrillo, pero Charles lo apagó y la besó. El sabor del tabaco impregnaba sus labios, pero no le importaba. Luego la cogió en brazos y la llevó hasta el dormitorio.

Se encontraban en alta mar, pero todavía se distinguían algunas gaviotas a través de las portillas. Charles le quitó el vestido y la contempló maravillado: sus largas piernas, su estrecha cadera, su delgada cintura, sus voluminosos pechos. Acto seguido se desnudó y, tras correr las cortinas, se tendió en la cama junto a ella, donde le quitó el resto de la ropa. Sintió la opulencia de su cuerpo y su piel sedosa. Deseaba poseerla. Desde la muerte de Susan no había habido ninguna mujer en su vida. Sin embargo Victoria se apartó de él y comenzó a temblar.

—No tengas miedo —susurró Charles mientras la acariciaba, ansioso de estar dentro de ella—. No te haré daño, te lo prometo. —La abrazó y la obligó a mirarle a los ojos—. No te forzaré a hacer nada que tú no quieras, Victoria. No tengas miedo, sé que es difícil para ti.

Recordó su noche de bodas con Susan; era tan joven e inocente, tan tímida, mucho más que Victoria, quien pese a ser muy atrevida no dejaba de ser una chiquilla de veintiún años. Charles suponía que debía de ser virgen y estaba dispuesto a mostrarse paciente y reprimir sus impulsos.

—No puedo —balbuceó ella tras enterrar el rostro contra su pecho. No conseguía olvidar el placer que había sentido con el hombre a quien había amado y la agonía que había sufrido en el suelo del cuarto de baño de Croton—. No puedo hacerlo contigo…

—No tiene por qué ser ahora… tranquila… Tenemos toda la vida por delante.

Victoria rompió a llorar al oír sus palabras y deseó que su hermana estuviera allí.

—Lo siento… lo siento… no puedo.

—Chist… —Charles la abrazó como si fuera una niña.

Victoria se acurrucó junto a él y se quedó dormida. Al cabo de unos minutos él se levantó y se puso la bata; no quería que se asustara al verle desnudo. Cuando su esposa por fin despertó, le ofreció una taza de té con galletas.

—No me lo merezco —musitó Victoria, que deseaba que todo fuera diferente. Había decepcionado a Charles.

La joven aún se sintió peor cuando, unas horas después, recibieron un telegrama que rezaba: «Os queremos. Buen viaje y feliz luna de miel. Papá, Olivia y Geoffrey.» Les echaba tanto de menos que sintió deseos de llorar y corrió a refugiarse en el cuarto de baño.

Un poco más tarde reapareció en el salón con la bata de seda que Olivia le había comprado.

—No te preocupes —repitió Charles antes de besarla con ternura. Jamás admitiría que el deseo que su esposa despertaba en él le estaba volviendo loco, pero no intentó seducirla de nuevo.

Debían vestirse para la cena, y Victoria escogió un traje de raso blanco que resaltaba su figura. Tenía un escote en la espalda tan bajo que casi permitía atisbar su trasero.

—¡Vaya! Los muchachos estarán contentos —bromeó Charles al verla.

Esa noche se sentaron a la mesa del capitán Turner. Cuando la orquesta comenzó a tocar, Charles condujo a la pista a su mujer, que se movió de manera sensual entre sus brazos al ritmo de un tango. El abogado tuvo que hacer un gran esfuerzo para no dar rienda suelta a sus impulsos y llevársela corriendo al camarote.

—Me parece que no volveré a salir contigo —bromeó—. Estás volviendo locos a todos los hombres.

Victoria se rió. Si bien no le importaba la admiración que su belleza suscitaba, le intimidaba que su marido se acercara a ella. Charles no la comprendía.

Esa noche, mientras yacían juntos en la cama, tuvo miedo de tocarla, pero no pudo evitarlo. Victoria sabía que no podía prolongar por más tiempo esa situación, de modo que se quitó el camisón y se aproximó a él. Charles, que intuía lo asustada que estaba, no quería forzarla a nada; sólo deseaba excitarla y guiarla por los caminos del placer.

La acarició despacio, con ternura, hasta que no pudo reprimir su deseo. Era un amante cariñoso y experimentado, mucho más que Toby, que solía tomarla con rudeza. Sin embargo la diferencia estribaba en que ella lo había amado y no le había importado compartirlo todo con él. Buscaba lo mismo en Charles, quería ser la mujer que él esperaba, pero no sintió nada cuando el cuerpo de su marido tembló de placer entre sus brazos.

Charles temía haberla asustado, pero pronto comprendió la verdad.

—No era la primera vez, ¿me equivoco? —preguntó con el rostro enterrado en sus pechos. Victoria negó con la cabeza—. Podrías habérmelo dicho; tenía miedo de hacerte daño.

—No me has hecho daño.

Victoria se sentía más cerca de él, pero sólo porque le inspiraba lástima. Ahora estaba segura de que era imposible aprender a amar. Se sentía engañada. Charles y ella jamás llegarían a ser amantes, se limitarían a compartir el resto de sus vidas como dos desconocidos.

—Le querías, ¿verdad? —Charles quería saberlo todo.

—Sí.

—¿Cuánto tiempo duró vuestra relación?

—Casi dos meses. Me mintió, en realidad no me amaba. Aseguró que en su matrimonio ya no había amor y que se divorciaría de su esposa. Yo le creí; de lo contrario no me hubiera acostado con él… —Se interrumpió y agregó—: Bueno, quizá sí, ya no lo sé. Comenzó a hacer comentarios en público sobre mí y, cuando le interrogaron sobre nuestra relación, afirmó que había sido yo quien le había seducido y que no significaba nada para él. Lo nuestro había sido un juego, jamás había pretendido dejar a su mujer para casarse conmigo. De hecho, ahora esperan un hijo.

—Menudo canalla. Y ahora ya no confías en nadie, ¿verdad?

—No es eso. No sé qué me pasa. Tengo la impresión de que existe un muro entre nosotros, entre cualquier hombre y yo. No deseo que nadie me toque.

No era un futuro muy alentador para su matrimonio.

—¿Hay algo más que no me hayas contado, Victoria?

Ella negó con la cabeza y se encogió de hombros.

—Nada… —Charles adivinó que mentía—. Me quedé embarazada —confesó con voz tenue.

—Lo sospechaba.

—Pocos días después de regresar a Croton caí mientras montaba a caballo. Olivia estaba conmigo, pero no sabía nada. Esa noche me salvó la vida, sufrí una hemorragia… me trasladaron al hospital en una ambulancia. —Las lágrimas surcaban sus mejillas, y Charles le cogió la mano—. No quiero tener hijos.

—Tener hijos no es siempre tan espantoso… En ese caso el padre era un hombre que no te quería.

—Mi madre murió al dar a luz. Yo la maté.

—Seguro que no fue así —repuso Charles, convencido de que debía de existir otra razón.

—Cuando Olivia nació, once minutos antes que yo, se encontraba en perfecto estado.

—Tú no la mataste. —A pesar de haber sufrido un aborto, Victoria era muy ingenua para algunas cosas—. No me importa que no tengamos hijos, pero no quiero que pienses que no puedes tenerlos. Para Susan el nacimiento de Geoff fue el momento más feliz de su vida. —Se abstuvo de mencionar que el parto no había sido fácil, pues el bebé era muy grande. De todos modos todavía recordaba la expresión del rostro de Susan cuando amamantaba a Geoff. Jamás había visto una escena tan tierna—. Todo cambiará con el tiempo, nos acostumbraremos el uno al otro y olvidaremos a los que nos hicieron daño.

—¿Cuándo te hizo daño Susan? —inquirió sorprendida.

—Cuando pereció en ese barco. Cedió su asiento a un niño al que no conozco y me abandonó para siempre —respondió con los ojos bañados por las lágrimas. A pesar del duro revés que supuso la muerte de su mujer, había conseguido superarlo y ahora deseaba ayudar a Victoria a enterrar el pasado—. No debes rendirte ni mirar atrás. Tienes que olvidar.

—No puedo.

—Podrás, y yo te esperaré.

—¿Y mientras tanto? —inquirió ella con preocupación.

—Nos esforzaremos por ser amigos y yo intentaré no disgustarte más de la cuenta. Es lo mejor que podemos hacer. Estamos casados.

—Mereces más de lo que yo puedo darte.

—Si es así, ya lo encontraré algún día. Hasta entonces, esto es lo que hay.

Estaba dispuesto a aceptarla tal como era, una mujer hermosa a la que deseaba pero que no le quería. Todavía era muy joven, algún día olvidaría a Toby. Cuando al final deseara estar con el hombre con quien se había casado, él la estaría esperando.

15

La luna de miel no transcurrió como Charles esperaba. El 26 de junio llegaron a Europa, dos días después de que siete nacionalistas serbios asesinaran al archiduque Francisco Fernando, sobrino del emperador austriaco, y a su mujer en la ciudad de Sarajevo.

Al principio no parecía más que un incidente aislado, pero en cuestión de días causó un notable revuelo en Europa. Por esas fechas los recién casados se alojaban en el hotel Claridge. Victoria expresó su intención de visitar a las Pankhurst en prisión, a lo que su esposo se negó en redondo. Se enzarzaron en una acalorada discusión y al final Charles impuso su voluntad. Estaba dispuesto a ser tolerante, pero hasta cierto límite.

—Pero he mantenido correspondencia con ellas —protestó Victoria.

—Como si se te han aparecido en sueños. Si las visitas, sólo lograrás que te pongan en la lista y que nos expulsen de Inglaterra.

—Eso es ridículo. Son más liberales que nosotros —replicó.

—Lo dudo mucho.

A Charles no le divertía la situación. Últimamente estaba muy nervioso y ambos sabían por qué: todos sus intentos por restablecer su vida sexual habían sido un completo fracaso.

Una semana después de su llegada a la capital francesa, Victoria comenzó a temblar cada vez que se acercaba a ella. No quería que ningún hombre la tocara ni experimentar de nuevo lo que había sentido por Toby, no confiaba en nadie y estaba decidida a no tener hijos. Charles le había garantizado que tomaría las precauciones necesarias e incluso había adquirido algún método anticonceptivo, pero jamás llegaron a utilizarlo, pues cada vez que la acariciaba rompía a llorar y comenzaba a temblar. A pesar de ser paciente, Charles empezaba a sentirse furioso.

—¿Por qué no me dijiste antes que te sentías así? —le reprochó una noche en París después de intentarlo una vez más. La situación comenzaba a afectarle. Por mucho que deseara a Victoria, no quería hacer el amor con una mujer que lloraba y temblaba al notar su tacto; se habría sentido como un violador.

—No sabía que me pasaría esto —contestó ella entre sollozos. Charles había derrochado el dinero reservando la mejor suite del Ritz. El ambiente romántico de París hacía que Victoria se mostrara aún más intranquila y no quería estar a solas con su esposo. Sólo deseaba hablar de política, conocer a sufragistas y asistir a sus reuniones—. Con Toby no era así —balbuceó de repente.

Humillado, Charles salió de la habitación y decidió dar un paseo. A su regreso al hotel, Victoria se disculpó por sus palabras y esa noche hizo un verdadero esfuerzo por recompensarle. Al principio Charles notó que respondía a sus caricias, pero súbitamente se alejó asustada.

—No te quedarás embarazada —aseguró.

Sin embargo Victoria se mostraba ausente, en su interior había muerto algo imposible de resucitar. Charles, por su parte jamás había experimentado nada igual; deseaba a una mujer que no sentía nada por él. Era una tortura.

Victoria sólo se interesaba por las cartas que le enviaba Olivia y por las noticias de los periódicos sobre las sufragistas. Nada más parecía importarle. Charles llegó a preguntarse si le gustaban los hombres. Quizá el problema era más grave de lo que creía. Se planteó también si Edward Henderson era consciente del castigo que le había impuesto, pero prefería pensar que no tenía ni idea.

En sus misivas Olivia explicaba que hacía un calor insoportable en Croton, que su padre gozaba de buena salud y que Geoffrey disfrutaba de sus vacaciones. Montaba muy bien a caballo, y aseguró a Charles que no habían tenido más accidentes. De hecho, si continuaba haciendo progresos, tenía pensado comprarle un caballo que guardarían en Croton. Por si acaso la joven pareja estaba preocupada por *Chip*, les contó que el perro vivía feliz mordisqueando los muebles y comiéndose las dos alfombras de su dormitorio.

Olivia deseaba que fueran muy dichosos y que el incidente de

Sarajevo no hubiera trastocado sus planes. Habían leído las noticias al respecto, pero dudaban de que estallara un conflicto. Aunque los austriacos estuvieran furiosos, en el resto del mundo reinaba la calma.

Charles compartía la opinión de su cuñada, incluso cuando durante la última semana de julio se enteraron de que Austria había declarado la guerra a Serbia. No obstante se sintió intranquilo cuando, cuatro días más tarde, Alemania entró en guerra con Rusia y, dos días después, con Francia. La situación en Europa se deterioraba a pasos agigantados.

En esas fechas se encontraban en Niza, en el hotel D'Anglaterre. Charles decidió regresar de inmediato a Inglaterra.

—Menuda tontería —protestó Victoria, que gozaba de su estancia en Francia y no deseaba marcharse todavía. Además, tenía previsto visitar Italia unos días más tarde—. No cambiaré todos mis planes porque un país europeo tenga una pataleta.

—Esa pataleta tiene un nombre: la guerra. Nos encontramos en un país que está en guerra con Alemania, lo que no es ninguna tontería; podrían atacar en cualquier momento, de modo que haz las maletas.

—No me iré. —Victoria se cruzó de brazos y se sentó en el sofá.

—Estás loca. Tú te irás cuando yo lo diga. —Charles comenzaba a cansarse. Había sido un verano muy largo.

Al día siguiente todavía discutían el asunto cuando las tropas alemanas invadieron Bélgica, y Victoria entendió el mensaje sin necesidad de que su marido la presionara. Prepararon el equipaje y abandonaron Niza a la mañana siguiente, el mismo día en que Montenegro declaraba la guerra a Austria. Europa se había convertido en un polvorín de acusaciones.

Volvieron a alojarse en el Claridge de Londres, y en el transcurso de la semana siguiente quedaron perplejos al enterarse de que los serbios declaraban la guerra a Alemania, los rusos a Austria y los montenegrinos a Alemania. Finalmente, el 12 de agosto, Gran Bretaña y Francia declararon la guerra a Austria.

Charles regresó al hotel tan pronto como oyó las noticias, después de cambiar los pasajes del barco. Aunque tenían previsto quedarse otra semana en Europa, debían partir hacia Estados Unidos lo antes posible. Zarparían en el *Aquitania* a la mañana siguiente. Cuando Victoria volvió de sus compras, las maletas estaban hechas, los planes cambiados y Charles había enviado un telegrama a Olivia.

—¿Cómo te has atrevido a tomar una decisión sin ni siquiera consultarme?

—Alemania acaba de declarar la guerra a Gran Bretaña, y no vamos a esperar a que las balas sobrevuelen nuestras cabezas. Quiero que mi mujer esté a salvo, por eso te llevo de vuelta a Estados Unidos.

—No soy un objeto que puedas empaquetar sin más, Charles.

—Últimamente no hacemos más que discutir, Victoria, y comienzo a hartarme.

—Lamento oírte decir eso.

Victoria llevaba todo el día malhumorada y le dolía la cabeza. La noche anterior habían tenido uno de sus interludios amorosos que acababan en frustración y rabia para los dos. No sabía qué le sucedía, pero todo su cuerpo se convulsionaba cuando él se acercaba. A ninguno de los dos les había ocurrido nada así antes. Además de enfadados y frustrados, se sentían muy solos, porque únicamente se tenían el uno al otro.

—Nos marcharemos mañana a las diez —anunció Charles con frialdad, contento de que la luna de miel acabara por fin; había sido una pesadilla.

—Te irás tú, Charles. —Victoria se enfrentó a él de nuevo. Le gustaba hacerlo, no podía evitarlo—. Yo me quedo.

—¿En Europa? ¿Con una guerra? No te hagas ilusiones; tú te vienes conmigo.

—Quizá aprendamos algo de este momento —replicó la joven con un brillo intenso en los ojos que a Charles le asustaba y excitaba a la vez. El abogado se preguntó qué cruel designio divino había hecho que acabara con una mujer que tanta pasión despertaba en él pero a la que era incapaz de satisfacer—. Podría formar parte de nuestro destino estar aquí mientras estalla una guerra en Europa.

Victoria era joven, guapa, y en ocasiones Charles incluso hubiera afirmado que estaba un poco loca. Tenía una vena rebelde y aventurera. Quizá por eso Edward Henderson se había mostrado tan ansioso por casarla mientras que él se quedaba con la hija cuerda. Sin embargo, por muy furioso que estuviera con ella, Charles sabía que simplemente era una persona difícil, y él se sentía demasiado viejo para discutir con ella continuamente, algo que a su esposa le encantaba; disfrutaba torturándole, negándole sus más mínimos deseos o insistiendo en hacer algo peligroso e insensato, como quedarse en Europa.

—Sé que me tacharás de aburrido —repuso mientras intentaba mantener la calma—, pero no es muy sensato permanecer en un país que está en guerra. Tu padre me matará si te dejo aquí, de modo que, tanto si te gusta como si no, sea o no nuestro destino estar aquí en estos momentos, mañana te llevaré de vuelta a Nueva York. Piensa en tu hermana y tu padre, que se preocupará mucho si no vuelves. Yo, por mi parte, tengo un hijo de diez años, que ya ha perdido a su madre, de manera que no tengo intención de quedarme aquí y ser la víctima de una bala perdida. ¿Lo has comprendido?

Victoria asintió. La mención de Olivia la había hecho entrar en razón y, aunque jamás lo admitiría, sabía que su hermana le hubiera dicho exactamente lo mismo que Charles. No obstante, consideraba que habría sido emocionante continuar en Inglaterra para observar el desarrollo de los acontecimientos.

Esa noche permaneció levantada largo rato, reflexionando sobre lo que les había sucedido, las circunstancias que les habían llevado a acabar juntos y la mala fortuna que la perseguía desde su romance con Toby: el niño que había perdido, su reputación manchada, su matrimonio forzado con Charles, la separación de su hermana... y ahora las obligaciones físicas que le imponían y que no soportaba. Era difícil imaginar un futuro feliz. Por un instante se había planteado la posibilidad de huir y no regresar a casa, pero no podía, necesitaba ver a Olivia, a pesar de que le resultaba odiosa la perspectiva de instalarse en Nueva York e iniciar una nueva vida con su esposo y su hijo. En Europa había descubierto lo que en verdad buscaba: emoción, política y libertad. No existía ningún vínculo entre ella y su marido, ni carnal ni espiritual, y tras dos meses de convivencia sabía que, por muy bondadoso y paciente que él se mostrara, jamás lo habría. ¿Qué iba a hacer? Charles jamás le concedería el divorcio, no cabía duda. Estaba atrapada, sus destinos estaban unidos. Estaba atada a Charles y al final se ahogarían juntos. Vivir con un hombre al que no amaba acabaría por matarla. Necesitaba hablar con Olivia, aunque era consciente de que no existía ninguna solución a sus problemas. Había firmado un acuerdo, había hecho una apuesta y había perdido. Nada sabían el uno del otro cuando se casaron.

—¿No piensas venir a la cama? —inquirió Charles desde el umbral de la puerta.

Ella le miró y asintió mientras se preguntaba si querría intentar algo de nuevo. Se tendió a su lado y se sorprendió cuando él se limitó a rodearla con sus brazos.

—No sé cómo llegar hasta ti, Victoria —dijo con tristeza—. Sé que estás encerrada en algún lugar, pero no te encuentro. —Al igual que su esposa, empezaba a perder toda esperanza. Sólo llevaban dos meses casados, pero parecía una eternidad.

—Yo tampoco me encuentro, Charles —reconoció con pesadumbre.

—Si esperamos lo suficiente, quizá logremos que lo nuestro funcione. No pienso rendirme. Tardé meses en asimilar que Susan había muerto, durante mucho tiempo albergué la esperanza de que la encontrarían viva.

Ella se sintió reconfortada por sus palabras. Todo sería más fácil si consiguiera quererle, pero no le parecía posible. No le amaba, y Charles lo sabía.

—No te rindas todavía —susurró Victoria—. Todavía no.

—No lo haré —musitó él mientras la estrechaba.

Charles se quedó dormido pensando que quizá, después de todo, su luna de miel no había sido tan terrible y que las cosas tal vez mejorarían en el futuro, en tanto que Victoria, acurrucada en sus brazos, soñaba con la libertad.

16

El viaje de regreso en el *Aquitania* se les antojó muchísimo más largo que el de ida. Victoria había conocido a Andrea Hamilton en el barco y pasaban mucho tiempo juntas comentando sus últimas teorías sobre el sufragio. A Charles ya no le interesaba el tema, que obsesionaba cada vez más a su esposa. No se trataba de un capricho pasajero, era su razón de vivir. A pesar de que conocía sus ideas antes de casarse, jamás había pensado que fueran tan arraigadas. Victoria sólo hablaba y leía sobre la libertad de las mujeres, era lo único que le importaba.

—Esta noche cenamos en la mesa del capitán —anunció él con voz somnolienta mientras estaban sentados en cubierta—. He pensado que era mejor advertírtelo.

—Muy amable de tu parte —repuso Victoria sin mayor interés—. ¿Te apetece un baño?

Era en momentos como ése cuando Charles era consciente de la diferencia de edad entre ambos. Él era feliz tumbado al sol, pero Victoria necesitaba actividad. Media hora más tarde bajaron a la piscina, y Charles se esforzó por no prestar demasiada atención en el cuerpo de su mujer, enfundado en un traje de baño negro. Mientras nadaban admiró su estilo y su esbelta figura. Cuando salieron del agua, ella parecía sentirse mejor.

—Eres una buena deportista —comentó Charles al tiempo que la contemplaba. En ese momento recordó a su gemela y se preguntó si, tras dos meses de convivencia con Victoria, le resultaría más fácil distinguirlas—. ¿Has echado mucho de menos a Olivia? —preguntó mientras se secaban al sol.

—Muchísimo. Jamás pensé que podría vivir sin ella. Cuando

era pequeña estaba convencida de que, si nos separaban, me moriría.

—¿Y ahora? —inquirió con curiosidad. Había muchas cosas sobre las hermanas que le intrigaban.

—Ahora sé que puedo, pero no quiero. Me gustaría que viviera con nosotros en Nueva York, pero sé que nunca abandonará a nuestro padre. Además, él desea que se quede allí para cuidarle, lo que no es justo.

Charles compartía su opinión, y así se lo había manifestado a Olivia cuando la joven le visitó en Nueva York.

—Quizá logremos convencerla, o al menos de que pase largas temporadas con nosotros. A Geoff le encantaría.

—¿Te importaría que viviera con nosotros?

—No, en absoluto. Olivia es una mujer inteligente, educada, muy bondadosa y siempre está dispuesta a ayudar. —Charles se fijó en que la expresión del rostro de su esposa había cambiado de pronto.

—Quizá deberías haberte casado con ella en lugar de conmigo —replicó Victoria con tono desabrido.

—No fue ella a quien me ofrecieron. —Charles seguía enfadado porque no le habían explicado ciertas cosas. Para empezar, Victoria no había sufrido un desengaño amoroso, sino que había tenido una aventura con un hombre casado que se había aprovechado de ella y la había dejado embarazada. No obstante, a esas alturas estaba dispuesto a aceptarlo todo.

—Quizá te gustaría que algún día se hiciera pasar por mí.

Charles frunció el entrecejo.

—Eso no tiene ninguna gracia. —La posibilidad de que le engañaran le hacía sentir muy incómodo—. ¿Subimos? —preguntó al cabo de unos segundos, y ella asintió.

En las últimas semanas no hacían más que discutir, incluso por tonterías.

Esa noche, durante la cena sólo se habló de la guerra en Europa. Victoria disfrutó con la conversación y aportó muchas ideas interesantes, aunque algo radicales. Charles se sentía orgulloso de ella mientras la escuchaba, pues era una mujer muy inteligente; era una lástima que la convivencia fuera tan difícil.

Al final de la velada dieron un paseo por cubierta. La noche era hermosa. Victoria encendió un cigarrillo y contempló el océano en silencio.

—Y bien, ¿qué te ha parecido nuestra luna de miel? —preguntó Charles con una sonrisa—. ¿Te lo has pasado bien?

—A veces sí. ¿Y tú?

—Ha sido entretenida, pero nada fácil. Supongo que sólo te toca la lotería una vez. —Se refería a Susan. Por su parte, Victoria había tenido a Toby, a quien, aunque no era un santo, había amado con locura—. Quizá sea cuestión de tiempo que acabemos queriéndonos. A veces pasa. —Sin embargo, ninguno de los dos lo creía posible en su caso.

—Y ahora ¿qué? ¿Me convertiré en un ama de casa?

—¿Tiene usted algún otro plan, señora Dawson? ¿Preferiría ser médico o abogado?

—La verdad es que no; me gusta más la política. Desearía volver a Europa ahora que está en guerra e implicarme de algún modo. Quizá podría ofrecer mi ayuda.

—¿Para qué? ¿Para conducir una ambulancia o algo así?

—¿Por qué no?

—Ni se te ocurra. Ya tengo bastante con las manifestaciones de las sufragistas. Guerras no, gracias. —Al oírle Victoria se preguntó si podría detenerla si deseaba regresar a Europa. Olivia desaprobaría la idea, pero desde que zarparon de Southampton no pensaba en otra cosa. Tenía la impresión de que se perdía algo muy importante al regresar a Estados Unidos y dejar atrás la emoción y la aventura—. ¿Qué me dices de Geoff? ¿Qué lugar ocupará en tu vida? ¿Le dedicarás algún tiempo? —preguntó Charles con inquietud.

—No te preocupes, cuidaré de él.

—Bien —repuso él, satisfecho con su respuesta.

Regresaron al camarote, y esa noche Charles no se acercó a ella. Le faltaban la energía y el valor necesarios para ello. A la mañana siguiente se llevó a cabo un simulacro de emergencia con los botes salvavidas, ejercicio que adquiría mayor importancia dada la existencia de una guerra. Victoria pensó que traería malos recuerdos a Charles, por lo que su sorpresa fue mayúscula cuando, al regresar al camarote, la besó sin decir anda.

—¿A qué viene esto? —preguntó con asombro, y él sonrió.

—Por estar casada conmigo. No ha sido nada fácil, pero me esmeraré cuando lleguemos a casa. Tal vez nos ayude la actividad cotidiana. La presión es demasiado fuerte durante la luna de miel. —Charles se refería a su fracasada vida sexual.

Esa noche lo intentaron de nuevo y en esta ocasión logró penetrarla. Victoria se esforzó por complacerle, pero para ella no había sido mejor que la primera vez. Charles se sentía muy angustiado. En el pasado el sexo había sido algo maravilloso para él, a resultas del cual había nacido Geoff. Sin embargo la relación que mantenía con Victoria sólo provocaba un vacío en su interior. Se preguntó si existía alguna esperanza para ellos mientras contemplaba a Victoria dormir a su lado. Ya no se sentía tan optimista como antes.

Al día siguiente, al amanecer, se hallaban en cubierta cuando el barco pasó junto a la estatua de la Libertad y por primera vez se sintieron unidos. Les emocionaba regresar a casa. Olivia les había anunciado por carta que les recogerían en el muelle y, tan pronto como el navío entró en el puerto a las diez de la mañana, comenzaron a escrutar a la multitud allí congregada. Por fin Victoria les localizó, lanzó un grito y saludó con la mano. Su hermana la divisó y empezó a dar saltitos junto con Geoff. Su padre también les había acompañado, e incluso el perro había acudido a recibirles.

Victoria apenas podía contener la emoción cuando descendió corriendo por la pasarela y se arrojó en brazos de su hermana. Las gemelas comenzaron a dar vueltas al tiempo que reían y lloraban. Cuando por fin se detuvieron, Charles observó que aún le resultaba imposible distinguirlas. Ambas lucían un vestido rojo idéntico, y se vio obligado a buscar el anillo en la mano de su esposa para diferenciarlas.

—Supongo que hay cosas que nunca cambian —comentó con una sonrisa cuando las hermanas se abrazaron de nuevo.

Olivia reconoció que alguna vez había pensado que se moriría sin su hermana.

—Sin embargo Geoff me ha cuidado muy bien —añadió mientras miraba al niño con orgullo. Era un muchacho encantador y se habían divertido mucho juntos ese verano.

—¿Qué tal la luna de miel? —preguntó Henderson.

—Maravillosa —se apresuró a responder Charles—, excepto por la guerra en Europa, claro está, pero nos marchamos a tiempo.

—Parece que se ha organizado un buen lío —repuso Edward mientras los agentes de aduanas revisaban el equipaje.

Habían abierto la casa de la Quinta Avenida. Se alojaría allí con Olivia unos días para tener la oportunidad de visitar a los recién casados y ocuparse de algunos negocios. Geoff no sabía adónde ir. Por un lado tenía muchas ganas de estar con su padre, pero por otro no le apetecía abandonar a Olivia, que se había convertido casi en una madre para él.

—Ollie ha sido muy buena conmigo. Hemos cabalgado y nadado cada día, y también hemos organizado algún picnic. Incluso me ha comprado un caballo —explicó a su padre mientras cargaban los baúles en el Ford.

Cuando llegaron a la vivienda del East Side, percibieron el toque especial de Olivia, que había indicado a la sirvienta que aireara las habitaciones, cambiara las sábanas y colocara flores en todas las estancias. No parecía la misma casa. Además había regalos tanto para el matrimonio como para Geoffrey.

—¿Quién ha hecho todo esto? —preguntó Charles con estupefacción.

Victoria, en cambio, sí sabía quién era la responsable y no se sentía demasiado complacida. Ahora ése era su hogar y podía hacer en él lo que quisiera. No deseaba que Olivia la ridiculizara desde un principio exhibiendo sus habilidades domésticas.

—Seguro que ha sido Olivia —susurró.

—Ojalá nos visite muy a menudo —repuso su esposo en son de broma.

Olivia había pedido a la sirvienta que preparara una limonada fría y, mientras los hombres conversaban en el salón y Geoff jugaba en el jardín con el perro, ayudó a su hermana a deshacer el equipaje.

—Jamás pensé que podría estar sin ti… Ha sido terrible —admitió Victoria.

—No me lo creo. ¿Te lo has pasado bien? —No deseaba entrometerse en la vida matrimonial de su hermana, pero necesitaba saber que era feliz.

Su hermana tardó en contestar.

—No estoy segura de poder seguir adelante, Olivia. Continuaré intentándolo, pero no debería haberme casado y sospecho que él piensa lo mismo. Siempre tiene a Susan presente, y yo no consigo olvidar a Toby… ni lo bueno ni lo malo. Se interpone entre nosotros.

—No puedes permitir que un hombre así destroce tu matrimonio. Debes olvidarle.

—¿Y Susan? Sigue enamorado de ella, no de mí —explicó Victoria con cierta tristeza pero sin amargura—. Jamás me ha querido ni me querrá. La teoría de que al final las personas que viven juntas acaban enamorándose es una tontería; ¿cómo se puede amar a un desconocido?

—Dale tiempo, os acostumbraréis el uno al otro. Geoffrey te ayudará.

—Ese niño me odia tanto como su padre.

—No digas eso —protestó Olivia, que no esperaba que las cosas fueran tan mal—. Prométeme que le darás tiempo, que no harás ninguna tontería.

—Ni siquiera se me ocurre ninguna.

A Olivia le pareció que su hermana se había hecho mayor de repente, pero tal vez sólo eran imaginaciones suyas.

—Nunca me he sentido tan perdida. ¿Qué debo hacer?

—Sé una buena esposa y muéstrate amable con su hijo. Al menos cumple con las promesas que pronunciaste el día de tu boda.

—¿Que le amaré, honraré y obedeceré? Es denigrante —exclamó antes de encender un cigarrillo.

—¿Cómo puedes decir eso? —Olivia estaba espantada. Su hermana era incorregible. A pesar de lo mucho que la quería, sabía que en ocasiones se mostraba intratable—. Oye, ¿no le importará a Charles que fumes aquí?

—Espero que no. Ahora también es mi casa. —Sin embargo, lo cierto era que se sentía como una intrusa allí. Deseaba regresar a Croton con su padre y su hermana, pero sabía que no se lo permitirían—. ¿Te quedarás en Nueva York unos días? Ni siquiera sé por dónde empezar.

Olivia sonrió y asintió.

—Vendré a ayudarte cada día.

—Y después ¿qué? —preguntó Victoria, que se retorcía las manos con nerviosismo. La presencia de su hermana la animó a expresar todos los miedos que albergaba—. ¿Qué haré después? Ni siquiera sé cómo comportarme. No aguanto esta situación, Ollie… El viaje ha sido horrible —balbuceó entre sollozos.

—Oh, vamos… Tranquilízate. Todo se arreglará, yo te ayudaré.

Cuando Victoria se hubo calmado, bajaron al salón para reunirse con los hombres. Charles se alegraba de estar de nuevo en casa. Se sentía como en los viejos tiempos, cuando vivía con su primera esposa y había flores por todas partes. Lo único que no acertaba a comprender era por qué la mujer que había traído los ramos y limpiado la vivienda no era la misma con la que se había casado.

Al cabo de unos minutos Henderson anunció que ya era hora de marcharse. Olivia dio un beso de despedida a Victoria, no sin antes prometerle que regresaría temprano al día siguiente para echarle una mano. Después se acercó a Geoff y lo abrazó con fuerza.

—Te voy a añorar mucho. Cuida bien de *Chip* y de *Henry*.

—Vuelve pronto —rogó el niño con tono sombrío.

Olivia y su padre bajaron por la escalera de la entrada y los Dawson cerraron la puerta para empezar una nueva vida juntos.

17

Durante toda la semana Olivia ayudó a su hermana a acomodarse en su nuevo hogar. La casa era luminosa y alegre, pero Victoria la encontraba incómoda y añoraba Croton. Compartían con Charles un gran dormitorio soleado, pero tenía la impresión de que Geoff estaba demasiado cerca. Cuando no estaba en el colegio, donde acababan de comenzar las clases, el niño deseaba pasar el tiempo con su padre, pues había estado dos meses fuera y le alegraba retornar a su hogar. Cada tarde esperaba a Charles en la puerta, y Victoria tenía la sensación de que debía guardar cola para ver a su marido.

La joven no tenía idea de lo que les gustaba comer. La primera cena que organizó fue un desastre. Al día siguiente se lo contó a su hermana, que le ofreció una lista con los platos favoritos de Geoff.

—Tal vez deberías quedarte aquí para cuidar de ellos —comentó Victoria medio en serio—. Charles no nos distingue; ¿por qué no lo probamos? —añadió con un brillo en los ojos que asustó a su hermana.

Por fortuna, Victoria no volvió a proponerlo más y al término de la semana parecía que las aguas habían vuelto a su cauce. Charles estaba de buen humor, las cenas eran un éxito, y Geoff se comportaba muy bien. Sin embargo, a Victoria le disgustaba que las tareas domésticas consumieran todo su tiempo.

—Sigue así un par de semanas más —sugirió Olivia— y, cuando lo tengas todo bajo control, podrás dedicarte a otras cosas, como ir de compras o comer con amigas.

O asistir a conferencias y manifestaciones, pensó Victoria, que había leído que se organizaban unas reuniones informativas a las que deseaba asistir para saber más sobre la guerra en Europa. A pesar de que devoraba todas las noticias sobre la contienda, nunca tenía suficiente información para comprender los entresijos de lo que ocurría, y cuando Charles llegaba a casa por las noches estaba demasiado cansado para explicárselo.

Al final Olivia tuvo que regresar a Croton con su padre. Se había quedado en la ciudad más tiempo del que tenía previsto para ayudar a su hermana, pero Edward deseaba volver a casa. Prometió que pronto les visitaría de nuevo, y Victoria y Charles anunciaron que estarían un fin de semana en Croton. No obstante, el tiempo pasaba y Charles estaba enfrascado en un juicio importante, Geoff debía asistir a la escuela y Victoria estaba totalmente volcada en sus reuniones. Llamó a su hermana en un par de ocasiones y se escribían casi a diario.

A finales de septiembre el rostro del mundo había cambiado, así como sus vidas. Los últimos días de agosto, Japón había declarado la guerra a Austria y Alemania. La batalla del Marne había detenido el avance alemán en Francia, pero los germanos habían iniciado los bombardeos sobre París. Los rusos habían sufrido varias derrotas en los lagos del Masuria y Prusia. Victoria procuraba mantenerse informada de todos los acontecimientos. De hecho, su interés por la contienda comenzaba a ensombrecer su pasión por el sufragio de las mujeres y ya apenas paraba en casa. Había seguido los consejos de Olivia durante las primeras semanas, pero pronto recuperó sus hábitos y sólo se preocupaba por sus propios intereses. Se celebraban múltiples conferencias interesantes sobre cuestiones políticas, y asistía a todas las que podía para aprender más. Charles conversaba en ocasiones con ella cuando regresaba por las noches, pero por lo general estaba demasiado cansado para hablar sobre los temas que a su esposa tanto le apasionaban y lo cierto era que le inquietaba que, desde la marcha de Olivia, hubiera descuidado sus responsabilidades; no se ocupaba de las tareas domésticas ni arreglaba el jardín, y los vecinos le habían comentado que Geoff se pasaba los días jugando en la calle porque ella nunca estaba en casa.

—No es esto lo que acordamos —le recordó.

Victoria escuchó sus palabras e intentó actuar como se esperaba de ella, pero no podía. Por otro lado, su relación íntima también había empeorado desde su regreso. Nunca hacían el amor, ella sentía una verdadera repulsión hacia el acto sexual y le espantaba que Geoff les oyera. Charles cada vez bebía más, y Victoria fumaba sin cesar. Su mujer representaba todo aquello que no deseaba en una casa, de su esposa o del matrimonio.

Cuando Olivia les visitó por fin, encontró tanto a Victoria como a su marido en un estado pésimo, pues apenas se dirigían la palabra. Decidió llevarse a Geoff y el perro al hotel donde se alojaba y sugirió a su hermana con tono severo que intentara arreglar la situación con su marido.

Sin embargo, al día siguiente las cosas parecían haber empeorado.

—¿Qué ocurre aquí? —inquirió Olivia furiosa.

—Esto no es un matrimonio —contestó su hermana con indignación—, sino un acuerdo. Me contrató para que fuera su sirvienta, ama de llaves y niñera de su hijo.

—Eso es ridículo —protestó Olivia—. Te comportas como una niña mimada. Charles te brindó la protección de su nombre y salvó tu reputación. Te ha ofrecido su hogar, a su hijo y una vida agradable, pero tú estás enfadada porque tienes que llevar la casa y procurar que la cocinera le sirva una cena decente. No, Victoria, no te ha «contratado» como su sirvienta, pero tampoco parece que tú quieras actuar como su esposa.

—¡Tú no sabes nada de nada! —exclamó Victoria con ira, pues le molestaba que su hermana se hubiera acercado tanto a la verdad.

Olivia procuró calmarse. Deseaba ayudar a su hermana, a quien seguía añorando muchísimo, pero no lo suficiente para querer que abandonara a Charles, puesto que sabía cuán terrible sería eso para él y Geoff.

—Tienes que esforzarte —aconsejó—. Con el tiempo te acostumbrarás. Yo te ayudaré a llevar la casa.

—No quiero llevar la casa, ni la suya ni la de nadie. Todo esto fue idea de nuestro padre, éste era el castigo por hacer lo que hice con Toby. —Olivia sabía, no obstante, que el verdadero castigo fue el que sufrió en el cuarto de baño de Croton. De lo que se quejaba ahora no era más que una serie de obligaciones a que debía resignarse. Su hermana era como un pájaro en una jaula—. Prefiero morir a quedarme aquí —declaró enfurruñada.

—No vuelvas a decir eso nunca.

—Es cierto. Hay una guerra en Europa, donde miles de hombres inocentes fallecen. Preferiría hacer algo útil allí a desperdiciar mi vida aquí cuidando de Geoffrey.

—Él te necesita, Victoria. —Por un instante Olivia deseó ser capaz de cambiar a su hermana, que siempre tenía ideas alocadas o defendía causas perdidas por las que valía la pena luchar y morir; sin embargo no se preocupaba en absoluto por las personas que la necesitaban—. Charles también te necesita —añadió.

Victoria negó con la cabeza y se acercó a la ventana.

—No, él necesita a Susan. No tenemos una vida en común… ya entiendes a qué me refiero… nunca la hemos tenido. Desde el principio las cosas fueron mal… Supongo que él todavía piensa en ella y yo… no puedo… no después de lo ocurrido con Toby. —Se le saltaron las lágrimas.

Olivia la observó extrañada. No era propio de su hermana darse por vencida, por lo que comprendió que aún era posible arreglar la situación.

—Quizá necesitéis estar solos durante un tiempo —sugirió con delicadeza. A pesar de que le resultaba embarazoso hablar del tema, se trataba de un problema grave y no era el momento de mostrarse tímida.

—Pasamos dos meses en Europa, y tampoco funcionó.

—Era diferente, apenas os conocíais. Quizá necesitéis estar más tiempo solos aquí, para conoceros mejor. —Olivia se sonrojó. Victoria sonrió al pensar que su hermana era muy inocente. No tenía idea de las complicaciones de su matrimonio, lo que implicaba yacer con Charles y temblar cada vez que la tocaba—. Esta casa es nueva para ti. Si pudierais estar una temporada solos, sin Geoff, quizá os sentiríais más a gusto juntos.

—Quizá. —No obstante eso no cambiaba lo que sentía por él. Además, notaba lo mucho que Charles añoraba a Susan y sabía que, aunque deseaba su cuerpo, no la quería. Al menos Toby la había engañado, la había hecho creer que la adoraba, y ella le había creído. En el caso de su esposo, por muy amable y considerado que se mostrara, era evidente que nunca sentiría nada por ella—. No hay solución, Olivia, créeme.

—No puedes decir eso todavía, sólo lleváis casados tres meses y apenas os conocíais antes.

—¿Qué me dirás cuando afirme lo mismo dentro de un año? —preguntó Victoria, que intuía cómo acabaría aquello; pasarían toda la vida juntos pero jamás se amarían—. ¿Me permitirás entonces divorciarme de él? —Ambas sabían que su padre se negaría en redondo, incluso a Olivia le escandalizaba la idea. Sin embargo Victoria sabía que no podría soportar esa situación eternamente—. No me quedaré aquí hasta que me pudra; me moriría.

—No puedes tomar una decisión ahora, es demasiado pronto. Debes esperar, al menos hasta que estés convencida de tus sentimientos y de los suyos. —Con el tiempo quizá podría regresar a Croton, pero sin divorciarse. No obstante la vida en Henderson Manor también la destrozaría, pues Victoria necesitaba ideales, la política y nuevos horizontes, no se contentaría con sentarse en casa y arreglar los calcetines de su padre, como hacía ella—. ¿Qué tal si me llevo a Geoff unos días? No pasará nada porque falte un par de días a clase. Me lo llevaría a Croton para que estuvierais solos; quizá así arregléis vuestros problemas.

—Eres una soñadora, Ollie. —Victoria era consciente de que su hermana no acababa de comprender lo desesperada que era la situación. Por otro lado, tenía que reconocer que sería un alivio librarse del niño por unos días. No le odiaba, simplemente no deseaba cuidarle, preocuparse por él, recoger sus juguetes ni echar al perro de su dormitorio. No quería ser responsable de otro ser humano—. Sí, podrías llevarte a Geoff unos días. —De ese modo podría asistir a conferencias—. Si fuera mío, supongo que sería diferente, pero no lo es y no deseo saber lo que significa tener un hijo.

Mientras Olivia la escuchaba, pensó que ella sí lo quería como si fuera su hijo. El pequeño sustituiría a los niños que jamás tendría.

—Estaré encantada de llevármelo unos días, pero quiero que pases más tiempo con Charles, no que te dediques a reunirte con las sufragistas en viejas iglesias y locales lóbregos.

—Haces que todo parezca tan sórdido. —Victoria rió—. Te juro que no es como lo pintas. Te darías cuenta si vinieras conmigo. De todos modos hace tiempo que no participo en esos actos; últimamente me interesa más la guerra en Europa.

—Te sugiero que te ocupes más de tu marido que de la guerra —replicó Olivia con severidad.

—Siempre estás a mi lado para salvarme —dijo Victoria como una niña pequeña.

—No estoy segura de que pueda salvarte esta vez —repuso Olivia, que añoraba mucho a su hermana, sobre todo por las noches, cuando dormía sola en esa cama tan grande—. Tendrás que solucionar tus problemas tú sola.

—¿Sabes? Sería más fácil si intercambiáramos nuestros papeles —sugirió Victoria con tono jocoso, pero Olivia no encontró gracioso el comentario.

—¿Ah, sí? ¿Te gustaría quedarte en casa y cuidar de papá? —Ahora que Victoria había descubierto un nuevo mundo, no se conformaría con Croton. Necesitaba mucho más que eso, y Olivia esperaba que Charles pudiera dárselo. Si tuviera hijos y se asentara, quizá se arreglaría todo.

Esa tarde Olivia recogió a Geoff en el colegio. Su maleta, el perro y el mono de peluche le esperaban en el coche. El niño se mostró entusiasmado cuando le dijo adónde iban.

En cambio Charles quedó consternado cuando, al regresar del trabajo, descubrió que su hijo se había marchado a Croton.

—¿Qué pasa con el colegio? —preguntó.

—No es muy grave que falte un par de días a clase; sólo tiene diez años —contestó Victoria restando importancia al asunto. Esa tarde había asistido a una conferencia muy interesante sobre la batalla de Bruselas, que tuvo lugar en agosto.

—Deberías haberme consultado. —Charles se sentía cansado e irritado, pero al mismo tiempo le complacía encontrarse a solas con Victoria, que estaba preciosa. Tenía un brillo especial en los ojos y la perfección de su cuerpo quedaba resaltada por el nuevo vestido negro que su hermana le había comprado.

—Pensaba que querías que actuara como su madre —replicó ella con indignación.

A Charles no le gustó su tono, pero se sentía atraído por el fuego que despedían sus ojos.

—Sí, pero yo soy mayor y más sabio que tú —repuso con más dulzura—. No pasa nada, le irá bien estar unos días en el campo; quizá podríamos ir también nosotros este fin de semana.

A Victoria no le entusiasmaba regresar a su antiguo hogar, pero siempre estaba dispuesta a visitar a su hermana. No obstante, si iban a Croton, no tenía sentido que Olivia se hubiera llevado a Geoff para dejarles solos.

—Mejor que vayamos otro fin de semana. Dejamos a Geoffrey aquí, y tú y yo visitamos a Olivia y mi padre.

—¿Dejar a Geoff? Jamás nos lo perdonaría. No te gusta estar con él, ¿verdad? —preguntó el abogado con expresión triste.

—No sé cómo tratarle —reconoció Victoria mientras encendía un cigarrillo. Le ponía nerviosa estar a solas con su esposo. Deseaba ver en él las mismas virtudes que percibía su hermana—. No estoy acostumbrada a los niños.

—Geoff es muy dócil y cariñoso —afirmó él. El niño merecía recibir el amor maternal que siempre le había dado Susan y que ahora Victoria le negaba. Tal vez se debía a que nunca había conocido a su madre; había sido Olivia quien se había ocupado de ella—. Ojalá os conocierais mejor.

—Eso mismo dice Olivia sobre nosotros.

—¿Le has explicado nuestros problemas? —preguntó con cierta irritación. Nunca le había gustado airear sus asuntos familiares. Además, hacía tiempo que sospechaba que entre las gemelas no existían secretos, lo que, dada la complejidad de su vida privada, no le resultaba del todo agradable—. ¿Por eso se ha llevado a Geoff, para que estuviéramos solos los dos?

—Sólo le he comentado que me cuesta habituarme al matrimonio.

Sin embargo, por la expresión de sus ojos Charles adivinó que se lo había contado todo a su hermana.

—Preferiría que no le hablaras de nuestra vida privada. No es muy delicado por tu parte.

Victoria asintió, y en ese instante la cocinera anunció que la cena estaba lista. Comieron en silencio, en un ambiente tenso y, cuando hubieron acabado, Charles se retiró a su estudio. Ya era tarde cuando entró en el dormitorio, donde Victoria leía una revista. Desde que regresaron de la luna de miel Charles trabajaba mucho y su aspecto era el de un hombre cansado y vulnerable. Contempló a su esposa, que parecía tan joven y dulce con el cabello negro sobre el camisón de encaje, que resaltaba sus generosos senos. Mientras la miraba sintió que se deshacía.

—Es tarde —comentó antes de enfundarse el pijama, que jamás había usado cuando vivía con Susan. Ahora en cambio siempre se lo ponía y procuraba mantener una distancia correcta respecto a su esposa. Habían intentado mantener relaciones algunas veces, pero sin éxito, pues Victoria parecía encontrar desagradable el contacto físico con él.

Cuando se hubo metido en la cama, ella dejó la revista y apagó la luz. Permanecieron un buen rato en silencio, con los ojos abiertos.

—¿No te resulta extraño estar aquí solos sin Geoff? —Le gustaba sentir que su hijo se hallaba cerca, pero también le agradaba estar a solas con ella.

Victoria no respondió. Por alguna razón comenzó a pensar en su hermana y en cuánto la extrañaba. Deseaba estar con ella, no con Charles. De haber sabido lo que le aguardaba, jamás se habría casado, habría dejado que su padre la enviara a un convento.

—¿En qué piensas? —susurró Charles.

—En la religión.

—Menuda mentira —repuso Charles con una sonrisa—. Debías de estar pensando en algo muy malo.

—Mucho —confirmó ella con tono inocente.

Charles le acarició la mejilla y deseó haber tenido un mejor inicio. Su matrimonio sólo les provocaba sufrimientos, sobre todo a Victoria, que no había logrado olvidar su pasado.

—Eres tan hermosa —musitó al tiempo que la atraía hacia sí. En ese instante ella se puso rígida—. No, Victoria, no, por favor… Confía en mí… no quiero hacerte daño.

Mientras la acariciaba, ella sólo pensaba en Toby… y en el tremendo dolor que experimentó la noche en que perdió al niño.

—Tú no me quieres —afirmó para su propia sorpresa.

—Deja que aprenda… Quizá si compartimos esto estaremos más unidos. —Sin embargo para Victoria las cosas eran distintas. Antes de hacer el amor, necesitaba sentirse unida a él—. Tenemos que empezar por algún lado… Hemos de confiar el uno en el otro… —Mentía. No confiaba en ninguna mujer, pues tenía demasiado miedo de que le abandonara. Eso fue lo que sintió el día en que Olivia se cayó del caballo; la vio tan frágil, tan vulnerable, y si hubiera muerto… No quería volver a sufrir la desaparición de un ser querido—. Deja que aprenda a amarte… —repitió, pero Victoria intuía que sólo deseaba su cuerpo y que dedicara su vida a amarle, honrarle y obedecerle, algo a lo que ella se negaba.

Esa noche le hizo el amor con toda la ternura que era capaz y, aunque no fue tan terrible como otras veces, la joven no albergó ilusiones sobre sus sentimientos hacia él ni sobre la existencia de un nuevo vínculo entre ellos. En realidad sus continuos intentos sólo contribuían a separarles aún más. Por su parte Charles se dio cuenta de que no existía nada entre ellos.

Victoria dedicó el tiempo que su hermana le había concedido para que estuviera a solas con su marido a asistir a conferencias e ir a la biblioteca. Por otro lado, Charles tenía demasiado trabajo, por lo que apenas se veían y, cuando lo hacían, no se dirigían la palabra; no estaban enfadados, sólo se mantenían distantes. Cuando Geoff llegó el domingo por la noche, Charles se sintió aliviado de volver a oír voces en la casa y tener a alguien con quien charlar.

Olivia le había enviado de vuelta con juguetes nuevos, un termo con chocolate caliente y una gran caja de galletas que habían preparado juntos. A Victoria se le encogió el corazón al ver que Geoff llevaba en el bolsillo un pañuelo que olía al perfume de su hermana. Presa de los celos, preguntó por qué no le había acompañado.

—Quería venir —respondió él, herido por su tono acusador—, pero el abuelo tiene tos y no deseaba dejarle solo. El médico dice que sólo es una bronquitis, no una pulmonía. Le preparamos mucha sopa y unos fantasmas.

—Cataplasmas —corrigió su padre con una sonrisa.

Victoria estaba muy decepcionada, pues sabía que, si su padre estaba enfermo, tardaría en volver a ver a su hermana.

De hecho la enfermedad de Edward se alargó, y Olivia no se atrevió a dejarle solo y tampoco a pedir a Victoria que les visitara. Las gemelas no se reunieron hasta el día de Acción de Gracias.

Henderson, que se había recuperado bastante, aunque estaba más pálido y delgado, se alegró sobremanera al ver a la familia Dawson. A Victoria no le gustaba utilizar el apellido de Charles, pues no comprendía por qué la mujer debía adoptar el de su marido al casarse.

Hizo un tiempo magnífico durante su estancia en Croton. Geoff montaba a caballo cada día con Olivia. Era un buen jinete y anunció a su padre que de mayor sería jugador de polo.

Durante la cena de Acción de Gracias todos estaban de buen humor, excepto Victoria, que parecía muy tensa. Había pasado la mayor parte de la mañana hablando con Bertie en la cocina, ya que su compañía la tranquilizaba. Añoraba su antiguo hogar, no quería dormir en la habitación de los invitados con Charles, sino con Olivia, pero Geoffrey había usurpado su lugar en la cama y se había convertido en el centro de atención. Cuando esa noche todos comentaron lo bien que se portaba el chiquillo, Victoria exclamó:

—¡Por Dios Santo! Dejad de babear por ese niño, tiene casi

once años, es lógico que sepa comportarse. —Un largo silencio siguió a sus palabras, y la joven se sintió avergonzada—. Lo lamento —se disculpó ante la mirada severa de su padre y la expresión triste de Charles.

Después de la cena se retiró y, tan pronto como tuvo oportunidad, Olivia fue en su busca. La encontró en su antiguo dormitorio, donde Geoff dormía acompañado del mono de peluche y el perro.

—Lo siento. —Victoria estaba muy avergonzada por su comportamiento—. No sé qué me pasa. Supongo que estoy harta de oír lo adorable que es.

A Olivia le sorprendió descubrir que estaba celosa.

—Deberías pedir disculpas a Charles —sugirió. Sentía lástima por ellos. Incluso Geoff le había comentado que su padre y ella discutían cada día.

—Lo haré. —Apoyó la cabeza contra el respaldo de la silla y suspiró—. Supongo que estamos condenados a vivir así; dos desconocidos que no tienen nada en común atrapados en una casa pequeña con un niño bastante insoportable.

—Menudo panorama. —Olivia sonrió al oírla. Estaba claro que exageraba.

—Sí, así es. No sé por qué seguimos juntos, y él tampoco.

Olivia no quería hablar más del tema y la animó a bajar al salón. Cuando entraron, Charles la miró a los ojos y sonrió, lo que turbó a la joven.

—¿Te encuentras mejor? —preguntó él.

—Ehh… sí. —Olivia no sabía qué decir, y Victoria se echó a reír.

—Está muy bien, yo soy la hermana mala con la que estás casado —dijo—. Quisiera disculparme por mi comportamiento.

El error del abogado ayudó a distender el ambiente, y Olivia se sonrojó al comprender lo que había ocurrido. Llevaba el mismo vestido y peinado que su hermana. Era muy fácil confundirlas.

A partir de esa noche, todos se mostraron de buen humor y pasaron un fin de semana placentero pero, cuando llegó el momento de regresar a Nueva York, Victoria estaba muy triste, pues no le apetecía marcharse.

Victoria y Charles se sentaron en los asientos delanteros del coche mientras que Geoff compartía el trasero con el equipaje, *Chip* y su mono *Henry*. Olivia los contempló en silencio y deseó que se quedaran en Croton para siempre.

—Pórtate bien, o me veré obligada a ir a la ciudad para reñirte —susurró a su gemela.

—Prométeme que lo harás. —Victoria sonrió con expresión apesadumbrada. Cada vez que se separaban, sentía que algo moría en su interior, y lo mismo le ocurría a Ollie.

Charles las contempló, consciente de que el vínculo que las unía y tanto le fascinaba jamás existiría entre él y su esposa, aunque vivieran cien años; se había establecido incluso antes de que nacieran, estaban hechas con el mismo molde y, por muy diferentes que fueran, para él eran casi la misma persona. No obstante, la mujer que regresó junto a él a Nueva York carecía de la dulzura de su hermana, era inteligente y atractiva, pero muy distinta de Olivia. Quizá representaban las dos caras de una misma moneda: cara, ganas; cruz, pierdes. Él había perdido, ya que la vida con Victoria nunca sería fácil.

—¿Cómo sé que llevo a la gemela correcta en el coche? —bromeó. Se sentía muy satisfecho de su visita a Croton, pues Olivia había cuidado todos los detalles. No cabía duda de que llevaba muy bien la casa.

—No lo sabes, ahí está la gracia —respondió Victoria con tono jocoso, y ambos se rieron.

Charles todavía se sentía ridículo por el error que había cometido durante la cena de Acción de Gracias. Siempre tenía miedo de confundirlas, por lo que vigilaba sus palabras. Se habría sentido como un idiota si hubiera dicho alguna indiscreción a Olivia, ya que no quería turbarla. Sin embargo, a Victoria le agradaba desconcertar a la gente y le explicó algunas travesuras que habían hecho de pequeñas en el colegio.

—No entiendo por qué te divierte tanto —la reprendió él—. Creo que es muy embarazoso. ¿Qué pasaría si alguien te dijera algo que no deseabas oír?

—Olivia y yo no tenemos secretos.

—Espero que no sea cierto. —Charles la miró, y Victoria se encogió de hombros.

En ese momento Geoff reclamó su atención y comenzó a hablar sobre su montura y la feria de caballos a que acudiría el verano siguiente con Olivia.

Las semanas pasaron volando con los preparativos de Navidad y las compras. Una noche Victoria asistió con su marido a una fiesta que ofrecían los Astor, que también habían invitado a Toby y su esposa. Procuró evitarlo por todos los medios, a pesar de sus intentos por acercarse. Al final la encontró fumando un cigarrillo sola en el jardín. Al verle la joven hizo ademán de alejarse, pero Toby la cogió del brazo y la atrajo hacia sí. Victoria se estremeció al sentir su contacto.

—Toby, por favor… no…

—Sólo quiero que hablemos… —Estaba más atractivo que nunca y era evidente que había bebido—. ¿Por qué te casaste con él? —preguntó con expresión herida.

Victoria sintió deseos de gritar y golpearle. Él era el culpable; si no hubiera aireado su relación, quizá todo habría sido diferente.

—No me dejaste otra opción —respondió con frialdad, aunque su presencia le provocaba emociones que no había experimentado en el último año.

—¿Qué significa eso? ¿Supongo que no estarías…? —Estaba perplejo. No había oído rumores de que hubiera tenido un hijo y sabía que se había casado varios meses después de que él la abandonara… Ahora se arrepentía de haberla dejado, pues había sido divertido… al menos para él.

—Dijiste a todos que yo te seduje —le recordó, todavía dolida.

—Sólo era una broma.

—De muy mal gusto —repuso Victoria antes de dirigirse hacia el salón.

Charles quedó sorprendido al ver que Toby entraba detrás de ella, pero no hizo ninguna pregunta a su mujer, no quería saber nada. Victoria tampoco tenía nada que contar, ella había sido la víctima y ahora no le quedaba más remedio que vivir con el daño que Toby había causado a su alma y su reputación.

Al día siguiente la joven recibió un ramo de flores. No llevaba tarjeta, pero adivinó quién las mandaba; dos docenas de rosas rojas, nadie más podía haberlas enviado. A pesar de los sentimientos que todavía albergaba por él, las arrojó a la basura. Más tarde, llegó a sus manos una nota firmada «T» en la que la invitaba a salir con él, pero Victoria no respondió. No deseaba reanudar su relación con él.

Como era habitual, Charles y Victoria llevaban vidas separadas y ninguno mencionó el encuentro de la joven con Toby. Pronto llegó el momento de partir hacia Croton para celebrar las fiestas de Navidad. El coche estaba lleno de regalos, y Victoria incluso había recordado comprar uno para Geoff, un juego muy complicado que, según la dependienta de la tienda, encantaría a un niño de diez años.

La pareja habló de la guerra durante la mayor parte del trayecto. Aparte del sufragio femenino, el conflicto en Europa se había convertido en el tema favorito de Victoria, que estaba muy informada al respecto, lo que sorprendía a Charles. En aquel momento el Frente Occidental, compuesto por franceses, británicos y belgas, se había afianzado a lo largo de seiscientos cincuenta kilómetros, desde el mar del Norte hasta los Alpes suizos.

—Nunca participaremos en esa contienda, que por otro lado nos resulta muy rentable —sentenció él. Estados Unidos vendía municiones y armas a cualquiera que estuviera dispuesto a comprarlas.

—Creo que es indignante. Más valdría que nos implicáramos en lugar de quedarnos en casa y fingir como hipócritas que tenemos las manos limpias.

—No seas tan ilusa. ¿Cómo crees que se amasan las grandes fortunas? ¿Qué supones que se fabricaba en las acerías de tu padre?

—Me enferma pensar en ello —dijo mirando por la ventana. Los hombres que luchaban pasarían la Navidad en las trincheras mientras ellos celebraban las fiestas. Le parecía muy injusto, pero nadie parecía entenderla—. Gracias a Dios que la vendió —añadió. Le entristecía que Charles no compartiera su opinión sobre la guerra. Era una persona mucho más práctica, con los pies en la tierra, que se preocupaba por su trabajo y por Geoffrey.

Al llegar a Croton se enteraron de que Henderson había enfermado de nuevo. El resfriado que había contraído dos semanas atrás había derivado en una pulmonía. Estaba muy débil y delgado, y sólo salió de su habitación la mañana del día de Navidad para la entrega de los regalos. Había comprado dos collares de diamantes idénticos para sus hijas, que se mostraron encantadas al verlos. Ya que llevaban el mismo vestido y el mismo collar, Charles tenía miedo de equivocarse al entregar los obsequios, pero logró acertar por casualidad: un precioso corpiño y unos pendientes para su esposa, y una bufanda y un libro de poesía para Olivia, que se asombró al descubrir que el tomo había pertenecido a Susan.

—¿Por qué te lo habrá dado? —Victoria estaba desconcertada.

—Quizá le resultaba doloroso guardarlo. Además, a ti no te gusta la poesía —respondió al tiempo que trataba de disimular su turbación. Charles había escrito una dedicatoria preciosa.

Con todo, el momento culminante llegó cuando Olivia entregó a Geoffrey dos pistolas pequeñas, un cañón antiguo y un ejército completo compuesto de soldaditos franceses, alemanes, británicos y australianos. Hacía meses que los había encargado, y el niño no daba crédito a sus ojos. Para sorpresa de todos Victoria montó en cólera.

—¿Cómo puedes regalarle algo tan repugnante? —exclamó—. ¿Por qué no los cubres de sangre? Sería más realista. —Estaba muy irritada, porque además Geoffrey había afirmado que el juego que había elegido para él era demasiado complicado y aburrido.

—No se me ocurrió que te opondrías —dijo Olivia alicaída—. Sólo son juguetes, Victoria, y le gustan.

—En Europa hay miles de hombres que mueren en las trincheras, y eso no es un juego. Están lejos de sus seres queridos… y tú los conviertes en juguetes. Es indignante. —Tras estas palabras se retiró con lágrimas en los ojos, y Geoffrey preguntó a su padre si tendría que devolver el regalo a la tía Ollie.

Al cabo de un rato Charles acompañó a Victoria a la tumba de su madre.

—No tendrías que haberte disgustado tanto —dijo mientras caminaban—. Tu hermana no pretendía ofenderte. Creo que no entiende la intensidad de tus sentimientos al respecto. —De hecho él tampoco.

—No puedo seguir así. No estoy hecha para el matrimonio, Charles, todo el mundo es consciente, menos tú. Hasta Geoff se ha dado cuenta. —No sólo le dolía lo del regalo, sino también el libro que su esposo había entregado a Olivia. No estaba celosa, pero tenía la impresión de que se encontraba en el lugar equivocado—. Cometí un error al aceptar casarme, tendría que haber dejado que mi padre me enviara lejos y se olvidara de mí. No soporto esta situación. —Victoria rompió a llorar.

Charles la contempló con tristeza. En ese momento decidió preguntarle sobre lo que le preocupaba desde la fiesta de los Astor.

—¿Has vuelto a verle? ¿Es eso?

A Victoria le extrañó que se hubiera enterado de que Toby se había puesto en contacto con ella. Pensó que quizá todo sería más sencillo si hubiera vuelto con él, pero ya no le apetecía.

—No. ¿Acaso sospechas que te engaño? Ojalá fuera así; por lo menos mi vida sería más divertida. —Se arrepintió de sus palabras tan pronto como las hubo pronunciado.

Charles permaneció en silencio junto a ella. Al cabo de unos minutos habló por fin.

—No sé qué decir. —Lamentaba haber mencionado a Toby, pero la cocinera le había comentado lo del ramo de flores en la basura. Sus sospechas habían sido infundadas, pero eso no cambiaba la situación.

—¿Quieres dejarme? —inquirió Victoria.

Charles le rodeó los hombros con el brazo.

—Claro que no, deseo que te quedes. Conseguiremos que lo nuestro funcione. Sólo llevamos juntos seis meses, y dicen que el primer año es el peor. —Sin embargo no había sido así con Susan; su primer año fue idílico—. Yo intentaré ser más razonable, y tú, más paciente. ¿Qué quieres hacer con el pequeño ejército de Geoffrey? No creo que le apetezca renunciar a él, pero si quieres trataré de convencerle.

—No, me odiaría aún más. El juego que le he comprado es tan estúpido… No sé qué le gusta. La dependienta aseguró que le encantaría.

Continuaron charlando un rato más y regresaron a la casa. Esa misma tarde Victoria fue en busca de su hermana. La encontró con Bertie, doblando las sábanas.

—Siento haber elegido ese regalo —se disculpó Olivia mientras el ama de llaves se marchaba—. No sabía que te disgustaría tanto.

Las dos llevaban el mismo vestido verde con pendientes de esmeraldas a juego. Se sentían felices de estar juntas de nuevo e intercambiaron una sonrisa cargada de significado.

—No te preocupes. He reaccionado como una estúpida. Me interesa demasiado lo que ocurre en Europa y a veces olvido que nuestro país no participa en esa guerra. Me alegro de que papá vendiera la acería, porque de lo contrario acabaría en una manifestación delante de sus puertas y me arrestarían. —Las gemelas rieron. Olivia adivinó que su hermana quería pedirle algo. No tardó en ver confirmadas sus sospechas—. Tienes que librarme de todo esto, al menos por un tiempo —susurró Victoria—, antes de que me vuelva loca. No puedo aguantarlo más.

Olivia la miró con preocupación, pues barruntaba sus intenciones.

—¿Quieres que diga que no antes de que me lo pidas, o dejo que me lo preguntes?

—Olivia, por favor… hazte pasar por mí… sólo por un tiempo… Necesito estar sola para pensar… Por favor… ya no sé lo que hago.

Su hermana era consciente de su dolor, pero lo que le proponía no era la solución. Victoria debía enfrentarse a la realidad. Charles era un buen hombre. Tenía que adaptarse a su nueva vida, pues huir no le serviría de nada.

—Tienes razón —repuso—, no sabes lo que haces. Lo que sugieres es un disparate. ¿Qué sucedería si llegara a enterarse? ¿Qué haría yo entonces? No puedo fingir que soy su mujer, lo adivinaría en cinco minutos. Además, no está bien, Victoria.

—Tampoco estaba bien cuando lo hacíamos en el colegio, cuando mentías por mí… Lo hemos hecho miles de veces. Te prometo que nunca se enterará… No consigue diferenciarnos, tú lo sabes.

—Al final lo notaría, o por lo menos Geoff se daría cuenta. No deseo hablar más del tema, me niego a hacer algo así, ¿me oyes? —Olivia no estaba enfadada, pero quería que su hermana entrara en razón.

Sin pronunciar palabra, Victoria se levantó y se alejó despacio.

18

No volvieron a hablar del tema durante el resto de la estancia de Victoria en Croton. Olivia tenía intención de visitarla al cabo de unas semanas, pero el estado de salud de su padre empeoró y tardó en recuperarse. Después ella contrajo una fuerte gripe, de modo que hasta finales de febrero no pudo viajar a Nueva York. Entonces descubrió que nada había cambiado. Victoria se enfadaba por cualquier cosa, y Charles se mostraba huraño. Al día siguiente de su llegada Geoff comenzó a tener fiebre.

Victoria estaba ausente cuando Olivia lo notó. A última hora de la mañana el niño casi deliraba, por lo que avisó al médico y a Charles, que acudió de inmediato.

—¿Dónde está? —preguntó refiriéndose a Victoria. Olivia tuvo que reconocer que no lo sabía.

El cuerpo de Geoffrey pronto se llenó de granos, y el doctor diagnosticó que se trataba de un caso grave de sarampión.

Victoria regresó a las siete de la tarde. Había asistido en el consulado británico a una conferencia sobre los submarinos alemanes que bloqueaban las costas de Inglaterra, a la que siguió un té en el que había charlado largo rato con varios invitados. Ni siquiera se le ocurrió llamar a Charles para advertirle de que se retrasaría. Cuando llegó, Olivia humedecía la frente de Geoffrey con una esponja.

—¿Qué le pasa? —susurró al verle.

—Tiene el sarampión; está muy enfermo. Estaba pensando en llamar a Bertie, porque el niño tardará unas semanas en reponerse. ¿Quieres que me quede? —preguntó, aunque ya conocía la respuesta.

—Dios mío… sí, por favor… ¿Cómo está Charles? —Quería saber si se había enfadado.

—Me parece que está preocupado por ti. —Era una forma agradable de decir que estaba furioso.

Victoria bajó al salón para reunirse con él.

—¿Dónde has estado? —preguntó su esposo con irritación tan pronto como la vio.

—En el consulado británico; pronunciaban una conferencia sobre submarinos alemanes.

—Increíble, mi hijo con una fiebre altísima, y tú estás en una conferencia sobre submarinos. Fantástico.

—No tengo telepatía, Charles, no sabía que se pondría enfermo hoy —repuso con mayor tranquilidad de la que sentía.

—¡Se supone que tienes que estar aquí para cuidar de él! —exclamó Charles—. ¿Crees que es lógico que tenga que dejar el trabajo porque nadie sabe dónde está su madre?

—Su madre está muerta, Charles; yo soy sólo una sustituta —replicó con frialdad.

—Y no muy buena, la verdad. Olivia se preocupa más por él que tú.

—Tendrías que haberte casado con ella. Seguro que sería mejor esposa para ti.

—Tu padre me ofreció a ti, no a ella —le recordó con tristeza. Se odiaba por decirle todas esas cosas, pero su relación se deterioraba cada vez más. Ya no sabían qué hacer, no había solución alguna, tendrían que seguir juntos hasta la muerte. Victoria le había planteado la posibilidad de divorciarse, pero era algo impensable para él.

—Quizá si hablas con mi padre acepte cambiarme por ella, como un par de zapatos. ¿Por qué no se lo pides? —inquirió la joven, que se sentía tan atrapada como él.

El hecho de que ya no tuvieran ninguna clase de relación física demostraba que lo poco que había habido entre ellos ya no existía. El último intento fue en enero y ambos juraron para sí no repetirlo; la experiencia les resultaba demasiado dura y dolorosa, era un reflejo de todos sus problemas. Charles estaba decidido a no volver a tocarla jamás, aun cuando eso significara guardar abstinencia durante el resto de su vida. No valía la pena.

—Tus comentarios no tienen ninguna gracia —replicó—, y tu actitud tampoco. Espero verte aquí cada día con nuestro hijo… mi hijo, si prefieres… Debes cuidar de él hasta que se recupere. ¿Te ha quedado claro?

—Sí, señor —respondió Victoria con una reverencia. Acto seguido añadió con tono más serio—: ¿Te importa si mi hermana se queda para ayudarme?

—Para cuidar de Geoff, querrás decir —corrigió con sarcasmo. Era consciente de que su esposa no sabía cómo atender a un niño enfermo—. Me da igual quién se ocupa de él. De todos modos no os distingo…

—Muy bien —repuso ella antes de salir para reunirse con su hermana. Deseaba dormir con ella esa noche, pero sabía que si lo hacía Charles se enfurecería todavía más. Aunque no tenía intención de tocarla, no quería que nadie más estuviera al tanto de su vida privada, y mucho menos Olivia.

—¿Cómo está? —preguntó ésta al verla.

—No muy contento.

A Victoria le reconfortaba su compañía, tener cerca a alguien con quien hablar y en quien confiar, aunque le resultaba embarazoso admitir que su matrimonio era un desastre. De todos modos Olivia intuía que algo iba mal después de oír los gritos de Charles.

Pasaron juntas casi un mes en la pequeña casa del East River. Geoff estuvo enfermo tres semanas, y Olivia jamás se apartó de su lado. Charles agradecía los cuidados que dedicaba a su hijo, y le aliviaba saber que Victoria también se había ocupado del pequeño, pues la había visto sentada algunas veces junto a su cama. Sin embargo estaba equivocado, siempre era Olivia quien atendía a Geoffrey, pero algunas veces había fingido ser su hermana; era el único aspecto en que estaba dispuesta a engañarle. Por otro lado, advertía que la relación de la pareja no iba bien, pero seguía convencida de que con el tiempo resolverían sus problemas, aun cuando nunca tuvieran hijos, algo a lo que se había resignado después de que Victoria le explicara que no existía ni la más mínima posibilidad.

Su hermana no había comentado que su esposo la había acusado de reanudar su relación con Toby. A Charles le costaba creer que, después de haberse entregado a él sin ningún recato, fuera ahora capaz de vivir como una monja, sobre todo porque apenas paraba en casa. No obstante, las actividades de Victoria eran del todo inocentes, pero consideraba que no tenía por qué darle explicaciones. Últimamente había conocido a un general en la embajada francesa y varios coroneles en el Club Británico que habían insistido en la necesidad de que se prestara ayuda a los países que estaban en guerra.

Cuando a finales de marzo Olivia regresó a Croton, estaba exhausta. Vivir en esa casa tan pequeña le había crispado los nervios, y cuidar a Geoffrey le había resultado agotador. Era un alivio disfrutar del aire libre y montar a caballo. Por mucho que quisiera a su hermana y su familia, le confortaba pensar que no les vería hasta Semana Santa.

Cuando en Pascua llegaron los Dawson, los ánimos estaban más calmados. Después de diez meses batallando, Victoria y Charles estaban rendidos y Geoff todavía estaba débil a consecuencia de su enfermedad, pero gracias a los cuidados que le prodigó Olivia se recuperó totalmente; dos de sus compañeras del colegio habían fallecido en la epidemia.

Una tarde, Charles y Olivia salieron a pasear por la orilla del río Hudson. Él le agradeció todos sus esfuerzos, y permanecieron un buen rato en silencio. La joven intuía la pena que le embargaba y lo comprendía; había estado enamorado una vez y se había conformado con menos en un momento de inconsciencia; a pesar de decir que lo hacía por su hijo, lo único que había pretendido era protegerse de un dolor futuro. Charles la miró unos instantes sin decir nada y luego se encaminaron hacia la casa. Olivia le puso una mano en el brazo, pero al advertir que se compadecía de él el abogado se alejó de su lado. Era doloroso sentir tanto cariño por su cuñada, no quería que le recordara lo que faltaba en su matrimonio.

Olivia empezaba a pensar que su hermana se había resignado por fin a su destino cuando el día antes de partir entró en su antiguo dormitorio y la miró de hito en hito.

—Tengo que hablar contigo.

Por un momento Olivia esperó que le anunciara que estaba embarazada, pues sería la solución a sus problemas, el vínculo la uniría a Charles para siempre. No estaba preparada para las palabras que oyó.

—Me voy.

—¿Qué?

—Ya me has oído. Lo tengo decidido. No aguanto ni un minuto más.

—No puedes hacerles eso. ¿Cómo puedes ser tan egoísta? —Olivia no pensaba en lo mucho que extrañaría a su hermana, si no en lo doloroso que sería para Charles y Geoffrey.

—Me moriré si me quedo, de verdad. —Victoria, que caminaba con nerviosismo de un lado a otro de la habitación, se detuvo de pronto y agregó—: Hazte pasar por mí, por favor. Yo me marcharé de todas maneras, pero al menos de esta forma tú estarás con ellos, si es que tanto te preocupan.

—¿Adónde piensas ir? —inquirió Olivia con consternación.

—A Europa, a Francia, creo. Trabajaré en el frente conduciendo ambulancias.

—Apenas sabes francés… recuerda que yo hice todos los exámenes por ti…

—Ya aprenderé. Ollie… no llores… Hazme este favor, te lo ruego… Tres meses, es todo lo que necesito. Zarparé dentro de tres semanas y regresaré a finales del verano. Escucha, he pasado la vida leyendo, asistiendo a conferencias, defendiendo aquello en lo que creo, pero siempre me he mantenido al margen de todo, nunca he hecho nada importante. Nunca he hecho nada por nadie… no como tú… que te entregas a los demás… —Victoria hablaba con tal determinación que Olivia sintió miedo.

—Quédate aquí conmigo, me ayudarás a replantar el jardín… Victoria… no te vayas, por favor… ¿y si te ocurre algo? —No soportaba la idea de perder a su hermana para siempre.

—No me pasará nada, te lo juro —afirmó Victoria al tiempo que la abrazaba—. Debes comprenderlo, no puedo seguir viviendo así. No estamos hechos el uno para el otro. Tal vez nos convenga estar separados por algún tiempo; quizá cuando vuelva las cosas cambien…

—¿Por qué no se lo explicas? —preguntó Olivia después de sonarse la nariz—. Es un hombre inteligente, quizá lo comprenda.

—Nunca me dejaría marchar.

—Si yo ocupo tu lugar pensarán que soy yo quien se ha ido.

—Diremos que has decidido pasar unos meses en California, que la vida te resulta muy dura sin mí.

—Todos pensarán que soy un monstruo por dejar a papá —afirmó al tiempo que meneaba la cabeza. No se veía capaz de hacerlo.

—Creo que papá lo comprenderá —repuso Victoria, que comenzaba a albergar la esperanza de que Olivia aceptara.

Sin embargo ésta la miró y negó con la cabeza; se había dado cuenta de lo que supondría ceder a los deseos de su hermana y no estaba dispuesta a pasar por eso. Victoria adivinó sus pensamientos y dijo:

—No te preocupes, no te tocará. Hace meses que no hay nada entre nosotros, y nunca lo habrá, no queremos.

La revelación asombró a Olivia, que preguntó:

—¿Por qué? —Charles era tan vital y cariñoso. Además era todavía muy joven. No lo comprendía, por lo que sospechó que se trataba de una imposición de su hermana.

—No lo sé —contestó Victoria con expresión meditabunda—. Hay demasiados fantasmas… Susan… Toby… El caso es que algo no funciona entre nosotros; supongo que es porque no nos queremos.

—No me lo creo.

—Es cierto, jamás nos hemos amado.

—¿Y cuando regreses? ¿Qué habrá cambiado entonces?

—Quizá entonces tenga valor para dejarle.

—¿Y si me niego a ocupar tu lugar?

—Le dejaré de todos modos, sin decirle adónde voy, porque no quiero que me encuentre, y regresaré cuando me sienta preparada. Te escribiré a la casa de la Quinta Avenida; podrás recoger las cartas allí sin que nadie se entere.

Olivia comprendió que lo tenía todo planeado. El gran obstáculo era su padre, tenía miedo de que la marcha de Victoria le partiera el corazón. Sin embargo el vínculo que las unía era más fuerte, siempre se dejaba arrastrar por su hermana, pero lo que proponía era una locura, no podía tomar su lugar, a su marido y a su hijo. De pronto pensó en Geoffrey.

—El niño lo notará. Es el único al que no podemos engañar, aparte de Bertie.

—No es tan difícil. Sólo tienes que comportarte como yo. No seas tan buena con él —dijo Victoria con una sonrisa.

—¿No te avergüenza decir una cosa así?

—No, porque soy muy mala… De acuerdo, me portaré mejor con él y Charles en las próximas semanas; así no advertirán la diferencia cuando ocupes mi lugar. Hasta dejaré de fumar… ¡Qué horror! —Sonrió—. Y sólo beberé una copita de jerez de vez en cuando, y únicamente si Charles me la ofrece.

—Menudo sacrificio —replicó Olivia con sarcasmo—. ¿Qué te hace pensar que aceptaré tu propuesta?

—¿Lo harás? —Victoria contuvo el aliento.

—No lo sé.

—¿Lo pensarás?

—Quizá. —Era una oportunidad de estar con ellos y, más importante todavía, de evitar que Victoria destruyera su matrimonio por completo. Si adoptaba su identidad, Charles nunca se enteraría de que su mujer se había ido y después, cuando regresara, Victoria recuperaría el puesto que le correspondía. Si no accedía, su hermana se marcharía igualmente sin pensar en nada ni en nadie. Impedir el desastre era quizá incluso más importante que cuidar de su padre. Además, estaría cerca, en Nueva York, y viajaría a Croton siempre que la necesitara.

—¿Lo harás? —Victoria leía sus pensamientos—. Papá estará bien, y tú no irás muy lejos.

—No, pero él pensará que he huido sin preocuparme por cómo está.

—Quizá se lo merezca. Sólo desea mantenerte a su lado para que cuides de él, por lo que es muy difícil que encuentres un marido.

Olivia se echó a reír por el modo en que su hermana planteaba la situación, pero sabía que tenía razón.

—No quiero un marido, muchas gracias. Ya estoy bien así. —No obstante, hubo un tiempo en que le hubiera encantado estar con Charles. Nunca sabría si lo suyo habría funcionado, porque aunque decidiera ocupar el lugar de Victoria, sólo sería por una temporada corta, y con el único propósito de ayudar a la pareja, no por gusto, se dijo para convencerse de la honradez de sus intenciones, pues la idea le parecía de repente muy atractiva.

—Puedes quedarte con mi marido todo el tiempo que quieras, tres meses o para siempre —repuso con tono jocoso Victoria, que no había olvidado que Olivia había sentido cierta atracción por Charles en el pasado. No obstante era consciente de que jamás intentaría robarle a su esposo, pues era demasiado honrada y fiel. Además, su hermana no había vuelto a pensar en él desde un punto de vista amoroso después de su matrimonio y en verdad les deseaba toda la felicidad del mundo.

—Scrá mejor que vuelvas al final del verano. De lo contrario explicaré la verdad a todos y yo misma iré a buscarte.

—Entonces ¿aceptas? —inquirió Victoria con asombro.

—Sólo si prometes volver convertida en una esposa y madre ejemplar.

La sonrisa de Victoria se desvaneció al instante.

—No puedo prometerte eso porque no sé qué ocurrirá después. Quizá no quiera saber nada más de mí.

—Entonces hay que procurar que no se entere de tu marcha. ¿Cuándo zarpas?

—El 1 de mayo.

Quedaban tres semanas para preparar a su padre y organizarlo todo antes de suplantar a Victoria. Se contemplaron largo rato en silencio. Olivia asintió, su hermana brincó de alegría y se abrazaron. Durante los siguientes minutos lo planearon todo con sumo cuidado. Olivia se preguntaba en qué embrollo se había metido, estaba segura de que en las próximas tres semanas le asaltarían dudas de toda índole, pero Victoria jamás le permitiría echarse atrás.

Descendieron por la escalera cogidas del brazo. Geoff estaba en el vestíbulo jugando con el cañón, y de manera instintiva ambas supieron cuál sería el siguiente paso. Victoria introdujo la mano en que lucía su alianza de boda en el bolsillo y sonrió con dulzura.

—Parece un juego muy interesante —observó mientras acariciaba la cabeza del niño—. ¿Por qué no te sientas un rato y tomas un poco de limonada y unas galletas?

Geoffrey le dedicó una sonrisa adorable y, acto seguido, disparó el cañón, cuyo proyectil abatió a doce soldados. Olivia le miró con el entrecejo fruncido.

—No deberías jugar con eso —dijo con frialdad.

Geoffrey masculló una disculpa.

—Lo siento, Victoria, papá me ha dicho que podía estar aquí… —Después guiñó el ojo a la mujer que creía era su tía Ollie.

Olivia no daba crédito a lo que veía, era la primera vez que lograban engañarle.

—Todo saldrá bien —le susurró Victoria mientras servía un vaso de limonada a Geoffrey.

19

Para Olivia lo más difícil era anunciar a su padre que deseaba marcharse. Hacía meses que Edward no se sentía tan bien, incluso había planeado visitar a Victoria, pero Olivia le disuadió recordándole que la joven y Geoff viajarían a Croton en junio para estar un mes con ellos.

Ese verano Charles tenía previsto alquilar una casa junto al mar, en Newport, donde Geoff y Victoria pasarían los meses de julio y agosto. Había invitado a Olivia, ignorante de que ésta se quedaría una buena temporada con ellos. Cuando regresaran de las vacaciones, la verdadera Victoria ya habría vuelto de Europa, o al menos eso esperaba Olivia, que ya había sacado su pasaporte para dárselo a su hermana.

—¿Cómo crees que les va todo? —inquirió su padre un día para sorpresa de Olivia, que reflexionaba sobre el contenido de la carta en que le comunicaría que se había ido a California—. Victoria me preocupa a veces. Charles es un buen hombre, pero tengo la impresión de que ella no es feliz a su lado.

A la joven le asombró la observación de su padre.

—No lo creo. —En vista de lo que planeaban hacer, era más seguro negar la evidencia—. Me parece que se han adaptado bastante bien. Él quería mucho a su esposa, por lo que debe de haberle resultado muy difícil…

—Espero que tengas razón. La última vez que estuvo aquí la noté muy nerviosa e intranquila.

Olivia se estremeció al pensar que dentro de unos días causaría tanto daño a su padre, que aún la sorprendió más cuando agregó:

—Y tú, hija, ¿no te sientes muy sola aquí conmigo, sin tu hermana?

—A veces la echo muchísimo de menos… —respondió con la voz ronca por la emoción—, pero yo te quiero, papá… Pase lo que pase… siempre te querré.

Henderson detectó en sus ojos un brillo extraño que ya había visto antes, pero pensó que era mejor no decir nada.

—Eres una buena chica —afirmó mientras le acariciaba la mano—. Yo también te quiero mucho.

Esa noche Olivia redactó la carta para su padre. Se la llevaría consigo a Nueva York y la traería de vuelta cuando Victoria hubiera zarpado. Finalmente escribió que, tal como él había adivinado, la vida sin su hermana le resultaba muy difícil y debía hallar el camino para encontrarse a sí misma. Con este fin, había decidido marcharse unos meses para visitar a unos amigos y realizar un retiro espiritual. No era muy coherente, pero no sabía qué decir. Le aseguró que volvería a escribirle y que regresaría al final del verano.

Añadió que le quería mucho y que no se marchaba por su culpa, sino porque necesitaba pasar un tiempo sola. A su regreso se sentiría mejor y más fuerte, y se dedicaría a él en cuerpo y alma. Mientras escribía, las lágrimas caían sobre el papel. A continuación redactó una nota para Geoff y otra más breve para Bertie que rezaba: «Volveré pronto. Cuida de papá. Te quiero. Ollie.» Era suficiente.

Ya en la cama, reflexionó sobre lo que iba a hacer. Victoria estaba loca, no cabía duda, pero ella estaba más loca aún por haber accedido a sus deseos. Sólo esperaba que la salud de su padre no se resintiera y que Charles no descubriera lo sucedido y se divorciara de su hermana.

Al día siguiente decidió llamar a Victoria para convencerla de que no debían seguir adelante, pero la conocía lo suficiente para saber que moriría antes de ceder.

Cuando se disponía a partir hacia Nueva York, se despidió de su padre con un beso en la mejilla y un fuerte abrazo, y por un instante deseó quedarse con él para siempre.

—Diviértete y compra cosas bonitas para ti y tu hermana —dijo Edward.

—Te quiero, papá —susurró Olivia.

Durante el trayecto en coche la joven apenas habló, algo impropio de ella, y hasta Donovan hizo algún comentario al respecto. Todo cobraría sentido después: Olivia se sentía culpable por irse a California. Nadie pensaría que seguía en Nueva York, viviendo con Charles Dawson, fingiendo ser su hermana. Nadie imaginaría nunca un engaño semejante.

Llegó a la casa a las tres, antes de que Geoff regresara del colegio. Victoria la esperaba. Se mostraba fría y tranquila, pero Olivia adivinó que estaba inquieta. Al día siguiente zarparía hacia Europa. Olivia le entregó su pasaporte. Era evidente que la fotografía no representaría ningún problema. Luego Victoria le dio las llaves, le dijo cómo se llamaban los sirvientes y le explicó otras cosas que debía saber, como el nombre de la secretaria de Charles o de la profesora de Geoff. Todo era muy simple, parecía que no sería difícil meterse en la piel de su hermana, pero cuando Geoff llegó del colegio estaba muy nerviosa.

—¿Te sucede algo, tía Ollie? ¿Está enfermo el abuelo? —inquirió el niño con preocupación.

—No, está mejor que nunca.

Debería tener cuidado con él en los próximos días para que no la descubriera, pensó mientras observaba que Victoria se mostraba más cariñosa con él para preparar el cambio. Eso no hacía más que demostrar que su hermana también podía llevarse bien con el muchacho, y así se lo dijo cuando Geoff subió a su habitación para hacer los deberes.

—¿Lo ves? Tú también puedes mantener una buena relación con él.

—Sólo cuando finjo ser tú; el resto del tiempo ni siquiera pienso en él.

—Pues tendrás que empezar a hacerlo cuando regreses —puntualizó Olivia, que estaba convencida de que ese breve interludio mejoraría el matrimonio de Victoria; su hermana añoraría a Charles, ansiaría volver a su lado, estaría feliz de ocupar su lugar en la familia, querría tener un hijo como Geoffrey; ella retornaría a Croton con su padre, y todos vivirían felices. Imaginaba un futuro de color de rosa para todos ellos.

Sin embargo, cuando Charles llegó a casa y Victoria la instó a representar su papel, se sintió nerviosa. Se mostró fría con él, lo que no pareció sorprenderle en absoluto. Le preguntó qué tal le había ido el día y le comentó una noticia que había leído en el periódico de la mañana. Unos minutos más tarde él se retiró a su estudio, ignorante de que en los últimos diez minutos no había estado conversando con su mujer, sino con su hermana.

—¿Has visto qué fácil es? —exclamó Victoria con tono triunfal.

Esa noche Olivia durmió con Geoffrey y aprovechó la ocasión para prodigarle todo su cariño. A partir del día siguiente, cuando adoptara la personalidad de Victoria, tendría que mostrarse más distante con él, aunque quizá con el tiempo pudiera tratarle con más afecto. Le preocupaba su reacción cuando se enterara de que se había marchado a California sin previo aviso. Intentó decirle algo a la mañana siguiente. Era sábado, y el niño había quedado en visitar a un amigo. Mientras le ayudaba a vestirse, Olivia le miró con los ojos llenos de lágrimas.

—Te quiero mucho, mucho —afirmó—. Incluso si me fuera un tiempo, volvería… —Le costaba pronunciar las palabras—. Nunca te abandonaré.

—¿Te vas a alguna parte? —preguntó Geoffrey. Al mirarla, advirtió que tenía los ojos enrojecidos—. ¿Estás llorando, tía Ollie?

—No, estoy resfriada. Quiero que sepas que te quiero mucho.

Al cabo de unos minutos todos se sentaron a la mesa para desayunar. Victoria parecía feliz, reía y hacía comentarios relativos a la guerra. Incluso dio un beso de despedida a Geoffrey cuando éste se marchó, un gesto poco habitual en ella. Se había esforzado mucho en las últimas semanas y ahora estaba tan contenta por perderlos de vista durante tres meses que casi gritó de alegría. Además, después de varios días de contenerse en su presencia, esa tarde podría fumar de nuevo.

Cuando Charles se despidió antes de ir a la oficina, como a menudo hacía los sábados, se mostró más fría.

—No os metáis en ningún lío —dijo él con buen humor.

Victoria se había sentido preocupada al saber que el barco zarpaba el sábado, pues todo habría resultado más difícil si su esposo se hubiera quedado en casa; aun así hubiera encontrado la manera de marcharse.

—Que te diviertas —dijo Victoria con tono sarcástico.

Cuando Charles se hubo marchado, las gemelas subieron al dormitorio, cerraron la puerta, y Victoria entregó a su hermana su alianza de matrimonio y el anillo de compromiso que había pertenecido a la madre de su marido. A continuación echó un vistazo alrededor y concluyó:

—Bien, supongo que esto es todo.

—¿Tan fácil? ¿Ya está? —preguntó Olivia con expresión apagada.

Victoria asintió. No podía ocultar su felicidad. Le entristecía separarse de su hermana, por supuesto, pero le aliviaba dejar atrás su vida en Nueva York con Charles. De haber sabido once meses antes cómo iría su matrimonio, jamás se habría casado, por mucho que su padre hubiera intentado obligarla.

—Cuídate —dijo a Olivia—. Te quiero —añadió al tiempo que la abrazaba.

—Ten cuidado. Si te pasara algo... —Se le quebró la voz.

—No me pasará nada. Durante estos tres meses me dedicaré a preparar vendajes y servir café, y me mantendré bien alejada del frente.

—Un panorama alentador. No entiendo por qué lo haces. —Le parecía mentira que renunciara a una casa cómoda y la compañía de Charles y Geoffrey. Aquello sólo tenía sentido para Victoria, que estaba dispuesta a arriesgar su vida con tal de hacer algo que consideraba importante y útil.

—Alguien tiene que echar una mano —afirmó Victoria mientras se ponía un sencillo vestido negro. Después subió al desván para buscar la maleta y por último sacó un sombrero oscuro con un velo.

—¿Vas a ponértelo? —preguntó Oliva con perplejidad.

—En el barco habrá fotógrafos, he oído decir que incluso es más bonito que el *Aquitania*. —Y ese viaje sería mejor que su luna de miel, puesto que la llevaría a la libertad. Había reservado un camarote más sencillo que el que había compartido con Charles y retirado parte del dinero que su padre le entregó al casarse, aunque suponía que no lo necesitaría cuando trabajara detrás de las trincheras. Había empaquetado ropa de abrigo y algunos vestidos para el barco. Su intención era permanecer en el camarote durante la mayor parte de la travesía a fin de evitar que alguien la reconociera.

—Has pensado en todo —comentó Olivia con tristeza.

Minutos después tomaron un taxi que las dejó en el muelle. Una muchedumbre se había congregado alrededor del barco. Sonaba la música, la gente reía y despedía a los amigos, se abrían botellas de champán para los pasajeros de primera clase. La viuda que ocultaba su rostro detrás de un velo negro subió por la pasarela con paso presuroso seguida de su hermana. No les costó encontrar el camarote, donde el mozo ya había depositado el equipaje.

Permanecieron de pie, mirándose. No quedaba nada que decir, no necesitaban palabras. Victoria había puesto su vida en manos de su hermana para irse a la guerra. Confiaba en ella, sabía que se ocuparía de todo durante su ausencia. Olivia resistió la tentación de suplicarle que no se marchara, pues era inútil.

—Me enteraré de todo lo que hagas. Lo sentiré aquí —dijo al tiempo que se señalaba el estómago—. Así pues, no me vuelvas loca de preocupación, por favor.

—Lo intentaré. —Era cierto que siempre había existido una extraña telepatía entre ellas—. Al menos tengo la seguridad de que tú estarás a salvo con Charles. No te olvides de pelearte todo el día con él; si no, me echará de menos —bromeó Victoria.

—Prométeme que regresarás sana y salva.

—Lo prometo —dijo con solemnidad.

En ese instante sonó la sirena y se anunció que los visitantes debían abandonar el barco. Olivia notó que se le aceleraba el corazón.

—No puedo dejarte marchar.

—Sí puedes. Ya estuvimos separadas durante mi luna de miel.

Olivia asintió, y Victoria la acompañó a la pasarela con el ridículo sombrero negro en la cabeza. Su hermana sonrió al verla así.

—Te quiero, tonta. No sé por qué te permito hacer algo así.

—Porque sabes que tengo que hacerlo. —Era cierto. Olivia sabía que su hermana se hubiera ido de todos modos.

Se abrazaron una última vez, más fuerte que antes.

—Te quiero —repitió Olivia entre sollozos.

—Te quiero… Gracias, Ollie, por devolverme mi vida —dijo Victoria con lágrimas en los ojos.

Olivia la besó antes de susurrar:

—Que Dios te bendiga. —A continuación se alejó despacio y dejó a su hermana en el *Lusitania*.

20

Olivia estaba aturdida. Sin saber qué hacer, se paseaba por la casa pensando en su hermana. A pesar de que tenía miedo de ver a Geoffrey y Charles, tenía ganas de que volvieran porque se sentía sola y abandonada sin Victoria. Nunca se había acostumbrado a estar separada de ella.

Cuando Geoffrey y Charles regresaran, tendría que realizar la mejor actuación de su vida. Tenía consigo las cartas para Geoff y su padre, e incluso una para ella misma en la que explicaba por qué se había marchado a California. Se suponía que esa misma tarde había tomado el tren con destino a Chicago.

Cuando Charles llegó, se dirigió al dormitorio, donde Olivia le aguardaba, y se asustó al ver la expresión de su rostro. Adivinó de inmediato que había pasado algo malo y se acercó a ella.

—¿Estás enferma? —preguntó al advertir que estaba muy pálida—. ¿Qué sucede?

—Es Ollie. —Charles supo que no podía tratarse de un accidente, pues de ser así su esposa estaría a su lado en el hospital. A pesar de ser tan fría con todos, adoraba a su hermana—. Se ha ido.

—¿Ha vuelto a casa? —inquirió sorprendido—. ¿Eso es todo? —Por la expresión de la mujer a la que él consideraba su esposa se habría dicho que su hermana había muerto. Tenía que haber algo más—. ¿Habéis discutido? —Se pasaba todo el día peleándose con él, quizá también había reñido con Ollie, pero ella negó con la cabeza. Se sentía tan sola sin Victoria que le resultaba fácil fingir que estaba desconsolada—. ¿Está tu padre enfermo? —le preguntó.

Olivia negó una vez más y le entregó la carta. En ella explicaba que, aunque le partía el corazón, necesitaba marcharse unos meses, que su vida era demasiado dura en esos momentos, echaba de menos a Victoria y se asfixiaba en la casa de Croton. Le convenía reflexionar e incluso se había planteado ingresar en un convento.

—¡Dios mío! ¡Es terrible! —Charles cogió su cartera y añadió—: Llevo suficiente dinero, me iré a Chicago ahora mismo y la detendré. Esto matará a tu padre.

Olivia confió en que su predicción se revelara errónea; ella también tenía miedo de que el disgusto acabara con él.

—Cuando llegues a Chicago, ya habrá tomado el tren hacia California. —No quería que Charles perdiera el tiempo buscando a su hermana por todo el país cuando estaba cómodamente instalada en un camarote—. No la encontrarás.

Él sabía que tenía razón y se sentó con expresión apesadumbrada a su lado. Le asombraba que Olivia actuara así, no era propio de ella. Si hubiera conocido a su mujer mejor de lo que la conocía, habría adivinado que tenía algo que ver en todo esto.

—¿Sabes adónde ha ido? ¿Con quién puede estar?

A Olivia se le encogió el corazón al advertir su preocupación.

—Es muy reservada cuando quiere —respondió, y rompió a llorar. Pensaba en su hermana, a la que no vería en tres meses. No necesitaba fingir.

—Dios mío. —Charles la rodeó con el brazo—. Lo siento mucho. Quizá cambie de opinión y vuelva dentro de unos días. Es mejor que no digamos nada a tu padre de momento.

—No sabes lo tozuda que es, Charles. No es como aparenta.

—Eso parece —repuso con tono de desaprobación—. ¿Crees que tu padre ha sido muy estricto con ella desde que te marchaste? Siempre he considerado injusto que se quedara allí con él, sin amigos, vida social ni pretendientes. Nunca va a ninguna parte, pero a él no parece importarle. Sólo desea que esté a su lado y le cuide. Quizá por eso ha decidido marcharse.

—Quizá. —Olivia nunca se lo había planteado de ese modo, y hubo de reconocer que tenía razón—. En todo caso, si planea estar ausente unos meses, lo hará. Ha dejado una carta para nuestro padre. Pensaba llevársela mañana.

—¿No crees que convendría esperar unos días?

—Le conozco muy bien. Opino que debemos informarle.

—Mañana te llevaré a Croton. ¿No te comentó nada anoche? ¿Algo que dejara entrever sus intenciones?

—Nada —respondió Olivia.

Charles no le dijo que los suicidas solían comportarse así. Quizá era mejor que se hubiera marchado y no cometiera una locura de otra índole. Se compadecía de su mujer, la veía tan frágil y dolida que le recordó a su hermana.

La joven se sintió aún peor cuando explicaron a Geoff que Olivia se había ido y le entregaron la misiva que le había escrito.

—Se ha ido igual que mamá —dijo entre sollozos—. Nunca volverá, lo sé.

—Sí volverá. Recuerda lo que te dijo esta mañana; que pasara lo que pasara, jamás te abandonaría y siempre te querría. —Geoff no le preguntó cómo lo sabía, y Olivia se prometió tener más cuidado en el futuro—. No te mintió, Geoff; te quiere mucho, eres como un hijo para ella, como el hijo que nunca tendrá.

Esa noche Olivia subió a su dormitorio, se tumbó en la cama junto a él y le dijo que su madre también habría vuelto con él si hubiera podido.

—Mi madre podría haber vuelto si hubiera querido, pero no lo hizo —replicó furioso.

—¿Qué quieres decir?

Susan había muerto, no le había abandonado.

—No tenía por qué ceder su asiento, podía haber subido al bote conmigo.

—Salvó la vida de otra persona, lo que demuestra que era muy valiente.

—Todavía la echo de menos —susurró. No era la clase de confesión que solía hacer a Victoria, pero estaba tan desconsolado por la partida de Olivia que le abrió su corazón. Ella le acarició la mano.

—Ya lo sé, y también sé que añoras a Ollie tanto como yo… Quizá podamos ser amigos.

Geoffrey la miró con expresión inquisitiva y Olivia volvió la cara al tiempo que se repetía que no debía mostrarse demasiado afectuosa. Unos minutos más tarde le dio un beso de buenas noches y se reunió con Charles. Había sido una noche muy dura, todo gracias a su hermana.

—¿Cómo está? —preguntó él. Le preocupaba que Geoff hubiera perdido a otra figura materna. No podía decirse que Victoria hubiera actuado como una buena madre hasta ahora, aunque esa noche le agradecía que se hubiera mostrado tan cariñosa con el niño.

—Está muy disgustado, y es lógico. No entiendo por qué Olivia ha hecho algo así. —Estaba exhausta y deseó que su hermana se mareara en el barco, se lo merecía. De pronto se dio cuenta de que todo aquello era una locura y decidió que al día siguiente se lo contaría a su padre.

—¿Crees que es posible que estuviera enamorada de alguien?

Olivia rió. El único hombre que la había atraído estaba casado con su hermana.

—No le interesan los hombres. Además, es muy tímida.

—No como tú, querida mía —dijo él con tono sarcástico.

—¿Qué insinúas? —Olivia sabía que era la clase de respuesta que hubiera dado su hermana.

—Ya sabes a qué me refiero; no puede decirse que nuestra relación rezume romanticismo.

—No sabía que esperaras eso.

—Lo que no esperaba era que nuestra relación acabara así, y supongo que tú tampoco —musitó Charles con tristeza, y se sorprendió al advertir que ella lo miraba con expresión compasiva. Decidió cambiar de tema, su esposa ya había sufrido bastante para enzarzarse ahora en una discusión. Además, no tenía sentido, su matrimonio era un fracaso—. ¿Así pues, visitarás a tu padre mañana?

—Sí. ¿Te importaría llevarme? —Esperaba que no se negara, porque ella no sabía conducir.

—En absoluto. ¿Te molesta que nos acompañe Geoffrey? —Sabía que el niño la ponía nerviosa y ya estaba bastante disgustada por lo de su hermana.

—Claro que no —se apresuró a responder ella.

Charles había detectado cierto cambio en su mujer. Parecía que la marcha de su hermana la había enternecido, la notaba más vulnerable.

Esa noche a Olivia le costó conciliar el sueño. Llevaba el camisón de Victoria y se había alejado lo máximo posible de Charles. Era la primera vez que dormía con un hombre y, si no hubiera estado tan asustada, se habría reído, pero tenía miedo de que él descubriera que le había engañado y la echara de su casa. Sin embargo Charles la contemplaba en la oscuridad, sin atreverse a acercarse a ella. Estaba tumbada de espaldas a él, y sospechaba que lloraba. Al final posó la mano sobre su hombro y susurró:

—¿Estás despierta? —Oliva asintió—. ¿Te encuentras bien?

—Más o menos. No dejo de pensar en mi hermana. —Era cierto, no había hecho otra cosa desde esa mañana.

—No le ocurrirá nada malo, es una persona muy responsable. Volverá cuando se sienta mejor.

—¿Y si le pasa algo?

—No le pasará nada —afirmó él—. Los indios de esa zona son bastante civilizados. De hecho me parece que la mayoría trabaja en circos. Además, hace nueve años que no se produce ningún terremoto en esa región. Creo que sobrevivirá.

—¿Y si hay un terremoto? ¿O un incendio? ¿O una guerra?

—¿En California? No lo creo posible. —La atrajo hacia sí y advirtió que, en efecto, estaba llorando. Parecía una niña pequeña—. Tranquilízate y procura dormir. Quizá tu padre contrate a un detective para que la localice y la traiga a casa.

Olivia no podía decirle que jamás la encontrarían porque se hallaba muy lejos de California. En ese momento se le ocurrió que enviaría un telegrama al barco para comunicar a Victoria que había cambiado de opinión y debía volver. Se angustió al recordar los submarinos alemanes que bloqueaban la costa de Inglaterra y, una vez más, se preguntó por qué la había dejado partir. A pesar de su preocupación, se sentía confortada por la proximidad de Charles. Percibía el olor a jabón y colonia que despedía. Era evidente que se había afeitado antes de acostarse, lo que consideró un detalle muy agradable. También notaba el calor de su cuerpo y la presión de sus brazos. De repente se apartó y le miró avergonzada. Al fin y al cabo era su cuñado, no su marido.

—Lo siento.

—No pasa nada. —Charles se había sentido complacido de tenerla abrazada por unos minutos. Ella se colocó en el otro extremo de la cama y, al poco tiempo, los dos se quedaron dormidos.

A la mañana siguiente se levantaron y no volvieron a verse hasta la hora del desayuno. Geoffrey, que seguía disgustado, se negaba ir a Croton, pero no tenía otra opción, pues la cocinera y la sirvienta tenían el día libre y no podía quedarse solo en casa.

El viaje fue largo y triste. Olivia reflexionaba sobre lo que diría a su padre. Lo ensayó miles de veces, pero no estaba preparada para su expresión de dolor cuando le comunicó la noticia. Le habría causado menos daño si le hubiera disparado un tiro al corazón. Por fortuna Charles estaba a su lado y sirvió una copa de coñac a Edward, que les miró con la desesperación reflejada en sus ojos.

—¿Creéis que se ha ido por mi culpa? El otro día le pregunté si era desdichada aquí. Sé que ésta no es vida para una chica joven, pero siempre insistía en que se sentía muy a gusto conmigo. Dejé que se quedara porque me resultaba más cómodo… la habría echado tanto de menos si me hubiera abandonado… pero ahora se ha marchado —dijo con lágrimas en los ojos. A Olivia le partía el corazón verle sufrir, y se sorprendió cuando se dirigió a Charles para añadir—: Creo que, antes de que te casaras, estaba enamorada de ti.

Olivia quedó horrorizada y se apresuró a intervenir:

—Seguro que te equivocas… Nunca me dijo nada…

—No era necesario —interrumpió Edward enjugándose las lágrimas—. Saltaba a la vista. Soy un hombre, noto esas cosas, pero en ese momento era más importante limpiar tu reputación, de modo que decidí pasar por alto sus sentimientos.

—Dudo de que tengas razón… Me lo habría dicho. —Olivia intentó salvar su dignidad.

—¿Acaso te dijo algo sobre esto? —exclamó. La joven meneó la cabeza con tristeza—. Entonces no pienses que lo sabes todo, Victoria Dawson.

A Olivia le horrorizaba que Charles pensara que había huido porque le amaba, tendría que convencerle de que no era así. Por fortuna él compartía su opinión.

—Creo que es imposible saber por qué lo ha hecho. La mente es un misterio, al igual que el corazón. Entre los gemelos existe un vínculo especial, están más unidos que otros seres y sienten cosas que los demás no percibimos. Quizá le resultaba demasiado duro pensar que Victoria tenía su propia vida, de modo que decidió marcharse para encontrarse a sí misma.

—¿En un convento? —Ése no era el destino que Edward deseaba para su hija—. Aunque a ti te amenacé con encerrarte en uno —añadió dirigiéndose a Olivia—, no lo decía en serio.

—Pensaba que sí.

—Jamás lo habría hecho.

Sin embargo sí la obligó a casarse, pensó Olivia, y por eso había huido, pero no podía revelarle la verdad.

Tal como predijo Charles, Henderson decidió poner el asunto

en manos de un detective. Charles se ocuparía de todo el lunes por la mañana. Olivia prometió que trataría de recordar el nombre de sus antiguas compañeras del colegio.

Cuando salieron de la biblioteca, Bertie la esperaba en la cocina con Geoffrey. Los dos lloraban. El ama de llaves había leído la carta y estaba tan desconsolada que apenas miró a la joven, que le dio un beso en la mejilla y se apresuró a salir. No quería estar demasiado cerca de Bertie por temor a que la reconociese.

Edward Henderson les invitó a pasar la noche en Croton. Charles explicó que le era imposible porque tenía un juicio al día siguiente y preguntó a su esposa si deseaba quedarse con Geoffrey. Olivia se negó con la excusa de que se deprimiría en esa casa sin su hermana. Lo cierto era que tenía miedo de que Bertie descubriera su verdadera identidad. Su padre lloró de nuevo cuando se despidieron.

Durante el trayecto en coche Charles comentó:

—Me pregunto si sospechaba que causaría semejante conmoción. —Se compadecía de Henderson, aunque se lo había tomado mejor de lo que esperaba. No aludió a las sospechas que había expresado Edward, pues consideraba que eran fruto de su imaginación.

—Si hubiera supuesto que nos disgustaríamos tanto, no lo habría hecho, estoy segura —repuso Olivia, que cada vez estaba más convencida de que debía enviar un telegrama a Victoria.

Eran las nueve de la noche cuando llegaron a casa y no habían cenado todavía. Olivia ordenó a Geoffrey que se pusiera el pijama y bajara a la cocina para tomar una sopa. Se ató el delantal, hurgó en la despensa y al cabo de diez minutos ya había puesto a hervir un caldo de verduras y preparado una ensalada y tostadas con mantequilla.

—¿Cómo lo has hecho tan rápido? —preguntó Charles asombrado.

Olivia sonrió, y se sentaron a la mesa. Geoff se animó tras comer la sopa, las tostadas y dos raciones de ensalada.

—Está todo muy bueno, Victoria —dijo con evidente sorpresa y una tímida sonrisa.

Ella guardó silencio, porque tenía miedo de mostrarse demasiado cariñosa y delatar su verdadera identidad. Se levantó para coger un plato de galletas de chocolate.

—¿Las has elaborado tú?

Olivia rió y negó con la cabeza.

—No, la cocinera.

—Me gustan más las de Ollie —afirmó el niño tras comer una.

Mientras Charles llevaba a Geoff a la cama, Olivia ordenó la cocina y, media hora más tarde, subió al dormitorio del niño, que ya estaba acostado. Le contempló desde el umbral de la puerta y pensó una vez más en lo afortunada que era su hermana, que sin embargo había renunciado a esa casa tan acogedora y la compañía de su marido e hijastro.

—¿Te arropo? —preguntó.

Geoff se encogió de hombros. Todavía estaba triste, pero tenía mejor aspecto. En el coche había trazado planes para cuando Olivia regresara al final del verano; empezaba a creer que cumpliría su promesa y no les había abandonado para siempre.

—Felices sueños —susurró la joven antes de dirigirse a su dormitorio, donde Charles la aguardaba. Había sido un día largo y tenía la espalda dolorida del viaje—. ¿Tienes un juicio mañana? —preguntó mientras se soltaba el pelo.

Charles asintió con cierta sorpresa, pues era la primera vez que se interesaba por su trabajo.

—No es muy importante —respondió, y volvió a concentrarse en sus papeles. Al cabo de unos minutos levantó la vista y agregó—: Gracias por la cena.

Olivia sonrió sin saber qué decir, para ella era muy normal ocuparse de esas tareas, pero estaba claro que Victoria no solía hacerlo.

—Creo que tu padre se lo ha tomado bastante bien —comentó él.

—Sí, yo también.

—Mañana acudiré a un despacho de detectives. Todavía me cuesta creer que Olivia se haya marchado... es tan responsable. No es propio de ella, debía de sentirse muy desdichada.

—Sí.

Era la conversación más larga que mantenía con su mujer desde hacía semanas, excepto cuando discutían.

Se cambiaron por separado, como siempre, y cada uno se tendió en un extremo de la cama, de espaldas al otro. Antes de dormirse Olivia se preguntó cómo podían vivir así; era tan triste.

Al día siguiente preparó el desayuno, aunque por lo general era la sirvienta quien se ocupaba de eso. Sabía que debía actuar como Victoria, pero no le costaba nada tener ese detalle. Charles había notado el cambio que había experimentado su mujer desde la marcha de su hermana. Era como si de repente sintiera la necesidad de cuidarles, y tenía que admitir que le agradaba su nueva actitud. Geoff, por su parte, la miró extrañado, y Olivia se percató de que le observaba la mano, que por fortuna tenía cubierta por el trapo que había utilizado para no quemarse con los platos. Sabía qué buscaba, pero la marca era tan pequeña que le resultaría difícil verla.

—Que tengas un buen día —deseó al pequeño antes de que se marchara, pero no le besó. Tampoco dijo nada especial a Charles cuando se fue a trabajar, ya que sospechaba que Victoria no debía de decir mucho; eso si les veía por la mañana.

Charles se mostró sorprendido de encontrarla en casa cuando regresó por la tarde, y Geoff se asombró todavía más al ver que estaba zurciendo en la cocina.

—¿Qué haces?

Olivia se sonrojó.

—Ollie me enseñó.

—Nunca te había visto coser.

—Pues si no lo hago tu padre tendrá que ir al despacho sin calcetines.

Geoff se rió y se sirvió un vaso de leche y unas galletas antes de subir a su habitación para hacer los deberes. Sólo quedaba un mes para que finalizaran las clases y estaba impaciente porque llegaran las vacaciones.

El resto de la semana transcurrió sin grandes sobresaltos. Olivia apenas hablaba y actuaba con gran cautela, pues no quería dar ningún paso en falso que la delatara. Se alegró al enterarse de que el viernes Geoff dormiría en casa de un amigo y Charles pasaría toda la tarde fuera de la ciudad con unos clientes, con los que después cenaría; como sabía que Victoria detestaba esa clase de compromisos, no la invitó. Así pues, aprovechó la circunstancia para echar un vistazo a las cosas de su hermana. Revisó sus libros, los artículos que había recortado de los periódicos, las cartas que había recibido de sus amigos de Nueva York y las invitaciones que había aceptado. Se celebraba una fiesta en Ogden Mill dentro de dos semanas, y Victoria no le había comentado nada al respecto, pero por fortuna le había informado de todo lo demás. Mientras estaba absorta en esta tarea, se sintió de pronto mareada y temió perder el equilibrio, por lo que decidió descansar, pero poco después comenzó a dolerle la cabeza. No sabía qué le ocurría, no tenía fiebre ni frío, y esa mañana, al levantarse, se sentía bien. Cuando Charles llegó a casa, la encontró en la cama y se sorprendió al ver que estaba muy pálida.

—Quizá has comido algo que te ha sentado mal —comentó sin demasiado interés. Había sido un día largo, pero estaba contento porque había conseguido un nuevo cliente.

—Tal vez.

—Por lo menos sabemos que no estás embarazada —afirmó él con sarcasmo.

Olivia se sentía demasiado enferma para replicar. Le costó conciliar el sueño y, cuando por fin lo consiguió, despertó con la sensación de que se ahogaba. Le resultaba difícil respirar, le faltaba aire, de modo que se levantó asustada. Charles se incorporó en la cama.

—¿Estás bien? —preguntó adormilado, y le ofreció un vaso de agua.

Olivia tosió y él la ayudó a sentarse en la silla.

—He tenido una pesadilla horrible… —De pronto sintió pánico e intuyó que algo le había sucedido a su hermana.

Charles leyó sus pensamientos.

—Estás agotada —dijo. Una vez más le sorprendió el vínculo que unía a las dos hermanas; estar separadas les resultaba traumático—. Seguro que se encuentra bien.

Olivia le agarró por el brazo.

—Charles, sé que le ha pasado algo.

—No puedes saberlo. —Intentó llevarla a la cama, pero ella se negó.

—No puedo respirar —exclamó asustada. ¿Y si su hermana estaba enferma? Presentía que algo iba mal y rompió a llorar.

—¿Quieres que llame al médico, Victoria?

—No lo sé… Charles… estoy muy asustada…

Él se arrodilló a su lado y le cogió la mano. Estaba preocupado, pues nunca la había visto así. Al final la convenció de que se acostara. Sin embargo, cada vez que cerraba los ojos, Olivia tenía la sensación de que se ahogaba.

—Lo siento… pero intuyo que le ha pasado algo horrible.

—Seguro que no —repuso Charles, que quería confortarla y se sorprendía de lo frágil que parecía en esos momentos.

Olivia no logró dormir esa noche, pero a la mañana siguiente estaba más tranquila. Yacía muy quieta en la cama, como si estuviera en trance.

—¿Quieres una taza de té, Victoria? —preguntó Charles. Observó que tenía mal aspecto y decidió que llamaría al médico más tarde. En los once meses que llevaban juntos nunca se había puesto enferma. Era evidente que la marcha de su hermana la había afectado mucho.

Mientras le preparaba el té, la joven apareció descalza en la cocina. Se sentía mejor cuando se sentó y desplegó el periódico, pero quedó paralizada al leer el titular de la primera página. El *Lusitania* había sido torpedeado a veinticinco kilómetros de la costa de Irlanda y se había hundido en menos de dieciocho minutos. Se temía que el número de víctimas fuera elevado, pero todavía no se había elaborado la lista de supervivientes.

—¡Dios mío! ¡Charles! —exclamó.

Él logró cogerla antes de que se desvaneciera. La sirvienta entró en ese instante, y Charles le ordenó que avisara al médico. La llevó al dormitorio en brazos y la tendió en la cama. Unos minutos más tarde la joven recobró el conocimiento al percibir el olor de unas sales que Charles le había aplicado a la nariz.

—Dios mío… Charles…

El barco se había hundido, y no sabía si su hermana estaba viva. No tenía modo alguno de averiguarlo y tampoco podía explicárselo a su marido. Sólo podía llorar. Charles la contempló con preocupación.

—No hables, Victoria, cierra los ojos, tranquilízate y… —Se interrumpió al oír el sonido de pasos que se acercaban a la habitación.

—¿Qué sucede aquí? —preguntó con tono alegre el médico al entrar. Enseguida se percató de que la señora Dawson estaba muy enferma.

—Lo siento, doctor —balbuceó ella antes de romper a llorar de nuevo.

Charles la miraba de hito en hito, todo era muy extraño. Su mujer había cambiado desde la marcha de su hermana, por lo que pensó que quizá sufría una depresión nerviosa. Olivia intentó explicar sus síntomas al médico, aunque no necesitaba su diagnóstico; ya sabía lo que le sucedía. Empezó a encontrarse mal cuando el barco se hundió.

Charles habló con el médico en privado, le refirió lo que había hecho la hermana de su esposa, y llegaron a la conclusión de que ésta sufría una depresión nerviosa, una reacción habitual en los gemelos que eran separados. Sin embargo, le sorprendía que no hubiera ocurrido antes, durante la luna de miel. El doctor recordó que en algunos casos uno de los gemelos tendía a adoptar la identidad o personalidad del otro, lo que explicaba el reciente cambio de actitud de su mujer, que ahora se comportaba como Ollie. A continuación recomendó que la joven descansara y no tuviera ningún disgusto. Charles le narró entonces cómo había reaccionado al leer la noticia del naufragio del *Lusitania*.

—¿Es terrible, verdad? Malditos boches. —De pronto recordó que Charles había perdido a su primera esposa en el *Titanic*, de modo que cambió el tema. Sugirió que era mejor que Geoffrey se quedara en casa de su amigo un par de días más e inquirió si era posible que su mujer estuviera embarazada.

Charles quedó sorprendido y se preguntó si era posible.

—Hablaré con ella, podría ser.

Antes de marcharse el médico prometió que volvería el lunes y le dio un calmante para que la joven pudiera dormir. Cuando Charles se lo tendió, Olivia se negó a tomarlo.

—Estaré bien —dijo avergonzada por el revuelo que había causado. Sólo deseaba tener noticias del *Lusitania*. Charles se sentó a su lado con expresión afligida—. ¿Ocurre algo? —añadió al pensar que quizá sospechaba algo.

—No; espero que no. El médico me ha hecho una pregunta que no podía contestar.

—¿De qué se trata? ¿Qué pregunta? —Olivia estaba asustada, pero intentó mantener la calma.

—Me ha preguntado si estabas embarazada.

Olivia le miró horrorizada. Su hermana le había contado que no existía contacto físico entre ellos; ¿qué sentido tenía entonces que le preguntara si estaba encinta?

—Claro que no.

—Ya sé que no puedes estar embarazada de mí, pero tal vez has vuelto a ver a Toby. Me consta que te mandó flores, pero no sé nada más.

—¿Cómo puedes decir algo así? —exclamó Olivia escandalizada—. ¿Cómo te atreves a acusarme de eso? —Le asombraba que Toby hubiera tenido el valor de enviar flores a su hermana, pero esperaba que ésta no hubiera cometido la estupidez de caer de nuevo en sus garras—. No, Charles; no espero un hijo ni tengo una aventura con Toby. —Victoria estaba demasiado dolida y furiosa con los hombres para volver con su antiguo amante.

—Lamento haberte ofendido, pero ya te ocurrió una vez.

—Fui muy ingenua, pero no soy una necia.

—Espero que no —repuso Charles, que la creía y confiaba en no haberla disgustado demasiado. Luego se marchó para que descansara.

Más tarde subió a verla y la encontró llorando otra vez. Le obsesionaba el hundimiento del *Lusitania*. Al cabo de unos minutos salió de la habitación y la joven pidió a la sirvienta que comprara la edición de la tarde para informarse del naufragio, pero todavía no se sabía nada. Sólo se comunicaba que cientos de personas habían perecido ahogadas en las costas irlandesas y habían aparecido los primeros cuerpos. Olivia sabía que no podía hacer nada más que esperar hasta que el lunes se publicara la lista de supervivientes. Mientras tanto, debía rogar para que Charles no pensara que se había vuelto loca.

21

El día que zarpó el Lusitania Olivia no leyó la breve nota de prensa que la embajada alemana había ordenado insertar en todos los periódicos de Washington y Nueva York; pero Victoria sí. En ella se recordaba a los pasajeros con intención de embarcar en transatlánticos que Alemania y Gran Bretaña se encontraban en guerra, la zona bélica incluía las aguas adyacentes a las islas Británicas y, por tanto, cualquier navío con bandera británica o de sus aliados podía ser destruido. Databa del 22 de abril de 1915 y llevaba el sello de la embajada imperial de Alemania en Washington.

No obstante, de todos era sabido que ningún barco podía ser atacado sin previo aviso y sin que hubieran desembarcado antes los pasajeros civiles. Por tanto, los del Lusitania no corrían peligro alguno. Victoria podía haber viajado en el buque estadounidense New York, pero no era tan bonito. Además, el Lusitania era más rápido.

El Lusitania, que cada mes realizaba una travesía entre Liverpool y Nueva York, no enarbolaba bandera alguna para evitar el ataque de los alemanes, incluso habían cubierto el nombre y puerto de registro con pintura para que fuera más seguro. Por otro lado, al surcar el mar de Irlanda se soltaban los botes salvavidas y se doblaba la vigilancia. Se tomaban todas las medidas posibles para protegerlo, y sus pasajeros estaban totalmente a salvo de los alemanes. Además, en los últimos ocho años había demostrado ser un barco muy seguro y había realizado múltiples viajes. Así pues, el Lusitania no era como el Titanic.

Para garantizar al máximo su seguridad, se recordaba a los pasajeros que debían correr las cortinas de los camarotes por la noche y se prohibía fumar en cubierta.

La primera noche Victoria ya se sentía como en casa y estaba emocionada por haber conocido a lady Mackworth, de soltera Margaret Thomas. Victoria la reconoció de inmediato. No sólo era un miembro activo del Sindicato Social y Político de las Mujeres, sino también amiga íntima de las Pankhurst. Era la responsable de un incendio en una oficina de correos y había pasado una temporada en prisión, para gran horror de su respetable padre, parlamentario del Partido Liberal.

—Demuestras una gran valentía al viajar a Europa ahora —había comentado a Victoria. Ésta había explicado que era viuda y había decidido ofrecerse como voluntaria en Francia; tenía algunos contactos en la Cruz Roja y en el ejército francés—. También podrías ser útil en Inglaterra —añadió lady Mackworth, impresionada por su entusiasmo.

Al día siguiente invitó a Victoria a cenar con ella y su padre. El comedor de primera clase era extraordinario, tenía dos plantas, columnas y una enorme cúpula. A Victoria le sorprendió observar que, a pesar de la guerra, reinaba un ambiente animado y pocos hablaban del conflicto. Los hombres comentaban las noticias cada día, sobre todo cuando se reunían para fumar, junto con Victoria y otras pocas mujeres, pero no era el tema principal.

Victoria divisó a Alfred Vanderbilt a bordo, pero le evitó porque conocía a Charles. Tenía aproximadamente la misma edad que su marido y habían comido juntos una vez. La joven no quería que nadie la descubriera, por lo que pasaba la mayor parte del tiempo en la biblioteca, en la cubierta o en su camarote.

Charles Frohman, el magnate del teatro, también se hallaba a bordo. Se dirigía a Londres para ver la nueva obra de Barrie, *The Rosy rapture*, que tenía previsto estrenar en Broadway, y solía pasar largos ratos charlando con Charles Klien, el dramaturgo, que deseaba conocer su opinión sobre su nueva obra. A Victoria le hubiera encantado entablar conversación con ellos, pero prefería estar sola e incluso rechazó la invitación del capitán para cenar en su mesa. El capitán Turner la había visto en cubierta y había quedado prendado de su belleza.

Victoria se sentía muy libre y, después de un año de casada, representaba un alivio estar sola. A quien extrañaba muchísimo era a Olivia y rogaba para que no hubiera revelado su secreto, pero confiaba totalmente en ella.

Durante la travesía el tiempo fue excelente, y el mar estaba en calma. El viernes, día previsto para la llegada, Victoria preparó su equipaje por la mañana y al mediodía tuvo la fortuna de encontrarse de nuevo con lady Mackworth, quien le dio su dirección y le pidió que la llamara. Victoria planeaba viajar desde Liverpool hasta Dover, donde tomaría un transbordador con destino a Calais. Después se pondría en contacto con las personas cuyos nombres le habían facilitado en Nueva York y avanzaría hacia las trincheras.

Aquel día comió sola. Cuando se adentraron en el mar céltico, hacía tanto calor que los mozos abrieron todos los portillos del comedor y los de la mayoría de los camarotes de primera clase. Después del almuerzo, los pasajeros se dirigieron a sus cabinas para cambiarse. Ya se divisaba la costa y se encontraban tan sólo a doce millas de Old Kinsale, en Irlanda. Reinaba un espíritu festivo, lo habían logrado.

Victoria subió a cubierta. Mientras contemplaba el mar, distinguió una línea blanca que se dirigía a estribor y se preguntó qué clase de pez sería. De pronto el barco dio un bandazo y Victoria fue empujada contra la barandilla mientras una columna de agua inundaba la cubierta y la proa se levantaba por completo. La joven jamás había visto nada igual.

Al cabo de unos minutos empezaron a oírse gritos, y la embarcación se inclinaba de forma peligrosa hacia estribor. Victoria corrió hacia la cubierta B, donde se encontraba su camarote, para recoger el dinero y el chaleco salvavidas. Mientras descendía por la escalera, la nave escoró todavía más. Era muy difícil caminar y mantener el equilibrio.

—¡Nos han alcanzado! ¡Torpedo! —exclamó alguien, y minutos después sonó una alarma.

En ese instante Victoria pensó en Susan y el *Titanic*. Ahora no, se dijo mientras corría escalera abajo. Una vez en su camarote, cogió el chaleco salvavidas, el monedero y el pasaporte. No se llevó nada más. No tenía ninguna joya ni nada de valor. Se puso el chaleco y salió al pasillo, donde los otros pasajeros corrían y gritaban. Al llegar al pie de la escalera casi chocó con Alfred Vanderbilt, que llevaba su estuche de joyas.

—¿Se encuentra bien? —preguntó él con tranquilidad.

Victoria no sabía si la había reconocido. El hombre se mostraba tan amable y cordial como siempre, no parecía nervioso y le acompañaba su ayuda de cámara.

—Creo que sí. ¿Qué ha pasado?

De repente sonó una nueva explosión.

—Torpedos, muchos. Será mejor que suba a cubierta —aconsejó él.

Victoria ascendió por la escalera y le perdió de vista. Ya se habían soltado algunos botes salvavidas pero, como el barco se inclinaba hacia estribor, era imposible utilizar los de babor, que colgaban de un ángulo imposible. El *Lusitania* parecía una nave de juguete a punto de hundirse en una bañera. Victoria divisó la costa y se preguntó si sería capaz de nadar hasta allí.

A medida que el navío se escoraba, entraba más agua por los portillos abiertos. Victoria, que se había quitado los zapatos, se vio rodeada de humo y hollín. Le costaba respirar y mantener el equilibrio. Algunos pasajeros se arrojaron al mar, la antena de radio se desplomó sobre la cubierta y estuvo a punto de matar a varias personas, los niños lloraban mientras sus madres intentaban subirlos a los botes salvavidas. De pronto la joven divisó a Alfred Vanderbilt, que entregaba su chaleco a una chiquilla. Soltaron los botes, y los dos primeros volcaron al llegar al agua. Era una escena dantesca. Una niña resbaló junto a Victoria y cayó al mar. Ésta gritó y tendió la mano, pero era demasiado tarde; la pequeña se ahogó.

—Dios mío… Dios mío —balbuceó entre sollozos, y oyó que alguien le indicaba que subiera a un bote; parecía la voz de su hermana. Aunque sólo hacía cinco minutos que el torpedo había alcanzado el barco, éste se hundía rápidamente. Victoria corrió hacia los botes, pero no había sitio para ella, sólo quedaban dos y había muchos niños en cubierta.

—Colóquelos a ellos, no a mí —dijo al joven oficial que ayudaba a los pequeños.

—¿Sabe nadar? —preguntó. Ella asintió—. Coja una tumbona, nos hundiremos enseguida.

Victoria siguió su consejo y un instante después se deslizó hacia el mar, rodeada de colchones, trozos de madera y cadáveres. Era una aglomeración terrible de objetos y personas que salieron despedidos antes de que el barco tocara fondo. Alrededor de ella las mujeres y los hombres gritaban, los niños lloraban. Algunos cuerpos flotaban ya. Vio a una mujer hundirse con su bebé en brazos. La tumbona de Victoria se sumergió varias veces, pero finalmente salió a flote y chocó contra otra en la que yacía un niño con un traje azul de terciopelo. Parecía un príncipe que dormía plácidamente, pero estaba muerto. Victoria jamás había visto nada tan terrible.

Distinguió al capitán Turner agarrado a una silla, y a lady Mackworth cerca de él, aferrada a otra. A lo lejos, un oficial y una señora estaban sentados sobre un piano.

A su lado se ahogaban varias personas. Victoria no soportaba tanto dolor, sentía las piernas entumecidas, no podía respirar. Se mantuvo asida a la tumbona todo el tiempo que pudo hasta que, al final, se hundió en el agua.

22

El sonido de voces y los gritos de los pájaros despertaron a Victoria. Notó que alguien la arrastraba por los pies y cómo se golpeaba la cabeza contra cada escalón. Quería gritar, pero no podía, y le dolía todo el cuerpo. Abrió los ojos con dificultad y vio la cara del hombre que estaba a punto de introducirla en un ataúd.

—¡Dios mío! ¡Sean, está viva!

Victoria tosió y escupió mucha agua. Tenía el cabello pegado a la cabeza, los labios resecos, los ojos enrojecidos y le parecía que los pulmones le iban a estallar. Era de noche. Estaba rodeada de féretros, y se percibía el olor de la muerte y el mar.

—Creíamos que estaba muerta —dijo el hombre.

—Así me siento —repuso ella, y expulsó más agua. Se preguntó qué les había sucedido a los demás, pero era fácil de adivinar. Cientos de cuerpos yacían alrededor, la mayoría de niños. Le partía el corazón verlos; eran tan hermosos. Algunos tenían los ojos abiertos, y varias madres sollozaban junto a los cadáveres.

—Los alemanes torpedearon el barco —informó el hombre llamado Sean—. Se hundió en dieciocho minutos, hace cinco horas. Mi hermano y yo la recogimos cerca del puerto. Hemos salido todos en busca de supervivientes, pero hay muy pocos. —Tenía acento irlandés—. Hace semanas que los submarinos llegaron a esta zona. —Victoria se preguntó si el capitán Turner lo sabía—. Vamos, deje que la ayude a levantarse. Es una chica con suerte.

Victoria descubrió que sus medias habían desaparecido, así como gran parte de su vestido, pero al introducir la mano en el bolsillo descubrió que su monedero seguía allí. Se apoyó en los pescadores, que la condujeron al bar del pueblo adonde llevaban a los supervivientes. También habían abierto las puertas de la iglesia, el hotel Queen's y el ayuntamiento.

Victoria miró alrededor cuando entró en el local ayudada por Sean y distinguió algunas caras conocidas, entre ellas la del capitán. Había llegado a Queenstown en un pequeño barco de vapor, el *Blue-bell*, que también había recogido a Margaret Mackworth.

—Bonito vestido —comentó una mujer. Era una de las pocas madres que conservaba a sus dos hijos; los tres estaban desnudos.

En otras partes de la estancia había mujeres llorando por sus maridos e hijos, que habían desaparecido en el mar. Victoria contempló la escena con estupor. Lo primero que pensó fue que debía mandar un telegrama a su hermana. Aunque era peligroso ponerse en contacto con ella, tenía que hacerle saber que estaba viva.

A medianoche el cónsul americano, Wesley Frost, se acercó a las localidades que habían acogido a los supervivientes para preguntarles si podía hacer alguna cosa por ellos. Victoria le dio el nombre de Olivia, su dirección y un mensaje críptico que su hermana comprendería, y le rogó que le confirmara su envío. El hombre prometió hacerlo. Tenía mucho trabajo, pues a bordo del barco viajaban ciento ochenta y nueve estadounidenses, y todavía no se sabía cuántos habían sobrevivido. Alrededor de él se agolpaban varios pasajeros de diversas nacionalidades, muchos de ellos heridos de gravedad, para pedirle que se pusiera en contacto con sus familiares.

—Me ocuparé de ello lo antes posible, señorita Henderson —aseguró al tiempo que le tendía una manta.

—Se lo agradezco mucho —dijo Victoria. Le castañeteaban los dientes y le costaba respirar, pues había tragado mucha agua. Se apoyó contra la pared, sentada en el suelo, y pensó en lo sucedido, en el horror que había presenciado. Se preguntó si Alfred Vanderbilt se habría salvado. De pronto se acordó de Geoffrey, que había asistido a un desastre similar y había sido testigo de la muerte de su madre. Sintió gran compasión por él y deseó poder abrazarle. Cerró los ojos para borrar las terribles imágenes que asaltaban su mente. Entonces vio a Olivia sentada en la cama, en su dormitorio de Nueva York. Ansiaba tender la mano y tocarla. Victoria concentró todos sus esfuerzos en intentar comunicar a Olivia que estaba a salvo y rogó a Dios que recibiera su mensaje.

23

El lunes, día 10 de mayo, Olivia pensó que empezaría a gritar si Geoffrey y Charles no terminaban pronto de desayunar. Todavía se encontraba débil y había discutido con Charles, que no le permitía leer el periódico.

—El médico dice que no debes disgustarte —le recordó mientras se lo quitaba.

—¡Dámelo, Charles! —exclamó ella con irritación. Charles la miró sorprendido y se lo devolvió—. Disculpa, no sé qué me pasa. Necesito leer algo para dejar de pensar en Olivia.

—Lo entiendo —repuso él con frialdad.

Por fin, para alivio de la joven, Charles salió hacia su despacho y Geoff se marchó al colegio. Minutos después Olivia cogía el bolso y el sombrero y tomaba un taxi con dirección a la oficina de la Cunard en State Street. No estaba preparada para lo que encontró allí, una marabunta de personas que gritaban, lloraban, lanzaban objetos, proferían insultos y suplicaban información, pero los empleados de la compañía, que intentaban controlar a la muchedumbre con la ayuda de la policía, no podían facilitársela. Apenas se sabía nada, sólo que el número de muertos rondaba el millar.

Después de esperar durante siete horas, no consiguió lo que había ido a buscar: la lista de supervivientes. Prometieron que estaría disponible al día siguiente, se mencionaron nombres y una relación de heridos, y un joven afirmó que la compañía fotografiaría los cadáveres recogidos en Queenstown para facilitar su identificación. Olivia sintió un escalofrío al pensar en ello y salió del edificio a las cuatro y media de la tarde con el corazón encogido.

No había comido nada en todo el día y estaba exhausta cuando regresó caminando a casa.

Al subir los escalones de la entrada divisó a un joven con un uniforme de la Western Union y el corazón le dio un vuelco. Bajó a toda prisa y le agarró el brazo con fuerza, como si estuviera loca.

—¿Tienes un telegrama para mí? ¿Victoria Dawson? —Ése sería el nombre al que estaría dirigido si su hermana se atrevía a enviarle algo allí; no podía ser tan cruel de guardar silencio si estaba viva.

—Sí… aquí… —respondió el muchacho asustado antes de alejarse corriendo.

Olivia le arrebató el sobre, lo rasgó con manos temblorosas y leyó el mensaje. Su hermana estaba como una regadera, pero viva. «Viaje explosivo. Stop. Dios bendiga al señor Bridgeman. Stop. Todo va bien en Queenstown. Te quiero. Stop.» El señor Bridgeman había sido su profesor de natación en Croton. Olivia comenzó a gritar y llorar, no le importaba que la vieran. El telegrama no contenía más información, ninguna dirección, pero sabía que Victoria estaba viva, que había sobrevivido al hundimiento del *Lusitania*, y eso era todo cuanto necesitaba saber por ahora. Arrugó el papel y lo quemó en el horno. Después pensó que quizá hubiera sido mejor guardarlo, pero era demasiado peligroso, alguien podría encontrarlo y adivinar quién era en realidad.

La agonía que había vivido en los últimos días por fin había acabado. Tras tomar un baño caliente, corrió a la habitación de Geoffrey. Estaba tan contenta que le dio un fuerte abrazo, lo que extrañó mucho al niño, que pensaba que Victoria se había vuelto loca. Su padre le había contado que sufría de los nervios, pero él estaba convencido de que era su cabeza la que no funcionaba; jamás la había visto de tan buen humor.

—¿Qué te ha pasado hoy? —inquirió. Olivia sonrió de oreja a oreja. Que he recuperado a mi hermana, quiso decir, que está viva—. Estás muy alegre.

—Es verdad. Ha sido un día perfecto. ¿Cómo te ha ido a ti en el colegio? ¿Te lo has pasado bien?

—No, ha sido bastante aburrido. ¿Dónde está papá?

—No ha llegado todavía.

Luego bajaron al comedor para cenar, y unos minutos después Charles entró por la puerta con aspecto cansado y enfurruñado.

—¿Por qué estás tan contenta? —preguntó.

—Me encuentro mejor, eso es todo. —Se sentía avergonzada por su comportamiento durante el fin de semana, pero ya había pasado todo.

Charles la observó con atención y se preguntó qué tramaba y si en verdad tenía una aventura con alguien. Sin embargo la joven se mostró tan cariñosa con él y con Geoff durante la cena que enseguida se tranquilizó.

—He hablado con un detective —explicó cuando el niño se retiró para terminar sus deberes—. Empezará a buscarla la semana que viene, tiene muy buenos contactos en California.

Olivia le dio las gracias con expresión risueña. En toda la noche no había dejado de sonreír.

—¿Qué puñetas has hecho hoy, Victoria, para estar de tan buen humor? Me temo que estás despertando mis sospechas. —Sin embargo la veía tan bella y jovial que no le apetecía enfadarse con ella, aunque pensaba que tal vez tuviera motivos.

—Me siento más relajada. Intuyo que Olivia está a salvo... no sé cómo explicártelo.

—Espero que tengas razón. —Le alegraba que se encontrara mejor, pues el fin de semana había sido una pesadilla.

—Lamento haberte causado tantos problemas —se disculpó ella.

—No pasa nada, estaba preocupado por ti, eso es todo —repuso Charles con timidez. Su esposa se mostraba más abierta con él en los últimos tiempos, y se preguntó si el médico tenía razón y, desde la marcha de su hermana, había adoptado su personalidad. De hecho, Victoria confiaba más en él y le trataba con mayor cordialidad. Recordó el viernes por la noche, cuando se había aferrado a él y le había confesado que estaba asustada. Ahora la veía con otros ojos, pero no quería ser demasiado optimista al respecto. Llevaban casados once meses y casi había arrojado la toalla.

—Procuraré no volver a comportarme mal —prometió ella antes de retirarse para escribir unas cartas. Anhelaba ponerse en contacto con su hermana, pero era imposible. No podría hasta que llegara a su destino final. Esperaba con impaciencia recibir una misiva de Victoria en la casa de la Quinta Avenida, tal como habían acordado, y que le explicara lo sucedido en el *Lusitania*.

Charles leyó un rato antes de subir a su dormitorio. Al entrar comentó a su esposa:

—Es terrible. Parece que el número de víctimas mortales del *Lusitania* supera a las del *Titanic*. No quiero que Geoff oiga demasiadas cosas sobre el hundimiento; me da miedo que le recuerde a su madre.

Olivia asintió.

—Y tú, Charles, ¿también piensas en ella? —preguntó.

Él la miró perplejo, pues rara vez se interesaba por sus sentimientos.

—Sí… ha sido un fin de semana muy duro. —Él también había sufrido, pero Olivia no se había dado cuenta.

—Lo siento.

Se tendieron en la cama en silencio, cada uno en un extremo. Al cabo de unos minutos Charles dijo:

—Es muy amable por tu parte… preocuparte por mí… quiero decir por lo de Susan y el barco. Todavía recuerdo lo sucedido como si hubiera ocurrido ayer… Pasé muchas horas en la White Star buscando información… Luego la espera en el muelle, bajo la lluvia, hasta que llegó el *Carpathia*… y vi a Geoff… en brazos de un miembro de la tripulación… Traté de localizar a Susan… pero no estaba. Cogí a mi hijo y nos fuimos a casa. Tardó meses en hablar de la tragedia. Supongo que jamás la olvidará.

—Lamento que sufrieras tanto —repuso ella al tiempo que le tocaba el hombro con dulzura.

Charles la contempló a la luz de la luna que se filtraba por la ventana y vio algo en ella que antes le hubiera asustado, pero que ahora no le producía ningún temor.

—Tal vez las cosas suceden por alguna razón. Tú no estarías aquí si aquello no hubiera pasado —dijo, y Olivia sonrió.

—Y tú serías más feliz.

—No digas eso. Quizá Susan se fue de nuestro lado por alguna razón, lo he pensado muchas veces. Es imposible saber por qué ocurren las cosas.

—Me siento afortunada de haberte conocido.

—Gracias —repuso él con dulzura y se preguntó si en verdad conocía a su esposa, que de pronto parecía otra mujer. Sin añadir nada más, se acercó a ella, tomó su rostro en sus manos y la besó con dulzura en los labios. No pretendía asustarla, sólo deseaba agradecerle sus palabras de aliento y su amistad. Mientras la besaba sintió algo en su interior que jamás había experimentado antes—. No deberíamos hacer esto —susurró con voz ronca.

Olivia asintió, pero no quería parar. Cuando la besó de nuevo, la joven olvidó todo lo que sabía sobre la relación de su hermana con ese hombre y le rodeó con sus brazos.

—Victoria, no seguiré adelante si tú no lo deseas. —Ya habían pasado por eso antes y siempre acababan arrepintiéndose. Su vida sexual sólo les había proporcionado insatisfacción.

—Charles... yo... —Quería decirle que se detuviera, que no estaba bien, que él era el marido de su hermana. Sin embargo, no podía parar ahora—. Te quiero —musitó.

Charles quedó sorprendido, pues era la primera vez que su esposa le decía eso.

—Mi dulce niña —murmuró, y deseó entregarle todo aquello que había querido reservar para sí. De pronto comprendió qué había fallado entre ellos; no se había atrevido a amarla—. Cuánto te quiero...

Le hizo el amor como si fuera la primera vez. A pesar del dolor, Olivia se entregó sin reserva, con total abandono, y él se sintió renacer. Era un nuevo principio, una nueva vida, la luna de miel de que jamás habían disfrutado.

Cuando Charles se durmió acurrucado junto a ella, Olivia se preguntó qué harían cuando Victoria regresara. Aquel hombre era la mayor alegría y al mismo tiempo la mayor traición de su vida. No sabía qué diría a su hermana, pero estaba segura de que no podía abandonar a Charles.

24

El domingo, después de que el cónsul americano, Wesley Frost, le entregara un vestido y unos zapatos, Victoria viajó en ferrocarril desde Queenstown hasta Dublín, donde la recibió un representante de la Cunard. Después, junto con varios supervivientes tomó otro tren hasta Liverpool, y Victoria se asombró al ver que varios periodistas les esperaban en la estación para entrevistarles. Entre ellos se encontraba Vance Pitney, del *New York Tribune*, que ya había estado en Queenstown y luego se dirigiría a Londres. Era la noticia más importante desde el hundimiento del *Titanic* y ésta era todavía mejor porque la tragedia la había provocado un torpedo alemán. La joven procuró evitar a la prensa y se dirigió al hotel Adelphi, donde decidiría cuál sería el siguiente paso.

Tan pronto como subió a su habitación, encendió un cigarrillo, miró alrededor y comenzó a llorar. Todavía estaba conmocionada por lo sucedido y deseaba regresar a casa.

Esa noche el hotel le envió una bandeja con comida. Sabían quién era y por qué estaba allí, pues se había visto obligada a explicar su situación al recepcionista porque su dinero y la carta de crédito estaban mojados.

Mientras cenaba desfilaban por su mente las terribles imágenes del hundimiento y el rostro de las personas que habían fallecido a su lado. Todavía recordaba la cara del joven oficial que le había aconsejado que cogiera una tumbona; gracias a él había salvado la vida.

Pasó toda la noche en vela, pero a la mañana siguiente, después de desayunar y tomar una taza de café, se sintió mejor. Fue al banco y luego a la tienda más próxima para comprar vestidos, jerséis, dos pares de zapatos y hasta unas botas para las trincheras. No sabía si le darían un uniforme. Necesitaba ropa interior, medias, camisones, cosméticos y un peine, pues había perdido todas sus pertenencias.

—¿Planeas escaparte de casa? —bromeó la dependienta.

Victoria no se rió; simplemente la miró y negó con la cabeza.

—Viajaba en el *Lusitania* cuando se hundió.

—Tienes suerte de estar viva —repuso la mujer.

Victoria sonrió y se dirigió al hotel. El rostro de los muertos todavía aparecía en su mente, y se preguntó si le perseguirían el resto de su vida, sobre todo el del niño del traje de terciopelo azul que yacía sobre una tumbona; había visto suficiente para odiar a los alemanes.

Sin embargo a última hora de la tarde se sintió más animada y comenzó a pensar en la manera de llegar a Francia. El recepcionista le explicó cómo llegar a Dover y qué debía hacer después. Tendría que tomar un transbordador hasta Calais, pero era arriesgado, porque había submarinos alemanes en el canal de la Mancha.

—Quizá tendría que haberme comprado un traje de baño —comentó al recepcionista con evidente nerviosismo.

—Es usted muy valiente, señorita. No sé si yo me aventuraría de nuevo, después de lo ocurrido.

—No tengo más remedio si quiero llegar a Francia. —Tenía que hacerlo, pues al fin y al cabo por eso estaba allí.

Hacía dos semanas los alemanes habían utilizado gas clorhídrico en la batalla de Ypres, que había sido una matanza y todavía continuaba. Debía encontrar el modo de ponerse en contacto con las personas cuyos nombres le habían facilitado y que estaban en Reims. Lo mejor que podía hacer era intentar hablar con ellas tan pronto como llegara a Calais, siempre y cuando funcionaran los teléfonos. Era una aventura, una peregrinación que consideraba debía realizar. Esperaba no haberse equivocado, por ahora los dioses no parecían muy propicios.

El martes por la mañana se marchó de Liverpool, no sin antes agradecer el trato que le habían dispensado en el hotel, cuyos empleados le habían entregado pequeños obsequios, fruta, pasteles y objetos religiosos. Se dirigió en taxi a la estación de Lime Street y desde allí tomó el tren hasta Dover. Después se encaminó hacia el muelle de donde zarpaban los transbordadores. Negoció el precio del billete con el capitán y embarcó junto con unos pocos pasajeros más. La tarde era agradable y no hacía frío, pero Victoria pasó toda la travesía sujeta a la barandilla, temerosa de sufrir otro naufragio.

—*Vous avez bien peur, mademoiselle* —comentó un marinero con una sonrisa. Jamás había visto una criatura tan bella ni tan asustada. Victoria permaneció con la vista fija en el agua.

—*Lusitania* —se limitó a decir. Todo el mundo conocía la noticia.

El marinero comprendió sus temores y, cuando llegaron a Calais, le llevó el equipaje y lo entregó a un taxista que la condujo al hotel más cercano y se negó a aceptar su dinero. Después de conversar con el recepcionista, le dieron una bonita habitación con vistas al mar.

Victoria pidió permiso para utilizar el teléfono y llamó a su contacto, una mujer que reclutaba voluntarios para la Cruz Roja en París y que le indicaría cuál era el siguiente paso. Sin embargo no la encontró, y quien atendió su llamada no hablaba inglés.

—*Rappellez demain, mademoiselle* —aconsejó. Debía esperar hasta el día siguiente.

Pasó la noche fumando y reflexionando sobre lo que le había ocurrido. Había engañado a su marido, abandonado a su padre y su hermana, sobrevivido al hundimiento de un barco. A pesar de los contratiempos, estaba decidida a seguir adelante, nada la detendría, ni siquiera la desagradable mujer que contestó al teléfono el día siguiente y le informó de que estaban demasiado ocupados para atenderla.

—¡No! —exclamó—. Necesito hablar con alguien ahora… *maintenant.* —De pronto se le ocurrió utilizar la palabra mágica y ver qué sucedía—. Acabo de llegar de Estados Unidos en el *Lusitania.* —Se produjo un silencio seguido de unos susurros al otro lado de la línea. Un hombre se puso al aparato y le preguntó cómo se llamaba—. Olivia Henderson, me facilitaron el nombre de esta señora en el consulado francés de Nueva York. He venido para ofrecerme como voluntaria. Soy estadounidense y llamo desde Calais.

—¿Y estaba a bordo del *Lusitania*? —preguntó su interlocutor con tono de admiración.

—Sí.

—Dios mío… ¿conseguirá estar en Reims mañana a las cinco?

—No lo sé, supongo que sí. ¿Dónde está?

—A unos doscientos cincuenta kilómetros de donde se encuentra, al sudeste. Si logra encontrar a alguien que la traiga, pueden venir a campo traviesa. Se libran combates en esa zona, pero no son tan terribles como en Soissons. De todos modos, tenga cuidado —le advirtió. El hombre se preguntaba por qué había venido desde tan lejos para participar en una guerra en la que su gobierno se negaba a tomar parte. El presidente Wilson había decidido no involucrarse. Ya habían muerto cinco millones de personas y había siete millones de heridos—. Busque a alguien con coche. Esperamos una delegación de voluntarios mañana. ¿Es usted enfermera?

—No, lo siento —respondió, y temió que la rechazaran.

—¿Sabe conducir?

—Sí.

—Bien, podrá conducir una ambulancia o un camión, lo que sea, pero tiene que estar aquí mañana.

El hombre se disponía a colgar cuando Victoria inquirió:

—¿Cómo se llama usted?

Él sonrió ante su ingenuidad. Era evidente que no sabía cómo funcionaba aquello, y se preguntó de nuevo por qué deseaba arriesgar su vida por una guerra que no era la suya. Respondió que su nombre no importaba, porque él no estaría.

—¿A quién busco entonces?

—A cualquiera que esté sangrando, y verá a muchos —contestó él—. Pregunte por el capitán del área. Él la llevará al hospital o a la Cruz Roja. Nos encontrará, no se preocupe, no tiene pérdida.

Esa noche cenó bien, y el propietario del hotel se encargó de buscar a alguien que la llevara a Reims. Le presentó a un chico que tenía un viejo Renault, y éste dijo que, como el trayecto era largo, deberían partir a primera hora de la mañana. Victoria observó que era incluso más joven que ella, y le pagó por adelantado, tal como le pidió. El muchacho, que se llamaba Yves, le recomendó que se pusiera ropa de abrigo y zapatos resistentes. Si el coche se averiaba, no quería caminar hasta Reims con una mujer que llevaba tacones. A Victoria le molestó el comentario y preguntó si el automóvil se averiaba a menudo.

—No más de lo normal. ¿Sabe conducir?

Ella asintió. Quedaron en verse por la mañana e Yves se marchó.

Victoria estaba tan emocionada que no consiguió dormir. Le resultó duro levantarse a la mañana siguiente, pues hacía frío y no había descansado. El dueño del hotel les había preparado unos bocadillos, y el chico portaba un termo de café.

—¿Por qué ha venido? —preguntó Yves mientras le servía una taza en la primera parada del viaje.

—Porque creo que puedo ayudar. —No sabía cómo explicárselo. De hecho a ella misma le costaba comprenderlo—. Me sentía muy inútil en mi país, no hacía nada por nadie. Esto parece más interesante.

Él asintió. Entendía sus razones.

—No tiene familia —dedujo.

Victoria se abstuvo de mencionar que había dejado atrás a su marido e hijastro, porque temía que pensara que estaba loca o era muy cruel.

—Una hermana gemela, *jumelle*. —Era una palabra que conocía en casi todas las lenguas.

A Yves se le iluminó el rostro.

—*Identique?*

—*Oui.*

—*Très amusant.* ¿No quiso acompañarla?

—No. Está casada, no podía —mintió.

Reanudaron el viaje y permanecieron en silencio mientras pasaban junto a granjas, iglesias y escuelas. Los campos estaban sin cultivar, pues no había hombres jóvenes que se encargaran de esa tarea.

—*Vous fumez?* —preguntó el muchacho sorprendido cuando Victoria encendió un cigarrillo. Una mujer francesa de su clase jamás lo haría—. *Très moderne.*

Victoria rió. También era *très moderne* en Nueva York.

Atravesaron Montididier, Senlis y llegaron a Reims al anochecer, mucho después de la hora que habían indicado a Victoria. Habían acabado el café y la comida, y se oían disparos a lo lejos.

—Es peligroso estar aquí —comentó Yves con nerviosismo.

No obstante Victoria logró convencerle de que la llevara a Châlons-sur-Marne, y unos minutos más tarde divisaron un hospital de campaña ante el que se detuvieron. Había camillas por todas partes con hombres ensangrentados. Yves se sentía inquieto mientras Victoria contemplaba la escena con los ojos como platos.

Preguntó a una persona si había alguien de la Cruz Roja allí, pero no obtuvo respuesta. Al cabo de un rato Yves anunció que se marchaba; y subió al coche después de que Victoria le diera las gracias. Comprendía que deseara escapar de allí lo antes posible, pero se preguntaba qué haría allí sola.

Numerosas personas entraban y salían de la tienda, y algunas la miraban extrañadas por su aspecto, tan limpio y cuidado. Sin saber qué hacer, la joven preguntó a un camillero dónde se encontraba el puesto de enfermeras.

—Allí —respondió mientras arrastraba una bolsa con desperdicios.

Victoria se dirigió a donde le había indicado, pero cuando entró las enfermeras estaban demasiado ocupadas para hablar con ella, ya que acababan de llegar más heridos.

—Tome —le dijo un camillero de repente tras tenderle una bata—. La necesito, sígame.

Caminó entre las camillas con cuidado para no pisar a los enfermos. El hombre la llevó a una tienda más pequeña que utilizaban como sala de operaciones.

—No sé qué hacer —reconoció con nerviosismo Victoria, que no había esperado verse rodeada de hombres heridos por las explosiones. Algunos presentaban quemaduras terribles y muchos sufrían los efectos de los gases que utilizaban los alemanes.

El camillero, un hombre bajo, delgado, y pelirrojo, se llamaba Didier y por fortuna hablaba inglés. Victoria casi se desmayó al comprender qué pretendía: quería que le ayudara a atender a los soldados que acababan de llegar de las trincheras.

—Haga lo que pueda —dijo él en medio del alboroto. De pronto la joven recordó a las personas que había visto en el mar cuando se hundió el *Lusitania*, pero esto era peor. Muchos seguían con vida—. No sobrevivirán, porque han tragado demasiado gas. No podemos ayudarles.

Victoria observó que un hombre expulsaba un líquido verdoso por la nariz y la boca y agarró el brazo de Didier con fuerza.

—No soy enfermera —explicó mientras contenía las arcadas. Eso era demasiado para ella. Se arrepentía de estar allí—. No puedo…

—Yo tampoco soy enfermero… sino músico… ¿Se queda o se va? No tengo tiempo que perder. —Parecía enfadado, pero su mirada fue como un reto.

—Me quedo —respondió, y se arrodilló junto a un hombre al que faltaba la mitad de la cara. Tenía vendajes por todas partes, pero

240

los cirujanos habían decidido no malgastar el tiempo con él, pues no tenía posibilidades de salvarse… en un hospital, quizá, pero aquí no. Moriría en unas horas.

—Hola… ¿cómo te llamas? —preguntó con voz mortecina—. Yo soy Mark. —Era inglés.

—Olivia —contestó ella mientras le cogía la mano.

—Eres americana —observó. Tenía acento de Yorkshire—. Estuve allí una vez…

—Soy de Nueva York.

—¿Cuándo has llegado? —El soldado se aferraba a la poca vida que le quedaba, pensaba que si hablaba con ella podría sobrevivir, pero los dos sabían que era imposible.

—Hoy —respondió con una sonrisa. En ese instante otro enfermo le tiró de la bata.

—De Estados Unidos… quería decir… ¿cuándo? —preguntó Mark.

—El fin de semana pasado… en el *Lusitania*. —A Victoria se le encogía el corazón al oír los gritos y sollozos de los heridos.

—Malditos boches… matar a mujeres y niños así… son como animales.

Victoria se volvió hacia el otro soldado que reclamaba su atención. Tenía sed y llamaba a su madre. Contaba diecisiete años, era de Hampshire y murió veinte minutos más tarde con la mano de Victoria en la suya. La joven habló con cientos de hombres esa noche, y docenas de ellos fallecieron ante sus ojos. No podía hacer gran cosa por ellos, se limitaba a tomarles la mano, encenderles un cigarrillo, confortarles. Les daba agua aunque no deberían beber, pero ya no importaba. Cuando salió de la tienda por la mañana, se preguntó si habría servido de algo lo que había hecho. Estaba cubierta de vómito y sangre, no sabía adónde ir ni dónde estaba su maleta. Se había olvidado de todo mientras estaba junto a esos muchachos heridos que la llamaban por su nombre, le apretaban la mano y morían en sus brazos. Ayudó a Didier a sacar a los muertos en camillas para que los enterraran. Había miles de cadáveres, la mayoría de jóvenes.

—Hay comida allí. —El camillero señaló una tienda más grande, pero Victoria no se sentía con ánimos de caminar tanto. No había dormido en toda la noche y tenía el cuerpo dolorido. En cambio Didier no parecía cansado—. ¿Te arrepientes de haber venido, Olivia?

—No —respondió.

Didier adivinó que mentía. Había trabajado de firme, y valdría la pena contar con su ayuda, si se quedaba. La mayoría de los voluntarios acababan marchándose después de unos días, horrorizados por lo que habían visto. Otros, los más fuertes, no abandonaban. En todo caso Victoria no le parecía preparada para esa clase de vida, era demasiado joven y guapa. Con toda probabilidad había acudido en busca de aventura.

—Te acostumbrarás, espera a que llegue el invierno.

Durante meses la zona había sido un lodazal a consecuencia de las continuas lluvias, pero era mejor que lo que les había ocurrido a los rusos, que habían muerto congelados en Galitzia. Sin embargo Victoria no estaría allí en invierno, ya habría regresado a Nueva York, con Charles y Geoffrey.

Se dirigió con paso tambaleante a la tienda habilitada como comedor y, al acercarse, olió a café y comida, y se dio cuenta de que, a pesar de la carnicería que había visto, tenía un hambre feroz. Se sirvió unos huevos y un cocido de aspecto dudoso, así como una rebanada de pan más duro que una piedra, pero lo devoró todo y tomó dos enormes tazas de café negro. Varios camilleros y enfermeras la saludaron, pero estaban demasiado ocupados o exhaustos para hablar con ella. Aquello parecía una ciudad, con barracones, un hospital, un almacén y el comedor. A lo lejos se distinguía el castillo en que estaban destacados los oficiales, incluido el general, el oficial al mando. También había una granja donde se alojaban los soldados veteranos, mientras que el resto dormía en los barracones. Victoria no sabía todavía dónde se hospedaría.

—¿Estás con la Cruz Roja? —le preguntó una chica regordeta de rostro afable. Llevaba el uniforme de enfermera y se había servido un buen desayuno. Tenía la bata manchada de sangre, y Victoria pensó que, doce horas antes, la habría contemplado con horror, pero ahora le parecía normal. Se llamaba Rosie y era inglesa.

—Tenía que encontrarme con ellos ayer —explicó Victoria—, pero no sé qué ha pasado.

—Yo sí. Su coche fue alcanzado por una bomba ayer, en Meaux. Murieron los tres ocupantes. —Victoria sintió un escalofrío al pensar que ella podría haber estado en el automóvil—. ¿Qué vas a hacer ahora?

Victoria no sabía siquiera si quería quedarse, aquello era más duro de lo que había sospechado. Cuando estaba en Nueva York y asistía a las conferencias, todo le había parecido sencillo. Pensaba que le permitirían conducir. Entonces no suponía que sólo vería hombres moribundos y cadáveres. No obstante, sabía que podía ser útil.

—No lo sé. No soy enfermera, no sé en qué podría ayudar. —Miró a Rosie con timidez—. ¿Con quién debería hablar?

—Con la sargento Morrison. Está a cargo de los voluntarios. Y no te engañes, necesitamos toda la ayuda posible, estés preparada o no… siempre y cuando lo puedas aguantar.

—¿Dónde puedo encontrarla? —preguntó Victoria.

Rosie rió mientras se servía otra taza de café.

—Si te esperas diez minutos, ella te encontrará. La sargento Morrison está al corriente de todo lo que sucede en el campamento. Es una advertencia.

La enfermera tenía razón. Al cabo de cinco minutos una mujer vestida de uniforme se acercó a ellas y observó a Victoria con atención. Didier ya le había explicado todo sobre la recién llegada. La sargento Morrison medía un metro ochenta, tenía el cabello rubio y los ojos azules. Era australiana, llevaba casi un año en Francia e incluso había sido herida. Según Rosie, no toleraba ninguna clase de tonterías.

—Me han comentado que empezó a trabajar anoche —dijo con tono agradable.

—Sí. —De pronto Victoria se sintió como un soldado raso.

—¿Le gustó?

—No creo que la palabra «gustar» sea la más adecuada.

Rosie se marchó a la sala de operaciones, pues todavía le quedaban doce horas de servicio. Se trabajaba en turnos de veinticuatro horas o hasta que uno cayera muerto de cansancio.

—La mayoría de los hombres a los que cuidé fallecieron antes del amanecer —añadió Victoria.

Penny Morrison asintió con una expresión de compasión en el rostro.

—Suele suceder. ¿Cómo se siente al respecto, señorita Henderson? —Conocía su nombre y, sin que Victoria lo supiera, ya había ordenado que llevaran su maleta al barracón de mujeres, donde le había asignado un catre—. Podría ayudarnos si quisiera. No sé por qué ha venido ni me importa pero, si tiene estómago, nos sería de gran utilidad. La lucha se ha recrudecido mucho.

Victoria ya estaba al corriente. La noche anterior le habían entregado una máscara antigás por si los alemanes atacaban el campamento.

—Me gustaría quedarme —afirmó.

—Bien. —La sargento se puso en pie y consultó su reloj. Tenía una reunión con los oficiales en el castillo, a la que había sido convocada como jefe de voluntarios. Si no se equivocaba, sería la única mujer—. Por cierto, he ordenado que envíen su equipaje al barracón de las mujeres. Ya le indicarán dónde está. Preséntese en la tienda médica dentro de diez minutos.

—¿Ahora? —Victoria la miró con perplejidad. No había dormido en toda la noche y necesitaba descansar.

—Estará libre a las ocho de la tarde. Ya le he dicho que necesitamos su ayuda, Henderson. —La sargento la miró con severidad, y Victoria pensó que era una tirana. Por lo visto prefería reservar a las enfermeras y utilizar los voluntarios; tenían que racionarlo todo, incluso a las personas—. Por cierto, será mejor que se recoja el pelo.

Victoria tomó otra taza de café mientras se preguntaba si aguantaría doce horas más de trabajo y se dirigió a donde le había indicado.

—¿Ya estás de vuelta? Eso significa que te has encontrado con la sargento Morrison —comentó Didier al verla de nuevo.

La joven cogió una bata limpia, se recogió el pelo y se colocó un gorro. Durante las doce horas siguientes volvió a estar rodeada de muchachos moribundos, miembros arrancados, ojos cegados y pulmones llenos de gases venenosos. Cuando salió de la tienda, se sentía tan cansada que pensaba que vomitaría. Al llegar al barracón ni siquiera buscó su maleta, se tendió en el catre más cercano y se quedó dormida en el acto. No despertó hasta la tarde del día siguiente. Tras ducharse en una tienda contigua, se dirigió al comedor, donde se sirvió un buen plato y un tazón de café negro, sin el cual no sobrevivirían allí; era como el combustible para los coches. Mientras comía se preguntó cuándo debería regresar al trabajo, pues desconocía su horario. Al ver a Didier se acercó a él y se lo preguntó. El hombre llevaba treinta y seis horas de servicio y estaba exhausto.

—Me parece que no empiezas hasta la noche. El horario está colgado en los barracones. Supongo que Morrison pensó que necesitabas descansar.

—Me parece que tú también lo necesitas. —Empezaba a sentirse parte del equipo, y eso le gustaba—. Gracias, Didier, te veré más tarde.

—*Salut!* —dijo él mientras se servía una taza de café, aunque sabía que no le mantendría despierto, nada podía, ni las bombas. A pesar de su agotamiento sonrió a Victoria. Le gustaba esa joven. No sabía por qué había venido. Todos tenían sus razones, pero no solían explicarlas, salvo a los amigos más íntimos. Algunos huían de vidas infelices, otros tenían grandes ideales.

Victoria regresó al barracón y consultó su horario. Disponía de un par de horas para descansar, de modo que se tumbó un rato. Cuando se presentó en la tienda médica, observó que no había ningún rostro familiar, excepto el de la sargento Morrison, que tras echarle un vistazo se mostró satisfecha al ver que se había recogido el pelo. A continuación le entregó un uniforme, una bata blanca y un gorro con una cruz roja. Era una mezcla curiosa de prendas, pero con ellas todos sabrían quién era. La sargento le preguntó cómo se encontraba.

—Bastante bien, creo —respondió Victoria.

—Me alegro. Recoja su tarjeta de identidad en la tienda del estado mayor. En la reunión de ayer se aprobó su estancia. Creo que lo hará muy bien.

A Victoria le sorprendió su elogio pero, una vez se hubo marchado la sargento, ya no tuvo tiempo para pensar. Esa noche se libró una batalla terrible y llegaron centenares de hombres en camillas. Trabajó durante catorce horas sin descanso y, cuando por fin abandonó la tienda, estaba demasiado cansada para comer. Le resultaba imposible no pensar en los muchachos que había visto morir, así como en los niños que habían perecido en el *Lusitania*. Nada tenía sentido. El sol brillaba sobre las colinas de Francia y los pájaros cantaban. En lugar de dirigirse al barracón, paseó hasta un pequeño claro, se sentó en el suelo, con la espalda apoyada contra un árbol, y encendió un cigarrillo. Necesitaba estar un rato sola para poner en orden sus pensamientos. No estaba acostumbrada a estar rodeada a todas horas de gente que necesitaba sus cuidados y había descubierto que era agotador.

—Puede que consiga un buen bronceado aquí, pero se me ocurren mejores lugares para ir de vacaciones. —La voz era de un hombre que hablaba en inglés con fuerte acento francés.

Victoria abrió los ojos y le miró. Por un momento le pareció que era tan alto como el árbol contra el que estaba reclinada. Tenía el cabello rubio, medio canoso.

—¿Cómo sabía que hablo inglés? —preguntó con curiosidad.

—Di el visto bueno a sus papeles ayer —respondió mirándola

con frialdad y semblante serio—. He reconocido el uniforme, y la descripción. —Penny Morrison había comentado que era una joven americana muy guapa que había llegado en el *Lusitania* y que seguramente no se quedaría más de diez minutos.

—¿Se supone que tengo que ponerme en pie y saludar? —preguntó ella.

El hombre sonrió.

—No, al menos que se una al ejército, y yo no lo haría si fuera usted. Puede desarrollar su labor sin pertenecer al ejército, a no ser que sienta la necesidad de tener un rango, pero como no es enfermera sólo sería un soldado raso. No se lo recomiendo. —Hablaba un inglés perfecto y había estudiado en Oxford y Harvard. Contaba treinta y nueve años y tenía un porte muy aristocrático—. Por cierto, soy el capitán Édouard de Bonneville.

Los ojos de Victoria se iluminaron con un brillo que no tenían desde que partió de Nueva York. Apenas había hablado con nadie desde entonces, excepto con lady Mackworth, en el *Lusitania*.

—¿Es usted el oficial al mando? —inquirió—. Sé que debería levantarme pero, a decir verdad, no creo que me sostengan las piernas —añadió con una sonrisa.

—Ésa es otra ventaja de no estar en el ejército, no tiene por qué saludar. Le recomiendo que no se aliste —dijo con tono jocoso y se sentó en un tronco frente a ella—. Además, no soy el oficial al mando, soy el tercero o cuarto en el escalafón y no tengo autoridad alguna.

—No me lo creo. Es usted quien ha firmado mis papeles.

—Tampoco me he alejado demasiado de la verdad. —Lo cierto era que había estado en Saumur, la escuela de caballería para nobles, y estaba realizando la carrera militar. Si todo iba bien, acabaría siendo general. De todos modos, prefería hablar más de la joven que de sí mismo. Penny Morrison se sentía intrigada por ella, porque saltaba a la vista que era de buena cuna, además de joven y hermosa, y nadie entendía qué hacía allí. No parecía la clase de chica dispuesta a pasar penalidades—. Me han comentado que estuvo a bordo del *Lusitania*. —Observó el dolor y la pena que reflejaban sus ojos—. No es un buen principio, desde luego, pero... éste tampoco es el mejor de los destinos. ¿Se ha perdido o ha venido aquí a propósito?

Victoria rió. Le gustaba ese hombre, era muy directo, además de sarcástico.

—Quería estar aquí; de lo contrario no creo que lo aguantara.
—Sus miradas se encontraron. Tenían los ojos casi del mismo color. Cualquiera que los hubiera visto habría pensado que formaban una buena pareja, aunque el capitán era mucho mayor que ella. En realidad podría ser su padre.

—Estudié en Oxford un año después de licenciarme en la Sorbona y, luego, para perfeccionar mi inglés —añadió mientras imitaba el acento de Boston—, pasé otro en Harvard. Más tarde ingresé en Saumur, que no es más que una escuela tonta para militares donde hay muchos caballos. —A Victoria le gustó la manera que tenía de describirla. Incluso ella había oído hablar de Saumur, que era el equivalente a West Point—. Ahora estoy aquí y, si quiere que le sea sincero, preferiría no haber venido —admitió mientras encendía un cigarrillo. Victoria admiró su franqueza. La mayoría de los hombres con que había hablado afirmaban lo mismo, por lo que les extrañaba que ella hubiera recorrido cinco mil kilómetros para estar allí—. Si tuviera dos dedos de frente, subiría a un barco, esta vez a uno americano, y regresaría de donde ha venido. Por cierto, ¿de dónde es?

—De Nueva York.

—¿Acaso ha huido de unos padres tiranos? —Había visto en su pasaporte que tenía veintidós años, por lo que era lógico suponer que aún vivía con sus padres. O quizá la había llevado allí un desengaño amoroso; si era así, había sido muy tonta.

—No. Mi padre es muy bondadoso.

—¿Y le ha permitido venir aquí? Qué hombre tan extraño. —Victoria negó con la cabeza. Se sentía a gusto hablando con él—. No creo que yo consintiera que mi hija pusiera en peligro su vida. Menos mal que no tengo ninguna.

Victoria observó que no lucía ninguna alianza en el dedo, lo que no significaba nada, pues tampoco ella la llevaba y estaba casada con Charles.

—No sabe que estoy aquí —explicó—. Cree que estoy en California.

—No debería haberle engañado. —Édouard la miró con desaprobación. ¿Qué pasaría si le sucedía algo? ¿Qué habría ocurrido si se hubiera ahogado en el naufragio?—. ¿Nadie sabe que está aquí? —Era una joven muy valiente.

—Mi hermana. —La joven se apoyó de nuevo contra el árbol. Había algo en ese hombre que la incitaba a sincerarse con él, aunque dudaba de que fuera conveniente—. Somos gemelas.

—¿Idénticas?

Victoria asintió.

—Sí, pero todo lo que yo tengo en la izquierda, ella lo tiene en la derecha, y viceversa. Como esta peca. —Tendió la mano para mostrársela—. Nadie nos diferencia, excepto la mujer que nos cuidaba de pequeñas. Incluso mi padre nos confunde —agregó con una sonrisa pícara, y el capitán sospechó el desconcierto que las hermanas solían causar.

—Eso ocasionará muchos problemas, sobre todo con los hombres. ¿Han engañado alguna vez a sus amigos? —Era muy listo, más de lo que suponía.

—Sólo a algunos —reconoció con expresión inocente.

—Pobres diablos. Me alegro de no haberlas conocido a la vez, aunque debe de ser todo un espectáculo. ¿Cómo se llama su hermana?

—Victoria —respondió tras titubear un segundo.

—Olivia y Victoria. De modo que su hermana es la única que sabe que está aquí. ¿Piensa quedarse hasta que acabe la guerra? —Édouard lo dudaba mucho. ¿Por qué iba a quedarse? Era de buena familia, bien educada, inteligente y muy hermosa. Podía regresar a casa cuando quisiera, y seguro que lo haría en cuanto se cansara de los peligros y las penalidades.

—No lo sé, depende de mi hermana.

—¿De su hermana? ¿Por qué? —Arqueó una ceja en expresión de sorpresa. Era una criatura preciosa y le habría encantado pasar el día con ella para conocerla mejor.

—Ella se ocupa de todo.

—No lo entiendo.

—Es muy complicado —repuso ella con un brillo extraño en los ojos.

—Quizá me lo explique algún día.

Victoria se levantó despacio. No le apetecía marcharse, pero estaba muy cansada y le dolía todo el cuerpo. Para su asombro, Édouard la acompañó hasta el barracón.

Durante la semana siguiente le vio con bastante frecuencia. El capitán la visitó en la tienda médica mientras atendía a los enfermos, y en el comedor, donde tomó café con ella. Hablaron de diversos temas, algunos muy graves, como las nubes de gas, los miles de muertos, los heridos, y otros banales como el tenis, los yates y los caballos.

Victoria ya llevaba un mes en el campamento cuando la invitó a una cena que se ofrecería en el castillo.

—¿Aquí?

No tenía nada que ponerse, lo había perdido todo en el barco y la ropa que había comprado en Liverpool era fea y funcional. Sólo tenía el uniforme.

—Me temo que no puedo llevarte a Maxim's de París.

Édouard la miró divertido. Después de llevar batas ensangrentadas y conducir ambulancias, de pronto actuaba de una forma muy femenina.

—No tengo nada que ponerme, sólo el uniforme.

Le halagaba que la hubiera invitado, pero también le sorprendía. Se habían convertido en amigos, pero jamás pensó que se sintiera atraído por ella. Además, ése no era el lugar más adecuado para iniciar un romance, aunque varias de sus compañeras mantenían relaciones amorosas con soldados. A veces la tragedia unía más a las personas, si bien había quien pensaba que era mejor guardar las distancias. Victoria siempre había supuesto que Édouard pertenecía a este último grupo.

—Yo tampoco tengo otra cosa que ponerme, Olivia. —Victoria siempre se reía al oírle utilizar el nombre de su hermana. Había pensado en contarle la verdad un par de veces, pero no se atrevía—. Te recogeré a las siete.

Victoria habló con Didier, que se ofreció a cambiarle el turno y arqueó una ceja al enterarse de que tenía una cita.

—Me preguntaba cuándo ocurriría. —Le gustaba Victoria. Era sincera y trabajadora, y nunca se quejaba.

—Sólo somos amigos. —Victoria sonrió ante su insinuación.

—Eso crees tú. No conoces a los franceses.

—No seas tonto —repuso ella antes de salir corriendo para ponerse un uniforme limpio.

Su única concesión a la feminidad fue soltarse el cabello. No tenía maquillaje, desde su llegada a Francia no lo había necesitado, pero ahora lo echó en falta.

Édouard la recogió en un camión cerca del barracón.

—Estás muy guapa, Olivia.

—¿Te gusta mi vestido? —preguntó coqueta—. Lo compré en París. ¿Y mi peinado? He tardado horas en arreglarme.

—Eres un monstruo. No me extraña que tu familia te enviara aquí. Seguro que estaban desesperados por librarse de ti.

—Sí. —Victoria pensó en Charles y en Geoffrey, a quienes no añoraba en absoluto.

—¿Has recibido noticias de tu hermana?

—Sí. Me ha enviado dos cartas, y yo también le he escrito, pero es difícil explicar lo que ocurre aquí.

—Es difícil comprender la guerra si no se vive.

Cuando entraron en el castillo, Victoria estaba muy nerviosa. Había dos mujeres más en la cena. Una era la propietaria del edificio, una condesa con edad suficiente para ser su madre y que se mostró muy cordial. La otra era la esposa de un coronel que había viajado desde Londres para ver a su marido.

La cena fue informal y la conversación se centró al principio en la guerra y la campaña de Galitzia. Más de un millón de polacos habían muerto en el último mes, lo que horrorizó a Victoria, que al pensarlo mejor se dio cuenta de que desde su llegada había visto morir a más de mil hombres.

Después la conversación tomó otros derroteros. El general se mostró muy amable con Victoria y todos le hablaron en inglés, aunque su francés había mejorado. A las diez de la noche Édouard la llevó a los barracones. Victoria había impresionado a la condesa y al general, pero no era consciente de ello. Mientras se dirigían al campamento, oyeron el familiar silbido de las balas. Victoria rogó que esa noche no hubiera un gran número de víctimas.

—¿Cómo acabará todo esto? —inquirió.

Edouard aparcó el camión a un lado de la carretera antes de llegar al barracón. No había ningún otro lugar donde pudiera hablar, con calma, pues el comedor estaba lleno a todas horas y siempre estaban rodeados de gente. Ahora deseaba estar a solas con ella, tenía algo que decirle.

—Las guerras nunca llevan a ninguna parte —sentenció—. Sólo hay que recordar la historia. Al final todos pierden.

—¿Por qué no salimos ahí fuera y se lo decimos? Podríamos ahorrarles mucho trabajo.

—No olvides que al mensajero siempre le cortan la cabeza. —Hizo una pausa y añadió—: Me lo he pasado muy bien esta noche. —Mientras la miraba se preguntó qué había dejado atrás en Nueva York. Con toda probabilidad muchos corazones partidos, pero la había observado durante el último mes y no parecía que el suyo estuviera ocupado—. Tu compañía me resulta muy agradable, espero que podamos repetir esto alguna vez. —Deseó estar en

París con ella. Allí todo hubiera sido diferente. La habría llevado a su castillo en Chinon, de caza a Dordoña, le habría presentado a sus amigos… habría sido maravilloso. Pero lo único que tenían eran las trincheras entre Streenstraat y Poelcapelle, y miles de hombres que morían a causa del fosgeno. No era un ambiente muy romántico.

—Yo también me lo he pasado bien —dijo Victoria mientras fumaba un cigarrillo francés—. El general es todo un personaje.

Édouard tomó su mano y se la besó.

—También lo eres tú. —Por fin decidió sincerarse, aunque temía su reacción—. Debo explicarte algo, Olivia, no quiero que haya ningún malentendido entre nosotros…

Al oír sus palabras ella se puso rígida.

—Estás casado —interrumpió Victoria, que no deseaba que le hicieran daño de nuevo.

—¿Por qué dices eso? —Édouard la miró con asombro. Era mucho más lista de lo que pensaba y se preguntó una vez más qué le había ocurrido en el pasado. Percibía el dolor y la tristeza en sus ojos.

—Simplemente lo sé. ¿Qué más hay que contar?

—Muchas cosas… todos llevamos nuestra cruz… y ésta es la mía. No es un verdadero matrimonio.

—No, claro, es un matrimonio sin amor, no deberías haberte casado con ella… quizá la dejes cuando acabe la guerra o quizá no… —Victoria se interrumpió y miró por la ventanilla.

—No es eso. Ella me abandonó hace cinco años y, sí, era un matrimonio sin amor. Ni siquiera conozco su paradero. Se fugó con mi mejor amigo, pero fue un alivio. Estuvimos casados hace tres años y nos odiábamos, pero no puedo divorciarme, éste es un país católico. Quería que lo supieras.

Victoria le miró sorprendida, no sabía si creerle.

—¿Ella te dejó? —preguntó.

Édouard asintió. Hacía mucho que había ocurrido y había habido un par de mujeres en su vida desde entonces, pero no en los últimos doce meses.

—Se marchó hace seis años. Podría decirte que me partió el corazón, pero no fue así. Me sentí aliviado, debo a Georges un gran favor, un día de éstos le escribiré para agradecérselo. El pobre quizá se sienta culpable —dijo con una sonrisa.

—¿Por qué la odiabas?

—Porque era una niña mimada insoportable. Era la mujer más egoísta que jamás he conocido.

—¿Por qué te casaste con ella? ¿Era guapa?

—Mucho, pero no me casé con ella por eso. Estaba prometida con mi hermano, que murió en un accidente de caza. Tenían fijada ya la fecha de la boda, y él había sido lo bastante estúpido para dejarla embarazada. Así pues, hice lo que consideré mi deber y contrajimos matrimonio. Tres semanas después perdió al niño, o eso dijo; todavía dudo de que en verdad estuviera encinta. Creo que cazó a mi hermano y el muy ingenuo la creyó. Estoy seguro de que, si se hubieran casado, la habría matado; él no era tan paciente como yo.

»Tres años más tarde me dejó por Georges, después de mantener una relación de un año con él. Sospecho que hubo un par más antes. Yo me alegré de que se marchara. El único problema es que, a menos que Georges se haga rico, algo improbable dada su limitada inteligencia, o ella conozca a otro, no se divorciará. Estoy dispuesto a pagarle una bonita cantidad de dinero, pero prefiere el título.

—¿Título?

—Ahora es baronesa. No lo habría sido si se hubiera casado con mi hermano, que era el más joven. Me temo que a Heloise le encanta pertenecer a la nobleza. —Miró a Victoria y advirtió la tristeza que reflejaba su rostro—. Bien, ahora te toca a ti. Explícame quién te rompió el corazón. —Se sentía aliviado después de haberse sincerado con ella, pues no deseaba crear falsas esperanzas.

—No hay mucho que contar. No es muy importante.

—¿Lo bastante importante para que vinieras aquí?

—Son muchas cosas. —Se sentía obligada a abrirse a él—. Sí, hubo alguien. Yo era muy joven y tonta. Sucedió hace dos años, sólo tenía veinte. Me enamoré locamente de él y cometí muchas estupideces en un período de tiempo muy breve. Estábamos en Nueva York de visita… él era mayor que yo… muy encantador… y estaba casado… tenía tres hijos. Me aseguró que odiaba a su mujer, que el suyo era un matrimonio de conveniencia, que pensaba dejarla. Se divorciarían y entonces nos casaríamos. Todo era mentira… pero le creí y puse mi reputación en peligro. Alguien se lo contó a mi padre y cuando mandó a alguien para que hablara con él… afirmó que yo le había seducido, negó haberme hecho ninguna promesa… Incluso reconoció que jamás había pensado abandonar a su esposa, que además estaba embarazada. —Había llegado el momento de revelarle toda la verdad. No tenía nada que perder—. Su esposa estaba encinta… y yo también. Cuando regresamos a nuestra casa de Croton-on-Hudson, me caí del caballo un día y perdí al niño. Me ingresaron en el hospital porque sufrí una hemorragia… Mi padre estaba furioso, decía que en Nueva York corrían rumores sobre mí y que era preciso salvar la reputación de la familia. —Suspiró mientras recordaba lo terrible que había sido. Después se volvió hacia Édouard y forzó una sonrisa—. Así pues, me obligó a casarme con uno de sus abogados. Yo siempre había dicho que jamás contraería matrimonio… quería ser una sufragista, hacer huelgas de hambre, ir a prisión…

Édouard se rió.

—No es un estilo de vida muy recomendable. —Se llevó su mano a los labios y se la besó—. Sospecho que en aquella época no era fácil controlarte y supongo que nunca lo será.

Victoria sonrió.

—Quizá no. En fin, me casé con él. Era viudo, su mujer había muerto en el *Titanic* y buscaba una madre para su hijo.

—¿Y lo fuiste? —preguntó con interés.

—No. No fui una madre para él ni una esposa para Charles. El niño me odiaba y me temo que su padre también. No me parecía en nada a su primera mujer, y él… no era el hombre del que estaba enamorada. No podía ser como él quería ni hacer lo que esperaba de mí. Le detestaba… no sentía nada por él, y él lo notaba.

—¿Se portaba mal contigo?

—No… no. Simplemente yo no le quería —respondió la joven con lágrimas en los ojos.

—¿Dónde está él ahora? —susurró Édouard.

—En Nueva York.

—Supongo que seguís casados. —El capitán se sentía decepcionado. No había esperado algo así.

—Sí.

—Si te ha dejado venir, quizá te quiera más de lo que sospechas. —Era un gesto muy generoso por su parte, y Édouard le admiraba por ello. Él jamás habría permitido que su esposa se marchara de casa.

—No sabe que estoy aquí. —Debía contarle toda la verdad, confiar en él. No había confiado en ningún hombre en los últimos dos años, pero estaba segura de que él no la defraudaría.

—¿Dónde cree que estás? —preguntó él con asombro.

Victoria sonrió, porque de pronto toda la historia le pareció muy divertida, aunque sabía que era terrible.

—Cree que estoy en casa con él.

—¿Qué quieres decir? —No acababa de entenderla, pero de pronto la miró con unos ojos como platos—. Dios mío… tu hermana… es eso, ¿verdad? Él cree que…

—Eso espero.

—¿Tu hermana ha ocupado tu lugar? —Édouard estaba escandalizado, y Victoria temió que la delatara, que escribiera a su casa y revelara la verdad—. No puedo creer que hicieras algo así… Pero… un marido y una mujer…

—No, nunca hemos disfrutado de esa clase de intimidad. Mi hermana sólo tiene que cuidar de la casa, eso es todo.

—¿Estás segura? —Al capitán le costaba creer que hubiera urdido semejante plan.

—Absolutamente segura; de lo contrario nunca se lo hubiera pedido. A diferencia de mí, mi hermana es dulce y cariñosa, y el niño la adora.

—¿No la reconocerá?

—No, si tiene cuidado.

Édouard se recostó en el asiento mientras intentaba asimilar toda la información.

—Menudo embrollo has dejado detrás de ti, Olivia.

Ella sonrió, movió la cabeza y posó un dedo sobre sus labios.

—Victoria —susurró.

—¿Victoria? Pero en tu pasaporte…

—Es el de mi hermana.

—Menuda bruja… Claro… tenías que cambiar de nombre. Pobre hombre… me da lástima. ¿Cómo se sentirá cuando le expliques la verdad? Porque se la explicarás…

—Tendré que contarle todo cuando regrese. Había pensado revelarle la verdad por carta, pero sería muy cobarde por mi parte y Olivia no se lo merece. No he dejado de pensar en ello desde que me marché y sé que no puedo volver con él. Algún día regresaré a casa, pero no con él. No puedo, Édouard, no le quiero. Fue un error, no debí ceder a las presiones de mi padre, pero pensé que él sabía qué era lo mejor para mí. Quizá haya gente que pueda vivir así, pero yo no. Volveré y viviré con mi hermana, o quizá me quede aquí. No lo sé todavía. En todo caso le pediré el divorcio.

—¿Y si no te lo concede? —inquirió Édouard con curiosidad.

—Entonces viviremos separados, aunque sigamos casados. No me importa. Además, él se merece algo mejor, tendría que haberse casado con Olivia, hubiera sido un matrimonio perfecto.

—Quizá se enamore de ella mientras tú estás aquí —conjeturó él. Le divertía la parte cómica de la historia. No cabía duda de que Victoria era muy valiente y atrevida.

—No creo que ocurra. Olivia es demasiado recatada. Pobre, no debe de resultarle muy agradable simular que soy yo. Fue un ángel al aceptar, le dije que moriría si no se hacía pasar por mí durante una temporada. Cuando éramos pequeñas, fingía ser yo para sacarme de algún apuro. —Victoria sonrió al pensar en su hermana.

—Desde luego tú no eres un ángel, sino un demonio, señorita Victoria Henderson. Lo que has hecho es terrible. —No obstante, encontraba divertida la situación hasta que de pronto recordó algo—. ¿Cuánto tiempo te ha concedido?

Victoria titubeó antes de contestar:

—Hasta el fin del verano.

—No nos queda mucho tiempo. ¿Qué te parece tener una aventura con un hombre casado?

Victoria sonrió.

—¿Y a ti qué te parece tener una aventura con una mujer casada?

—Creo que estamos hechos el uno para el otro. —Ambos merecían más de lo que habían recibido y, sin añadir nada más, Édouard se inclinó para tomarla en sus brazos y besarla.

25

A pesar de que Olivia había prometido a su padre pasar un mes en Croton, cuando llegó el momento no quería abandonar a Charles y Geoffrey. Sus vidas habían cambiado en las últimas semanas. La pareja disfrutaba de una suerte de luna de miel y, en lugar de excluir a Geoffrey, Olivia se sentía más unida a él que nunca. El único problema era que todo cuanto tenía pertenecía en realidad a su hermana. Había tomado prestados a su marido y su hijo, hasta la alianza que llevaba en el dedo era de Victoria, pero se decía que al final todo redundaría en beneficio de su hermana y que ése sería su gran obsequio. Sin embargo otras veces sabía que estaba actuando mal y se sentía consumida por los remordimientos, pero su mala conciencia desaparecía en cuanto Charles la tomaba en sus brazos. Su pasión había alcanzado cotas insospechadas para él. La sensualidad de su esposa no era tan indomable como en un principio había supuesto; al contrario, le había entregado su corazón del mismo modo que Charles pensó que haría Olivia. En cierto modo, le aliviaba no tener que ver a su cuñada ahora, pues sus sentimientos hacia ella siempre habían sido muy confusos, pero ya no albergaba ninguna duda.

Por la mañana les costaba abandonar el lecho y, por las noches, corrían a él. Cada vez se acostaban más temprano, aunque se obligaban a permanecer levantados hasta que Geoffrey se retiraba.

—Somos terribles —dijo Olivia con expresión traviesa mientras Charles la seguía hasta la bañera—. Esto es obsceno —añadió sin mucha convicción antes de que él la tomara en el agua.

Un rato después, Charles le dio una palmada cariñosa en el trasero y se marchó al trabajo. Al quedarse sola Olivia se preguntó si podría dejarle alguna vez. Faltaban dos meses para que regresara Victoria. Lo peor de todo es que ésta no amaba a su esposo y, cuando regresara, Charles notaría el cambio. Lo único que podía hacer por el momento era ofrecerle todo el amor del que era capaz.

Charles tenía la impresión de estar en el cielo, lo que compartía con su mujer era más de lo que había esperado cuando se casó con ella. De hecho, era más, mucho más, de lo que tuvo con Susan, aunque no se atrevía a reconocerlo.

—Sólo hemos necesitado un año para adaptarnos —comentó con sorna una noche después de hacer el amor—. No es demasiado tiempo, ¿verdad?

—Sí lo es —respondió Olivia.

Charles la miró de hito en hito.

—¿Qué ha cambiado? —En ese momento descubrió en sus ojos algo que le aterrorizó: eran las puertas de su corazón, que estaban totalmente abiertas para él. Se apartó de ella y agregó—: Supongo que tendría que sentirme agradecido y no hacer demasiadas preguntas.

Olivia presintió que en ese momento había intuido la verdad, aunque prefería no saberla. En cualquier caso jamás se mostraba extrañado cuando ella no recordaba pequeños detalles como dónde guardaban las facturas o las herramientas. Hasta Geoff perdía la paciencia en ocasiones por los despistes de Olivia.

A principios de junio, cuando se acabaron las clases, llegó el momento de partir hacia Croton-on-Hudson. Charles prometió que les visitaría cada fin de semana. Cumplió su palabra e incluso se quedó el domingo de su aniversario de boda. Edward estaba contento de verles tan felices. Incluso el ama de llaves había notado el cambio que había sufrido su relación.

—Seguro que quieres algo de él, como una casa más grande —comentó Bertie un día en broma a Olivia.

Sin embargo ambas sabían que Victoria heredaría la casa de Nueva York, y Ollie, Henderson Manor, pero la joven prefería no pensar en esas cosas. La salud de su padre había empeorado tras la desaparición de su hermana, aunque en esos días se mostraba más animado.

Geoffrey dormía en la antigua habitación de las gemelas. A Olivia todavía le dolía entrar en ella. Al ver la cama que había compartido con su hermana durante veinte años se le encogía el corazón. Había recibido dos cartas de Victoria en la casa de la Quinta Avenida y sabía que trabajaba en un hospital de campaña en Châlons-sur-Marne. Estaba claro que no se trataba de unas vacaciones, pero su hermana era feliz. Fueran cuales fueran las razones que la habían impulsado a marcharse, Olivia agradecía su ausencia, pues le permitía compartir esos momentos tan preciados con Charles y Geoff. En la noche de su aniversario, hicieron el amor con especial ternura. Después, Charles comentó cuán decepcionante y triste había sido para ambos la luna de miel. Olivia fingió recordarlo y, cuando volvieron a hacer el amor, sintió algo diferente, una unión de sus almas y sus corazones que no había experimentado antes.

Charles también se mostraba distinto con ella, y su relación se había tornado más íntima. Al día siguiente Charles partió de mala gana y, tan pronto como llegó a Nueva York, le escribió una carta para expresar lo mucho que la quería. Olivia lloró al recibirla. Jamás pensó que la vida pudiera ser tan perfecta.

Cada día Olivia salía a cabalgar con Geoff, cuyo estilo había mejorado muchísimo, y le enseñó a saltar obstáculos. Al niño le sorprendía que pasara tanto tiempo con él, notaba el cambio que se había operado en Victoria y quería creer que se esforzaba por llevarse mejor con él. Le recordaba mucho a Olivia, aunque en ocasiones todavía se enfadaba. La joven procuraba montar en cólera de vez en cuando para que no descubrieran el engaño, pero luego sentía remordimientos e intentaba compensar su mal humor con palabras y gestos cariñosos. Geoff disfrutaba en compañía de su madrastra, aunque todavía añoraba a Olivia. Hablaba de ella de tanto en tanto y era obvio que comparaba su desaparición con la de su madre. Olivia lamentaba el dolor que causaba al muchacho, pero no podía hacer nada al respecto.

Charles tenía previsto pasar el último fin de semana de junio con ellos en Croton. El día antes de su llegada, Olivia y Geoff salieron a cabalgar. Cuando regresaban a casa, la joven saltó por encima de un arroyo y su caballo se tambaleó. Al ver que el animal cojeaba, decidió desmontar y realizar el resto del trayecto a pie. Cuando llegaron al establo, descubrió que la yegua tenía una piedra clavada en la pata y, mientras intentaba extraerla con una uñeta afilada, el movimiento repentino de otro caballo asustó a su montura y se hincó la herramienta en la palma de la mano derecha. Comenzó a sangrar con profusión, un mozo acudió corriendo con una toalla y Robert se llevó al animal para sacarle la piedra. Geoff estaba a punto de llorar mientras la joven se lavaba la mano en la fuente.

—Quizá necesite unos puntos… señorita Victoria —observó un mozo con preocupación.

Pero Olivia afirmó que no era necesario, y Geoff acercó una caja para que se sentara.

—¿Estás bien, Victoria? —preguntó.

—Sí —respondió ella. Cuando hubo limpiado la herida, tendió la mano para que el niño se la vendara con una toalla—. Apriétala bien, por favor.

Al ver su mano Geoff quedó perplejo. Acababa de descubrir quién era en realidad.

—Tía Ollie… —susurró sin dar crédito a sus ojos. Había notado algo diferente en ella, pero jamás había sospechado la verdad—. ¿Dónde está…? —El chiquillo se interrumpió cuando Robert se acercó.

—¿Qué tal va la herida? ¿Quiere que llame al médico?

—No será necesario, estoy bien. —Olivia temía que viera la peca, pues ignoraba si conocía su secreto. Bertie, sí, desde luego, de modo que debería tener cuidado con ella.

—Ha tenido suerte de que no le atravesara la mano. Mantenga la herida limpia y bien vendada —añadió antes de marcharse.

Geoffrey, que apretaba la toalla, sonrió en cuanto se alejó. Después de todo, no había perdido a Olivia.

Ella le abrazó con fuerza.

—Te dije que jamás te abandonaría.

—¿Lo sabe papá? —preguntó con expresión desconcertada.

—Nadie lo sabe, salvo tú. Prométeme que no se lo dirás a nadie, por favor, ni siquiera a tu padre.

—Te lo prometo. —Olivia sabía que podía confiar en él. El castigo podría ser que regresara su madrastra, y él no quería eso—. ¿Papá se enfadará mucho cuando se entere?

—Quizá.

—¿Te mandará lejos de nosotros?

—No lo sé. Lo mantendremos en secreto mientras podamos y disfrutaremos al máximo. No debes decírselo a nadie, Geoff.

—No lo haré —aseguró, ofendido ante su insistencia. Cogió a su tía por la cintura y regresaron a la casa.

26

Tal como había prometido, Charles pasó el último fin de semana de junio con ellos. La herida de Olivia había cicatrizado, y Geoff mantuvo su secreto. Cuando se marcharon de Croton, Edward estaba bien de salud y Bertie se mostró apenada por su partida, pero la familia Dawson estaba entusiasmada con sus vacaciones en la playa.

Charles había alquilado una casa en Newport, Rhode Island, donde solían veranear los Goelet y los Vanderbilt, que celebraban fiestas en sus grandes mansiones casi cada noche. El tiempo era maravilloso, Geoff y Olivia pasaban largas horas nadando y Charles, que jamás se había sentido tan feliz, jugaba sobre la arena con ellos como si fuera un chiquillo.

Después de pasar todo el mes de julio con su familia, el abogado regresó a la ciudad el 1 de agosto. Al igual que había hecho cuando su esposa y su hijo estaban en Croton, iba a Newport todos los fines de semana para estar con ellos. Cuando Olivia y Geoffrey se quedaban solos, el niño nunca la llamaba por su verdadero nombre ni mencionaba su secreto. A sus once años, era lo bastante mayor para comprender la situación. Solían dar largos paseos por la playa, tomar el té con amigos y recoger conchas para confeccionar un collage. Cuando Charles llegaba los viernes por la noche después de un largo viaje, siempre pensaba que valía la pena recorrer tantos kilómetros para estar con ellos.

—No sé cómo soporto toda la semana sin ti —solía comentar a su esposa.

Se sentía muy solo en Nueva York sin ella.

—¿Cómo he podido vivir sin ti? —le dijo una noche mientras

contemplaban la luna desde el balcón de su habitación. Charles anhelaba hacerle el amor, pero primero quería conversar con ella, abrazarla y disfrutar de su compañía. Su relación actual nada tenía que ver con el primer año de casados. Todo había cambiado cuando reconoció que la amaba.

Esa noche, mientras yacían juntos después de hacer el amor, le acarició la mejilla. Deseaba algo más de ella, pero no se atrevía a planteárselo porque conocía sus sentimientos al respecto. Sin embargo cabía la posibilidad de que también hubiera cambiado en ese aspecto como en todos los demás: hacía dos meses que no mencionaba a las sufragistas, aunque seguía devorando las noticias sobre la guerra en Europa; había cumplido su promesa de dejar de fumar, hábito que Charles consideraba inapropiado para una mujer, aunque al principio lo había encontrado divertido.

Al día siguiente organizaron un picnic en la playa y luego fueron a comprar una sombrilla para Olivia y unos zapatos para Geoff, que había crecido tanto durante el verano que todos los que tenía se le habían quedado pequeños. Cuando regresaban a casa, Olivia vio que una niña pequeña entraba en la calzada para coger una pelota que había caído entre dos coches de caballos y pronto se vio rodeada por las patas de los animales, que comenzaron a moverse inquietos. La madre de la criatura chilló, y Olivia corrió hacia los vehículos y agarró a la chiquilla, que no tenía más de tres años. La protegió con su cuerpo cuando una bestia levantó la pata y le hizo un leve rasguño. Aunque se sentía mareada, logró cruzar hasta el otro lado de la calle, con la niña sana y salva. La madre de la criatura rompió a llorar, mientras Charles se acercaba a Olivia seguido por Geoff.

—¡Dios mío! ¿Quieres matarte o qué? —exclamó.

—Pero Charles... la niña... la pobre niña... —balbuceó con expresión aturdida, la cara muy blanca. Charles advirtió que estaba a punto de desvanecerse y la cogió antes de que cayera al suelo. A voz en grito pidió que llamaran a un médico. Estaba seguro de que el caballo sólo la había rozado, pero quizá era más grave de lo que pensaba.

—¿Qué ocurre? —preguntó una mujer.

—No lo sé —respondió Charles, que intentaba mantener la calma aunque temía perder a su esposa—. Se pondrá bien, hijo —dijo a Geoff, que tenía los ojos llenos de lágrimas.

Tumbó a Olivia en el suelo y apoyó su cabeza sobre el paquete que llevaba Geoff.

—Está muerta, papá —sollozó el niño.

La gente comenzó a agolparse alrededor de ellos y por fin llegó un hombre que afirmó ser médico. Pidió que la llevaran a un restaurante cercano, la tendió sobre una banqueta y la examinó. No descubrió señales de que hubiera sufrido una contusión, pero continuaba sin sentido, por lo que le aplicó hielo en la nuca y las sienes hasta que, poco a poco, recobró la conciencia y preguntó qué había sucedido.

—Que has salvado a una niña y casi te mata un caballo —respondió Charles, que se sentía asustado, aliviado y furioso a la vez—. Te agradecería que dejes a los demás hacer de héroes —añadió antes de besarle la mano. Geoff se enjugó las lágrimas, estaba avergonzado de haber llorado.

—Lo siento —se disculpó ella, y miró al médico.

Éste afirmó que no tenía nada grave y se ofreció a acompañarles al hospital si lo deseaban. Olivia declaró que deseaba ir a casa pero, cuando intentó ponerse en pie, casi se desmayó y tuvo que admitir que se encontraba muy mal.

—Creo que debería llevar a su mujer a casa para que descanse —explicó el doctor a Charles—. Lo más probable es que sea culpa del calor y la emoción. Llámeme esta noche si me necesita —agregó al tiempo que le tendía su tarjeta.

Charles fue a buscar el coche.

—¿Estás bien, Ollie? —susurró Geoff cuando se hubo alejado.

—¡Geoff! ¡No! —exclamó ella—. Recuerda lo que te dije.

—Lo sé… pero nadie nos oye y estaba muy asustado… pensaba que habías muerto.

—Pues estoy viva, y te desollaré vivo si vuelves a llamarme por mi nombre —amenazó con una sonrisa.

Charles llegó e insistió en llevarla en brazos hasta el vehículo, pero Olivia aseguró que se encontraba bien, aunque seguía muy pálida.

Por la noche se negó a cenar porque tenía náuseas.

—Llamaré al médico. No me gusta nada tu aspecto —observó Charles.

—Eres muy amable —repuso ella en broma.

Él sonrió. Le encantaba su sentido del humor, que ya no era tan agudo como al principio, sino más sutil.

—Ya sabes a qué me refiero. Temí que ese caballo te matara. Estás loca.

—La niña podría haber muerto —afirmó ella, que no se arrepentía de lo que había hecho.

—Tú también.

—Estoy bien —aseguró ella, y le besó en los labios con suavidad. Tenía que decirle algo. No sabía qué hacer, no lo había planeado, pero complicaría bastante la situación. No obstante, no estaba dispuesta a renunciar a ello—. La verdad es que estoy muy bien.

—¿Qué quieres decir con eso?

—No sé cómo decírtelo. —Desconocía los sentimientos de Charles al respecto y sabía que su hermana no quería tener hijos.

—¿Ocurre algo? —preguntó él. Olivia negó con la cabeza—. ¡Victoria, por favor, dime qué te preocupa!

—Charles… estoy… estoy…

Él la miró y de repente lo comprendió todo.

—¿Estás esperando un hijo, Victoria?

Ella asintió. En los últimos dos meses Charles no había tomado ninguna precaución pero, como su esposa no había protestado, no le concedió la mayor importancia, aunque le extrañaba su actitud, porque ella había dejado bien claro qué opinaba al respecto.

—Sí. —Olivia sospechaba que había quedado encinta el día de su aniversario. Ya la había examinado el médico, que había dicho que daría a luz a finales de marzo—. ¿Estás enfadado?

—¿Enfadado? —exclamó él—. ¿Por qué había de estar enfadado? Eras tú quien no quería tener hijos. ¿Estás enfadada tú conmigo? —preguntó con preocupación.

—Jamás me he sentido tan feliz.

—No puedo creerlo… ¿Cuándo nacerá?

—En marzo —respondió Olivia, que se preguntaba qué haría cuando su hermana regresara. ¿Qué sucedería con el niño? ¿De quién sería? ¿Qué diría Victoria? Sería un escándalo terrible, pero ahora sólo podía rezar para que el futuro no llegara nunca, porque sería ella quien saldría perdiendo, sobre todo si Charles y Victoria reclamaban a su hijo. Prefería no pensar en ello.

Comunicaron la noticia a Geoff, que, aunque se mostró un poco sorprendido, no formuló ninguna pregunta. Padre e hijo cuidaban de Olivia como si estuviera hecha de cristal. Charles tenía miedo de hacer el amor con ella, pero no podía resistir la tentación. El médico de Newport le aseguró que no tenía por qué preocuparse, que era una mujer joven y fuerte y que todo saldría bien siempre y cuando no se excediera.

Cuando regresaron a Nueva York, Olivia se dirigió enseguida a la casa de la Quinta Avenida para recoger las cartas que le había enviado su hermana durante esos dos meses. Las manos le temblaban mientras las leía. Cuando abrió la última, sintió un gran alivio. Por varias circunstancias que le resultaba difícil explicar, era necesario que se quedara más tiempo allí, de modo que no regresaría al final del verano como había planeado. El corazón le latía muy deprisa mientras releía la misiva. Añoraba mucho a su hermana, pero eso era lo mejor que podía ocurrir. Olivia rezó para que Victoria se mantuviera sana y la perdonara por lo que había hecho.

27

Había sido un verano duro para los que se hallaban en Châlons-sur-Marne. Las batallas más sangrientas se libraban en la región de Champaña y, como los prados, desprovistos de árboles, no ofrecían defensas naturales, los *poilus* o soldados franceses tuvieron que cavar más trincheras y fueron masacrados sin piedad. El objetivo de su misión consistía en cortar la línea ferroviaria alemana pero, como el enemigo les observaba desde terrenos más altos, los aliados eran un blanco fácil. La artillería retumbaba día y noche, hasta que entró en acción la infantería, y los soldados fueron aniquilados. Se trasladaba a los heridos a los hospitales de campaña, pero poco se podía hacer por ellos. A finales de septiembre comenzaron las lluvias, y la zona se convirtió en un lodazal. Numerosos cadáveres yacían en los charcos, y la pesadilla continuó hasta octubre.

Édouard tenía un aspecto muy cansado cuando una noche se sentó con Victoria en su barracón. Disponía de dos habitaciones en la granja del castillo, una era su dormitorio, y la otra, su despacho. Victoria vivía allí con él, aunque conservaba sus pertenencias en el barracón.

—No es una guerra muy divertida, ¿verdad, cariño? —preguntó él mientras se inclinaba para besarla. Estaba empapado, porque seguía lloviendo, pero ya se habían acostumbrado. Llevaban un mes mojados, la ropa, las tiendas, las sábanas, todo estaba mohoso—. ¿No te has hartado todavía? ¿No preferirías regresar a casa? —Por un lado deseaba que se marchara para que estuviera a salvo, pero por otro quería que continuara a su lado. Jamás había conocido a una mujer como Victoria, que se había convertido en su amante y su compañera. Su relación era perfecta.

—Ya no estoy segura de dónde se encuentra mi casa. —Sonrió mientras se recostaba en la cama. Estaba agotada después de dieciséis horas de guardia—. Pensaba que mi hogar estaba aquí, junto a ti.

—Así es. ¿Ya has explicado lo nuestro a tu hermana? —Habían hablado en diversas ocasiones de la conveniencia de informarla, pero Victoria tenía miedo de escandalizarla.

—No, pero se lo diré. Ella lo sabe todo sobre mí.

—Debe de ser una sensación extraña tener a alguien así. Mi hermano y yo estábamos muy unidos, pero éramos muy diferentes. —Édouard disfrutaba conversando con Victoria sobre la guerra y la política. Compartían muchos intereses y él era casi tan liberal como ella... casi, pues opinaba que las sufragistas se excedían en sus pretensiones y había amenazado con castigarla si alguna vez hacía huelga de hambre.

—Olivia y yo también somos diferentes —repuso ella mientras encendía un Gitane. Cada vez resultaba más difícil encontrar tabaco y tenían que compartir los cigarrillos—. Somos como dos caras de la misma moneda. A veces es como si fuéramos una sola persona.

—Quizá sea así —bromeó, y dio una calada al pitillo—. ¿Cuándo podré disfrutar de la otra mitad?

—Nunca. Tendrás que conformarte con lo que tienes. Ya somos mayorcitas para jugar a hacernos pasar la una por la otra.

—Estoy convencido de que a tu marido le alegrará saberlo... pobre diablo. Cuando regreses tendrás que explicarlo todo, por el bien de ellos.

—Quizá mi hermana no quiera que le explique la verdad —repuso Victoria.

—La situación podría complicarse. Al menos no existe nada físico entre ellos, o eso crees tú... Si tu hermana es idéntica a ti, dudo de que algún hombre pudiera resistir la tentación durante más de unas semanas. Yo no podría.

—¿Acaso intentaste resistirte? —preguntó ella con un brillo malicioso en los ojos.

—No, ni por un minuto. Soy incapaz de resistirme a tus encantos, cariño.

Esa noche le comunicó que al día siguiente partiría hacia Artois, donde se preparaba una ofensiva franco-británica. Las cosas no iban bien en esa zona, pues los *poilus* no estaban contentos con el comandante británico, sir John French, y querían a uno de los suyos. Había surgido un movimiento para reemplazar a éste por sir Douglas Haig, pero aún no se había dado ningún paso. Édouard había prometido que iría a Artois para ayudar a planear la batalla y levantar la moral de los muchachos.

—Ten cuidado, amor mío —dijo Victoria. Recordó que tenía que decirle algo, pero estaba tan cansada que había olvidado de qué se trataba.

La vida en Nueva York era mucho más civilizada que en Châlons-sur-Marne. Olivia y Charles llevaban una agitada vida social; visitaron a los Van Cortland varias veces, cenaron en Delmonico's con clientes de él y, a finales de octubre, los Astor les invitaron a la gran fiesta que ofrecían. Olivia estaba embarazada de cuatro meses, su figura se había ensanchado y lucía una hermosa barriga que los trajes conseguían disimular. Charles se sentía incluso más emocionado que cuando esperaba el nacimiento de Geoff. Quería que fuera una niña, pero a Olivia le daba igual; sólo deseaba que fuera un bebé sano y fuerte.

Charles la obligaba a ir al médico con regularidad e incluso comentó una vez que debería mencionarle el aborto que había sufrido antes de casarse.

—No es necesario —repuso la joven. No podía revelarle la verdad, pero temía que él mismo se lo explicara al doctor.

—Claro que debe saberlo, sobre todo porque estuviste a punto de perder la vida. Podrías volver a tener una hemorragia.

—Ambos tenían miedo de que eso ocurriera, pero Olivia se encontraba bien de ánimo y de salud.

A pesar del horror de la guerra, Victoria parecía estar contenta en Francia y haber encontrado lo que buscaba. Aunque no aludía a Édouard en sus cartas, Olivia presentía que no estaba sola.

Esa noche se celebraba la fiesta de los Astor. Olivia se puso un vestido violeta y el abrigo que le había regalado su padre cuando se enteró de que estaba embarazada. Edward se sentía muy orgulloso de ella y le alegraba que fuera tan dichosa. Lo único que enturbiaba la felicidad de todos era que «Olivia» no hubiera regresado al final del verano como había prometido. La mujer que todos, salvo Geoff, pensaban que era Victoria aseguró que había recibido noticias de ella y que se encontraba bien. No había dado ninguna dirección de contacto, sólo mencionaba que vivía en un convento de San Francisco. Los detectives que contrataron para que la localizaran se habían dado por vencidos a finales de agosto, y Olivia tranquilizó a su padre garantizándole que se encontraba sana y salva; había tomado una decisión y tenían que respetarla. Henderson, que todavía se culpaba por la huida de su hija, insistía en que sospechaba que la joven estaba secretamente enamorada de Charles.

La noche de la fiesta de los Astor Olivia estaba muy atractiva. Charles permaneció a su lado hasta que se encontró con un viejo amigo de la escuela y la dejó hablando con una amiga de Victoria, que en ningún momento barruntó el engaño. Olivia, que ya se había acostumbrado a representar el papel de su hermana, mantuvo una agradable conversación con la joven.

Al cabo de un rato salió al jardín para escapar del barullo del interior. Admiraba los rosales cuando de repente se asustó al oír que alguien le preguntaba:

—¿Un cigarrillo?

Olivia no reconoció la voz pero, al volverse, vio que se trataba de Toby.

—No, gracias —respondió con frialdad. Estaba muy atractivo, aunque había envejecido en los últimos años.

—¿Cómo estás? —inquirió él acercándose más. Olivia detectó el olor a alcohol en su aliento.

—Muy bien, gracias —contestó e hizo ademán de marcharse, pero Toby la agarró del brazo y la atrajo hacia sí.

—No te vayas, Victoria, no debes tener miedo.

—No te tengo miedo, Toby —replicó con un tono que sorprendió a éste y al hombre que les observaba oculto en la oscuridad—. Es que no me gustas.

—No es eso lo que recuerdo —repuso él con tono malicioso.

—¿Y qué recuerda usted, señor Whitticomb? —exclamó Olivia con tono iracundo—. ¿Qué le gustó más, engañarme a mí o a su mujer? Lo que yo recuerdo es que intentaste seducir a una niña ingenua y luego mentiste a su padre. Los hombres como tú deberían estar en la cárcel, no en salones de baile. Y no vuelvas a molestarte en enviarme flores o mensajes de amor, no pierdas el tiempo. Soy demasiado mayor ya para esas tonterías. Ahora tengo un marido que me quiere y al que quiero y, si vuelves a acercarte, diré a todos que me violaste.

—No fue una violación. —Se interrumpió al ver que Charles se acercaba con expresión satisfecha. Estaba buscando a su esposa cuando vio que Whitticomb la seguía hasta la terraza. No había sido su intención escuchar la conversación, pero le había encantado oírla. Ya no existían fantasmas entre ellos.

—¿Vamos, cariño? —Charles le ofreció el brazo y entraron en el gran salón—. Me ha gustado mucho lo que le has dicho, pero recuérdame que no discuta contigo; había olvidado lo mordaz que puedes llegar a ser.

—¿Estabas escuchando?

—No pretendía hacerlo, pero le vi seguirte a la terraza y quería asegurarme de que no te molestara.

—¿Estás seguro de que no estabas celoso? —Charles se sonrojó ligeramente—. No tienes por qué estarlo, es un gusano asqueroso y ya era hora de que alguien se lo dijera.

—Creo que lo has hecho muy bien —afirmó con una sonrisa, y le dio un beso en la mejilla antes de conducirla a la pista de baile.

28

Ese año, el día de Acción de Gracias en Croton-on-Hudson fue muy extraño para todos al no contar con la presencia de Olivia, aunque ésta se encontrara entre ellos. La joven añoraba a su hermana, era la primera vez que no celebraban esa fiesta en familia, todos juntos.

El ambiente era sombrío. Cuando Edward bendijo la mesa, todos pensaron en el pasado y en los seres queridos que estaban ausentes. Lo único que les animaba era el nacimiento del bebé. Olivia, que estaba embarazada de cinco meses, sabía que a partir de enero tendría que restringir su vida social y limitarse a visitar a amigos cercanos o asistir a cenas muy íntimas. Albergaba la esperanza de tener gemelos, aunque el médico no lo juzgaba probable, y cuando comunicó su deseo a Charles éste entornó los ojos; no estaba seguro de estar preparado para eso.

La joven se encontraba muy bien y, a pesar de su rechazo inicial a tener hijos, parecía feliz. No había vuelto a mencionar su miedo a morir en el parto, como su madre, y cuando Charles sugirió que tendrían más niños no pareció desagradarle la idea.

El invierno de 1915 en Francia fue muy duro. Ambos bandos preparaban nuevos ataques. Llegaron suministros y más tropas. En noviembre Édouard regresó a Artois y Victoria se trasladó a la granja con él. Habían corrido muchos rumores sobre su relación en el campamento, pero todos la aprobaban.

Una noche Victoria reía en la cocina mientras asaban el ave más pequeña que había visto en su vida.

—Seguro que es una codorniz —dijo Édouard con tono optimista.

—Me temo que no; por el tamaño debe de ser un gorrión.

—Tú no sabes nada —repuso Édouard con tono jocoso mientras la besaba. Durante su estancia en Artois la había echado mucho de menos. No podía vivir sin ella. Ahora nunca hablaban de regresar a casa. De hecho, él le había planteado la posibilidad de que se mudara a París después de exponer la situación a Charles y su hermana. Ninguno de los dos podía casarse, de modo que Édouard le propuso provocar un escándalo viviendo juntos en su castillo—. Quizá algún día, cuando muera la bruja, la actual baronesa, pueda hacer de ti una mujer honrada.

—Ya soy una mujer honrada.

—Por favor… si obligaste a tu hermana a que te suplantara en Nueva York.

Los dos rieron, pero Victoria al menos tuvo la decencia de mostrarse avergonzada. Nadie en Châlons-sur-Marne comprendía por qué Édouard la llamaba Victoria, pensaban que se trataba de una broma privada entre los dos.

Esa noche, mientras comían el minúsculo pájaro, Victoria explicó a Édouard que en Estados Unidos era el día de Acción de Gracias.

—Recuerdo que lo celebrábamos en Harvard —dijo él—. Había mucha comida y buenos sentimientos. Me gustaría conocer a tu padre cuando todo esto acabe. —Sin embargo ninguno de los dos sabía cuándo los *poilus* podrían abandonar las trincheras.

—Congeniaríais —repuso la joven mientras comía una manzana. Había sido la cena de Acción de Gracias más frugal de toda su vida, pero quizá la más feliz. Intentaba no pensar en Olivia, le dolía estar tanto tiempo separada de ella, pero jamás se había sentido tan dichosa—. Espera a que conozcas a mi hermana.

—La idea de veros juntas me espanta, debe de ser terrible.

Al cabo de un rato se acostaron y charlaron sobre su niñez. Édouard habló de su hermano, y Victoria adivinó que lo había querido mucho, lo suficiente como para casarse con la mujer a la que había dejado embarazada, aunque no la amara.

—¿No tienes nada que decirme, señorita Henderson?

—No sé a qué te refieres.

—Mientes muy mal —observó Édouard al tiempo que le acariciaba el vientre—. ¿Por qué no lo has dicho? —Estaba dolido. Victoria se volvió hacia él y le besó con ternura en los labios.

—Me enteré hace tres semanas… y no sabía cómo reaccionarías…

Édouard no pudo reprimir una carcajada.

—¿Cuánto tiempo pensabas ocultar este *bonhomme*? —inquirió con una sonrisa. Era su primer hijo y estaba muy contento, pero de pronto la miró con semblante preocupado—. Deberías regresar a casa, Victoria.

—Por ese motivo no te lo comenté, porque temía que dijeras eso. No pienso ir a ninguna parte. Me quedaré aquí.

—Diré que estás utilizando un pasaporte robado —amenazó.

—No puedes probarlo. Abandona tú tu puesto si quieres; yo me quedo.

—No puedes tener el niño aquí. —No obstante, ningún lugar de Europa era seguro en esos momentos, excepto Suiza. Debía marcharse a casa, pero Édouard comprendió que no lograría convencerla. Además, no le apetecía discutir con ella.

—Tendré a mi hijo aquí —insistió Victoria.

—No quiero que trabajes quince horas al día. Hablaré con el coronel.

—Ni se te ocurra. Si lo haces, diré que me violaste y tendrás que enfrentarte a un consejo de guerra.

—Eres un monstruo. Tengo una idea mejor. ¿Te gustaría ser mi chófer?

—¿Tu chófer? ¡Sería estupendo! Podría conducir hasta que no quepa detrás del volante, pero ¿me dejarán?

—Sí. Se lo pediré al coronel. Será lo mejor para ti, a menos que tengamos un accidente. —Siempre se quejaba de que conducía a excesiva velocidad—. ¿Estás segura, Victoria? ¿De verdad quieres quedarte? —Por lo que le había explicado, sabía que temía el parto, y Châlons-sur-Marne no era el lugar más apropiado para dar a luz.

—Deseo quedarme aquí contigo.

—¿No te importa que no estemos casados? —inquirió él.

—Sí lo estamos, *chéri* —respondió Victoria—, aunque con otras personas.

—No tienes ningún sentido de la moralidad, pero sí mucho valor —afirmó Édouard antes de besarla.

29

Ese año las Navidades en Croton fueron más tranquilas de lo habitual, pero muy felices. Geoff estaba encantado con sus regalos, y Charles se había mostrado muy generoso con todos, al igual que Edward, que por desgracia no gozaba de buena salud. Tenía tos y había flirteado con una neumonía varias veces ese año. Olivia estaba preocupada al observar que había envejecido sobremanera y temía que la causa fuera la desaparición de su hermana. El médico le había advertido que su corazón estaba cada día más débil. A pesar de todo, disfrutaron de las fiestas navideñas y volvieron a Nueva York poco después de Año Nuevo.

Dos días después de su regreso Bertie llamó a Olivia para informarle de que su padre se encontraba muy mal. Había contraído un fuerte resfriado y tenía una fiebre muy alta. Llevaba toda la tarde delirando y el médico no sabía si su corazón aguantaría. El ama de llaves propuso enviar a Donovan a buscarla, pero Charles insistió en llevarla él mismo. Olivia estaba en su sexto mes de embarazo y tenía el vientre demasiado abultado, o al menos eso pensaba él, para llevar sólo a un niño. Sin embargo el médico aseguraba que no eran gemelos, pues sólo escuchaba el latido de un corazón.

Geoff faltó al colegio para acompañarles y, cuando llegaron a Croton, Olivia observó que su padre había envejecido veinte años en tres días.

—No sé qué le pasa —dijo Bertie, que se retorcía las manos con nerviosismo. De pronto miró a Olivia con expresión de extrañeza, pero no dijo nada. Se sonó la nariz y regresó a la cocina, pues sabía que Henderson estaba en buenas manos. Ojalá Olivia estuviera allí, hubiera significado mucho para él, pero al menos tenía a su lado a una de sus hijas.

Olivia pasó toda la tarde junto a su lecho, y Charles salió a cabalgar con Geoff después de llamar a su despacho para anunciar que no regresaría en varios días. Olivia se encargaba de atender a su padre, entraba y salía de su habitación, preparaba caldos y té con hierbas que suponía le ayudarían a reponerse. Bertie la observaba con atención, sin dar crédito a sus ojos, pero era imposible, jamás hubieran hecho algo así, debían de ser imaginaciones suyas.

La salud de Edward Henderson empeoró en los días siguientes. Le costaba respirar, y el médico propuso trasladarle al hospital, a lo que se negó en redondo; quería morir en su hogar.

—No vas a morir, papá. Te pondrás bien en un par de días —dijo Olivia.

Edward negó con la cabeza.

La fiebre aumentó, y Olivia pasó toda la noche a su lado. No dejaba que nadie más se ocupara de él, y Charles no protestó, porque aunque reprobaba su actitud, sabía que era muy obstinada.

La mañana siguiente la joven comprendió que había llegado el fin cuando su padre, que apenas podía respirar, le suplicó que trajera a su hermana.

—Victoria… di a tu hermana que suba… necesito hablar con ella —balbuceó mientras le apretaba la mano con fuerza inusitada.

Por un instante Olivia no supo qué decir, pero al final asintió. Salió de la habitación y enseguida volvió a entrar.

—Olivia, ¿eres tú? —preguntó Edward.

Las lágrimas surcaron las mejillas de Olivia, que detestaba tener que engañar a su padre.

—Soy yo, papá… soy yo. Estoy en casa.

—¿Dónde estabas?

—Lejos —respondió mientras se sentaba junto a él y le cogía la mano. Su padre ni siquiera se fijó en que estaba embarazada—. Necesitaba tiempo para reflexionar… por fin he vuelto y te quiero muchísimo —susurró embargada por la emoción—. Tienes que ponerte bien.

Henderson negó con la cabeza y se esforzó por mantener la consciencia.

—Me voy… ha llegado mi hora… Tu madre me espera.

—Pero te queremos aquí, con nosotros… —balbuceó Olivia entre sollozos.

A continuación, con un hilo de voz, Henderson formuló la pregunta que le había atormentado en los últimos ocho meses.

—¿Estabas enfadada porque obligué a tu hermana a casarse con él?

—No, claro que no, padre. Te quiero —repitió mientras le acariciaba la frente.

—Le amas, ¿verdad?

Olivia sonrió y asintió. Tal vez le tranquilizara saber la verdad.

—¿Me perdonarás alguna vez?

—No hay nada que perdonar. Ahora soy feliz, tengo todo lo que quiero.

Henderson leyó en sus ojos que decía la verdad, cerró los párpados y se durmió. Al cabo de unos minutos despertó y la miró sonriente.

—Me alegra que seas feliz, Olivia. Tu madre y yo también somos muy dichosos… Esta noche asistiremos a un concierto.

Su padre deliraba de nuevo. Pasó el día semiconsciente y, cuando despertaba, no sabía si estaba con Olivia o con Victoria. Al caer la noche el aspecto de la joven no era mucho mejor que el de su padre.

—No permitiré que pases ahí dentro ni una hora más, Victoria —le susurró Charles con irritación cuando la vio en el pasillo hablando con Bertie.

—Lo siento. Me necesita —repuso ella antes de entrar de nuevo en el dormitorio de su padre.

Esa noche la fiebre remitió de forma misteriosa, y Olivia tenía la certeza de que su padre estaría mejor por la mañana. Sólo se quedó dormida una vez, poco antes del amanecer. En sueños vio el rostro de Victoria, y también el de su madre. Cuando despertó, tocó la frente de su padre y advirtió que había muerto. Se había ido plácidamente para unirse con su mujer, convencido de que se había despedido de sus dos hijas.

Olivia lloraba cuando salió de la habitación, y Bertie la mantuvo largo rato abrazada. Luego se dirigió a su dormitorio, donde Charles dormía, se tendió en la cama junto a él y pensó en Victoria. Lamentaba que no estuviera allí con ellos. Al menos su padre había pensado que sí estaba. Era el único regalo que podía hacerle. Al día siguiente le escribiría para comunicarle la noticia.

—¿Estás bien? —preguntó Charles, que acababa de despertarse y se había asustado al verla tan pálida.

—Papá se ha ido.

No le llamaba «papá» desde que era pequeña, pero ahora que había fallecido volvía a sentirse como una niña. De repente pensó que había perdido a todos, a Victoria y a su padre. Sin embargo tenía a Charles, al que tanto quería, a Geoff y al niño que pronto nacería, aunque los dos primeros pertenecían en realidad a su hermana.

Eran las dos de la madrugada cuando Victoria despertó de repente. Se sentía muy extraña y temió que se tratara de su hijo, pero se llevó la mano al vientre y notó que se movía con normalidad. Era otra cosa. Cerró los ojos y vio a Olivia sentada en una silla con expresión sombría. No estaba enferma, no decía nada, pero Victoria intuyó que le sucedía algo.

—¿Te encuentras bien? —preguntó Édouard. Desde que Victoria era su chófer, le preocupaba que las sacudidas del coche al conducir por senderos tan abruptos adelantaran el parto, y sólo estaba embarazada de seis meses y medio.

—No lo sé. Ha pasado algo.

—¿Con el niño? —inquirió con preocupación.

Victoria negó con la cabeza.

—El niño está bien… No sé lo que es. —Tenía la sensación de que Olivia estaba sentada junto a ella, intentándole decir algo, pero no la oía.

—Vuélvete a dormir —dijo Édouard con un bostezo. Tenía que levantarse al cabo de dos horas para organizar unas maniobras especiales en las trincheras—. Quizá te ha sentado mal algo que has comido.

O tal vez era que no había comido. Últimamente escaseaban los alimentos y siempre tenían hambre. Édouard la rodeó con el brazo, pero Victoria no logró dormir de nuevo y pasó días con el extraño presentimiento de que algo había ocurrido.

La carta de Olivia no llegó hasta principios de febrero. Fue entonces cuando Victoria comprendió lo que había sentido esa noche. Su padre había muerto. Sentía mucho no haber estado con él, pero le alegraba que no le hubiera sucedido nada a su hermana.

—Qué raro —comentó Édouard cuando ella le explicó lo ocurrido. Le inspiraba un gran respeto el vínculo especial que tenían las gemelas—. Me resulta difícil concebir que pudiera estar tan unido a alguien, excepto a ti o él —añadió mientras le acariciaba el vientre.

30

El primer día de primavera, cuando Olivia bajó por la escalera para desayunar, Charles la contempló sonriente. Estaba adorable, pero enorme. Ambos esperaban con ilusión el nacimiento de su hijo, pero su aspecto en las últimas semanas era de lo más cómico, y la futura madre había dejado de salir a la calle. Lo más lejos que se aventuraba era ir al jardín. No cabía duda de que sería un niño grande. Charles estaba preocupado, pero no quería asustar a su mujer, sobre todo si se tenía en cuenta el historial de su madre.

—Sois unos maleducados —dijo Olivia con una sonrisa a Charles y Geoff, que se reían de ella.

Según sus cálculos, saldría de cuentas en una semana, pero el médico ya le había advertido de que era difícil establecer la fecha exacta. En cualquier caso, sabría cuándo había llegado la hora. Había decidido tenerlo en casa, pues consideraba que el hospital era para los enfermos.

—¿Qué vas a hacer hoy? —le preguntó Charles mientras Olivia le servía una taza de café.

Bertie había llegado esa semana se Croton para echar una mano y dormía en la habitación de invitados, pero Olivia había insistido en preparar el desayuno de su marido; era la única cosa que todavía podía hacer sin la ayuda de nadie. Incluso necesitaba a Charles para entrar en la bañera y, para salir, casi hacía falta una grúa. Bertie había acudido para atenderla cuando tuviera el niño, porque desde el fallecimiento de Henderson apenas tenía nada que hacer en Croton, y se quedaría toda la primavera con la familia Dawson.

—Había pensado salir al jardín y después sentarme en el sillón.
—Prefería no tumbarse porque, si lo hacía, necesitaba que alguien la ayudara a incorporarse.

—¿Quieres que te traiga un libro? —preguntó Charles.

—Me encantaría. Acaban de publicar el nuevo libro de poesía de H. D., *Seagarden*. También podrías traerme unos rábanos en vinagre, si los encuentras.

—Los buscaré. —Le dio un beso de despedida y le acarició el vientre—. No dejes que nazca mientras estoy fuera.

Charles tenía mucho que hacer ese día y quería llegar a casa temprano. Le gustaba pasar todo el tiempo que podía con su esposa, sobre todo ahora que estaba a punto de dar a luz. Sospechaba que estaba más nerviosa de lo que quería admitir, pero se equivocaba. Olivia incluso se sorprendía de lo tranquila que estaba. Tenía el presentimiento de que el parto sería muy fácil.

Tan pronto como Charles y Geoffrey se hubieron marchado, Bertie se dedicó a lavar los platos mientras Olivia subía a la habitación en que dormiría el recién nacido para limpiarla. A primera hora de la tarde salió al jardín y, al entrar de nuevo en la casa, se fijó en lo sucias que estaban las ventanas del salón, de modo que comenzó a limpiarlas a pesar de las protestas de Bertie. Cuando Charles regresó del trabajo, la encontró arreglando la cocina.

—No sé qué le pasa —comentó Bertie—. No ha parado de limpiar en todo el día.

—Se está preparando —afirmó la cocinera.

Olivia se rió de sus palabras y fue en busca del costurero para zurcir unos calcetines. Nunca se había sentido mejor, hacía semanas que no tenía tanta energía. A Charles le alegraba verla tan en forma.

Después de cenar, cuando Geoffrey se fue a la cama, Charles y Olivia jugaron a las cartas y él ganó.

—Has hecho trampas —le acusó ella en broma.

A continuación se dirigió a la cocina para tomar un buen vaso de leche y de pronto notó un charco a sus pies. Pensó que quizá había derramado un poco de leche sin darse cuenta, pero al mirar el suelo observó que era agua y se apresuró a coger unos trapos. Charles entró minutos después y la sorprendió limpiando el suelo.

—¿Qué ha pasado? ¿Qué haces, Victoria? Deja que te ayude.
—Mientras recogía el agua, Olivia no dejaba de reír. No sabía qué

le hacía tanta gracia. De repente su esposa se dobló de dolor y le cogió el brazo—. ¿Qué te ocurre?

—Acabo de romper aguas... —Olivia ya no sonreía—. Creo que voy a dar a luz.

—¿Ahora?

—Quizá no ahora mismo, pero pronto.

Acto seguido notó una segunda contracción, esta vez más fuerte. Nadie le había dicho que sería tan doloroso. Se preguntó si habría algún problema, pues no tenía ninguna experiencia en partos ni una madre que le diera consejos. No obstante el médico había afirmado que no surgiría ninguna complicación.

—Vamos arriba —dijo Charles mientras la ayudaba a incorporarse.

Necesitaron diez minutos para subir por la escalera hasta el dormitorio.

La acompañó al cuarto de baño y la ayudó a desvestirse porque le costaba moverse. Charles salió un momento para pedir a Bertie que llamara al médico, y cuando regresó Olivia estaba muy asustada y respiraba con dificultad. Las contracciones eran cada vez más dolorosas.

—No me dejes sola —suplicó mientras le apretaba la mano.

Bertie, que apareció en ese instante, la ayudó a tenderse en la cama y a continuación preparó toallas y sábanas viejas. El ama de llaves tenía experiencia en esas lides, pero Charles no, porque cuando Susan dio a luz la dejó al cuidado de los miembros femeninos de la familia mientras él salía a emborracharse con su cuñado; cuando regresó, ya era padre. Olivia no pensaba permitir que se marchara y, cuando llegó el médico, agarraba el brazo de su marido con fuerza cada vez que tenía una contracción.

—Esto es horroroso —exclamó Olivia.

Bertie y el doctor intercambiaron una sonrisa, pero Charles estaba muy preocupado.

—¿Cuánto durará esto?

—Probablemente toda la noche —respondió el médico con tranquilidad.

Olivia rompió a llorar al oír sus palabras.

—No lo aguantaré. Quiero ir a Croton —balbuceó entre sollozos.

De pronto se acordó de su hermana. Era como si estuviera con ella, compartiendo su dolor. Bertie se llevó a Charles de la habitación, y Olivia suplicó que volviera, pero el ama de llaves se negó a obedecerla.

—Sólo conseguirás preocuparle más. No querrás que te vea así…

—Sí quiero. Dile que venga ahora…

Bertie hizo caso omiso de sus palabras. Las contracciones eran cada vez más fuertes, y tanto el médico como Bertie la instaban a empujar con fuerza, pero no podía.

—Quiero que venga Victoria —farfulló. El ama de llaves la miró a los ojos—. Victoria… —murmuró.

—Ten cuidado con lo que dices —le susurró Bertie al oído—. Ten cuidado.

Sin embargo la joven estaba medio inconsciente y no acertó a entender sus palabras. Pasó toda la noche presa de intensas contracciones pero, cuando despuntó el alba, todavía no había dado a luz. También Bertie empezaba a acusar el cansancio. Charles, que había preparado café para ella y el médico, llamó con suavidad a la puerta y entró en la habitación para interesarse por el estado de su mujer.

—Esto es terrible —exclamó Olivia al verlo. Se preguntaba si, después de todo, sus antiguos temores no habían sido fundados. Quizá padecía una malformación congénita, como su madre, que acabaría con ella antes de que diera a luz.

—Cariño mío —susurró Charles.

El médico le indicó que aguardara en el salón. Comenzaba a inquietarse por su paciente, aunque no compartió su preocupación con nadie. Cuando Charles se disponía a marcharse, su esposa le llamó a voz en grito, de modo que se acercó a ella.

—Le agradecería que nos dejara solos —insistió el médico.

—No pienso irme. Es mi mujer y me quedaré a su lado —replicó ante la sorpresa de todos.

Las palabras de Charles animaron a Olivia, que empezó a empujar con renovada energía. Él le cogió la mano y la instó a pujar con fuerza, pero la criatura no salía. Al final el médico introdujo la mano en su interior y anunció que el niño se encontraba en mala posición.

—Tendré que darle la vuelta.

Charles estuvo a punto de llorar al oír los gritos de Olivia, pero poco a poco el niño comenzó a moverse. Tal como temía era demasiado grande, y se preguntó por qué el médico no la había obligado a ingresar en el hospital o al menos la había advertido de las dificultades del parto.

—No puedo más —se lamentó Olivia.

Charles deseaba tomarla en sus brazos y huir de allí, pero de pronto el rostro de Olivia se retorció de dolor y oyeron llorar al bebé. Era una hermosa niña.

—Bueno, no ha sido tan terrible después de todo —dijo el médico.

Olivia hizo una nueva mueca de dolor, y Charles la contempló asustado.

—¿Qué sucede? —preguntó.

—Pasa algunas veces, es la placenta —explicó el doctor—. Expulsarla puede resultar incluso más doloroso que el parto.

Olivia seguía gritando.

—Otra vez no… por favor…

—No creo que sea eso… —observó Bertie.

—Ahora expulsará la placenta —afirmó el médico.

Olivia empezaba a sangrar y empujar de nuevo.

—¿Es esto normal? —preguntó Charles, que en ese instante vio asomar una minúscula cabeza—. Empuja, Victoria, empuja, vamos a tener otro.

—¿Qué dices? Dios mío…

Olivia pujó con más fuerza y salió otra niña, seguida de una sola placenta. Eran gemelas idénticas, como ella y Victoria. La madre las contempló con incredulidad y comenzó a reír.

—No me lo puedo creer.

Eran poco después de las diez de la mañana. La hemorragia casi se había detenido, y Olivia sostenía una niña en cada brazo.

—Te quiero mucho —le susurró Charles. Le dio un beso y luego tomó a las criaturas en brazos para enseñárselas a Geoff.

Mientras tanto, el médico aplicó unos puntos a Olivia, y Bertie le lavó el cuerpo y la cara con agua perfumada.

Cuando el doctor se hubo marchado, Bertie miró a la joven y sonrió.

—¿Qué has hecho, chiquilla?

Olivia sabía muy bien a qué se refería, y le sorprendía que no la hubieran descubierto antes.

—Me obligó.

Bertie asintió y se rió.

—¿También te obligó a hacer esto?

—La verdad es que no —respondió Olivia feliz.

—¿Dónde está?

—En Europa.

Antes de que pudiera dar más detalles, Charles entró con Geoff.

—Son una preciosidad, tía… —Enseguida se corrigió—. Victoria. Olivia le dio un beso.

—Dice tu padre que son iguales que tú cuando eras pequeño.

Geoff se marchó para comunicar la noticia a los vecinos, y Bertie se llevó a las niñas para bañarlas, de modo que Charles se quedó a solas con su esposa.

—Lamento haberte hecho pasar por este calvario. —Se sentía orgulloso y culpable a la vez.

—No me importaría repetir la experiencia. No ha sido tan terrible.

Charles la miró asombrado.

—¿Cómo puedes decir eso?

—Ha valido la pena.

—Dudo de que sobreviva a sus trucos y artimañas. Tu padre decía que jamás consiguió distinguiros.

—Yo te enseñaré —aseguró Olivia.

Unos minutos más tarde Bertie entró con las niñas y las acomodó en los brazos de su madre. No podía evitar preguntarse qué haría Olivia cuando Victoria regresara de Europa.

Esa noche, en Châlons-sur-Marne, Victoria dormía plácidamente cuando de pronto se sintió como si la atravesaran con un cuchillo candente. Profirió un grito y se incorporó al instante. Entonces comprendió que era Olivia a la que estaban apuñalando. Su hermana no dejaba de chillar, y se tapó los oídos con las manos. Minutos después le acometió un fuerte dolor y notó que estaba empapada. Édouard despertó e intentó tranquilizarla.

—*Eh… petite… arrête…* es una pesadilla… *ce n'est qu'un cauchemar, ma chérie.*

—No sé qué me pasa… —susurró en la oscuridad.

Édouard encendió la luz y observó que Victoria yacía en medio de un charco de agua y sangre y se apretaba el vientre.

—*Ça vient maintenant?* ¿Ya viene? —A menudo le hablaba en francés cuando estaba medio dormido. Victoria asintió con expresión asustada—. Iré a buscar al médico.

—No… No me dejes —suplicó.

A diferencia de su hermana, Victoria tenía mucho miedo al parto. Sólo deseaba que Édouard estuviera a su lado.

—He de avisarle… No tengo ni idea de cómo traer un niño al mundo.

—No te vayas, por favor —rogó Victoria mientras se retorcía de dolor por una nueva contracción—. Ya viene… lo sé… Édouard, no te vayas.

—Por favor, cariño, necesitas ayuda. Traeré una enfermera y a Chouinard. —Era el mejor cirujano del hospital.

—No les quiero a ellos —exclamó ella aferrándose a su muñeca—, sino a ti… —A continuación balbuceó—: Estaba soñando que Olivia tenía un niño.

—Eso es algo que ella no puede hacer por ti, y yo tampoco —repuso Édouard con dulzura—. Ojalá pudiera absorber yo tu dolor.

Él sabía que podía seguir así durante horas y estaba decidido a buscar ayuda, de modo que se levantó para ponerse la camisa.

—Ya viene, Édouard… Lo noto… ya viene.

Él se asustó al ver cómo sangraba. Comenzó a gritar, pero esa noche estaban solos en la casa, pues los demás se hallaban de servicio.

—Volveré pronto —repitió.

Sin embargo Victoria no le permitió marchar. Tenía miedo de quedarse sola. Édouard se sentó a su lado y le cogió la mano. En ese mismo instante, en Nueva York Olivia sintió una nueva contracción. Charles dijo en broma que esperaba que no fueran trillizos, y Bertie repuso que en ocasiones se tenían contracciones después del parto. Olivia apoyó la cabeza sobre la almohada y comenzó a soñar con su hermana.

—Édouard, por favor… —exclamó Victoria de nuevo mientras se acercaba al borde de la cama. Él no entendía qué pretendía hacer—. Tengo que empujar…

—Agárrate a mí —indicó Édouard.

Sentada, Victoria empujó con fuerza y después se desplomó sobre el lecho. No sabía qué hacer para expulsarlo. Édouard la instó a empujar tumbada. Victoria obedeció y se sintió mejor. Lo intentó de nuevo y de pronto asomó una cabecita.

—Dios mío… —exclamó Édouard—. Ya viene. Sigue empujando.

Le sujetó las piernas mientras ella pujaba. La criatura salió por fin y comenzó a llorar. Édouard la cogió en brazos con cuidado para enseñársela a la madre.

—Mira… —Las lágrimas rodaban por el rostro de Victoria, que no acababa de creer lo que había sucedido en cuestión de minutos. Era igual que Édouard—. Es tan guapo…

Era una bendición que en un lugar cercado por la pena y la muerte les visitara un ángel.

—Es lo más hermoso que he visto en mi vida —afirmó Édouard—, con excepción de su madre. *Je t'aime*, Victoria, más de lo que puedas imaginar.

Depositó al niño junto a ella y fue a buscar toallas. Era lo más extraordinario que había visto nunca. Victoria había dado a luz en menos de una hora.

—Lo has hecho muy bien. —Victoria sonrió—. Lamento haberme asustado tanto… me sorprende que haya ido tan rápido.

—El parto había sido más fácil de lo que pensaba—. Gracias a Dios que no hemos tenido gemelos.

—Creo que me habría gustado —dijo Édouard.

Encendió un cigarrillo y le ofreció otro a Victoria, que esta vez no lo aceptó porque todavía se sentía débil. El niño ya estaba mamando. Édouard los contempló y pensó que Victoria debía regresar a casa, ése no era lugar para criar a un bebé. Retiró un mechón de su cara mientras yacía en la cama desnuda con su hijo, cubierta tan sólo por una manta del ejército.

—¿Qué nombre le pondremos al futuro barón? —preguntó Édouard.

—¿Qué te parece Olivier Édouard? Olivier por mi hermana, y Édouard por ti y mi padre.

—¿Comunicarás la noticia a tu marido?

Habían decidido que debían informar a Charles, pues de lo contrario ignoraría la verdad durante años y Olivia permanecería atrapada para siempre en el papel de su hermana. Victoria tenía previsto escribir a Olivia. Estaba segura de que sería un alivio para ella, aunque Charles se pondría furioso. Detestaba dejar que se enfrentara sola a la situación, pero no deseaba regresar a Estados Unidos. A pesar de todo, pensaba en ella con frecuencia y deseaba poder mostrarle a su hijo. Hubiera dado cualquier cosa por poder abrazarla.

Pese a la alegría que le produjo el nacimiento de su hijo, pasó dos días en la cama llorando. Por primera vez en diez meses, añoraba su hogar.

31

Édouard y Victoria decidieron dejar al niño con la condesa que meses atrás había conocido la joven y que ahora se había convertido en la amante del general. Su casa era segura, estaba alejada del frente y contaba con la protección de los aliados. A pesar de que Édouard hubiera preferido que Victoria y su hijo se refugiaran en Suiza, aceptó esa solución. Victoria se trasladó allí hasta que se recuperó por completo. Varias enfermeras la visitaron, y los soldados enviaron obsequios y tallaron juguetes para Olivier. Didier confeccionó un par de calcetines de punto para el pequeño, al que además regalaron un oso de peluche. Olivier Édouard de Bonneville era un niño feliz, una vida floreciente en medio de un campamento rodeado de muerte y cenizas.

En junio Victoria se reincorporó a su puesto. Ahora ya sólo amamantaba a su hijo por la noche y por la mañana. En ausencia de los padres, era la condesa quien se ocupaba del niño y le alimentaba con leche de cabra cuando Victoria debía pasar la noche fuera. A pesar de la guerra, se las apañaban bastante bien. El general estaba contento con Édouard, que recientemente se había reunido con la Escadrille Américaine, compuesta por siete voluntarios estadounidenses. El día que Édouard les presentó a Victoria, se mostraron encantados de conocer a una compatriota.

En junio los Dawson bautizaron a sus hijas. Olivia había insistido en llamarlas Elizabeth y Victoria, en honor a su madre y su hermana, aunque no había sido fácil explicar a Charles por qué quería que una de las niñas se llamara Victoria. El segundo nombre de Elizabeth era Charlotte, y el de Victoria, Susan.

Geoff estaba contento de tener hermanas, y Bertie se ocupaba de bañarlas. Olivia había intentado amamantarlas pero, como aún se encontraba muy débil, el médico opinó que lo mejor sería alimentarlas con biberón. Así pues, todos podían dar de comer a las gemelas.

Cuando bautizaron a las niñas en la iglesia de Saint Thomas, un día antes de su segundo aniversario de boda, Olivia era la mujer más feliz del mundo, si bien la entristecía pensar que todo lo que tenía lo había tomado prestado de su hermana. Ignoraba cuándo volvería Victoria. Quizá vivieran en una mentira el resto de sus vidas. Sólo esperaba que Victoria no hubiera descubierto que estaba locamente enamorada de Charles, aunque en sus cartas no había ningún indicio de que así fuera. Presentía que su hermana se traía algo entre manos, pero no sospechaba de qué podía tratarse.

En junio, durante la batalla de Verdún tras la caída de Fort Vaux, Victoria llevó a Édouard a Anscourt, donde mantuvo una reunión secreta con los aliados a la que asistieron todos los oficiales de alto rango, incluido Churchill en representación de su nuevo batallón. Los ánimos estaban decaídos debido al curso que había tomado la batalla de Verdún. La matanza no parecía tener fin. Victoria aguardó fuera con el resto de los conductores hasta que salió Édouard, quien apenas pronunció palabra durante el viaje de regreso. Estaba absorto en sus pensamientos, por lo que tampoco prestó atención a la carretera. Victoria, que conocía el camino como la palma de su mano, tenía prisa por llegar a casa y amamantar a su hijo, lo que no le permitía concentrarse.

—¿Qué ha sido eso? —preguntó él.

Victoria sonrió. Édouard estaba cansado y preocupado porque la guerra no iba demasiado bien para los aliados. Victoria deseaba que los estadounidenses tomaran parte, pero el presidente Wilson se resistía a implicarse en el conflicto. Si supiera cuánto necesitaban su ayuda los ingleses y los franceses, tal vez cambiara de opinión, pensó Victoria, que como estaba sumida en sus cavilaciones no logró esquivar un bache, y el coche casi chocó contra un árbol.

Faltaba poco para llegar a Châlons-sur-Marne cuando Édouard afirmó haber visto algo de nuevo y le pidió que redujera la velocidad, a lo que ella se negó. Discutieron durante un minuto, hasta que Édouard, en broma, apeló a su rango.

—Frena, Victoria. Quiero echar un vistazo.

Estaba seguro de haber percibido un movimiento entre los arbustos. Si los alemanes preparaban un ataque por la retaguardia, tendría que mandar un aviso a Château-Thierry. Permanecieron parados un minuto, lo que para Victoria era un suicidio, y al no notar nada extraño reanudaron la marcha. Cuando el jeep empezó a tomar velocidad, un perro se cruzó en su camino. Victoria lo esquivó y el vehículo estuvo a punto de colisionar contra un árbol. De pronto la joven oyó un silbido que le recordó, sin ninguna razón en particular, al *Lusitania*. Miró a Édouard con expresión asustada.

—¡Agáchate! *Baisse-toi…* —exclamó él.

Inclinaron la cabeza y Victoria siguió conduciendo. Al cabo de unos minutos se volvió hacia Édouard y observó que sangraba, por lo que se dispuso a detener el automóvil, pero él le indicó que continuara. En ese instante oyeron una ráfaga. Eran francotiradores. Aumentó la velocidad sin saber qué hacer. Llevaba consigo el teléfono de campaña, pero estaban demasiado lejos. Édouard comenzó a escupir sangre por la boca y perdió la consciencia. Victoria se debatía entre llevarle al hospital o parar el vehículo para atenderle. Édouard se inclinó sobre el asiento, agonizante. Victoria frenó.

—Édouard —musitó. Había visto esa misma expresión en miles de caras en los últimos trece meses, pero nunca en la de un conocido. No podía ser verdad, no podía pasarle a él, ahora no. Pronunció su nombre a voz en grito y le zarandeó para reanimarle, pero no había nada que hacer, le habían disparado en la cabeza. Parecía imposible que siguiera respirando—. ¡Édouard! —exclamó entre sollozos—. Escúchame… escúchame… Édouard, por favor…

Él abrió los ojos y sonrió. Le apretó la mano con las pocas fuerzas que le quedaban.

—*Je t'aime…* siempre estaré contigo…

—Édouard —susurró Victoria—. No me dejes… por favor…

Mientras contemplaba horrorizada su rostro cubierto de sangre, Victoria apenas notó el impacto de la bala que la alcanzó en la parte superior de la espalda, aunque oyó el proyectil que sobrevoló su cabeza. Acomodó el cuerpo de Édouard en el asiento con cuidado y, mientras sentía que algo frío le recorría la espalda, apretó el acelerador. Tenía que llevarle al hospital, quizá los médicos pudieran hacer algo… sólo estaba durmiendo. Victoria estaba conmocionada. Únicamente pensaba en trasladar a Édouard al campamento. Al llegar chocó contra un árbol y de camino a la tienda comedor a punto estuvo de atropellar a dos enfermeras, que gritaron y la insultaron.

—¡Está herido! —exclamó Victoria—. ¡Haced algo, está herido!

Era evidente que el capitán Bonneville había muerto. Enseguida repararon en la sangre que manchaba la camisa de Victoria.

—Tú también —dijo una enfermera mientras se acercaba a ella.

En ese instante Victoria cayó sobre el volante inconsciente. Tenía la espalda cubierta de sangre.

—¡Una camilla! —exclamó una de las mujeres.

Acudió un camillero que pronto reconoció a Victoria y a Édouard.

—¿El capitán? —preguntó.

La enfermera asintió.

—No podemos hacer nada por él. Lleva a la mujer a la sala de operaciones e intenta localizar a Chouinard… o Dorsay… a quien sea.

Mientras el camillero y su compañero trasladaban a Victoria al hospital, dos soldados llevaron el cuerpo de Édouard al depósito e informaron al cuartel general de su muerte.

Los cirujanos trataban de extraer la bala alojada en la espalda de Victoria. Si sobrevivía, lo que parecía improbable, seguramente quedaría paralítica, pues el daño causado por el proyectil era terrible. Esa misma noche los nombres del capitán Bonneville y Victoria estaban en boca de todas las enfermeras y camilleros que habían trabajado con ellos. La sargento Morrison recogió los papeles de Olivia Henderson, estadounidense, originaria de Nueva York, y buscó su dirección y el nombre de su pariente más próximo: una mujer llamada Victoria Dawson. Con lágrimas en los ojos, escribió el telegrama.

32

Bertie había insistido en que Donovan trajera de Croton el cochecito que habían utilizado para llevar a Victoria y Olivia, aunque era un modelo anticuado. No obstante, las gemelas viajaban contentas en su interior.

De la noche a la mañana la casa se había quedado pequeña. Las gemelas compartían habitación con Bertie, y el matrimonio había comentado más de una vez la posibilidad de mudarse a la residencia de la Quinta Avenida, que, por lo que Charles sabía, era ahora de su mujer, si bien Olivia era consciente de que pertenecía a su hermana y no juzgaba correcto instalarse en ella sin consultar a Victoria. Ella había heredado la vivienda de Croton, que era mucho menos práctica. De momento se quedarían donde estaban.

Últimamente a Olivia le costaba dormir y le dolía todo el cuerpo. Sólo esperaba no caer enferma.

Un día, cuando trataba de subir el cochecito por la escalera de la entrada, se acercó un hombre uniformado que le preguntó:

—¿Puedo ayudarle?

Ella le dio las gracias y al levantar la vista y percatarse de que llevaba un telegrama en la mano se le cortó la respiración. Hacía días que se sentía extraña, lo que había atribuido a los nervios y la falta de sueño.

—¿Es para mí? —inquirió.

—¿Victoria Dawson?

—Sí, soy yo.

El hombre le entregó el telegrama y le pidió que firmara el recibo. Después la ayudó a entrar el cochecito en la casa. A Olivia le temblaban las manos cuando, tras dejar a las gemelas en el vestíbulo, rasgó el papel. Era un aviso oficial de la sargento Morrison, destacada en Francia con las fuerzas aliadas: LAMENTO COMUNICARLE QUE SU HERMANA, OLIVIA HENDERSON, HA RESULTADO HERIDA EN ACTO DE SERVICIO. STOP. TRASLADO IMPOSIBLE. STOP. GRAVEMENTE ENFERMA. STOP. SE LE INFORMARÁ DE SU EVOLUCIÓN. STOP. Firmaba la sargento Penélope Morrison, del Cuarto Ejército Francés, responsable del cuerpo de voluntarios. Victoria nunca la había mencionado en sus cartas, pero eso carecía de importancia ahora. Estaba herida. Olivia permaneció de pie en el vestíbulo, llorando con el telegrama en la mano. No quería creerlo, pero lo había presentido. La inquietud que había sentido en los últimos días no se debía a la falta de sueño, comprendió.

Bertie entró en el vestíbulo procedente de la cocina y, al ver la expresión de Olivia, adivinó que había pasado algo terrible.

—¿Qué sucede? —preguntó pensando que se trataba de las gemelas.

—Es Victoria… está herida…

—¡Dios mío! ¿Qué le dirás a Charles?

—No lo sé.

Subieron a las niñas a la habitación y las acostaron en las cunas. Olivia tenía que hablar con Charles, aunque no sabía por dónde empezar, ni si debía contarle toda la verdad. En todo caso quería ver a su hermana, y él podía acompañarla si lo deseaba. Mientras esperaba en el salón a que llegara del trabajo, se paseaba nerviosa de arriba abajo.

Charles regresó largo rato después y sospechó que sucedía algo al ver que estaba muy pálida y le temblaban las manos mientras doblaba y desdoblaba el telegrama sin cesar. Temeroso de que les hubiera ocurrido algo a las niñas, preguntó:

—¿Qué pasa, Victoria?

Olivia tomó aliento antes de responder. Tras reflexionar durante toda la tarde había decidido contarle sólo parte de la verdad.

—Se trata de mi hermana.

—¿De Olivia? ¿Qué ha pasado?

—Está en Europa y la han herido.

Ahora que había empezado era más sencillo, pero nunca resultaría fácil revelarle toda la verdad. No había forma de disfrazarla. Temía que Charles la echara de su casa y ni siquiera estaba segura de si tendría derecho a quedarse con las niñas. En todo caso ahora le preocupaba más su hermana.

—¿Está en Europa? —preguntó él sorprendido—. ¿Qué hace allí?

—Es conductora de las fuerzas aliadas y está herida. —Se sentó y le miró con expresión asustada. Charles se había dado cuenta de que le habían engañado.

—¿Tú lo sabías? —inquirió mientras se preguntaba si su esposa había mentido también a su padre. —Olivia asintió—. ¿Por qué se fue? —añadió él—. ¿Ha estado allí todo este tiempo?

Olivia asintió de nuevo. Temía que Charles adivinara toda la verdad, pero era tan terrible que no podía ni imaginarla.

—¿Por qué no dijiste nada?

—Ella no quería que nadie se enterara —contestó Olivia—. Estaba desesperada, y no me pareció justo detenerla.

—¿Justo? ¿Te parece justo que abandonara a tu padre? ¡Dios mío!, fue eso lo que le mató.

—Hace años que tenía el corazón delicado —recordó ella en un intento por defenderse.

—Estoy seguro de que su marcha no le ayudó —afirmó, escandalizado por el engaño.

—Quizá no.

Olivia se sentía culpable, aunque le confortaba pensar que su padre había muerto convencido de haberse despedido de sus dos hijas.

—Entendería que tú hubieras cometido una locura así en tus viejos tiempos, cuando estabas tan implicada en la política, pero Olivia… no lo comprendo.

—¿Qué hubieras hecho si yo me hubiera marchado?

—Habría ido en tu busca y te habría encerrado en el desván. ¿Qué vamos a hacer? ¿Está malherida?

—No lo sé. Según el telegrama, se encuentra gravemente enferma. —Olivia le miró a los ojos y añadió—: Pienso ir a verla.

—¿Cómo? —exclamó Charles indignado—. Europa está en guerra y tú tienes tres niños que cuidar.

—Es mi hermana.

—No, es tu gemela, y ya sé qué significa eso. Significa que lo dejarás todo por ella cada vez que te duela la cabeza y pienses que te está enviando un mensaje. Te prohíbo que vayas, ¿me oyes? Te quedarás en casa, que es el lugar que te corresponde. No vas a recorrer medio mundo para ver a una mujer que abandonó a su familia hace un año. No irás —exclamó Charles con un tono de voz que estremeció a Olivia.

—No me detendrás, Charles —repuso ella con determinación—. Partiré en el primer barco que zarpe. Me reuniré con mi hermana te guste o no. Mis hijos están a salvo aquí.

—Ya perdí a una mujer en el mar, no deseo perder a otra —exclamó él con lágrimas en los ojos.

—Lo siento, Charles. Estoy decidida a marcharme, y me gustaría que me acompañaras.

—¿Qué ocurrirá si morimos los dos? ¿Qué sucederá si torpedean el barco? ¿Quién se ocupará de nuestros hijos? ¿Has pensado en ellos?

—Quédate entonces. Te tendrán a ti. —En cualquier caso, pensó, tampoco la tendrían cuando Charles la echara de casa. Le dolía pensar que existía la posibilidad de no verlos jamás, pero debía visitar a su hermana.

Por la noche subió a la habitación de Geoff. El niño, que había oído la discusión, estaba preocupado.

—Le ha pasado algo a Victoria, ¿verdad? —susurró. Olivia asintió—. ¿Papá lo sabe?

—No, y no debes decírselo. Primero he de verla y, cuando hable con ella, se lo explicaré a tu padre.

—¿Crees que se enfadará por lo de las gemelas?

—Claro que no. Estará encantada —afirmó Olivia con mayor tranquilidad de la que sentía.

—¿Te quedarás con nosotros cuando regrese? Éste es tu sitio ahora.

Olivia sonrió.

Sólo deseaba que Victoria volviera.

—He de ir a Europa para hablar con ella y asegurarme de que está bien. Juntas lo arreglaremos.

—¿Va a morir? —preguntó el niño con inquietud.

—Claro que no.

Rogó a Dios que sus palabras fueran ciertas, y esa noche, en la cama, rezó por su hermana. Charles, que no le hablaba desde la discusión que habían mantenido, dio media vuelta y la miró a los ojos.

—Siempre he sabido que eras muy tozuda, Victoria, incluso cuando me casé contigo. Si te empeñas en ir, te acompañaré.

Olivia se sintió aliviada. Viajar hasta Europa sin él habría sido horrible.

—¿Te concederán permiso en el trabajo?

—Es una emergencia. Diré que tengo una cuñada loca y una esposa incorregible y que no tengo más remedio que ir a Europa —afirmó con una sonrisa. Olivia le besó para demostrarle su gratitud—. Pero deja que te diga que si esos dos diablillos de aquí al lado imitan vuestras travesuras, las cambiaré por dos niños que no guarden ningún parentesco.

Olivia se echó a reír y esa noche se aferró a él en busca de consuelo.

Durante los dos días siguientes organizó el viaje y el tercero embarcaron en el navío francés *Espagne*, que al cabo de una semana arribaría a Burdeos. Era el único barco que navegaba hasta Francia, con excepción del *Carpathia*, que había zarpado la semana anterior y cuatro años antes había rescatado a Geoffrey del *Titanic*.

Su camarote era exterior y se encontraba en la cubierta B. No era lujoso, pero sí confortable y pasaron la mayor parte del tiempo en él. Olivia no hacía más que pensar en su hermana, y Charles intentaba animarla.

—No es como el *Aquitania* —comentó una noche—. Fue una travesía terrible.

—¿Por qué? —preguntó Olivia sorprendida.

Charles la miró con extrañeza.

—Tienes muy mala memoria… Te aseguro que nuestro primer año de matrimonio casi acabó conmigo. Si la situación no hubiera cambiado, te habría matado o me habría recluido en un monasterio. Llevaba una vida monástica de todos modos.

Olivia sabía que se refería al celibato que su hermana le había impuesto y se sintió culpable. Tenían tantas cosas que explicarse.

Cuando atracaron en Burdeos, visitaron al cónsul, que les indicó cómo llegar a Châlons-sur-Marne. Partieron en un coche alquilado de aspecto cochambroso con la intención de recoger en Troyes a una representante de la Cruz Roja que les acompañaría el resto del trayecto. Tardarían unas catorce horas en llegar a su destino porque, como se libraban batallas en todo el territorio, tendrían que dar un rodeo. Le habían advertido de los peligros potenciales del viaje y entregado un pequeño botiquín, agua y máscaras antigás. Olivia probó la suya y se preguntó cómo alguien podía respirar con semejante artilugio. No obstante, le aseguraron que estaría agradecida de tenerla si los alemanes les atacaban con gas clorhídrico.

Tras recoger a la mujer de la Cruz Roja en Troyes reanudaron la marcha hacia Châlons-sur-Marne. Era más de medianoche cuando llegaron al campamento. Estaban exhaustos. A pesar de la hora, Olivia insistió en ver a su hermana y, por mucho que lo intentó, Charles no consiguió disuadirla. Tan pronto como bajaron del pequeño Renault preguntó a un camillero dónde se encontraba el hospital y se encaminaron hacia allí. A la puerta de la tienda les atendió una enfermera que les indicó dónde estaba Olivia Henderson.

Tan pronto como entraron se les cortó la respiración por el hedor y las escenas de dolor que presenciaron. Había hombres mutilados y otros que vomitaban un líquido verde a causa del gas que habían inhalado. Pensaron que durante un año Victoria se había enfrentado a tales desgracias sin que ellos lo supieran. Un joven que yacía en el suelo tendió la mano hacia Olivia, que la tomó entre las suyas.

—¿De dónde eres? —preguntó con acento australiano. Había perdido una pierna en la batalla de Verdún, pero sobreviviría.

—De Nueva York —susurró ella.

—Yo soy de Sidney. —Sonrió y saludó a Charles, que respondió al saludo con lágrimas en los ojos antes de seguir buscando a su cuñada.

Victoria se encontraba en un camastro al fondo de la tienda. Tenía la cabeza y el cuello vendados. Al principio Olivia no la reconoció, ni siquiera se había dado cuenta de que era una mujer, pero su instinto la llevó hasta ella. Aunque estaba muy débil, Victoria demostró que se alegraba de verles, sobre todo a su hermana, que la abrazó con fuerza. Después de un año de separación tenían muchas cosas que contarse pero no era el momento.

Tomó la mano de Olivia, miró a Charles y comenzó a hablar con un hilo de voz. Tenía una infección en la columna vertebral y los médicos temían que llegara hasta el cerebro y muriera. Era una víctima más de una guerra en que habían perecido millones de personas.

—Gracias por venir —susurró a Charles.

Él le acarició la mano y, al mirarla a los ojos, percibió en ellos una expresión dura que le desconcertó. No cabía duda de que la contienda la había endurecido y hecho madurar de golpe.

—Me alegro de haberte encontrado. Geoff te manda recuerdos. Te hemos echado mucho de menos, sobre todo Victoria.

Victoria miró a su hermana, que asintió de forma casi imperceptible, y deseó preguntarle si estaba dispuesta a revelar la verdad a Charles. Esperaba que así fuera porque quería aclarar las cosas y pedirle que se ocupara de su hijo si moría. Sin embargo esa noche no tuvo tiempo de preguntar nada, pues al cabo de un rato una enfermera pidió a los visitantes que se fueran y les condujo a alojamientos separados. El campamento no estaba preparado para parejas casadas. El espacio que Édouard y Victoria habían compartido había sido un lujo, y la habitación se había asignado ya a otro capitán. Édouard había recibido sepultura en las colinas situadas detrás del campamento, como otros muchos hombres. Sólo para Victoria había sido diferente, pero no para los aliados ni los alemanes. La joven no se había recuperado todavía del impacto de su muerte. Sólo pensaba en él y en su hermana cuando recobraba la consciencia. Al menos ahora podría hablar con Olivia.

Al día siguiente Charles y Olivia se encontraron en el comedor después de pasar casi toda la noche en vela. Ella deseaba hablar a solas con su hermana, y Charles accedió a quedarse fuera. Mientras aguardaba, conversó con algunos soldados y lamentó que su país no hubiera intervenido en esa guerra. A sus interlocutores les impresionaba que hubiera cruzado el Atlántico para ver a su cuñada. Muchos de ellos la conocían y la tenían en gran estima.

Victoria sonrió cuando vio entrar a su hermana.

—No puedo creer que estés aquí. ¿Cómo me has localizado? —Sabía que le notificarían lo ocurrido, pero no pensaba que la avisarían con tanta celeridad.

—Recibí un telegrama de la sargento Morrison. Tendré que visitarla para agradecérselo.

—La buena de Penny Morrison. Dios mío, cuánto te he echado de menos Ollie… tengo tantas cosas que contarte. —Sonrió. Sospechaba que no le quedaba mucho tiempo de vida. Las enfermeras aseguraban que estaba mejor, pero tenía un dolor de cabeza terrible. Miró a su hermana a los ojos, sorprendida de que hubiera logrado mantener el engaño durante tanto tiempo—. No sé cómo lo has conseguido.

—Siempre he sabido mentir mejor que tú.

Victoria quiso reír, pero le suponía un gran esfuerzo.

—No es algo de lo que debas presumir —repuso—. Siento lo de nuestro padre. Lamento no haber estado allí.

—Él creyó que estabas a su lado. —Olivia sonrió con ternura—. Murió tranquilo.

—La dulce Ollie, siempre dispuesta a ayudar a todos… incluso al pobre Charles, al que yo abandoné.

—Victoria, tengo que explicarte algo. Las cosas no salieron tal como habíamos planeado —explicó con cierta incomodidad. No sabía si su hermana volvería a hablarle, pero tenía que contarle lo ocurrido—. Hace tres meses tuvimos gemelas.

Victoria la miró con asombro.

—¿Gemelas?

—Sí, idénticas, como nosotras. Son preciosas. Se llaman Elizabeth y Victoria, por ti y nuestra madre.

—Entiendo. Lo que no comprendo es cómo las has tenido —repuso Victoria con una sonrisa maliciosa—. ¿Significa eso que me has robado el marido?

Olivia no se atrevía a mirarla a los ojos.

—Victoria… por favor… no —balbuceó—. Regresaré a Croton cuando tú vuelvas… sólo te pido que me dejes visitarlas…

—¡Cállate! —interrumpió Victoria entre risas a pesar del dolor—. Has sido una chica mala, ¿eh? Lo encuentro muy divertido. Olivia, yo no le quiero, nunca le he querido. Es tuyo. Ésa es la razón por la que no regresé después del verano… no podía. ¿Cuándo cambiaron las cosas entre vosotros?

—Después de saber que habías sobrevivido al hundimiento del *Lusitania*. —Olivia pensó que su hermana no había cambiado.

—¿Es ésa tu idea de una buena celebración?

—Eres incorregible —susurró Olivia.

—Tú sí eres incorregible. Te ofrezco una relación casta con un hombre que me odiaba y no quería acostarse conmigo, y tú le seduces. Tú eres la seductora de la familia y mereces estar casada con él… aunque no concibo peor destino que ése. De todos modos, se os ve muy felices. Charles es un hombre con suerte.

—Yo también —musitó Olivia.

Victoria miró a su hermana con cariño.

—¿Qué vamos a hacer ahora? —preguntó—. Tenemos que decírselo.

—Me odiará —afirmó Olivia.

—No lo creo. Es un hombre bueno. Al principio se enfadará,

pero ¿qué hará? ¿Abandonar a la mujer que ama y a sus dos hijas? No seas tonta. Por cierto, tengo que confesarte algo.

—Dime, a ver si me superas —animó Olivia al tiempo que se santiguaba.

—Hace tres meses di a luz a un niño precioso que se llama Olivier —explicó con orgullo—. No sé si adivinarás en honor de quién le puse ese nombre.

Por alguna extraña razón a Olivia no le sorprendió la noticia.

—Conque ésa es la razón por la que no viniste a casa el verano pasado.

Victoria negó con la cabeza.

—No; no es ésa. Simplemente no me apetecía. Ni siquiera sabía entonces que estaba embarazada. Su padre era un hombre muy especial.

Victoria le habló de Édouard, lo que había significado para ella y los planes que habían trazado. Jamás había conocido a nadie como él. Le contó la forma en que había muerto. La vida nunca volvería a ser igual sin él. Al escuchar a su hermana Olivia comprendió que había encontrado al hombre perfecto en medio de una guerra.

—¿Dónde se encuentra tu hijo ahora?

Victoria le explicó que lo había dejado al cuidado de la condesa, que hacía un par de días había huido a casa de su hermana porque había más francotiradores en la zona.

—Quiero que te ocupes de él. Le incluí en mi pasaporte, más bien en el tuyo, de modo que no tendrás problemas para viajar con él, siempre y cuando a Charles no le moleste.

—A Charles le molestarán muchas cosas después de que hablemos con él, pero tendrá que aprender a superarlas —repuso Olivia. No tenía por qué seguir viviendo con ella, pero no podía impedir que se llevara consigo al hijo de Victoria a Nueva York—. ¿Qué pasará contigo? ¿Cuándo volverás a casa?

No tenía ningún sentido que permaneciera allí, sobre todo tras la muerte de su amado.

—Quizá no vuelva, Ollie —respondió con tono apesadumbrado. Desde el fallecimiento de Édouard le parecía que ya no tenía hogar. Olivia estaba con Charles, y no se imaginaba viviendo en la casa de Nueva York, y mucho menos en Henderson Manor. Sólo deseaba estar junto a Édouard.

—No digas eso —la reprendió Olivia. Daba la impresión de

que Victoria no quería vivir sin Édouard, ni siquiera por su hijo.

—Dejó a Olivier su castillo y la casa de París. Cuando nació se puso en contacto con su abogado y cambió su testamento. Quería asegurarse de que su mujer no se lo quedara todo. En cualquier caso, la ley francesa protege a Olivier, que además lleva el apellido de Édouard. Cuando vuelvas a casa deberías ocuparte de que tenga su propio pasaporte —explicó Victoria, que estaba preocupada por el futuro de su hijo.

—¿Por qué no vuelves a casa con nosotros?

—Ya veremos.

Charles se unió a ellas más tarde, cuando las hermanas ya se habían dicho todo lo que tenían que decirse. Victoria estaba cansada y necesitaba descansar. Charles la observó antes de acompañar a Olivia al exterior y pensó que tenía un aspecto terrible, pero no se lo comentó a su esposa. Tomaron un café en el comedor y, cuando regresaron a la tienda Victoria dormía.

A primera hora de la tarde la visitaron de nuevo. La enfermera les informó de que tenía fiebre y no debían quedarse mucho tiempo, pero no les explicó si había empeorado. Victoria había insistido en ver a Charles, pues quería ser ella quien le explicara la verdad. Cuando la pareja llegó estaba muy pálida, pero tenía una expresión tranquila en el rostro.

—Charles, tenemos algo que decirte —anunció con voz queda, y a Olivia comenzó a latirle deprisa el corazón—. Hace un año hicimos algo terrible, pero no es culpa de mi hermana. Quiero que sepas que yo la obligué, no tuve más remedio.

Charles sintió un escalofrío. Percibía algo muy familiar en esos ojos tan fríos.

—No quiero escucharte —dijo. Quería huir, pero Victoria le mantuvo clavado con su mirada.

—Tienes que escucharme, no habrá otra ocasión —aseguró. Deseaba aclarar ese asunto de una vez por todas. Por el bien de todos—. No soy quien tú piensas, ni siquiera soy la persona que indica mi pasaporte, Charles.

Le miró de hito en hito, y él comprendió. Contempló a Olivia boquiabierto y después a su esposa, la verdadera, que yacía herida en la cama de un hospital.

—¿Me estás diciendo… me estás diciendo que…? —No se atrevía a pronunciar las palabras.

—Te estoy diciendo algo que ya sabes pero que quizá no quieres oír —afirmó Victoria. Conocía bien a Charles, a pesar del desprecio que había llegado a inspirarle. Intuía que la reconocía como la mujer con quien se había casado—. Tú y yo nos odiábamos, y tú lo sabes. Si me hubiera quedado a tu lado, habría acabado por destrozar nuestras vidas. No pudimos cumplir nuestro acuerdo, pero Olivia te ama y ha sido buena contigo, y tú también la amas.

Victoria tenía razón, y por eso le dolían tanto sus palabras. Si hubiera estado sana, la habría abofeteado. La miró con expresión horrorizada mientras se obligaba a asimilar una realidad en la que no deseaba pensar.

—¿Cómo te atreves a decirme ahora esto? ¿Cómo os atrevéis las dos? —exclamó con tono indignado—. Ya no sois unas niñas para jugar a estas cosas… Tú eras mi esposa y me debes más que esto… Victoria. —La rabia le impedía hablar.

—Te debo más de lo que te di, pero sólo podía darte dolor. Además, tú no querías amarme. Tenías demasiado miedo… estabas demasiado dolido por lo que habías perdido, pero… quizá Olivia supo ofrecerte lo que necesitabas. No la temes como a mí, Charles. Si fueras sincero, reconocerías que la amas. —Por el bien de Olivia, era necesario que Charles comprendiera que tenía razón.

—Os odio a las dos y no permitiré que me digas lo que debería o no debería haber hecho. Tampoco tolero que me digas a quién amo. No me importa si estás enferma o herida, creo que las dos estáis enfermas por jugar con las personas. No seré un juguete para vosotras, ¿me oís? —exclamó con furia mientras contenía las lágrimas y se marchó.

Olivia sollozaba en silencio, y Victoria le apretó la mano con las pocas fuerzas que le quedaban.

—Lo superará, Olivia… créeme. No te odia…

En ese instante llegó la enfermera y pidió a Olivia que se fuera. Dio un beso a su hermana en la mejilla y prometió visitarla más tarde.

Al salir buscó a Charles pero no consiguió encontrarle. Cuando estaba a punto de desistir le divisó frente a los barracones de los hombres, caminando nervioso de un lado a otro.

—¡No me hables! —exclamó con tono colérico cuando ella se acercó—. Ni siquiera te conozco. Ninguna persona honrada sería capaz de mantener un engaño durante un año. Es indignante, despreciable. Deberíais estar casadas la una con la otra —masculló temblando de rabia.

—Lo siento… no sé qué más decir… Al principio lo hice por ella… y por ti y por Geoff. No quería que os abandonara. Es la verdad —declaró Olivia entre sollozos. No soportaba la idea de perderle, pero sabía que había llegado el momento de pagar el precio de su mentira.

—No te creo. No quiero saber nada de ti ni de tu hermana.

—Después lo hice por mí misma. Mi padre tenía razón —reconoció la joven, que estaba dispuesta a mostrar todas sus cartas—. Siempre he estado enamorada de ti. Cuando mi padre te pidió que te casaras con Victoria, comprendí que no me quedaba nada en la vida más que cuidar de él. Ésta era la única oportunidad que tenía de estar contigo y ser tuya… Charles, te quiero.

—No digas eso. Te has reído de mí, me has seducido y mentido. No significas nada para mí. Todo lo que hiciste y obtuviste era una mentira. Nunca hemos estado casados, no eres nada para mí —repitió.

El corazón de Olivia se rompió en mil pedazos.

—Nuestras hijas no son mentira —le recordó mientras suplicaba en silencio que la perdonara.

—No, pero gracias a ti son bastardas.

Charles dio media vuelta y entró en el barracón, adonde Olivia no podía seguirle, de modo que regresó junto a su hermana, que dormía. Una enfermera le pidió que no la despertara porque estaba muy cansada y la fiebre había aumentado.

Olivia no volvió a ver a Charles ese día. Desconocía su paradero y se preguntaba si planeaba marcharse sin ella. De ser así tendría que arreglárselas sola porque no se iría sin Victoria y su hijo. Durmió en una silla junto a su hermana toda la noche e intentó no oír los lamentos de los hombres que allí se encontraban.

Charles apareció junto al lecho de Victoria a la mañana siguiente. Estaba despierta, y Olivia acababa de salir para tomar un café.

—Menudo espectáculo el de ayer. —Aunque se encontraba muy débil, tenía fuerzas suficientes para discutir con él.

Charles sonrió. Algunas cosas no cambiaban nunca. Después de haber reflexionado durante toda la noche entendía por qué Victoria afirmaba que no habrían podido continuar casados.

—La noticia me pilló por sorpresa —admitió.

Victoria le miró con los ojos entristecidos. No le creía.

—Me parece que no, Charles. ¿Quieres que piense que nunca sospechaste nada? Olivia es cariñosa, dulce, daría su vida por ti, incluso ahora. Tú y yo nos mataríamos si pudiéramos; somos como los franceses y los alemanes. No me digas que nunca barruntaste el engaño. Seguro que lo intuiste en más de una ocasión… pero preferías no saberlo.

—Tal vez tengas razón —reconoció para sorpresa de Victoria—. Quizá no quería saberlo. Era tan fácil y cómodo… y tan agradable. Deseaba que nuestra relación funcionara y tal vez Olivia era la solución.

—Pues procura no destruir lo que has construido con ella.
—Victoria no quería que hiciera daño a su hermana.

—Sois increíbles —exclamó Charles con un suspiro. Las gemelas estaban dispuestas a hacer cualquier cosa por ayudarse—. No sé si alguna vez os entenderé. Sois como dos almas de una misma persona, o quizá sea al revés —añadió con una sonrisa.

—Quizá tengas razón. A veces la siento en mi corazón y sé cuándo me necesita.

—Ella dice lo mismo.

De pronto recordó algo que sucedió poco después de la supuesta marcha de Olivia a California.

—¿No estarías a bordo del *Lusitania* cuando se hundió?
Victoria asintió.

—Nunca he tenido suerte con los cruceros.

—Olivia soñó varias veces que se ahogaba y enfermó. Tuve que llamar al médico.

—Tardé tres días en enviarle un telegrama. En Queenstown reinaba el caos, no puedes ni imaginar lo que fue —dijo mientras recordaba las escenas del naufragio—. Esto no es nada… Lo peor fue ver a los niños morir… —Cerró los ojos para borrar las imágenes que le asaltaban.

Charles le acarició la mano.

—¿Qué puedo hacer por ti? —preguntó. Había ido en son de paz. La guerra con ella había acabado.

—Tengo un hijo y quiero que Ollie se lo lleve a casa —respondió con los ojos llenos de lágrimas al pensar en Édouard y el bebé, al que no veía desde hacía dos semanas.

—¿Cómo sucedió eso? —preguntó Charles sorprendido.
Victoria se rió de su marido.

—De la misma manera que os sucedió a ti y Ollie. Ojalá pudiera ver a vuestras hijas.

—Las verás cuando vayas a casa —dijo Charles, que le perdonaba todo lo que le había hecho. Ya no importaba. Además quería decirle que, si lo deseaba, le concedería el divorcio.

—No, Charles —repuso Victoria negando con la cabeza—, nunca las veré. Lo sé.

—No seas tonta. Hemos venido para llevarte a casa con tu hijo. ¿Qué hay de su padre?

—Murió… Fue entonces cuando me hirieron.

—Procura recuperarte para que podamos divorciarnos —dijo Charles mientras se inclinaba para darle un beso.

Victoria lo miró con una expresión extraña.

—¿Sabes? Creo que a mi modo… te quise. Lo nuestro nunca hubiera funcionado… pero al principio traté de hacer las cosas bien.

—Yo también, pero me temo que no había superado la muerte de Susan.

—Ve a buscar a tu esposa… o tu cuñada…

—Adiós, cabeza loca… Nos veremos más tarde.

Charles tenía un extraño presentimiento, pero ignoraba de qué se trataba. Mientras buscaba a Olivia, recordó que era su segundo aniversario de boda, pero ¿con cuál de las dos mujeres debía celebrarlo? Sonrió ante lo absurdo de la situación. No encontró a Olivia ni en el comedor ni en su barracón, de modo que regresó junto a Victoria. Ésta estaba dormida, y Olivia había echado una cabezada a su lado. Estaban cogidas de la mano, como dos niñas.

—¿Cómo se encuentra? —preguntó Charles a la enfermera.

Ésta se limitó a encogerse de hombros. La infección avanzaba, aunque era difícil de creer dada la vitalidad que mostraba Victoria. Charles se fue sin despertarlas. A medianoche Olivia llamó a la enfermera. Tenía molestias en el pecho y comprobó que a Victoria le costaba respirar.

—No puede respirar —explicó Olivia.

—Sí puede —aseguró la enfermera—. Está bien.

Todo lo bien que podía estar dadas las circunstancias. Sin embargo Olivia sabía que no cra así y le humedeció la frente con un paño. Luego la incorporó un poco, y Victoria despertó y sonrió.

—No te preocupes, Ollie… Édouard me espera.

—¡No! —exclamó Olivia espantada por la expresión de su rostro. Su hermana iba a morir y nadie hacía nada—. No puedes abandonarme, maldita sea, no puedes rendirte…

—Estoy cansada, Ollie… Déjame marchar.

—No —dijo mientras sentía que luchaba con el mismísimo diablo.

—De acuerdo… seré buena… duérmete —concedió Victoria.

Olivia la mantuvo en sus brazos hasta que se durmió de nuevo. Más tarde Victoria abrió los ojos, la miró sonriente y, cuando su hermana le dio un beso, le susurró al oído que la quería.

—Yo también te quiero.

Olivia apoyó la cabeza sobre la almohada y soñó que eran niñas. Jugaban en un prado de Croton junto a la tumba de su madre, y su padre las miraba riendo. Todos parecían muy felices.

Cuando despertó a la mañana siguiente, su hermana ya se había ido, con una leve sonrisa en los labios. Olivia había intentado retenerla, pero Victoria había decidido ir a jugar con los otros.

33

Victoria murió el 21 de junio de 1916, y Olivia perdió la mitad de su alma y de su ser. No soportaba la idea de seguir viviendo sin ella. A pesar de haber estado separadas un año entero, siempre había sabido que algún día se reunirían, pero ahora jamás volvería a verla. La vida se había acabado para Olivia; había perdido a Charles, tendría que renunciar a sus hijas y su hermana había muerto. Era inconcebible un destino peor que ése. Pensaba que la existencia sin Victoria carecía de sentido, hasta que recordó su promesa de cuidar de su hijo.

Entró en las oficinas y preguntó si alguien estaría dispuesto a llevarla al castillo. Explicó sus intenciones y un joven francés se ofreció a acompañarla. Conocía a Édouard y Olivia, como llamaban a Victoria en el campamento, pero no sabía que hubiera fallecido. Olivia pensó en avisar a Charles, pero no debía hablar con él. Ya no tenía ningún derecho. Él había afirmado que ya no le importaba.

Estaba a punto de partir hacia el castillo cuando Charles entró en el hospital para ver a Victoria. Al llegar a su cama la encontró vacía, pero no sintió pena por ella, pues sabía que no deseaba vivir más. Sin embargo necesitaba localizar a Olivia. Debía consolarla. A pesar de estar enfadado con ella por haberle engañado, tenía que brindarle su apoyo.

—¿Ha visto a mi mujer? —preguntó a la enfermera.

Ésta explicó que se había marchado después de fallecer su hermana. Debían de ser las siete de la mañana. Charles la buscó en el comedor, pero no la halló. En ese instante Olivia se encontraba de camino hacia Toul después de haber preguntado por el paradero de la condesa en el castillo. Marcel, el joven que la había conducido hasta allí, se había ofrecido a llevarla.

Olivia casi no habló durante el viaje. El joven, que apenas contaba dieciocho años, la miró de soslayo un par de veces y vio que lloraba en silencio. Le ofreció un cigarrillo, pero ella lo rechazó con un movimiento de cabeza. No obstante su gesto sirvió para romper el hielo y hablaron de la guerra hasta que llegaron a Toul. Una vez allí, la condesa le dio el pésame y la llevó junto al niño. Era un hermoso bebé rubio y sonrosado, que gorjeó complacido cuando lo cogió en sus brazos.

A la condesa le entristecía separarse del chiquillo, pero le alegraba saber que estaría a salvo en Nueva York con su tía. Advirtió a Marcel que debía tener cuidado, pues había varios francotiradores apostados en las colinas. Olivia acomodó en su regazo al niño, que durmió durante la mayor parte del trayecto. A medio camino, Marcel divisó un movimiento extraño a su izquierda, desvió el coche y logró esquivar las balas.

—*Merde!* —exclamó—. ¡Agáchese!

Olivia se acurrucó en el suelo con el niño en sus brazos. Los francotiradores dispararon de nuevo, y Marcel se vio obligado a tomar un sendero que conducía a una vieja granja abandonada. Escondieron el vehículo en el establo y se ocultaron en el granero, donde permanecieron todo el día. Estaban rodeados de alemanes y no disponían de agua ni de comida.

—¿Qué vamos a hacer? —preguntó Olivia con inquietud.

El niño lloraba, y ella no era tan valiente como su hermana. Cuando decidió viajar a Francia no pensó en que podría encontrarse en semejante atolladero.

—Intentaremos salir cuando anochezca —respondió Marcel con expresión preocupada.

No podían hacer nada más. Sin embargo al caer la noche oyeron de nuevo el sonido de las balas. Olivia rezó para que los alemanes no atacaran con gases, pues no portaba su máscara.

—Tenemos que dar de comer al niño —dijo. Hacía horas que no probaba bocado, pero no tenían nada que ofrecerle.

Ya era tarde cuando por fin salieron del granero. Marcel sugirió que ella y el bebé se quedaran en la granja mientras iba a pie hasta el campamento en busca de ayuda; no tardaría más de dos horas y no quería que corrieran riesgo alguno. A Olivia le pareció razonable, aunque estaba asustada. Si los alemanes le capturaban, irían a por ella y la matarían junto con la criatura, o quizá permanecieran allí para siempre y murieran de hambre, pero no tenía elección. Marcel salió corriendo en medio de la oscuridad pero, cuando estaba a punto de llegar a los árboles, le dispararon en la cabeza y se desplomó. No existía esperanza alguna de que siguiera con vida. Los francotiradores lo abandonaron en el prado y se marcharon en busca de otra presa. Olivia estaba atrapada en la granja con su sobrino. No sabía qué hacer. Podía esperar a que alguien la encontrara o coger el coche y huir de allí, pero apenas sabía conducir.

Olivier, que se había quedado dormido en sus brazos, se despertó llorando de hambre a las seis de la mañana. Olivia tenía miedo de que se deshidratara si no ingería líquido pronto. Pensó en caminar hasta el campamento y decir que era americana si los alemanes la detenían, pero temía que dispararan antes de preguntar. Así pues decidió esperar y rogó que el niño se durmiera de nuevo, pero no fue así. Desesperada, se desabrochó la blusa y le ofreció su pecho. No tenía leche, pero al menos la criatura se tranquilizaría.

Por fin, a las cuatro de la tarde dos camiones aliados pasaron junto a la granja. Olivia gritó y agitó la mano desde la ventana. Los vehículos dieron media vuelta, y ella salió con el bebé en brazos. Quedó sorprendida al ver a la sargento Morrison y Charles, que al observar que ella y Marcel no regresaban había insistido en mandar un convoy en su busca.

—¡Gracias a Dios! —exclamó aliviada.

Había llegado a creer que moriría en la granja con Olivier. Charles la miraba de hito en hito sin pronunciar palabra. Parecía enfadado.

—Podrías haber muerto —dijo por fin con voz temblorosa. Jamás había sufrido tanto como en los últimos dos días: la revelación sobre la identidad de su esposa, el fallecimiento de Victoria, la guerra, los heridos y Olivia atrapada en un granero, a punto de morir por salvar al hijo de su hermana. Era demasiado para él.

—Lo siento —se disculpó ella.

Charles la miró, y le recordó a su hermana, pero ni siquiera tuvo tiempo de decirle lo mucho que lamentaba su muerte, pues la sargento Morrison indicó a Olivia que subiera al camión con el niño y se dirigió al campamento. Olivia le explicó lo ocurrido con Marcel, pero ya lo sabía; habían encontrado su cuerpo.

Tan pronto como llegaron al campamento fue al comedor en busca de comida para el niño. Charles se dirigió a las oficinas para organizar el viaje de vuelta.

Al día siguiente dieron sepultura a Victoria. El funeral fue muy extraño. Un sacerdote ofició una misa por ella y varias personas más, y la enterraron en un sencillo ataúd de madera de pino, sin nombre. Victoria no era más que otra pequeña cruz blanca en una colina de Francia. Olivia esperó que al menos se hallara cerca de Édouard. Estaba tan aturdida que apenas podía llorar, era como si sepultaran una parte de su ser.

Charles la observaba compungido por su dolor, pero Olivia, orgullosa, no dejó que se acercara. Permanecieron de pie, como dos desconocidos, mientras colocaban el féretro en la tumba, sobre la que Olivia depositó una pequeña flor blanca antes de marcharse con el niño en brazos. Le habían arrebatado todo en una semana, hasta a sus hijas, pero el dolor por la pérdida de su hermana era superior, casi insoportable.

Charles caminó a su lado hasta el campamento y, antes de que pudiera hablar con ella, Olivia desapareció en los barracones de mujeres. Cuando más tarde preguntó por ella, nadie supo decirle su paradero.

Las enfermeras del barracón tomaron al niño cuando Olivia entró y se ocuparon de él. Ella pasó el día llorando en su camastro. No quería ver a nadie, ni siquiera a Charles. Pensaba en las cosas que le había dicho cuando Victoria le contó la verdad y en la forma en que la había mirado cuando fue a buscarla a la granja.

La mañana siguiente partieron hacia Burdeos. Antes de marcharse, se despidió de la sargento Morrison y de las enfermeras. Didier le dijo adiós con lágrimas en los ojos.

Llegaron a Burdeos a última hora de la tarde y esperaron en el vestíbulo de un pequeño hotel hasta que embarcaron a medianoche. No llevaban mucho equipaje, y Olivia sólo había comprado unas cosas para el niño. El hecho de cuidarle había creado un vínculo especial entre ellos. Tras ofrecerle su pecho como consuelo había vuelto a tener leche, tres meses después del nacimiento de sus hijas. El bebé era el último regalo de su hermana.

—¿Qué vas a hacer con él? —preguntó Charles mientras esperaban a que el *Espagne* zarpara.

—Le llevaré a Croton conmigo.

—¿Es allí a donde irás?

—Supongo que sí.

Charles había reservado dos camarotes individuales, uno a su nombre y otro al de la señorita Olivia Henderson, y apenas la vio durante el viaje.

Pasó la mayor parte de la travesía solo. Necesitaba tiempo para lamerse las heridas y reflexionar. No entendía cómo Olivia se había atrevido a suplantar a su hermana durante un año entero. Pensó que tal vez Victoria estaba en lo cierto al decir que él lo sabía desde el principio, pero que había preferido no admitirlo. Recordó las veces en que albergó alguna sospecha que optó por no tomar en serio. Comprendió que Victoria debía de haber prometido a su hermana una relación sin amor y sin contacto físico, pero todo había cambiado de repente por obra de la dulzura y bondad de Olivia… a la que él había deseado con toda su alma. A pesar de no estar casados, había compartido con ella algo que jamás había tenido con ninguna otra mujer. Recordó la noche en que Olivia dio a luz a las gemelas, curiosamente habían nacido con pocas horas de diferencia respecto al hijo de Victoria. Todo era tan extraño e increíble. Resultaba difícil distinguir dónde empezaba una y terminaba la otra, dónde estaba la mentira y dónde la verdad. También costaba distinguir entre amor y deseo. Victoria tenía razón, Charles había tenido miedo de amar y dejarse amar, pero con Olivia todo había sido diferente. Había pasado un año de su vida con cada una y, por sorprendente que pareciera, tenía claro quién era su esposa de verdad, la mujer a la que amaba.

El tercer día Charles no aguantó más y llamó a la puerta de Oliva. Su camarote era más pequeño, pues ella había insistido en que fuera así y en reembolsarle el dinero del pasaje cuando llegaran a Nueva York. Para Charles había sido como un insulto.

La mujer abrió la puerta unos centímetros. Estaba muy pálida, parecía cansada y era evidente que había llorado.

—¿Puedo entrar? —preguntó Charles cortésmente.

Olivia titubeó antes de abrir la puerta un poco más.

—El niño duerme —informó para desanimarle.

Charles sonrió.

—No levantaré la voz. Hace días que deseo hablar contigo, desde antes de que muriera Victoria, pero me ha sido imposible acercarme a ti. Conversé con tu hermana la mañana antes de que falleciera…

—Lo sé. Me dijo que ya no estabas enfadado.

—Es cierto, y creo que tenía razón en muchas de las cosas que dijo, pero fui demasiado tonto para darme cuenta. Yo me hubiera quedado en el barco hasta que se hundiera, pero Victoria era más lista y fuerte y escapó antes. Yo debería haber hecho lo mismo.

—No siempre es fácil —concedió Olivia, que a continuación agregó—: Quería disculparme. Tú también tienes razón en algunas cosas. No teníamos derecho a hacer lo que hicimos contigo, no era correcto… No sé en qué pensaba. Supongo que era mi única oportunidad de estar contigo. Fue un disparate.

—En realidad no —repuso Charles—. Era la única manera de estar juntos. Lo cierto es que hacemos buena pareja.

—¿Ah, sí?

—Sí, Olivia. Sería un error que renunciáramos a todo lo que tenemos. Victoria no lo hubiera querido.

—¿Y qué quieres tú? —preguntó ella al recordar su mirada de odio y los reproches que le había lanzado.

—Te quiero a ti. Quiero recuperar lo que hemos construido juntos. Desde un principio supe que podría enamorarme de ti, pero tenía tanto miedo de amarte que me arrojé en los brazos de tu hermana. Sabía que nunca sentiría nada por ella.

—Hay que ser estúpido para casarse por una razón así.

—Quizá estamos hechos el uno para el otro. —Charles sonrió.

A continuación Olivia intentó explicarle algo que le provocó una sonrisa aún más amplia.

—Deseo que sepas que nunca tuve la intención de… Victoria me dijo que… —La joven se interrumpió, ruborizada.

Charles sabía muy bien a qué se refería.

—No te creo, estoy convencido de que pretendías seducirme —dijo en broma mientras la tomaba en sus brazos. De pronto se le ocurrió una pregunta—: ¿Sabía Geoff lo que te traías entre manos?

—Conseguí engañarle durante un tiempo. Creo que albergó ciertas sospechas, pero me esforcé por mostrarme desagradable con vosotros de vez en cuando para hacerle dudar. Sin embargo cuando me corté la mano en Croton vio la peca y me reconoció.

—¿Y lo ha sabido todo este tiempo?

Olivia asintió.

—Increíble —añadió Charles, que tomó su mano derecha y contempló la pequeña marcha.

A Olivia se le saltaron las lágrimas. Ahora la peca ya no importaba, Victoria se había ido para siempre.

—La echo tanto de menos —susurró.

—Yo también. Lamento que ya no esté aquí para hacerte feliz. Además me arrepiento de las cosas tan terribles que te dije.

Olivia asintió y permaneció largo rato llorando en sus brazos.

—Perdóname, Charles. Yo te quería.

—¿Y ahora? ¿Todavía me quieres?

—Claro que sí. Nada puede cambiar eso.

—Entonces ¿aceptas casarte conmigo? —preguntó con tono solemne.

—¿No te resulta embarazoso tomar esa decisión después de lo que ha ocurrido?

—No. Creo que es más embarazoso estar rodeado de una pandilla de niños ilegítimos. Quizá el capitán pueda casarnos. —Se arrodilló y le preguntó—: ¿Me aceptas como esposo?

—Sí.

—Gracias. Hablaré con el capitán —dijo antes de darle un beso.

En ese instante el niño comenzó a llorar, y Olivia miró a su futuro marido.

—Con Olivier en casa será como tener trillizos.

—Tal vez ayude a nuestras hijas a ser más equilibradas.

Al día siguiente contrajeron matrimonio en el camarote del capitán. Olivia lucía el único vestido decente que tenía, de color verde, y llevaba las únicas flores que había en la floristería del barco: claveles blancos. Estaban en tiempos de guerra. El capitán les declaró marido y mujer, y Charles besó a la novia.

Cuando se aproximaban a su destino enviaron un cable a Geoff y Bertie para comunicarle que llegarían el viernes y lo firmaron «Papá y Ollie». Cuando el barco ancló en el puerto de Nueva York, Bertie les esperaba con las gemelas y Geoff, quien quedó sorprendido al ver que llevaban a un bebé en brazos y luego se fijó en Olivia para adivinar si era ella o su hermana. Al final la reconoció e hizo una seña al ama de llaves. Su querida Ollie no le había abandonado. Esta vez era ella quien había perdido al ser más querido: su hermana y amiga, su cómplice y confidente. La vida sería diferente sin Victoria. La echaría de menos, pero siempre estaría en su corazón. Su gemela era la persona a la que más había querido hasta que aparecieron Charles y sus hijos. Representaba la otra cara de su vida, de su corazón… la otra cara del espejo.

447271